Das Günter Grass Lesebuch

Herausgegeben von Helmut Frielinghaus

Deutscher Taschenbuch Verlag

Die Texte dieses Lesebuchs folgen der 2007 im Steidl Verlag erschienenen ›Göttinger Ausgabe‹ der Werke von Günter Grass.

Originalausgabe
Mai 2009
Deutscher Taschenbuch Verlag GmbH & Co. KG, München
www.dtv.de
© Steidl Verlag, Göttingen 2007
Für den Ausschnitt aus ›Die Box‹:
© Steidl Verlag, Göttingen 2008
Umschlagkonzept: Balk & Brumshagen
Umschlaggestaltung: Lisa Helm unter Verwendung einer
Grafik von Günter Grass
Satz: Steidl Verlag, Göttingen
Druck & Bindung: Druckerei C.H. Beck, Nördlingen
Gedruckt auf säurefreiem, chlorfrei gebleichtem Papier
Printed in Germany · ISBN 978-3-423-13760-7

Inhalt

V »Frieden für Israel: Schalom«

VI »Ich bin ein Gegner der Revolution«

VII »Der Autor als fragwürdiger Zeuge«

I

Statt eines Vorworts

Ich erinnere mich...

Anläßlich der litauisch-deutsch-polnischen Gespräche über die Zukunft der Erinnerung, Oktober 2000

Ich erinnere mich oder ich werde erinnert durch etwas, das mir quersteht, seinen Geruch hinterlassen hat oder in verjährten Briefen mit tückischen Stichworten darauf wartete, erinnert zu werden. Diese und weitere Fallstricke bringen uns ins Stolpern. Aus dem Abseits taucht etwas auf, das nicht sogleich zu benennen ist. Sprachlose Gegenstände stoßen uns an, Dinge, die uns seit Jahren, so meinten wir, teilnahmslos umgaben, plaudern Geheimnisse aus: peinlich, peinlich! Dazu Träume, in denen wir uns als Fremde begegnen, unfaßbar, endloser Deutung bedürftig.

Auch während Reisen an Orte, die hinter uns liegen, die zerstört wurden, verloren sind und nun fremd klingen und anders heißen, holt uns plötzlich Erinnerung ein. So geschah es mir im Frühjahr 1958, als ich zum ersten Mal nach Kriegsende die langsam aus abgeräumten Trümmern nachwachsende Stadt Gdańsk besuchte und beiläufig hoffte, auf verbliebene Spuren von Danzig zu stoßen. Gewiß, Schulgebäude waren stehen geblieben und ließen in ihren Korridoren wohlkonservierten Schulmief aufleben. Schulwege hingegen schienen kürzer zu sein, als mir erinnerlich war. Dann aber, als ich das einstige Fischerdorf Brösen aufsuchte und den schlappen Anschlag der Ostsee als unverändert erkannte, stand ich plötzlich vor der verschlossenen Badeanstalt und dem gleichfalls vernagelten Kiosk seitlich vorm Eingang. Und sogleich sah ich die billigste Freude meiner Kindheit aufschäumen: Brausepulver mit Himbeer-, Zitrone- und Waldmeistergeschmack, das in jenem Kiosk für Pfennige in Tütchen zu kaufen war. Doch kaum prickelte das erinnerte Erfrischungsgetränk, begann es sogleich Geschichten zu hecken, wahrhafte Lügengeschichten, die nur auf das richtige Kennwort gewartet hatten. Das harmlose und simpel wasserlösliche Brausepulver löste in meinem Kopf eine Kettenreaktion aus: aufschäumende frühe Liebe, dieses wiederholte und dann nie wieder erlebte Prickeln.

Erinnerung ist – so verschwommen und lückenhaft sie erscheint – mehr als das auf Genauigkeit zu schulende Gedächtnis. Erinnerung darf schummeln, schönfärben, vortäuschen, das Gedächtnis hingegen tritt gerne als unbestechlicher Buchhalter auf. Doch wissen wir, daß mit dem Alter das Gedächtnis abnimmt, während in der Erinnerung all das, was lange verschüttet war – die Kindheit –, nun nahe gerückt erscheint, oft zu Glücksmomenten verdichtet. Mich, der ich immer noch gern in die Pilze gehe, überfällt gelegentlich die Erinnerung an jenen Augenblick, in dem ich als Kind in den Wäldern der Kaschubei plötzlich vor einem vereinzelten Steinpilz stehe. Er ist größer und herrlicher von Gestalt, als ich ihn später jemals gefunden habe. Also werde ich weiterhin suchen. Die Erinnerung hat mir ein Maß gesetzt.

Der Schriftsteller erinnert sich professionell. Als Erzähler ist er in dieser Disziplin trainiert. Er weiß, daß die Erinnerung eine oft zitierte Katze ist, die gestreichelt sein will, manchmal sogar gegen den Strich, bis es knistert: Dann schnurrt sie. So beutet er seine Erinnerung aus und notfalls die Erinnerung frei erfundener Personen. Erinnerung ist ihm Fundgrube, Müllhalde, Archiv. Er pflegt sie, wie man nachwachsenden Schnittlauch pflegt. Zwar weiß er, daß die Literatur ein Vielfraß ist und sogar Zeitungsnotizen und ähnlich unreife oder roh vom Messer springende Aktualitäten verschlingt, aber wiedergekäute Erinnerungen sind sein Hauptnahrungsmittel; in Dürrezeiten erinnert er sich an bereits abgegraste Erinnerungen. Es mag eine berufliche Deformation sein, die es ihm erlaubt, Schmerzhaftes, Beschämendes, sogar erinnertes Versagen mit Lust zu verwerten.

So ist mir die verlorene Heimat zum andauernden Anlaß für zwanghaftes Erinnern, das heißt für das Schreiben aus Obsession geworden. Etwas, das endgültig verloren ist und ein Vakuum hinterlassen hat, das mit dem Surrogat der einen oder anderen Ersatzheimat nicht aufgefüllt werden konnte, sollte auf weißem Papier Blatt für Blatt erinnert, beschworen, gebannt werden, und sei es verzerrt, wie auf Spiegelscherben eingefangen. Mit Kalkül wurde Erinnerung abgemolken, auf daß sie in satten Portionen einen ichversessenen Erzähler verköstigte, der aus besonderer Perspektive das Kleine groß, das Große klein sah. Alle Schleusen standen offen. Alles war wieder präsent und greifbar. Danziger Straßenbahnlinien, die Kinos der Altstadt und Vorstädte. Und in anderer Gestalt trat jener kaschubische Onkel ins erinnerte Bild, der bei Kriegsbeginn als Verteidiger der Polnischen Post wider Willen zum Helden wurde. Seinen Tod hat die Familie beschwiegen. Nur noch Gerede über Kesselschlachten, Sondermeldungen, Siege am laufenden Band und umständlich verplauderte Alltäglichkeiten, von denen Wortfetzen hängenblieben.

Erinnerte Sprache: ein erst Jahrzehnte nach Kriegsende mit den ältesten Flüchtlingen wegsterbendes Gemaule, jenes nach West- und Ostpreußen hin mehr und mehr ins Breite gewalkte Plattdeutsch, dessen kaschubische Variante, wenn meine Verwandten Deutsch sprachen, mir bis ins Detail erinnerlich ist. Etwa der mir im Jahr 58 von einer Großtante ins Ohr geflüsterte Satz, der nur mit Verlust ins Hochdeutsche zu übertragen wäre: »Ech waiß, Ginterchen, em Wästen is bässer, aber em Osten is scheener.« Diese abwägende Definition hat sich nicht nur in meiner Erinnerung verpuppt, vielmehr geisterte sie fortan, Ost und West wertend, in meinen Büchern und gibt mir heute noch Orientierung.

Soviel in Stichworten zur Manie des Schriftstellers, zum professionellen Erinnern. Doch gibt es – und sei es als Forderung oder Behauptung, aber auch bei rituell abgefeierten Anlässen – ein kollektives Erinnern. In ganz Europa wird es angerufen, bemüht, verweigert. Kriege und Kriegsverbrechen sind ihm zur Last geworden. Ideologische Prägungen haften ihm immer noch an. Besonders bereitet die kollektive Erinnerung der älteren Generation Mühe. Vielleicht ist uns Deutschen deshalb die typische und ein Klischee betonende Neuwortprägung »Erinnerungsarbeit« eingefallen. Sie wird als Schuldbekenntnis verlangt, als Zumutung versagt und mit Fleiß geleistet, denn seit Jahrzehnten, solange uns die Vergangenheit immer wieder eingeholt hat, wird sie wie eine Pflichtübung absolviert, seit den sechziger Jahren auch von der jeweils jungen, wie man meinen sollte, unbelasteten Generation. Es ist, als wollten sich die Kinder und Enkel stellvertretend für ihre schweigsamen Väter und Großväter erinnern.

Gegenwärtig vergeht keine Woche, in der nicht vor dem Vergessen gewarnt wird. Nachdem wir uns, wie gehofft wurde, ausreichend oft an die verfolgten, emigrierten, ermordeten Juden in unfaßbar großer Zahl erinnert haben, erinnern wir uns spät an die Verschleppung und Ermordung Zehntausender Zigeuner. Für viele zu spät, sind wir gegenwärtig gezwungen, uns an das Schicksal Hunderttausender Zwangsarbeiter zu erinnern, die aus Polen, aus Litauen, der Sowjetunion und vielen anderen Ländern kamen und an die Fließbänder der deutschen Kriegsindustrie gestellt wurden. Es ist, als gewönnen die in nur zwölf Jahren begangenen Verbrechen mehr und mehr an Gewicht, je größer die zeitliche

Distanz zu den pauschal als Schande bezeichneten Untaten wächst. Hilflos muten Versuche an, mit Denkmälern der Erinnerung Gestalt zu geben. In Berlin beispielsweise brach Streit aus. Nicht nur ästhetische Fragen drängten sich in den Vordergrund. »Erinnert euch!« riefen die einen, »Jetzt ist es aber genug!« fanden die anderen. Manchmal geschieht es, daß Fremde, die uns zuschauen, den erinnernden Umgang der Deutschen mit ihrer Vergangenheit »selbstquälerisch« nennen, wobei mitgesagt wird, daß unser Erinnern qualvoll ist. Doch dem ist kein Ende abzusehen. Wenn wir Zukunft planen, hat die Vergangenheit im angeblich jungfräulichen Gelände bereits ihre Duftmarken hinterlassen und Wegweiser gepflockt, die in abgelebte Zeiten zurückführen.

Merkwürdig und beunruhigend mutet dabei an, wie spät und immer noch zögerlich an die Leiden erinnert wird, die während des Krieges den Deutschen zugefügt wurden. Die Folgen des bedenkenlos begonnenen und verbrecherisch geführten Krieges, nämlich die Zerstörung deutscher Städte, der Tod Hunderttausender Zivilisten durch Flächenbombardierung und die Vertreibung, das Flüchtlingselend von zwölf Millionen Ostdeutschen, waren nur Thema im Hintergrund. Selbst in der Nachkriegsliteratur fand die Erinnerung an die vielen Toten der Bombennächte und Massenflucht nur wenig Raum. Ein Unrecht verdrängte das andere. Es verbot sich, das eine mit dem anderen zu vergleichen oder gar aufzurechnen. Überdies lehrt die Erfahrung, daß sich die Opfer von Gewalt, gleich, wer sie ausgeübt hat, nicht an erlittene Greuel erinnern wollen; sie haben das Recht, vergessen, ja, verdrängen zu dürfen, auf ihrer Seite.

So wird denn vieles, selbst wenn es als qualvolle Erinnerung wiederholt ins Bewußtsein drängt, ungesagt bleiben. Das Schweigen der Opfer ist dennoch unüberhörbar. Da niemals Frieden war und die Gegenwart auf dem Balkan und im Kaukasus, an vielen Schreckensorten dieser Welt, von Mord, Flucht und Vertreibung bestimmt ist, wird das Erinnern als Nachhall überlebter Leiden nicht aufhören. Kürzlich schrieb der ungarische Schriftsteller György Konrád mit Blick auf die Geschichte Europas: »Erinnern ist menschlich, wir können sagen, das Humane an sich.« Sein Hinweis, daß die Natur sich der Geschichte gegenüber gleichgültig verhalte, betont die den Menschen isolierende Fähigkeit, sich erinnern zu können, auf zwiespältige Weise, als sei diese Gabe Gnade und Fluch zugleich; Fluch, indem sie nicht von uns abläßt, Gnade, indem sie den Tod aufhebt. So reden wir in der Erinnerung mit Lebenden und Gestorbenen. Indem man sich an uns erinnern wird, werden wir überleben. Das Vergessen jedoch besiegelt den Tod.

Kleckerburg

Gestrichnes Korn, gezielte Fragen
verlangt die Kimme lebenslang:
Als ich verließ den Zeugenstand,
an Wände, vor Gericht gestellt,
wo Grenzen Flüsse widerlegen,
sechstausend Meter überm Mief,
zu Hause, der Friseur behauchte
den Spiegel und sein Finger schrieb:
Geboren wann? Nun sag schon, wo?
   Das liegt nordöstlich, westlich von
   und nährt noch immer Fotografen.
   Das hieß mal so, heut heißt es so.
   Dort wohnten bis, von dann an wohnten.
   Ich buchstabiere: Wrzeszcz hieß früher.
   Das Haus blieb stehen, nur der Putz.
   Den Friedhof, den ich, gibts nicht mehr.
   Wo damals Zäune, kann heut jeder.
   So gotisch denkt sich Gott was aus.
   Denn man hat wieder für viel Geld.
   Ich zählte Giebel, keiner fehlte:
   das Mittelalter holt sich ein.
   Nur jenes Denkmal mit dem Schwanz
   ist westwärts und davon geritten.
Und jedes Pausenzeichen fragt;
denn als ich, zwischen Muscheln, kleckerte mit Sand,
als ich bei Brentau einen Grabstein fand,
als ich Papier bewegte im Archiv

und im Hotel die Frage in fünf Sprachen:
Geboren wann und wo, warum?
nach Antwort schnappte, beichtete mein Stift:
Das war zur Zeit der Rentenmark.
Hier, nah der Mottlau, die ein Nebenfluß,
wo Forster brüllte und Hirsch Fajngold schwieg,
hier, wo ich meine ersten Schuhe
zerlief, und als ich sprechen konnte,
das Stottern lernte: Sand, klatschnaß,
zum Kleckern, bis mein Kinder-Gral
sich gotisch türmte und zerfiel.
Das war knapp zwanzig Jahre nach Verdun;
und dreißig Jahre Frist, bis mich die Söhne
zum Vater machten; Stallgeruch
hat diese Sprache, Sammeltrieb,
als ich Geschichten, Schmetterlinge spießte
und Worte fischte, die gleich Katzen
auf Treibholz zitterten, an Land gesetzt,
zwölf Junge warfen: grau und blind.
Geboren wann? Und wo? Warum?
Das hab ich hin und her geschleppt,
im Rhein versenkt, bei Hildesheim begraben;
doch Taucher fanden und mit Förderkörben
kam Strandgut Rollgut hoch, ans Licht.
Bucheckern, Bernstein, Brausepulver,
dies Taschenmesser und dies Abziehbild,
ein Stück vom Stück, Tonnagezahlen,
Minutenzeiger, Knöpfe, Münzen,
für jeden Platz ein Tütchen Wind.
Hochstapeln lehrt mein Fundbüro:
Gerüche, abgetretne Schwellen,
verjährte Schulden, Batterien,
die nur in Taschenlampen glücklich,
und Namen, die nur Namen sind:

Elfriede Broschke, Siemoneit,
Guschnerus, Lusch und Heinz Stanowski;
auch Chodowiecki, Schopenhauer
sind dort geboren. Wann? Warum?
Ja, in Geschichte war ich immer gut.
Fragt mich nach Pest und Teuerung.
Ich bete läufig Friedensschlüsse,
die Ordensmeister, Schwedennot,
und kenne alle Jagellonen
und alle Kirchen, von Johann
bis Trinitatis, backsteinrot.
Wer fragt noch wo? Mein Zungenschlag
ist baltisch tückisch stubenwarm.
Wie macht die Ostsee? – Blubb, pifff, pschsch . . .
Auf deutsch, auf polnisch: Blubb, pifff, pschsch . . .
Doch als ich auf dem volksfestmüden,
von Sonderbussen, Bundesbahn
gespeisten Flüchtlingstreffen in Hannover
die Funktionäre fragte, hatten sie
vergessen, wie die Ostsee macht,
und ließen den Atlantik röhren;
ich blieb beharrlich: Blubb, pifff, pschsch . . .
Da schrien alle: Schlagt ihn tot!
Er hat auf Menschenrecht und Renten,
auf Lastenausgleich, Vaterstadt
verzichtet, hört den Zungenschlag:
Das ist die Ostsee nicht, das ist Verrat.
Befragt ihn peinlich, holt den Stockturm her,
streckt, rädert, blendet, brecht und glüht,
paßt dem Gedächtnis Schrauben an.
Wir wollen wissen, wo und wann.
Nicht auf Strohdeich und Bürgerwiesen,
nicht in der Pfefferstadt – ach, wär ich doch
geboren zwischen Speichern auf dem Holm! –

19

in Strießbachnähe, nah dem Heeresanger
ist es passiert, heut heißt die Straße
auf polnisch Lelewela – nur die Nummer
links von der Haustür blieb und blieb.
Und Sand, klatschnaß, zum Kleckern: Gral...
In Kleckerburg gebürtig, westlich von.
Das liegt nordwestlich, südlich von.
Dort wechselt Licht viel schneller als.
Die Möwen sind nicht Möwen, sondern.
Und auch die Milch, ein Nebenarm der Weichsel,
floß mit dem Honig brückenreich vorbei.
   Getauft geimpft gefirmt geschult.
   Gespielt hab ich mit Bombensplittern.
   Und aufgewachsen bin ich zwischen
   dem Heilgen Geist und Hitlers Bild.
   Im Ohr verblieben Schiffssirenen,
   gekappte Sätze, Schreie gegen Wind,
   paar heile Glocken, Mündungsfeuer
   und etwas Ostsee: Blubb, pifff, pschsch...

II

»Da niemals Frieden war«

1937

Aus *Mein Jahrhundert*

Unsere Pausenhofspiele endeten nicht mit dem Klingelzeichen, sondern wurden unter Kastanienbäumen und vor dem einstöckigen Toilettengebäude, Pißbude genannt, von Pause zu Pause fortgesetzt. Wir kämpften miteinander. Die an die Turnhalle anschließende Pißbude galt als Alcázar von Toledo. Zwar lag das Ereignis um ein Jahr zurück, aber in unseren Schülerträumen verteidigte die Falange andauernd heldenhaft das Gemäuer. Immer wieder griffen die Roten vergeblich an. Doch war deren Versagen auch auf Lustlosigkeit zurückzuführen: niemand wollte den Roten zugezählt werden, ich auch nicht. Alle Schüler sahen sich todesmutig auf General Francos Seite. Schließlich haben uns einige Untersekundaner durch Losentscheid aufgeteilt: mit anderen Sextanern zog ich Rot, ohne die spätere Bedeutung dieses Zufalls erahnen zu können; offenbar zeichnet sich Zukünftiges bereits auf Pausenhöfen ab.

Also belagerten wir die Pißbude. Das geschah nicht ohne Kompromiß, denn die Aufsicht führenden Lehrer sorgten dafür, daß neutrale, aber auch kämpfende Schülergruppen während angeordneter Waffenruhe zumindest ihr Wasser abschlagen durften. Einer der Höhepunkte im Kampfgeschehen war das Telefongespräch zwischen dem Kommandanten des Alcázar, Oberst Moscardó, und seinem Sohn Luis, den die Roten gefangen hatten und mit Erschießung bedrohten, falls die Festung nicht bereit sei, zu kapitulieren.

Helmut Kurella, ein Quartaner mit Engelsgesicht und entsprechender Stimme, spielte den Luis. Ich mußte den

roten Miliz-Kommissar Caballo mimen und den Telefon-
hörer an Luis übergeben. Trompetenhell klang es über den
Pausenhof: »Hallo, Papa.« Darauf Oberst Moscardó: »Was
ist los, mein Junge?« – »Nichts. Sie sagen, ich werde erschossen, wenn der Alcázar nicht kapituliert.« – »Wenn das
wahr sein sollte, mein Sohn, dann empfehle deine Seele
Gott, rufe ›Viva España‹, und stirb wie ein Held.« – »Lebe
wohl, Vater. Und einen ganz großen Kuß!«

Das rief der engelhafte Helmut als Luis. Woraufhin ich,
der rote Kommissar, dem ein Primaner den abschließenden
Ruf »Viva la muerte!« eingetrichtert hatte, den tapferen
Knaben unter einem blühenden Kastanienbaum erschie-
ßen mußte.

Nein, bin nicht sicher, ob ich oder ein anderer die Hin-
richtung vollzogen hat; doch hätte ich es sein können.
Dann ging der Kampf weiter. Während der nächsten Pause
wurde der Turm der Festung gesprengt. Wir machten das
akustisch. Aber die Verteidiger gaben nicht auf. Was später
Spanischer Bürgerkrieg hieß, spielte sich auf dem Pausenhof des Conradinums zu Danzig-Langfuhr als ein einziges,
stets wiederholbares Ereignis ab. Natürlich siegte am Ende
die Falange. Der Belagerungsring wurde von außen
gesprengt. Eine Horde Tertianer schlug übertrieben heftig
zu. Danach große Umarmung. Oberst Moscardó begrüßte
die Befreier mit der berühmt gewordenen Losung »Sin
novedad«, was soviel wie »Nichts zu berichten« heißt. Dann
wurden wir, die Roten, liquidiert.

So konnte gegen Schluß der Pause die Pißbude wieder
normal benutzt werden, doch schon am nächsten Schultag
wiederholten wir unser Spiel. Das zog sich bis zu den Som-
merferien siebenunddreißig hin. Eigentlich hätten wir auch
die Bombardierung der baskischen Stadt Guernica spielen
können. Die deutsche Wochenschau hatte uns diesen Einsatz unserer Freiwilligen vorm Hauptfilm im Kino gezeigt.

Am 26. April wurde das Städtchen in Schutt und Asche gelegt. Noch heute höre ich die dem Motorenlärm unterlegte Musik. Aber zu sehen waren nur unsere Heinkel- und Junkersflugzeuge im Anflug Sturzflug Abflug. Es sah aus, als übten sie. Das gab keine Heldentat her, die sich auf dem Pausenhof nachspielen ließ.

Polnische Fahne

Viel Kirschen, die aus diesem Blut
im Aufbegehren deutlich werden,
das Bett zum roten Inlett überreden.

Der erste Frost zählt Rüben, blinde Teiche,
Kartoffelfeuer überm Horizont,
auch Männer halb im Rauch verwickelt.

Die Tage schrumpfen, Äpfel auf dem Schrank,
die Freiheit fror, jetzt brennt sie in den Öfen,
kocht Kindern Brei und malt die Knöchel rot.

Im Schnee der Kopftücher beim Fest,
Pilsudskis Herz, des Pferdes fünfter Huf,
schlug an die Scheune, bis der Starost kam.

Die Fahne blutet musterlos,
so kam der Winter, wird der Schritt
hinter den Wölfen Warschau finden.

Glaube Hoffnung Liebe

Aus *Die Blechtrommel*

Es war einmal ein Musiker, der hieß Meyn und konnte ganz wunderschön Trompete blasen. In der vierten Etage unter dem Dach eines Mietshauses wohnte er, hielt sich vier Katzen, deren eine Bismarck hieß, und trank von früh bis spät aus einer Machandelflasche. Das tat er solange, bis das Unglück ihn nüchtern werden ließ.

Oskar will heute noch nicht so recht an Vorzeichen glauben. Dennoch gab es damals Vorzeichen genug für ein Unglück, das immer größere Stiefel anzog, mit immer größeren Stiefeln größere Schritte machte und das Unglück umherzutragen gedachte. Da starb mein Freund Herbert Truczinski an einer Brustwunde, die ihm ein hölzernes Weib zugefügt hatte. Das Weib starb nicht. Das wurde versiegelt und im Museumskeller, angeblich wegen Restaurationsarbeiten, aufbewahrt. Doch man kann das Unglück nicht einkellern. Mit den Abwässern findet es durch die Kanalisation, es teilt sich den Gasleitungen mit, kommt allen Haushaltungen zu, und niemand, der da sein Suppentöpfchen auf die bläulichen Flammen stellt, ahnt, daß da das Unglück seinen Fraß zum Kochen bringt.

Als Herbert auf dem Friedhof Langfuhr beerdigt wurde, sah ich Schugger Leo, dessen Bekanntschaft ich auf dem Brentauer Friedhof gemacht hatte, zum zweitenmal. Uns allen, Mutter Truczinski, Guste, Fritz und Maria Truczinski, der dicken Frau Kater, dem alten Heilandt, der an den Festtagen Fritzens Kaninchen für Mutter Truczinski schlachtete, meinem mutmaßlichen Vater Matzerath, der, großzügig wie er sich geben konnte, die gute Hälfte der Begräbniskosten trug, auch Jan Bronski, der Herbert kaum

kannte, der nur gekommen war, um Matzerath, womöglich auch mich auf neutralem Friedhofsboden wiederzuse-
hen – uns allen sagte sabbernd und zitternde, weiß schim-
melnde Handschuhe reichend Schugger Leo sein wirres,
Freud und Leid nicht unterscheidendes Beileid.

Als Schugger Leos Handschuhe dem Musiker Meyn, der
halb in Zivil, halb in SA-Uniform gekommen war, zuflat-
terten, geschah ein weiteres Zeichen künftigen Unglücks.

Aufgescheucht warf sich Leos bleicher Handschuhstoff
hoch, flog davon und zog Leo mit sich über Gräber hinweg. Schreien hörte man ihn; doch war es kein Beileid,
was da als Wortfetzen in der Friedhofsbepflanzung hän-
genblieb.

Niemand rückte von dem Musiker Meyn ab. Dennoch
stand er vereinzelt, durch Schugger Leo erkannt und gezeichnet, zwischen der Trauergemeinde und hantierte verlegen mit seiner Trompete, die er extra mitgebracht, auf
der er zuvor über Herberts Grab hinweg ganz wunderschön geblasen hatte. Wunderschön, weil Meyn, was er
seit langem nicht mehr tat, vom Machandel getrunken
hatte, weil ihm Herberts Tod, mit dem er in einem Alter
war, naheging, während mich und meine Trommel Herberts Tod stumm machte.

Es war einmal ein Musiker, der hieß Meyn und konnte
ganz wunderschön Trompete blasen. In der vierten Etage
unter dem Dach unseres Mietshauses wohnte er, hielt sich
vier Katzen, deren eine Bismarck hieß, und trank von früh
bis spät aus einer Machandelflasche, bis er, ich glaube,
Ende sechsunddreißig oder Anfang siebenunddreißig in
die Reiter-SA eintrat, dort als Trompeter im Musikerkorps
zwar viel fehlerloser, aber nicht mehr wunderschön Trompete blies, weil er, in die geledertern Reiterhosen schlüp-
fend, die Machandelflasche aufgegeben hatte und nur
noch nüchtern und laut in sein Blech stieß.

Als dem SA-Mann Meyn der Jugendfreund Herbert Truczinski starb, mit dem er während der zwanziger Jahre zuerst einer kommunistischen Jugendgruppe, dann den Roten Falken Mitgliederbeiträge gezahlt hatte, als der unter die Erde gebracht werden sollte, griff Meyn zu seiner Trompete und zugleich zu einer Machandelflasche. Denn er wollte wunderschön blasen und nicht nüchtern, hatte sich auch auf braunem Pferd reitend das Musikerohr bewahrt und nahm deshalb noch auf dem Friedhof einen Schluck und behielt auch beim Trompeteblasen den Mantel aus Zivilstoff über der Uniform an, obgleich er sich vorgenommen hatte, über die Friedhofserde hinweg in Braun, wenn auch ohne Kopfbedeckung, zu blasen.

Es war einmal ein SA-Mann, der behielt, als er am Grabe seines Jugendfreundes ganz wunderschön und machandelhell Trompete blies, den Mantel über der Reiter-SA-Uniform an. Als jener Schugger Leo, den es auf allen Friedhöfen gibt, der Trauergemeinde sein Beileid sagen wollte, bekamen auch alle Schugger Leos Beileid zu hören. Nur der SA-Mann durfte den weißen Handschuh Leos nicht fassen, weil Leo den SA-Mann erkannte, fürchtete und ihm laut schreiend den Handschuh und das Beileid entzog. Der SA-Mann aber ging ohne Beileid und mit kalter Trompete nach Hause, wo er in seiner Wohnung unter dem Dach unseres Mietshauses seine vier Katzen fand.

Es war einmal ein SA-Mann, der hieß Meyn. Aus Zeiten, da er tagtäglich Machandel getrunken und ganz wunderschön Trompete geblasen hatte, bewahrte sich Meyn in seiner Wohnung vier Katzen auf, deren eine Bismarck hieß. Als der SA-Mann Meyn eines Tages vom Begräbnis seines Jugendfreundes Herbert Truczinski zurückkam und traurig und schon wieder nüchtern war, weil ihm jemand das Beileid verweigert hatte, fand er sich ganz alleine mit seinen vier Katzen in der Wohnung. Die Katzen rieben sich an seinen Reiterstiefeln, und Meyn gab ihnen ein Zeitungspapier voller Heringsköpfe, was die Katzen von seinen Stiefeln weglockte. Es roch an jenem Tage besonders stark in der Wohnung nach den vier Katzen, die alle Kater waren, deren einer Bismarck hieß und schwarz auf weißen Pfoten ging. Meyn aber hatte keinen Machandel in der Wohnung. Deshalb roch es immer mehr nach den Katzen oder Katern. Vielleicht hätte er in unserem Kolonialwarengeschäft welchen gekauft, wenn er seine Wohnung nicht in der vierten Etage unter dem Dach gehabt hätte. So aber fürchtete er die Treppen und fürchtete auch die Leute der Nachbarschaft, vor denen er oft genug geschworen hatte, daß kein Tröpfchen Machandel mehr über seine Musikerlippen komme, daß ein neues, stocknüchternes Leben beginne, daß er sich fortan der Ordnung verschreibe und nicht mehr den Räuschen einer verpfuschten und haltlosen Jugend.

Es war einmal ein Mann, der hieß Meyn. Als der sich eines Tages mit seinen vier Katern, deren einer Bismarck hieß, alleine in seiner Wohnung unter dem Dach fand, mißfiel ihm der Katergeruch besonders, weil er am Vormittag etwas Peinliches erlebt hatte, auch weil es keinen Machandel im Hause gab. Da jedoch Peinlichkeit und Durst zunahmen und den Katergeruch steigerten, griff Meyn, der Musiker von Beruf war und Mitglied der Reiter-SA-Kapelle, nach dem Feuerhaken neben dem kalten Dauerbrandofen und schlug solange auf die Kater ein, bis er annehmen konnte, alle vier, auch der Kater namens Bismarck, seien tot und fertig; wenn auch der Katergeruch in der Wohnung nichts von seiner Eindringlichkeit verloren hatte.

Es war einmal ein Uhrmacher, der hieß Laubschad und wohnte in der ersten Etage unseres Mietshauses in einer

Zweizimmerwohnung, deren Fenster zum Hof sahen. Der Uhrmacher Laubschad war unverheiratet, Mitglied der NS-Volkswohlfahrt und des Tierschutzvereins. Ein gutes Herz hatte Laubschad und half allen müden Menschen, kranken Tieren und kaputten Uhren wieder auf die Beine. Als der Uhrmacher eines Nachmittags besinnlich und das am Vormittag erlebte Begräbnis eines Nachbarn bedenkend am Fenster saß, sah er, wie der Musiker Meyn, der in der vierten Etage desselben Mietshauses seine Wohnung hatte, einen halbvollen Kartoffelsack, der unten feucht zu sein schien und tropfte, auf den Hof trug und in einem der beiden Müllkästen versenkte. Da aber der Müllkasten dreiviertel voll war, gelang es dem Musiker nur mit Mühe, den Deckel zu schließen.

Es waren einmal vier Kater, deren einer Bismarck hieß. Diese Kater gehörten einem Musiker namens Meyn. Da die Kater, die nicht kastriert waren, streng und vorherrschend rochen, erschlug der Musiker eines Tages, da ihm aus besonderen Gründen der Geruch besonders unangenehm war, die vier Kater mit einem Feuerhaken, versorgte die Kadaver in einem Kartoffelsack, trug den Sack die vier Treppen hinunter und hatte es eilig, das Bündel im Müllkasten auf dem Hof neben der Teppichklopfstange zu versenken, weil das Sacktuch durchlässig war und schon in der zweiten Etage zu tropfen anfing. Da jedoch der Müllkasten ziemlich gefüllt war, mußte der Musiker den Müll mit dem Sack zusammendrücken, um den Deckel des Kastens schließen zu können. Er mochte das Mietshaus zur Straßenseite hin kaum verlassen haben – denn in die nach Katzen riechende aber katzenlose Wohnung wollte er nicht zurückkehren –, da begann der zusammengedrückte Müll sich wieder auszudehnen, hob den Sack und mit dem Sack den Müllkastendeckel.

Es war einmal ein Musiker, der erschlug seine vier Katzen, begrub die im Müllkasten, verließ das Haus und suchte seine Freunde auf.

Es war einmal ein Uhrmacher, der saß nachdenklich am Fenster und beobachtete, wie der Musiker Meyn einen halbvollen Sack in den Müllkasten stopfte, sodann den Hof verließ, auch daß der Müllkastendeckel sich wenige Augenblicke nach Meyns Abgang hob und immer noch ein bißchen mehr hob.

Es waren einmal vier Kater, die wurden, weil sie an einem besonderen Tag besonders stark rochen, totgeschlagen, in einen Sack gestopft und im Müllkasten vergraben. Die Katzen aber, deren eine Bismarck hieß, waren noch nicht ganz tot, sondern zäh, wie Katzen eben zäh sind. Sie bewegten sich in dem Sack, brachten den Müllkastendeckel in Bewegung und stellten dem Uhrmacher Laubschad, der immer noch sinnend am Fenster saß, die Frage: Rate mal, was in dem Sack ist, den der Musiker Meyn in den Müllkasten gesteckt hat?

Es war einmal ein Uhrmacher, der konnte nicht ruhig ansehen, daß sich etwas im Müllkasten bewegte. So verließ er seine Wohnung in der ersten Etage des Mietshauses, begab sich auf den Hof des Mietshauses, öffnete den Müllkastendeckel und den Sack, nahm die vier zerschlagenen, aber immer noch lebenden Kater an sich, um sie zu pflegen. Aber sie starben ihm noch während der folgenden Nacht unter den Uhrmacherfingern, und es blieb ihm nichts anderes zu tun übrig, als beim Tierschutzverein, dessen Mitglied er war, eine Anzeige zu machen und auch die Ortsgruppenleitung von der das Ansehen der Partei schädigenden Tierquälerei zu benachrichtigen.

Es war einmal ein SA-Mann, der tötete vier Kater und wurde, da die Kater noch nicht ganz tot waren, von den Katern verraten und von einem Uhrmacher angezeigt. Es kam zu einem gerichtlichen Verfahren, und der SA-Mann mußte Strafe zahlen. Doch auch bei der SA wurde über den Fall gesprochen, und der SA-Mann sollte wegen unwürdigen Verhaltens aus der SA ausgestoßen werden. Selbst als sich der SA-Mann während der Nacht vom neunten zum zehnten November achtunddreißig, die man später die Kristallnacht nannte, besonders mutig hervortat, die Langfuhrer Synagoge im Michaelisweg mit anderen in Brand steckte, auch kräftig mittat, als am folgenden Morgen mehrere zuvor genau bezeichnete Geschäfte geräumt werden mußten, konnte all sein Eifer seine Entfernung aus der Reiter-SA nicht verhindern. Wegen unmenschlicher Tierquälerei wurde er degradiert und von der Mitgliederliste gestrichen. Erst ein Jahr später gelang ihm der Eintritt in die Heimwehr, die später von der Waffen-SS übernommen wurde.

Es war einmal ein Kolonialwarenhändler, der schloß an einem Novembertag sein Geschäft, weil in der Stadt etwas los war, nahm seinen Sohn Oskar bei der Hand und fuhr mit der Straßenbahn Linie Fünf bis zum Langgasser Tor, weil dort wie in Zoppot und Langfuhr die Synagoge brannte. Die Synagoge war fast abgebrannt, und die Feuerwehr paßte auf, daß der Brand nicht auf die anderen Häuser übergriff. Vor der Ruine schleppten Uniformierte und Zivilisten Bücher, sakrale Gebrauchsgegenstände und merkwürdige Stoffe zusammen. Der Berg wurde in Brand gesteckt, und der Kolonialwarenhändler benutzte die Gelegenheit und wärmte seine Finger und seine Gefühle über dem öffentlichen Feuer. Sein Sohn Oskar jedoch, der den Vater so beschäftigt und entflammt sah, verdrückte sich unbeobachtet und eilte in Richtung Zeughauspassage davon, weil er um seine Trommeln aus weißrot gelacktem Blech besorgt war.

Es war einmal ein Spielzeughändler, der hieß Sigismund Markus und verkaufte unter anderem auch weißrot gelackte Blechtrommeln. Oskar, von dem soeben die Rede war, war der Hauptabnehmer dieser Blechtrommeln, weil er von Beruf Blechtrommler war und ohne Blechtrommel nicht leben konnte und wollte. Deshalb eilte er auch von der brennenden Synagoge fort zur Zeughauspassage, denn dort wohnte der Hüter seiner Trommeln; aber er fand ihn in einem Zustand vor, der ihm das Verkaufen von Blechtrommeln fortan oder auf dieser Welt unmöglich machte.

Sie, dieselben Feuerwerker, denen ich, Oskar, davongelaufen zu sein glaubte, hatten schon vor mir den Markus besucht, hatten Pinsel in Farbe getaucht und ihm quer übers Schaufenster in Sütterlinschrift das Wort Judensau geschrieben, hatten dann, vielleicht aus Mißvergnügen an der eigenen Handschrift, mit ihren Stiefelabsätzen die Schaufensterscheibe zertreten, so daß sich der Titel, den sie dem Markus angehängt hatten, nur noch erraten ließ. Die Tür verachtend, hatten sie durch das aufgebrochene Fenster in den Laden gefunden und spielten nun dort auf ihre eindeutige Art mit dem Kinderspielzeug.

Ich fand sie noch beim Spiel, als ich gleichfalls durch das Schaufenster in den Laden trat. Einige hatten sich die Hosen heruntergerissen, hatten braune Würste, in denen noch halbverdaute Erbsen zu erkennen waren, auf Segelschiffe, geigende Affen und meine Trommeln gedrückt. Sie sahen alle aus wie der Musiker Meyn, trugen Meyns SA-Uniform, aber Meyn war nicht dabei; wie ja auch diese, die hier dabei waren, woanders nicht dabei waren. Einer hatte seinen Dolch gezogen. Puppen schlitzte er auf und schien jedesmal enttäuscht zu sein, wenn nur Sägespäne aus den prallen Rümpfen und Gliedern quollen.

Ich sorgte mich um meine Trommeln. Meine Trommeln gefielen denen nicht. Mein Blech hielt ihren Zorn nicht aus, mußte still halten und ins Knie brechen. Markus aber war ihrem Zorn ausgewichen. Als sie ihn in seinem Büro sprechen wollten, klopften sie nicht etwa an, brachen die Tür auf, obgleich die nicht verschlossen war.

Hinter seinem Schreibtisch saß der Spielzeughändler. Ärmelschoner trug er wie gewöhnlich über seinem dunkelgrauen Alltagstuch. Kopfschuppen auf den Schultern verrieten seine Haarkrankheit. Einer, der Kasperlepuppen an den Fingern hatte, stieß ihn mit Kasperles Großmutter hölzern an, aber Markus war nicht mehr zu sprechen, nicht mehr zu kränken. Vor ihm auf der Schreibtischplatte stand ein Wasserglas, das auszuleeren ihm ein Durst gerade in jenem Augenblick geboten haben mußte, als die splitternd aufschreiende Schaufensterscheibe seines Ladens seinen Gaumen trocken werden ließ.

Es war einmal ein Blechtrommler, der hieß Oskar. Als man ihm den Spielzeughändler nahm und des Spielzeughändlers Laden verwüstete, ahnte er, daß sich gnomhaften Blechtrommlern, wie er einer war, Notzeiten ankündigten. So klaubte er sich beim Verlassen des Ladens eine heile und zwei weniger beschädigte Trommeln aus den Trümmern, verließ so behängt die Zeughauspassage, um auf dem Kohlenmarkt seinen Vater zu suchen, der womöglich ihn suchte. Draußen war später Novembervormittag. Neben dem Stadttheater, nahe der Straßenbahnhaltestelle standen religiöse Frauen und frierende häßliche Mädchen, die fromme Hefte austeilten, Geld in Büchsen sammelten und zwischen zwei Stangen ein Transparent zeigten, dessen Aufschrift den ersten Korintherbrief, dreizehntes Kapitel zitierte. »Glaube – Hoffnung – Liebe« konnte Oskar lesen und mit den drei Wörtchen umgehen wie ein Jongleur mit Flaschen: Leichtgläubig, Hoffmannstropfen, Liebesperlen, Gutehoffnungshütte, Liebfrauenmilch, Gläubigerversammlung. Glaubst du, daß es morgen regnen wird? Ein ganzes leichtgläubiges Volk glaubte an den Weihnachtsmann. Aber der Weihnachtsmann war in Wirklichkeit der Gasmann. Ich glaube, daß es nach Nüssen riecht und nach Mandeln. Aber es roch nach Gas. Jetzt haben wir bald, glaube ich, den ersten Advent, hieß es. Und der erste, zweite bis vierte Advent wurden aufgedreht, wie man Gashähne aufdreht, damit es glaubwürdig nach Nüssen und Mandeln roch, damit alle Nußknacker getrost glauben konnten:

Er kommt! Er kommt! Wer kam denn? Das Christkindchen, der Heiland? Oder kam der himmlische Gasmann mit der Gasuhr unter dem Arm, die immer ticktick macht? Und er sagte: Ich bin der Heiland dieser Welt, ohne mich könnt ihr nicht kochen. Und er ließ mit sich reden, bot einen günstigen Tarif an, drehte die frischgeputzten Gashähnchen auf und ließ ausströmen den Heiligen Geist, damit man die Taube kochen konnte. Und verteilte Nüsse und Knackmandeln, die dann auch prompt geknackt wurden und gleichfalls strömten sie aus: Geist und Gase, so daß es den Leichtgläubigen leichtfiel, inmitten dichter und bläulicher Luft in all den Gasmännern vor den Kaufhäusern Weihnachtsmänner zu sehen und Christkindchen in allen Größen und Preislagen. Und so glaubten sie an die alleinseligmachende Gasanstalt, die mit steigenden und fallenden Gasometern Schicksal versinnbildlichte und zu Normalpreisen eine Adventszeit veranstaltete, an deren vorauszusehende Weihnacht zwar viele glaubten, deren anstrengende Feiertage aber nur jene überlebten, für die der Vorrat an Mandeln und Nüssen nicht ausreichen wollte – obgleich alle geglaubt hatten, es sei genug da.

Aber nachdem sich der Glaube an den Weihnachtsmann als Glaube an den Gasmann herausgestellt hatte, versuchte man es, ohne auf die Reihenfolge des Korintherbriefes zu achten, mit der Liebe: Ich liebe dich, hieß es, oh, ich liebe dich. Liebst du dich auch? Liebst du mich, sag mal, liebst du mich wirklich? Ich liebe mich auch. Und aus lauter Liebe nannten sie einander Radieschen, liebten Radieschen, bissen sich, ein Radieschen biß dem anderen das Radieschen aus Liebe ab. Und erzählten sich Beispiele wunderbarer himmlischer, aber auch irdischer Liebe zwischen Radieschen und flüsterten kurz vorm Zubeißen frisch, hungrig und scharf: Radieschen, sag, liebst du mich? Ich liebe mich auch.

Aber nachdem sie sich aus Liebe die Radieschen abgebissen hatten und der Glaube an den Gasmann zur Staatsreligion erklärt worden war, blieb nach Glaube und vorweggenommener Liebe nur noch der dritte Ladenhüter des Korintherbriefes: die Hoffnung. Und während sie noch an Radieschen, Nüssen und Mandeln zu knabbern hatten, hofften sie schon, daß bald Schluß sei, damit sie neu anfangen konnten oder fortfahren, nach der Schlußmusik oder schon während der Schlußmusik hoffend, daß bald Schluß sei mit dem Schluß. Und wußten immer noch nicht, womit Schluß. Hofften nur, daß bald Schluß, schon morgen Schluß, heute hoffentlich noch nicht Schluß; denn was sollten sie anfangen mit dem plötzlichen Schluß. Und als dann Schluß war, machten sie schnell einen hoffnungsvollen Anfang daraus; denn hierzulande ist Schluß immer Anfang und Hoffnung in jedem, auch im endgültigsten Schluß. So steht auch geschrieben: Solange der Mensch hofft, wird er immer wieder neu anfangen mit dem hoffnungsvollen Schlußmachen.

Ich aber, ich weiß nicht. Ich weiß zum Beispiel nicht, wer sich heute unter den Bärten der Weihnachtsmänner versteckt, weiß nicht, was Knecht Ruprecht im Sack hat, weiß nicht, wie man die Gashähne zudreht und abdrosselt; denn es strömt schon wieder Advent, oder immer noch, weiß nicht, probeweise, weiß nicht, für wen geprobt wird,

weiß nicht, ob ich glauben kann, daß sie hoffentlich liebevoll die Gashähne putzen, damit sie krähen, weiß nicht, an
welchem Morgen, an welchem Abend, weiß nicht, ob es
auf Tageszeiten ankommt; denn die Liebe kennt keine
Tageszeiten, und die Hoffnung ist ohne Ende, und der
Glaube kennt keine Grenzen, nur das Wissen und das
Nichtwissen sind an Zeiten und Grenzen gebunden und
enden meistens vorzeitig schon bei den Bärten, Ruck-
säcken, Knackmandeln, daß ich wiederum sagen muß: Ich
weiß nicht, oh, weiß nicht, womit sie, zum Beispiel, die
Därme füllen, wessen Gedärm nötig ist, damit es gefüllt
werden kann, weiß nicht, womit, wenn auch die Preise für
jede Füllung, fein oder grob, lesbar sind, weiß ich dennoch
nicht, was im Preis miteinbegriffen, weiß nicht, aus welchen Wörterbüchern sie Namen für Füllungen klauben,
weiß nicht, womit sie die Wörterbücher wie auch die
Därme füllen, weiß nicht, wessen Fleisch, weiß nicht,
wessen Sprache: Wörter bedeuten, Metzger verschweigen,
ich schneide Scheiben ab, du schlägst die Bücher auf, ich
lese, was mir schmeckt, du weißt nicht, was dir schmeckt:
Wurstscheiben und Zitate aus Därmen und Büchern –
und nie werden wir erfahren, wer still werden mußte, verstummen mußte, damit Därme gefüllt, Bücher laut werden konnten, gestopft, gedrängt, ganz dicht beschrieben,
ich weiß nicht, ich ahne: Es sind dieselben Metzger, die
Wörterbücher und Därme mit Sprache und Wurst füllen,
es gibt keinen Paulus, der Mann hieß Saulus und war ein
Saulus und erzählte als Saulus den Leuten aus Korinth
etwas von ungeheuer preiswerten Würsten, die er Glaube,
Hoffnung und Liebe nannte, als leicht verdaulich pries,
die er heute noch, in immer wechselnder Saulusgestalt, an
den Mann bringt.

Mir aber nahmen sie den Spielzeughändler, wollten mit
ihm das Spielzeug aus der Welt bringen.

Es war einmal ein Musiker, der hieß Meyn und konnte ganz wunderschön Trompete blasen.

Es war einmal ein Spielzeughändler, der hieß Markus und verkaufte weißrot gelackte Blechtrommeln.

Es war einmal ein Musiker, der hieß Meyn und hatte vier Katzen, deren eine Bismarck hieß.

Es war einmal ein Blechtrommler, der hieß Oskar und war auf den Spielzeughändler angewiesen.

Es war einmal ein Musiker, der hieß Meyn und erschlug seine vier Katzen mit dem Feuerhaken.

Es war einmal ein Uhrmacher, der hieß Laubschad und war Mitglied im Tierschutzverein.

Es war einmal ein Blechtrommler, der hieß Oskar, und sie nahmen ihm seinen Spielzeughändler.

Es war einmal ein Spielzeughändler, der hieß Markus und nahm mit sich alles Spielzeug aus dieser Welt.

Es war einmal ein Musiker, der hieß Meyn, und wenn er nicht gestorben ist, lebt er heute noch und bläst wieder wunderschön Trompete.

1959

Aus *Mein Jahrhundert*

Wie wir einander, Anna und ich – das war dreiundfünf-
zig–, im januarkalten Berlin auf dem Tanzboden der »Eier-
schale« gefunden hatten, tanzten wir nun, weil nur abseits
der Buchmessehallen samt ihren zwanzigtausend Neu-
erscheinungen und zigtausend quasselnden Insidern Rettung zu finden war, auf Verlagskosten (Luchterhand, oder
war es in S. Fischers backfrischem »Bienenkorb«, bestimmt
nicht auf Suhrkamps gebohnerten Dielen, nein, in einem
von Luchterhand gemieteten Lokal) auf heißen Sohlen, wie
wir schon immer, Anna und ich, uns tanzend gesucht und
gefunden hatten, zu einer Musik, die den Rhythmus unserer jungen Jahre hielt – Dixieland! –, als könnten wir uns
nur tanzend vor diesem Rummel, der Bücherflut, all diesen
wichtigen Leuten retten und so ihrem Gerede – »Erfolg!
Böll, Grass, Johnson machen das Rennen...« – leichtfüßig
entkommen und zugleich unsere Ahnung, jetzt hört was
auf, jetzt fängt was an, jetzt haben wir einen Namen, in
schneller Drehung überstehen, und zwar auf Gummibei-
nen, ganz eng geschmiegt oder auf Fingerspitzendistanz,
denn dieses Messehallengemurmel – »Billard, Mutmassun-
gen, Blechtrommel...« – und dieses Partygeflüster – »Jetzt
endlich ist sie da, die deutsche Nachkriegsliteratur...« –
oder auch militärische Befunde – »Trotz Sieburg und FAZ,
jetzt ist der Durchbruch gelungen...« – waren nur so, tanz-
süchtig und losgelassen, zu überhören, weil Dixieland und
unser Herzschlag lauter waren, uns beflügelten und schwe-
relos machten, so daß die Last des Schmökers – siebenhun-

40

dertdreißig Seiten fett – im Tanz aufgehoben war und wir uns von Auflage zu Auflage, fünfzehn-, nein, zwanzigtausend, steigerten, wobei Anna, als irgendwer »Dreißigtausend!« schrie und Lizenzabschlüsse mit Frankreich, Japan, Skandinavien vermutete, plötzlich, weil wir auch diesen Erfolg überboten und nun ohne Bodenhaftung tanzten, ihren am unteren Saum mit Mausezähnchen behäkelten und in drei Stufen gerüschten Unterrock verlor, als der Gummizug schlappmachte oder mit uns jede Hemmung verloren hatte, weshalb Anna gelöst aus der gefallenen Wäsche schwebte, sie mit freier Fußspitze dorthin schleuderte, wo wir Zuschauer hatten, Messevolk, sogar Leser darunter, die mit uns auf Verlagskosten (Luchterhand) den jetzt schon Bestseller feierten und »Oskar!« riefen, »Oskar tanzt«; aber das war nicht Oskar Matzerath, der »Jimmy the Tiger« mit einer Dame vom Fernsprechamt aufs Parkett legte, das waren eingetanzt Anna und ich, die Franz und Raoul, ihre Söhnchen, bei Freunden untergestellt hatten und per Bahn gereist waren, und zwar von Paris her, wo ich in einem feuchten Loch die Heizung für unsere zwei Zimmer mit Koks gefüttert und vor fließender Wand Kapitel nach Kapitel geschrieben hatte, während Anna, deren gefallener Unterrock ein großmütterliches Erbstück war, an der Place Clichy bei Madame Nora täglich an der Ballettstange schwitzte, bis ich die letzten Seiten getippt, die Korrekturfahnen nach Neuwied geschickt hatte und auch der Buchumschlag fertig gepinselt war, mit Oskar blauäugig drauf, so daß uns der Verleger (Reifferscheid hieß er) nach Frankfurt zur Buchmesse einlud, damit wir zu zweit den Erfolg erleben, auskosten, vor- und nachschmecken konnten; aber getanzt haben Anna und ich immer schon, auch später noch, als wir uns zwar einen Namen gemacht, aber von Tanz zu Tanz immer weniger zu sagen hatten.

Im zweiten Kriegssommer

Aus *Katz und Maus*

Schön war er nicht. Er hätte sich seinen Adamsapfel reparieren lassen sollen. Womöglich lag alles nur an dem Knorpel.

Aber das Ding hatte seine Entsprechungen. Auch kann man nicht alles mit Proportionen beweisen wollen. Und seine Seele wurde mir nie vorgestellt. Nie hörte ich, was er dachte. Am Ende bleiben sein Hals und dessen viele Gegengewichte. Auch daß er getürmte Stullenpakete in die Schule, in die Badeanstalt schleppte und während des Unterrichtes, kurz vor dem Baden Margarinestullen tilgte, kann nur ein Hinweis mehr auf die Maus sein, denn die Maus kaute mit und war unersättlich.

Bleibt noch das Beten in Richtung Marienaltar. Der Gekreuzigte interessierte ihn nicht besonders. Es fiel auf, daß jenes Auf und Ab an seinem Hals zwar nicht verschwand oder gar zum Stillstand kam, wenn er die Fingerspitzen aneinander legte, doch schluckte er beim Beten in Zeitlupe und vermochte, durch übertrieben stilisierte Handhaltung von einem Fahrstuhl abzulenken, der, oberhalb seines Hemdkragens, seiner Anhängsel an Bindfäden, Schnürsenkeln und Kettchen, immer in Betrieb war.

Sonst war mit Mädchen nicht viel bei ihm los. Hätte er eine Schwester gehabt? Auch meine Cousinen konnten ihm nicht helfen. Sein Verhältnis zu Tulla Pokriefke zählt nicht, war besonderer Art und wäre als Zirkusnummer – er wollte ja Clown werden – nicht ohne gewesen, denn Tulla, ein Spirkel mit Strichbeinen, hätte genausogut ein

Junge sein können. Jedenfalls hat sich das zerbrechliche Ding, das nach Laune mitschwamm, als wir den zweiten Sommer auf dem Kahn kleinbekamen, nie vor uns geniert, wenn wir die Badehosen schonten, uns blank auf dem Rost lümmelten und nichts oder nur ganz wenig mit uns anzufangen wußten.

Tullas Gesicht wäre mit einer Punkt Komma Strich Zeichnung wiederzugeben. Eigentlich hätte sie Schwimmhäute zwischen den Zehen haben müssen, so leicht lag sie im Wasser. Immer, auch auf dem Kahn, trotz Seetang, Möwen und säuerlichem Rost, stank sie nach Tischlerleim, weil ihr Vater in der Tischlerei ihres Onkels mit Leim zu tun hatte. Sie bestand aus Haut, Knochen und Neugierde. Ruhig, über gestütztem Kinn, guckte Tulla zu, wenn Winter oder Esch nicht mehr drum herum kamen und ihren Obolus entrichteten. Mit durchtretender Wirbelsäule hockte sie Winter, der immer lange brauchte, um fertig zu werden, gegenüber und maulte: »Mensch, das dauert aber.«

Als das Zeug endlich kam und auf den Rost klatschte, begann sie erst richtig zappelig zu werden, warf sich auf den Bauch, machte enge Rattenaugen, guckte guckte, wollte ichweißnichtwas entdecken, hockte wieder, ging auf die Knie, stand leicht X-beinig darüber und begann mit beweglichem großen Zeh zu rühren, bis es rostrot schäumte: »Mensch, prima! Mach du jetzt mal, Atze.«

Dieses Spielchen – und es ging wirklich harmlos dabei zu – wurde Tulla nie langweilig. Näselnd bettelte sie: »Mach doch mal. Wer hat heut noch nich? Du bist jetzt dran.«

Immer fand sie Dumme und Gutmütige, die sich, auch wenn ihnen gar nicht danach war, an die Arbeit machten, damit sie etwas zu gucken hatte. Der einzige, der nicht mitmischte, bis Tulla das richtige anstachelnde Wörtchen fand, war – und deshalb wird diese Olympiade beschrieben – der

43

große Schwimmer und Taucher Joachim Mahlke. Während wir alle jener schon in der Bibel belegten Beschäftigung allein oder – wie es im Beichtspiegel heißt – zu mehreren nachgingen, blieb Mahlke immer in seiner Badehose, guckte angestrengt in Richtung Hela. Wir waren sicher, daß er zu Hause, in seiner Bude zwischen Schnee-Eule und Sixtinischer Madonna, den gleichen Sport betrieb. Da kam er gerade von unten hoch, bibberte wie üblich und brachte nichts mit, das er hätte vorzeigen können. Schilling hatte schon einmal für Tulla gearbeitet. Ein Küstenmotorschiff lief mit eigener Kraft ein. »Mach doch nochmal«, bettelte Tulla, denn Schilling konnte am meisten machen. Auf der Reede lag kein einziger Pott. »Nich nachem Baden. Morgen wieder.« Vertröstete Schilling, und Tulla drehte sich auf der Hacke, wippte auf gespreizten Zehen Mahlke gegenüber, der wie immer im Schatten hinter dem Kompaßhäuschen klapperte aber noch nicht hockte. Ein Hochseeschlepper mit Buggeschütz lief aus.

»Kannste das auch? Mach doch mal. Oder kannste das nich? Willste nich? Darfste nich?«

Mahlke trat halb aus dem Schatten und wischte Tulla links rechts mit Handfläche und Handrücken das kleine und gedrängt gezeichnete Gesicht. Das Ding an seinem Hals geriet außer Rand und Band. Auch der Schraubenzieher tat verrückt. Tulla weinte natürlich keinen Tropfen, lachte meckernd mit geschlossenem Mund, kugelte sich vor ihm, verdrehte ihre Gummiglieder und guckte aus mühelos geschlagener Brücke zwischen Strichbeinen hindurch solange in Richtung Mahlke, bis der, schon wieder im Schatten – und der Schlepper drehte nach Nordwest ab –, »Na schön« sagte. »Damit du endlich die Schnauze hältst.«

Tulla gab sogleich die Brücke auf und kauerte normal mit untergeschlagenen Beinen, als sich Mahlke die Badehose bis zu den Knien herunterpellte. Kinder staunten im Kasperletheater: einige kurze Bewegungen aus dem rechten Handgelenk heraus, und sein Schwanz stand so sperrig, daß die Eichel aus dem Schatten des Kompaßhäuschens herauswuchs und Sonne bekam. Erst als wir alle einen Halbkreis bildeten, reckte sich Mahlkes Stehaufmännchen wieder im Schatten.

»Darf ich mal schnell, nur ganz schnell?« Tullas Mund blieb offen. Mahlke nickte und ließ seine rechte Hand fallen aber als Griff bestehen. Tullas immer zerkratzte Hände wirkten verloren an jenem Ding, das unter prüfenden Fingerkuppen Umfang gewann, Geäder schwellen und die Eichel anlaufen ließ.

»Meß doch mal nach!« rief Jürgen Kupka. Einmal ganz und einmal knapp mußte Tulla die linke Hand spreizen. Jemand und noch jemand flüsterte: »Mindestens dreißig Zentimeter.« Das war natürlich übertrieben. Schilling, der von uns allen den längsten Riemen hatte, mußte seinen rausholen, zum Stehen bringen und danebenhalten: Mahlkes war erstens eine Nummer dicker, zweitens um eine Streichholzschachtel länger und sah drittens viel erwachsener gefährlicher anbetungswürdiger aus.

Er hatte es uns wieder einmal gezeigt und zeigte es uns gleich darauf noch einmal, indem er sich zweimal nacheinander etwas – wie wir es nannten – von der Palme lockte. Mit nicht ganz durchgedrückten Knien stand Mahlke knapp vor der verbogenen Reling hinter dem Kompaßhäuschen, guckte starr in Richtung Ansteuerungstonne Neufahrwasser, war etwa dem flachen Rauch des schwindenden Hochseeschleppers hinterdrein, ließ sich durch ein auslaufendes Torpedoboot der Möwe-Klasse nicht ablenken und gab, von den leicht über Bord ragenden Zehen bis zur Wasserscheide der Scheitellinie, sein Profil zur Ansicht: bemerkenswerterweise hob die Länge seines Geschlechtsteiles das sonst auffällige Hervortreten seines Adamsapfels auf und erlaubte einer wenn auch bizarren, dennoch ausgewogenen Harmonie, seinen Körper zu ordnen.

Kaum hatte Mahlke die erste Ladung über die Reling gespritzt, begann er sogleich wieder von vorne. Winter stoppte die Zeit mit seiner wasserdichten Armbanduhr: etwa so viele Sekunden, wie das auslaufende Torpedoboot von der Molenspitze zur Ansteuerungstonne benötigte, benötigte auch Mahlke; er wurde, als das Boot die Tonne passierte, genausoviel los wie beim erstenmal: wir lachten überdreht, als sich die Möwen auf jenes in der glatten, nur selten krausen See schlingernde Zeug stürzten und nach mehr schrien.

Diese Darbietungen hat Joachim Mahlke weder wiederholen noch überbieten müssen, weil keiner von uns, jedenfalls nicht nach dem Schwimmen und auslaugenden Tauchen, seinen Rekord erreichte; denn was wir auch taten, wir trieben Sport und achteten die Regel.

Tulla Pokriefke, die er wohl am direktesten beeindruckt hatte, lief ihm eine Zeitlang nach, hockte auf dem Kahn immer in der Nähe des Kompaßhäuschens und starrte auf Mahlkes Badehose. Paarmal bettelte sie ihn an, aber er schlug alles ab, ohne wütend zu werden.

»Mußte das denn beichten?«

Mahlke nickte und spielte, um ihren Blick zu lenken, mit seinem Schraubenzieher am Schnürsenkel.

»Nimmste mich mal mit runter? Allein hab ich Angst. Möcht wetten, da is nochen Toter unten.«

Wohl aus erzieherischen Gründen nahm Mahlke Tulla ins Vorschiff mit. Er tauchte mit ihr viel zu lange, denn als er sie hochbrachte, hing sie ihm graugelb im Griff, und wir mußten den leichten, überall flachen Körper auf den Kopf stellen.

Von jenem Tag an war Tulla Pokriefke nur noch wenige

Male dabei und ging uns, obgleich sie patenter war als andere Mädchen ihres Alters, mit ewigem Gequatsche vom toten Mariner im Kahn mehr und mehr auf die Nerven. Aber das war ihr großes Thema. »Wer mir den hochbringt, der darf mal«, versprach Tulla als Belohnung.

Es mag sein, daß wir alle unten im Vorschiff und Mahlke im Maschinenraum, ohne es uns einzugestehen, nach einem halbaufgelösten polnischen Matrosen suchten; nicht etwa um das unfertige Ding zu stoßen, sondern so, einfach so.

Aber auch Mahlke fand nichts, außer einigen tangverfilzten brüchigen Klamotten, aus denen sich Stichlinge schnellten, bis die Möwen etwas merkten und Mahlzeit sagten.

Nein, Mahlke machte sich nicht viel aus Tulla, wenn sie auch später mit ihm zu tun bekommen haben soll. Er war nicht für Mädchen, auch nicht für Schillings Schwester. Und meine Cousinen aus Berlin hat er angeguckt wie ein Fisch. Wenn überhaupt, dann war mit Jungens bei ihm etwas los; womit ich nicht sagen will, daß Mahlke verkehrt herum war; in jenen Jahren, da wir regelmäßig zwischen der Badeanstalt und dem auf Grund liegenden Kahn pendelten, wußten wir alle nie genau, ob wir Männchen oder Weibchen waren. Eigentlich – mögen später Gerüchte und Handfestes dagegen gesprochen haben – gab es für Mahlke, wenn schon Frau, nur die katholische Jungfrau Maria. Nur ihretwegen hat er alles, was sich am Hals tragen und zeigen ließ, in die Marienkapelle geschleppt. Alles, vom Tauchen bis zu den späteren, mehr militärischen Leistungen, hat er für sie getan oder aber – schon muß ich mir widersprechen – um von seinem Adamsapfel abzulenken. Schließlich kann noch, ohne daß Jungfrau und Maus überfällig werden, ein drittes Motiv genannt werden: Unser Gymnasium, dieser muffige, nicht zu lüftende Kasten, und besonders die Aula bedeuteten Joachim Mahlke viel und zwangen Dich später, letzte Anstrengungen zu machen.

Es ist jetzt an der Zeit, zu sagen, was für ein Gesicht Mahlke hatte. Einige von uns haben den Krieg überstanden, leben in kleinen Kleinstädten und großen Kleinstädten, sind korpulent geworden, haben Haarausfall und verdienen einigermaßen. Schilling sprach ich in Duisburg und Jürgen Kupka in Braunschweig, kurz bevor er nach Kanada auswanderte. Beide fingen sofort mit dem Adamsapfel an: »Mensch, hatte der nicht irgendwas am Hals. Und haben wir ihm nicht mal eine Katze. Warst du das nicht, der die Katze an seinen Hals...«, und ich mußte unterbrechen: »Mein ich nicht, meine nur das Gesicht.«

Behelfsmäßig wurden wir uns einig: Er hatte graue oder graublaue, helle aber nicht leuchtende, auf keinen Fall braune Augen. Das Gesicht länglich mager, um die Backenknochen muskulös. Die Nase nicht auffallend groß aber fleischig, bei kaltem Wetter schnell gerötet. Vom ausladenden Hinterkopf wurde schon berichtet. Schwer konnten wir uns über Mahlkes Oberlippe einigen. Jürgen Kupka war meiner Meinung: Aufgestülpt stand sie vor und konnte die beiden oberen Schneidezähne, die gleichfalls nicht senkrecht sondern hauerartig schräg standen, nie ganz verdecken – außer beim Tauchen natürlich. Und schon begannen wir zu zweifeln, erinnerten uns, die kleine Pokriefke habe auch eine Stülplippe und immer sichtbare Schneidezähne gehabt. Wir waren am Ende nicht sicher, ob wir Mahlke und Tulla im besonderen Fall der Oberlippe verwechselten. Vielleicht hatte wirklich nur sie eine, denn sie hatte eine, das steht fest.

Schilling in Duisburg – wir trafen uns in der Bahnhofgaststätte, weil seine Frau etwas gegen unangemeldete Besuche hatte – erinnerte mich an jene Karikatur, die einige

Tage lang in unserer Klasse Krach bewirkt hatte. Etwa einundvierzig tauchte bei uns ein langer, gebrochen aber fließend sprechender Kerl auf, den sie mit seiner Familie aus dem Baltikum umgesiedelt hatten: adlig, immer elegant, konnte Griechisch, quasselte wie ein Buch, Vater war Baron, trug im Winter Pelzmütze, wie hieß er bloß, jedenfalls Karel mit Vornamen. Und der konnte zeichnen, ganz schnell, nach Vorlagen und ohne Vorlagen: Pferdeschlitten mit Wölfen drum herum, betrunkene Kosaken, Juden wie aus dem »Stürmer«, nackte Mädchen auf Löwen, überhaupt nackte Mädchen mit ganz langen Porzellanbeinen, aber nie schweinisch, dafür Bolschewisten, die kleine Kinder mit den Zähnen zerrissen, Hitler als Karl der Große kostümiert, Rennautos, in denen Damen mit langen wehenden Shawls am Steuer saßen; und besonders fix und geschickt warf er mit Pinsel, Feder oder Rötelstift Karikaturen der Lehrer und Mitschüler auf jedes Stück Papier oder mit Kreide auf die Tafel; Mahlke, jedenfalls, schmiß er nicht mit Rötel aufs Papier, sondern mit knirschender Schulkreide auf die Schultafel.

Er zeichnete ihn von vorne. Damals trug Mahlke schon den affigen und mit Zuckerwasser fixierten Mittelscheitel. Das Gesicht gab er als zum Kinn hin gespitztes Dreieck wieder. Der Mund sauer verkniffen. Keine Spur von sichtbaren Schneidezähnen, die als Hauer Effekt gemacht hätten. Die Augen, stechende Punkte unter schmerzlich gehobenen Brauen. Der Hals gewunden, halb im Profil, mit einer Ausgeburt von Adamsapfel. Und hinter Kopf und Leidensmiene ein kreisrunder Heiligenschein: der Erlöser Mahlke war perfekt und verfehlte seine Wirkung nicht.

Wir wieherten in den Bänken und kamen erst zu uns, als jemand den hübschen Karel Soundso bei den Knöpfen hatte, zuerst mit bloßer Faust, dann, kurz bevor wir die beiden trennen konnten, mit stählernem Schraubenzieher,

den er vom Hals gerissen hatte, neben dem Katheder zu-
sammenschlagen wollte.

Ich war es, der Dein Abbild als Erlöser mit dem
Schwamm von der Tafel wischte.

Einst in der Löwenburg

Als über die Bretter,
wie sie gefügt
und alles erleiden,
wir paarweis losgelassen
– mal so mal so gewürfelt –,
schoß uns Sankt Veit in die Beine.

Rag auf qualmenden Sohlen.
Die Glieder, Kleinholz verworfen.
Zum Siedepunkt, nein, drüber weg,
bis beiderlei Fleisch gekocht.
Doch keine Erlösung,
weil kurz nur die Pause.

Drauf, im Nachzittern noch,
den Herrn, die Dame gewechselt,
Münzen im Automaten, damit nicht aufhört,
was flußaufwärts am Mississippi begann.
Lichtwechsel jetzt und
aus gestopfter Trompete: Blues...

Rings alle Abgründe offen,
doch niemand stolpert, fällt, stürzt,
weil Engel – billig beim Kellner gemietet –
schweißlos mit schützender Hand
allgegenwärtig: Nobody knows
the trouble I have seen...

51

Das war, als vom Krieg wir übriggeblieben
und bei Heißgetränk mit Rumgeschmack
– sprachlos noch immer –
uns auf den Tanzböden der Vorstadt
das Überleben und sonst noch paar Nummern
beweisen wollten.

Jeden Sonnabend Ragtime.
Vom Fernsprechamt lösten nach Schicht
die Mädchen sich ab.
Die hießen – wie hießen sie noch? –
und waren heiß
bei minus fünfzehn Grad draußen.

Der Schuppen nannte sich »Löwenburg«.
Gibt es schon lange nicht mehr,
auch kaum noch uns, aber der Beat
hört nicht auf zu hämmern,
auf daß beim Totentanz
die alten Knochen wieder versammelt.

Rag und Blues – zwischendurch Damenwahl!

Es war einmal ein Führer und Reichskanzler

Aus *Hundejahre*

Es war einmal ein Sturmgeschütz,

Panzer IV, altes Modell, das sollte im bergigen Schlesien hinter der Hauptkampflinie in Stellung gebracht werden. Damit es gegen Fliegersicht geschützt war, schob es sich mit seinen über vierzig Tonnen auf zwei Laufketten rückwärts in einen Holzschuppen, den nur ein Vorhängeschloß schützte.

Weil aber dieser Schuppen einem schlesischen Glasbläser gehörte, befanden sich in ihm, auf Regalen und in Stroh gebettet, fünfhundert und mehr Glasprodukte.

Die Begegnung zwischen dem rückwärts auf Laufketten einfahrenden Sturmgeschütz und den schlesischen Gläsern führte zu zwei Ergebnissen. Erstens verursachte der Panzer beträchtlichen Glasschaden; und zweitens bewirkten die verschieden gestimmten Töne brechender Gläser, daß der Panzergrenadier Harry Liebenau, der dem Sturmgeschütz als Infanteriebegleitung zugeteilt war und also neben dem aufschreienden Glasschuppen stand, zu neuer Sprache kam. Keine violette Schwermut fortan. Nie wieder sucht er einen Reim auf den Namen Tulla. Keine Gedichte mehr mit Gymnasiastensamen und Herzblut geschrieben. Von stundan, da ihm das Geschrei des Schuppens als Kügelchen im Ohr sitzt, nur einfache Sätze ins Tagebuch: Der Panzer fährt rückwärts in den Glasschuppen. Der Krieg ist langweiliger als die Schule. Alle warten auf Wunderwaffen. Nach dem Krieg will ich oft ins Kino gehen. Gestern sah ich meinen ersten Toten. Meine Gasmaskenbüchse habe ich mit Erdbeermarmelade gefüllt. Wir sollen verlegt werden. Ich habe noch keinen Russen gesehen. Manchmal denke ich nicht mehr an Tulla. Unsere Feldküche ist weg. Ich lese immer ein und dasselbe. Flüchtlinge verstopfen die Straßen und glauben an nichts mehr. Löns und Heidegger irren in vielen Dingen. In Bunzlau hingen fünf Soldaten und zwei Offiziere an sieben Bäumen. Heute früh haben wir ein Waldstück beschossen. Zwei Tage lang konnte ich nichts schreiben, weil wir Feindberührung hatten. Viele leben nicht mehr. Nach dem Krieg werde ich ein Buch schreiben. Wir sollen nach Berlin verlegt werden. Dort kämpft der Führer. Jetzt gehöre ich zur Kampfgruppe Wenck. Wir sollen die Reichshauptstadt retten. Morgen hat der Führer Geburtstag. Ob der Hund bei ihm ist?

Es war einmal ein Führer und Reichskanzler,
der beging am zwanzigsten April neunzehnhundertfünfundvierzig seinen sechsundfünfzigsten Geburtstag. Da an jenem Tage das Zentrum der Reichshauptstadt und also das Regierungsviertel mit der Reichskanzlei zeitweilig unter Artilleriebeschuß lag, fand die schlichte Feier im Führerbunker statt.

Bekannte Namen, auch solche, die sich üblicherweise zu den Lagebesprechungen – Abendlage, Mittagslage – versammelten, beteiligten sich an der Gratulationscour: der Generalfeldmarschall Keitel, Oberstleutnant von John, Korvettenkapitän Lüdde-Neurath, die Admirale Voss und Wagner, die Generale Krebs und Burgdorf, Oberst von Below, Reichsleiter Bormann, der Gesandte Hewel vom Auswärtigen Amt, Fräulein Braun, der FHQu-Stenograph Dr. Herrgesell, SS-Hauptsturmführer Günsche, Dr. Morell, SS-Obergruppenführer Fegelein und Herr und Frau Goebbels mit allen sechs Kindern.

Als die Gratulanten ihre Glückwünsche vorgetragen hatten, blickte der Führer und Reichskanzler sich suchend um, als fehlte ihm noch ein letzter und notwendiger Gratulant: »Wo ist der Hund?«

Sogleich begann die Geburtstagsgesellschaft den Lieblingshund des Führers zu suchen. »Prinz!« wurde gerufen. »Hierher Prinz!« Des Führers persönlicher Adjutant, SS-Hauptsturmführer Günsche, durchkämmte den Garten der Reichskanzlei, obgleich dieses Gelände nicht selten von Artillerieschlägen gezeichnet wurde. Im Bunker wurden viele unsinnige Vermutungen laut. Jeder wußte Vorschläge zu unterbreiten. Als einziger erfaßte SS-Obergruppenführer Fegelein die Situation. Er griff, vom Oberst von Below sogleich unterstützt, zu Telefonen, die den Führerbunker mit allen Stäben und dem Wachbataillon rings um die Reichskanzlei verbanden: »An Alle! An Alle! Hund des Führers wird vermißt. Hört auf den Namen Prinz. Deckrüde. Schwarzer deutscher Schäferhund Prinz. Verbinden Sie mich mit Zossen. Weisung an alle: Des Führers Hund wird vermißt!«

Während der folgenden Lagebesprechung – eintreffende Nachricht bestätigt: Panzerfeindspitzen sind südlich Cottbus vorgestoßen und in Calau eingedrungen – werden alle Pläne zur Verteidigung der Reichshauptstadt mit der sogleich anberaumten Operation »Wolfsgrube« koordiniert. So verschiebt die vierte Panzerarmee südlich Spremberg Gegenangriff bis auf weiteres und sichert die Straße Spremberg-Senftenberg vor überlaufendem Führerhund. Desgleichen verwandelt die Gruppe Steiner das Aufmarschgebiet des aus dem Raum Eberswalde nach Süden angesetzten Entlastungsangriffes in tiefgestaffeltes Auffanggebiet. Im Rahmen planmäßiger Operation beginnen alle verfügbaren Maschinen der sechsten Luftflotte mit Bodenaufklärung zwecks Fluchtweganansprache des Führerhundes Prinz. Ferner wird, »Wolfsgrube« zufolge, die HKL hinter die Havel verlegt. Aus Eingreifreserven werden Führerhundsuchtrupps gebildet, die mit teils motorisierten, teils aus Radfahrerkompanien erstellten Führerhundfanggruppen über Sprechfunk in Verbindung stehen müssen. Das Korps Holste gräbt sich ein. Hingegen schreitet die zwölfte Armee unter General Wenck zum Entlastungsangriff aus Südwesten und schneidet Fluchtweg des Führerhundes ab, da Führerhund vermutlich zum Westfeind überlaufen will. Es hat sich, um »Wolfsgrube« zu ermöglichen, die siebente Armee von neunter und erster amerikanischer Armee zu lösen und im Raum zwischen Elbe und Mulde Westriegel zu bilden. Auf der Linie Jüterbog–Torgau werden eingeplante Panzergräben durch Führerhundfallgruben ersetzt. Die zwölfte Armee, die Armeegruppe Blumentritt, das achtunddreißigste Panzerkorps werden dem OKW unmittelbar unterstellt. Dieses wird ab sofort von Zossen nach Wannsee verlegt und bildet unter General Burgdorf einen »Führungsstab Operation Wolfsgrube« – FOW.

Aber trotz zügig anlaufender Umgruppierung treffen außer üblichen Lagemeldungen – sowjetische Angriffsspitzen erreichen die Linie Treuenbrietzen–Königswusterhausen – keine Nachrichten ein, die Auskunft geben über den Fluchtweg des Führerhundes.

Um neunzehn Uhr vierzig, während der Abendlage, führt Feldmarschall Keitel ein Ferngespräch mit dem Chef des Stabes Steiner: »Laut Führerbefehl wird erwartet, daß die fünfundzwanzigste Panzergrenadierdivision die Frontlücke Cottbus schließt und gegen Hundedurchbruch sichert.«

Darauf läuft Antwort ein, Stab Gruppe Steiner: »Die fünfundzwanzigste Panzergrenadierdivision wurde, laut Weisung vom siebzehnten vierten, aus dem Raum Bautzen abgezogen und der zwölften Armee überstellt. Verfügbare Restverbände stellen sich gegen Hundedurchbruch.«

Endlich, in den frühen Morgenstunden des einundzwanzigsten April, wird kurz vor erbittert umkämpfter Linie Fürstenwalde–Strausberg–Bernau ein schwarzer Schäferhund angeschossen, der sich aber nach Überführung ins Führerhauptquartier und nach eingehender Untersuchung durch Dr. Morell als Fehlmeldung erweist.

Daraufhin werden, laut Weisung FOW, alle im Raum Groß-Berlin eingesetzten Einheiten über Führerhundausmaße belehrt.

Die Schwerpunktbildung zwischen Lübben und Baruth findet Unterstützung durch gleiche Absicht sowjetischer Panzerfeindspitzen. Waldbrände entfalten sich trotz Nieselregen und bilden natürliche Hundesperre.

Am zweiundzwanzigsten April schiebt sich Panzerfeind über die Linie Lichtenberg–Niederschönhausen-Frohnau in die äußerste Verteidigungszone der Reichshauptstadt. Doppelmeldungen über Hundefang im Raum Königswusterhausen erweisen sich als unzutreffend, da beide Fangobjekte nicht als Rüden erkannt werden können.

Dessau und Bitterfeld gehen verloren. Amerikanischer Panzerfeind versucht Elbübersetzung bei Wittenberge.

Am dreiundzwanzigsten April gibt der Gauleiter und Reichsverteidigungskommissar Dr. Goebbels folgende Erklärung ab:»Der Führer weilt in der Reichshauptstadt und hat den Oberbefehl über alle zum Endkampf angetretenen Kräfte übernommen. Führerhundsuchtrupps und ihre Eingreifreserven hören fortan nur noch auf Führerweisungen.«

Der FOW meldet:»Verlorengegangener Bahnhof Köpenick wurde im Gegenstoß wieder genommen. Die zehnte Fü-hu-fa-gruppe und der einundzwanzigste Fü-hu-su-trupp, die den Raum entlang der Prenzlauer Allee sichern, riegelten Feindeinbruch ab. Dabei wurden zwei sowjetische Hundeauffanggeräte erbeutet. Hiermit steht fest, daß Ostfeind von Operation ›Wolfsgrube‹ Kenntnis genommen hat.« Da

Feindsender und Feindpresse wiederholt entstellte Hetz-
meldungen über Führerhundverlust verbreiten, gibt der
FOW ab vierundzwanzigstem April Führerweisungen in
neuem Code nach vorangegangener Sprachregelung, pro-
tokolliert Dr. Herrgesell: »Wovon ist die Offenbarkeit des
Deckrüden Prinz durchstimmt?«

»Die ursprüngliche Offenbarkeit des Führerhundes ist
vom Fernsinn durchstimmt.«

»Als was wird der vom Fernsinn durchstimmte Führerhund zugegeben?«

»Der vom Fernsinn durchstimmte Führerhund wird zugegeben als das Nichts.«

Darauf Hinausgesprochenheit an alle: »Als was ist das
vom Fernsinn durchstimmte Nichts zugegeben?«

Darauf antwortet Stab Gruppe Steiner aus Gefechtsstand
Liebenwerda: »Das vom Fernsinn durchstimmte Nichts ist
im Raum Gruppe Steiner zugegeben als das Nichts.«

Darauf Führerhinausgesprochenheit an alle: »Ist das vom
Fernsinn durchstimmte Nichts ein Gegenstand und überhaupt ein Seiendes?«

Darauf läuft umgehend Antwort ein vom Führungsstab
Gruppe Wenck: »Das vom Fernsinn durchstimmte Nichts
ist ein Loch. Das Nichts ist ein Loch in der zwölften Armee.
Das Nichts ist ein schwarzes Loch, das soeben vorbeilief.
Das Nichts ist ein schwarzes laufendes Loch in der zwölften
Armee.«

Daraufhin Führerhinausgesprochenheit an alle: »Das
vom Fernsinn durchstimmte Nichts läuft. Das Nichts ist ein
vom Fernsinn durchstimmtes Loch. Es ist zugegeben und
kann befragt werden. Ein schwarzes laufendes vom Fernsinn durchstimmtes Loch offenbart das Nichts in seiner ur-
sprünglichen Offenbarkeit.«

Darauf Zusatzhinausgesprochenheiten, FOW: »Zunächst
und zumeist müssen Begegnisarten zwischen vom Fernsinn

durchstimmtem Nichts und der zwölften Armee auf ihre Begegnisstruktur befragt werden. Allererst und im vornhinein sollen Einbruchsspielräume im Raum Königswusterhausen auf ihren Wasgehalt befragt werden. Der gebrauchend-hantierende Umgang mit Bezug verursachendem Gerät Wolfsgrube I und dem Zusatzgerät Wolfspunkt hat Ankunft zu bergen des vom Fernsinn durchstimmten Nichts. Die Umwegigkeit des Unzuhandenen wird zwecks Verendlichung probehaltiger Zuhandenheit von Hündinnen, in Hitze befindlich, vorgängig überschwungen, da vom Fernsinn durchstimmtes Nichts ursprünglich und jeweils deckfreudig immer noch stiftet.«

Auf Alarmmeldung von umkämpfter Linie Neubabelsberg–Zehlendorf–Neukölln: »Das Nichts ereignet sich zwischen Panzerfeind und eigenen Spitzen. Das Nichts läuft auf vier Beinen«, folgt Führerhinausgesprochenheit direkt: »Nichts laufend nachvollziehen. Alle und jede Tätigkeit des vom Fernsinn durchstimmten Nichts muß in Hinblicknahme auf den Endsieg substantiviert werden, auf daß sie späterhin im Seinsstand der Anblicksbeschaffung in Marmor oder Muschelkalk gehauen zuhanden sei.«

Erst am fünfundzwanzigsten April antwortet hierauf General Wenck, zwölfte Armee, aus dem Raum Nauen–Ketzin: »Nichts wird laufend nachvollzogen und substantiviert. Das vom Fernsinn durchstimmte Nichts offenbart an allen Frontabschnitten die Angst. Die Angst ist da. Die Angst verschlägt uns das Wort. Ende.«

Nachdem die Vollzugsmeldungen der Kampfgruppen Holste und Steiner ähnliche Angst offenbar machen, erfolgt, auf Führerweisung, FOW-Hinausgesprochenheit vom sechsundzwanzigsten April an alle: »Da Angst kein Erfassen des Nichts erlaubt, wird Angst ab sofort durch Reden oder Gesang überwunden. Vom Fernsinn durchstimmtes Nichts weiterhin nicht verneinen. Niemals darf die Reichshauptstadt in ihrer Platzganzheit in der Angst hinfällig werden.«

Da Vollzugsmeldungen aller Kampfgruppen weiterhin angstbereit sind, ergeht Ergänzung der Führerweisung vom sechsundzwanzigsten April an alle: »Der fahlen Ungestimmtheit der Reichshauptstadt hat zwölfte Armee Gegenstimmung anzudemonstrieren. Seinsentlassungen in Steglitz und am Südrand des Tempelhofer Feldes haben vorgeschobenen Selbstpunkt zu entwerfen. Der Endkampf des deutschen Volkes ist zu führen im Hinblick auf das vom Fernsinn durchstimmte Nichts.«

Auf Zusatzweisung des Stabes Burgdorf, FOW an Luftflotte sechs: »Zwischen Tegel und Siemensstadt laufendes Nichts vor Panzerfeindspitzen aufklären«, spricht, nach Klarmeldung, Luftflotte sechs: »Nichts laufend zwischen Schlesischem und Görlitzer Bahnhof gesichtet. Das Nichts ist weder ein Gegenstand noch überhaupt ein Seiendes und also auch kein Hund.«

Darauf ergeht nach Führerweisung mit neuer Sprachregelung, direkte Hinausgesprochenheit an Luftflotte sechs, gezeichnet Oberst von Below: »Sichhineinhaltend in das Nichts, ist der Hund bereits hinaus über das Seiende und wird fortan Transzendenz genannt!«

Am siebenundzwanzigsten fällt Brandenburg. Die zwölfte Armee erreicht Beelitz. Nach sich häufenden Meldungen aus allen Abschnitten über zunehmende Verneinung des flüchtenden Führerhundes Prinz und seiner Decknamen »Nichts« und »Transzendenz« erfolgt um vierzehn Uhr zwölf Führerbefehl an alle: »Jedes nichtende Verhalten laufender Transzendenz gegenüber wird ab sofort standgerichtlich verfolgt.«

Da Vollzugsmeldungen ausbleiben und auch im Regierungsviertel angstbereite Tendenzen festgestellt werden, wird durchgegriffen und hinausgesprochen: »Das führende nichtende Verhalten der vom Fernsinn durchstimmten Transzendenz gegenüber offenbart primär und entscheidend die Gewesenheit folgender Offiziere.« (Es folgen Namen und Dienstränge.) Jetzt erst, nach wiederholter Führeranfrage:»Wo sind die Spitzen von Wenck? Wo Spitzen von Wenck? Wo Wenck?« antwortet Führungsstab Wenck, zwölfte Armee, am achtundzwanzigsten April:»Liegen südlich Schwielow-See fest. Zusammenarbeit mit Luftflotte sechs ergibt, daß wegen Schlechtwetter Transzendenz nicht eingesehen werden kann. Ende.«

Nichtende Meldungen laufen ein vom Halleschen Tor, vom Schlesischen Bahnhof und vom Tempelhofer Feld. Der Raum ist in Plätze aufgesplittert. Die Hundeauffangstellung Alexanderplatz will zwölfbeinige Transzendenz vor Panzerfeindspitzen befragt haben. Dem widerspricht Sichtmeldung dreiköpfiger Transzendenz im Raum Prenzlau. Zugleich läuft Meldung der zwölften Armee an Führerhauptquartier ein:»Leichtverwundeter Panzergrenadier behauptet, in Villengarten am Schwielow-See Hund, untranszendent, gesehen, gefüttert und mit dem Namen Prinz angesprochen zu haben.«

Darauf Rückfrage, Führer direkt:»Name des Panzergrenadiers?«

Darauf zwölfte Armee:»Panzergrenadier Harry Liebenau, leicht verwundet beim Essenfassen.«

Darauf Führer direkt:»Panzergrenadier Liebenau zur Zeit wo?«

Darauf zwölfte Armee:»Panzergrenadier Liebenau bereits lazarettreif nach Westen verlagert.«

Darauf Führer direkt:»Verlagerung beenden. Panzergrenadier mit Luftflotte sechs in Gartengelände Reichskanzlei einfliegen.«

Darauf General Wenck, zwölfte Armee, an Führer direkt:»Das entgleitenlassende Verweisen auf die versinkende

Platzganzheit Groß-Berlin bis zur Endlichkeit transzendierender Zuwendung legt Endestruktur frei.«

Der nun folgenden Führerhinaussprache: »Die Frage nach dem Hund ist eine metaphysische und stellt das deutsche Volk in seiner Gesamtheit in Frage« schließt sich die bekannte Führerweisung an: »Berlin bleibt deutsch. Wien wird wieder deutsch. Und der Hund wird niemals verneint werden können.«

Darauf läuft Alarmmeldung ein: »Panzerfeind in Malchin eingedrungen.« Darauf Funkspruch, unverschlüsselt, an Reichskanzlei: »Feindsender verbreiten Nachricht: Hund gesichtet Ostufer Elbe.«

Darauf werden in den umkämpften Bezirken Kreuzberg und Schöneberg sowjetische Flugblätter sichergestellt, nach deren Wortlaut flüchtender Führerhund bereits vom Ostfeind eingebracht worden ist.

Daraufhin Lageentwicklung vom neunundzwanzigsten April: Bei erbittertem Häuserkampf längs der Potsdamer Straße und am Belle-Alliance-Platz lösen sich Führerhundsuchtrupps eigenmächtig auf. Sowjetische Lautsprecheraktionen mit echtem verstärktem Hundegebell wirken zunehmend zersetzend. Beelitz wieder verlorengegangen. Von neunter Armee keine Meldung mehr. Zwölfte Armee versucht weiterhin Druck auszuüben gegen Potsdam, da Gerüchte über Hundetod auf historischem Gelände in Umlauf. Meldungen über englische Hundeauffangstellungen um den Brückenkopf Lauenburg, Elbe, sowie über amerikanischen Hundefang im Fichtelgebirge bleiben unbestätigt. Deshalb letzte Führerweisung mit neuer Sprachregelung an alle: »Der Hund selbst – als solcher – war da, ist da und wird bleiben da.«

Darauf General Krebs an Generaloberst Jodl: »Bitte um vorausschauende Orientierung über Führernachfolge, falls dieser fallen sollte.«

Daraufhin wird, laut Lageentwicklung vom dreißigsten April, der Führungsstab Operation »Wolfsgrube« aufgelöst. Das OKW zieht, da Hundefang in Transzendenz und auf historischem Gelände ergebnislos verlaufen ist, die zwölfte Armee aus dem Raum Potsdam-Beelitz zurück. Panzerfeind dringt in Schöneberg ein.

Darauf Funkspruch, gezeichnet Bormann, an Großadmiral Dönitz: »An Stelle des bisherigen Reichsmarschalls Göring setzt der Führer Sie, Herr Großadmiral, als seinen Nachfolger ein. Schriftliche Vollmacht sowie Stammbaum des Führerhundes unterwegs.«

Darauf gegenwärtigt Führervorhabe Überstieg. Darauf wird schwedische inoffizielle Meldung, wonach Führerhund mit Unterseeboot nach Argentinien verbracht worden sei, nicht dementiert. Der sowjetischen Feindmeldung: »Zerrissenes Fell eines zwölfbeinigen schwarzen Hundes in zerstörtem Ballettmagazin gefunden« widerspricht Vollzugsmeldung des Bayrischen Befreiungskomitees über den Sender Erding: »Schwarzer Hundekadaver vor Feldherrnhalle, München, sichergestellt.« Gleichzeitig laufen Meldungen ein, wonach Führerhundkadaver angeschwemmt wurden: erstens im Bottnischen Meerbusen; zweitens an der Ostküste Irlands; drittens an der spanischen Atlantikküste. Letzte Führervermutungen, festgehalten von General Burgdorf und im Führertestament aufgenommen, besagen: »Hund Prinz wird versuchen, Vatikanstaat zu erreichen. Sollte Pacelli Ansprüche stellen, sofort Einspruch erheben und auf Testamentzusatz hinweisen.«

Darauf Weltdämmer. Über die Trümmer der Zeugwelt klettert die Weltzeit. Lageentwicklung vom ersten Mai: »Im Stadtkern der Reichshauptstadt verteidigt sich die tapfere Besatzung, verstärkt durch aufgelöste Führerhundsuchtrupps, auf verengtem Raum.«

Darauf verabschiedet sich die Zuhandenheit in der

Unauffälligkeit des Unverwendbaren und löst geheime Kommandosache aus, Reichsleiter Bormann an Groß-admiral Dönitz: »Führer gestern fünfzehn Uhr dreißig ver-schieden. Testament in Kraft und unterwegs. Des Führers Lieblingshund Prinz, schwarzer stockhaariger Schäfer-hundrüde, ist, laut Weisung vom neunundzwanzigsten April, Geschenk des Führers an das deutsche Volk. Ein-gang bestätigen.«

Daraufhin spielen letzte Sender Götterdämmerung. Um-willen seiner. Daraufhin bleibt keine Zeit für eine Schwei-geminute umwillen seiner. Daraufhin versuchten die Reste der Heeresgruppe Weichsel, die Reste der zwölften und neunten Armee, die Reste Holste und Steiner, westlich der Linie Dömitz–Wismar in englischen und amerikanischen Machtbereich zu gelangen.

Daraufhin tritt im Regierungsviertel der Reichshaupt-stadt Funkstille ein. Die Platzganzheit, die Nichtung, angst-bereit und zusammenstückbar. Die Großheit. Die Gänze. Die Hergestelltheit Berlin. Die Verendlichung. Das Ende.

Aber der Himmel über der Endestruktur verdunkelte sich daraufhin nicht.

Es war einmal ein Hund,

der gehörte dem Führer und Reichskanzler und war des-sen Lieblingshund. Eines Tages lief dieser Hund dem Füh-rer davon. Warum wohl?

Im allgemeinen konnte der Hund nicht reden, aber hier, nach dem großen Warum befragt, spricht er und sagt war-um: »Weil genug hin und her. Weil kein festes Hunde-Hier Hunde-Da Hunde-Jetzt. Weil überall Knochen vergraben und nie mehr wiedergefunden. Weil kein Entspringen-lassen. Weil immer Im-Sperr-Raum-sein. Weil seit Hunde-jahren unterwegs, von Fall zu Fall, und für jeden Fall Deck-namen: Fall Weiß dauert achtzehn Tage. Als Weserübung im Norden läuft, muß gleichzeitig Operation Hartmut anlaufen zum Schutz von Weserübung. Aus dem Fall Gelb gegen neutrale Kleinstaaten entpuppt sich Operation Rot bis zur spanischen Grenze. Und schon soll Herbstreise Seelöwe ermöglichen, der perfides Albion niederzwingen will; wird abgeblasen. Dafür rollt Marita den Balkan auf. Oh, welchen Dichter bezahlt er? Wer dichtet für ihn? Tannenbaum gegen Eidgenossen; da wird nichts draus. Barbarossa und Silberfuchs gegen Untermenschen; da wird was draus. Das führt mit Siegfried von Charkow nach Stalingrad. Da helfen der sechsten Armee nicht Donnerschlag und Wintergewitter. Nun sollen es Fridericus I und Fridericus II noch einmal versuchen. Rasch verblüht Herbstzeitlose. Landbrücke nach Demjansk stürzt ein. Wirbelwind muß Fronten begradigen. Büffelbewegungen mit Stallgeruch. Nach Hause! Nach Hause! Da hat selbst ein Hund genug, wartet aber, treu wie ein Hund ab, ob sich die frischgeplante Zitadelle bei Kursk halten wird, und was sich entwickeln mag aus Rösselsprung gegen Geleitzüge unterwegs nach Murmansk. Aber ach! Vorbei sind die schönen Zeiten, da Sonnenblume nach Nordafrika verpflanzt wurde, da Merkur Handel auf Kreta betrieb, da die Maus tief im Kaukasus wühlte. Nur noch Maigewitter, Kugelblitz und Napfkuchen gegen Titos Partisanen. Eiche soll Duce wieder aufs Roß setzen. Aber Westfeinde: Gustav, Ludwig und Marder II kommen an Land und lösen Morgenröte aus bei Nettuno. Schon erblüht in der Normandie feindliche Blume. Der können in den Ardennen nichts anhaben: Greif, Herbstnebel und Wacht. Vorher platzt in kaninchenloser Wolfsschanze die Bombe, tut zwar dem Hund nichts, aber stumpft ihn ab: Genug, genug! Immer hin und her geschleppt. Sonderzüge, Sonderverpflegung, aber kein Auslauf, dabei ringsum dicke Natur.

Oh, Hund, weitgereister! Vom Berghof ins Felsennest.

Aus dem Zoppoter Wintergarten in die Tannenburg. Aus dem Schwarzwald in die Wolfsschlucht I. Nichts von Frankreich gesehen, und auf dem Berghof nur Wolken. Nordostwärts Winniza, in angeblich fuchsreichem Wäldchen, liegt das Lager Werwolf. Pendelverkehr zwischen Ukraine und Ostpreußen. Aus der Wolfsschanze in die zweite Wolfsschlucht geschleust. Nach einem Tag Aufenthalt hoch in den Adlerhorst, um endgültig ins Loch zu müssen: hinab in den Führerbunker. Tag für Tag: nur noch Bunker! Nach Adler, Wolf und nochmals Wolf: tagtäglich Bunker! Nach Wolkenschau und Felsennest, nach Tannenburg und Schwarzwaldluft: nur noch Bunkermief!

Da reicht es einem Hund. Da will ein Hund nach mißglücktem Zahnarzt und nach hilfloser Bodenplatte teilnehmen an geplanter Westgotenbewegung. Das Entspringenlassen. Das Im-Raum-Sein. Das Nicht-mehr-treu-wie-ein-Hund-sein. Da sagt ein Hund, der zunächst und im allgemeinen nicht sprechen kann: Ich setz mich ab!«

Während die Geburtstagsvorbereitungen im Führerbunker Fortschritte machten, verdrückte er sich quer und harmlos über den Innenhof der Reichskanzlei. Als gerade der Reichsmarschall vorfuhr, passierte er die Doppelposten und machte sich auf in südwestliche Richtung, weil er den Lageberichten entnommen hatte, bei Cottbus gäbe es eine Frontlücke. Aber so schön und breit sich das Loch anbot; angesichts sowjetischer Panzerfeindspitzen machte der Hund östlich Jüterbog kehrt, gab also die Ostgotenbewegung auf und rannte dem Westfeind entgegen: über die Trümmer der Innenstadt, ums Regierungsviertel herum, beinahe hopsgegangen auf dem Alex, von zwei heißen Hündinnen quer durch den Tiergarten gelenkt und fast geschnappt am Flakbunker Zoologischer Garten: Dort warteten riesige Mausefallen auf ihn, doch er zögerte siebenmal um die Siegessäule, zielte sich durch den Paradeschlauch und schloß sich, vom uralten Hausmittelchen, dem Hundeinstinkt, beraten, einer zivilen Transportgruppe an, die Theaterutensilien vom Ausstellungsgelände am Funkturm nach Nikolassee verlagerte. Aber eigene Lautsprecher sowie die weithintragenden Lautsprecher des Ostfeindes – lockende Stimmen, die ihm Kaninchen versprachen – machten ihm Villenvororte wie Wannsee und Nikolassee verdächtig: nicht westlich genug gelegen! – Und er setzte sich die Elbebrücke bei Magdeburg-Burg als erstes Etappenziel.

Ohne Zwischenfälle passierte er südlich des Schwielow-Sees die Angriffsspitzen der zwölften Armee, die von Südwesten her die Reichshauptstadt entlasten sollte. Nach kurzer Rast in verwildertem Villengarten fütterte ihn ein Panzergrenadier mit noch warmer Erbsensuppe und nannte ihn, ohne dienstlich zu werden, beim Namen. Gleich darauf belegte Artilleriefeind das Villengelände mit Störfeuer, verwundete den Panzergrenadier leicht und sparte den Hund aus; denn was dort gestreckt, auf gleichmäßig zuverlässigen Läufen vorgezeichneter Westgotenbewegung folgt, ist noch immer ein und derselbe schwarze deutsche Schäferhund, umwillen seiner.

Hecheln zwischen gerillten Seen an einem windigen Maitag. Der Äther überfüllt mit wichtigem Geschehen. Zielschnappend westwärts auf märkischem Sand, in den sich Kiefern krallen. Ein waagerechter Schweif, ein Fang, weit voraus, verringert mit wehender Zunge die Fluchtstrecke auf sechzehn mal vier Beinen: Sprung eines Hundes in aufeinanderfolgenden Teilbewegungen. Alles gesechzehntelt: Landschaft, Frühling, Luft, Freiheit, Pinselbäume, schöne Wolken, erste Schmetterlinge, Vogelsang, Insektensirren, grün ausschlagende Schrebergärten, hochmusikalische Lattenzäune, Äcker spucken Kaninchen aus, Feldhühner lüften sich, maßstablose Natur, kein Sandkasten mehr, sondern Horizonte, Gerüche aufs Brot zu schmieren, langsam wegtrocknende Sonnenuntergänge, knochenlose Dämmerungen, dann und wann Panzerwracks romantisch gegen den Fünfuhrmorgenhimmel, Mond und Hund, Hund im Mond, Hund frißt Mond, Hundetotale, verduftender Hund, Hundevorhabe, überlaufender Hund, Hauab-Hund, Ohne-mich-Hund, Hundegeworfenheit, Abkünftigkeiten: Und Perkun zeugte Senta; und Senta warf Harras; und Harras zeugte Prinz... Großheit Hund, ontisch und naturwissenschaftlich, fahnenflüchtiger Hund, der den Wind im Rücken hat; denn der Wind will auch nach Westen, wie alle: die zwölfte Armee, die Reste der neunten Armee, was übrigblieb von den Gruppen Steiner und Holste, die müden Heeresgruppen Löhr, Schörner, Rendulic, vergeblich die Heeresgruppen Ostpreußen und Kurland aus den Häfen Libau und Windau, die Besatzung der Insel Rügen, was sich von Hela und dem Weichseldelta lösen kann, also die Reste der zweiten Armee; wer eine Nase hat, rennt, schwimmt, schleppt sich ab: vom Ostfeind weg dem Westfeind entgegen; und Zivilisten, zu Fuß, zu Pferde, in einstmals Vergnügungsdampfern verpackt, humpeln auf Socken, versaufen, papiergeldumwickelt, krebsen mit zuwenig Benzin und zuviel Gepäck; seht den Müller, mit seinem Zwanzigpfundsäckchen Mehl, den Tischlermeister, mit Türbeschlägen und Knochenleim beladen, Verwandte und Angeheiratete, Eingestufte und Mitläufer, Kinder mit Puppen und Großmütter mit Fotoalben, Erfundene und Tatsächliche, alle alle alle sehen die Sonne im Westen aufgehen und richten sich nach dem Hund.

Zurück bleiben Knochenberge, Massengräber, Karteikästen, Fahnenhalter, Parteibücher, Liebesbriefe, Eigenheime, Kirchenstühle und schwer zu transportierende Klaviere.

Nicht bezahlt werden: fällige Steuern, Raten für Bausparkassen, Mietrückstände, Rechnungen, Schulden und Schuld.

Neu beginnen wollen alle mit dem Leben, mit dem Sparen, mit dem Briefeschreiben, auf Kirchenstühlen, vor Klavieren, in Karteikästen und Eigenheimen.

Vergessen wollen alle die Knochenberge und Massengräber, die Fahnenhalter und Parteibücher, die Schulden und die Schuld.

Es war einmal ein Hund,

der verließ seinen Herrn und brachte einen langen Weg hinter sich. Nur Kaninchen rümpfen die Nase; doch niemand, der lesen kann, möge glauben, der Hund sei nicht angekommen.

Am achten Mai neunzehnhundertfünfundvierzig, früh, um vier Uhr fünfundvierzig durchschwamm er oberhalb Magdeburg beinahe ungesehen die Elbe und suchte sich westlich des Flusses einen neuen Herrn.

III
»Sie verlassen sogleich den Westsektor«

1953

Aus *Mein Jahrhundert*

Der Regen hatte nachgelassen. Als Wind aufkam, knirschte Ziegelstaub zwischen den Zähnen. Das ist typisch für Berlin, wurde uns gesagt. Anna und ich waren seit einem halben Jahr hier. Sie hatte die Schweiz verlassen, ich Düsseldorf hinter mir. Sie lernte bei Mary Wigman in einer Dahlemer Villa den barfüßigen Ausdruckstanz, ich wollte in Hartungs Atelier am Steinplatz immer noch Bildhauer werden, schrieb aber, wo ich stand, saß oder bei Anna lag, kurze und lange Gedichte. Dann geschah etwas außerhalb der Kunst.

Wir nahmen die S-Bahn bis zum Lehrter Bahnhof. Dessen Stahlskelett stand immer noch. Vorbei an der Reichstagsruine, dem Brandenburger Tor, auf dessen Dach die rote Fahne fehlte. Erst am Potsdamer Platz sahen wir von der Westseite der Sektorengrenze aus, was geschehen war und im Augenblick oder seitdem der Regen nachgelassen hatte, geschah. Das Columbushaus und das Haus Vaterland qualmten. Ein Kiosk stand in Flammen. Verkohlte Propaganda, die der Wind mit dem Qualm aufgetrieben hatte, schneite in Flocken schwarz vom Himmel. Und Menschenaufläufe sahen wir, hin und her ohne Ziel. Keine Vopos. Aber, eingeklemmt in der Menge, sowjetische Panzer, T 34, den Typ kannte ich.

Warnend stand auf einem Schild: »Achtung! Sie verlassen den amerikanischen Sektor.« Einige Halbwüchsige wagten sich mit und ohne Fahrrad dennoch rüber. Wir blieben im Westen. Ich weiß nicht, ob Anna anderes oder

mehr gesehen hat als ich. Beide sahen wir die Kinderge-
sichter russischer Infanteristen, die sich entlang der Grenze
eingruben. Und weiter weg sahen wir Steinewerfer. Überall
lagen Steine genug. Mit Steinen gegen Panzer. Ich hätte die
Wurfhaltung skizzieren, stehend ein Gedicht, kurz oder
lang, über das Steinewerfen schreiben können, machte
aber keinen Strich, schrieb kein Wort, doch die Gestik des
Steinewerfens blieb haften.

Erst zehn Jahre später, als Anna und ich einander von
Kindern bedrängt als Eltern erlebten und wir den Potsdamer Platz als Niemandsland und nur noch vermauert
sahen, schrieb ich ein Theaterstück, das als deutsches
Trauerspiel »Die Plebejer proben den Aufstand« hieß und
den Tempelwächtern beider Staaten ärgerlich war. Es ging
in vier Akten um die Macht und die Ohnmacht, um geplan-
te und spontane Revolution, um die Frage, ob Shakespeare
sich ändern lasse, um Normerhöhungen und einen zerfetzten roten Lappen, um Worte und Gegenworte, um Hoch-
mütige und Kleinmütige, um Panzer und Steinewerfer, um
einen verregneten Arbeiteraufstand, der, kaum war er niedergeschlagen, auf den 17. Juni datiert, zur Volkserhebung
verfälscht und zum Feiertag verklärt wurde, wobei es im
Westen bei jeder Abfeier mehr und mehr Verkehrstote gab.

Die Toten im Osten jedoch waren erschossen, gelyncht,
hingerichtet worden. Außerdem wurden Freiheitsstrafen
verhängt. Das Zuchthaus Bautzen war überbelegt. Das
alles kam erst später ans Licht. Anna und ich haben nur
ohnmächtige Steinewerfer gesehen. Vom Westsektor aus
hielten wir Distanz. Wir liebten uns und die Kunst sehr
und waren keine Arbeiter, die Steine in Richtung Panzer
warfen. Doch seitdem wissen wir, daß dieser Kampf immer
wieder stattfindet. Manchmal, doch dann um Jahrzehnte
verspätet, siegen sogar die Steinewerfer.

Gleisdreieck

Die Putzfraun ziehen von Ost nach West.
Nein Mann, bleib hier, was willst du drüben;
komm rüber Mann, was willst du hier.

Gleisdreieck, wo mit heißer Drüse
die Spinne, die die Gleise legt,
sich Wohnung nahm und Gleise legt.

In Brücken geht sie nahtlos über
und schlägt sich selber Nieten nach,
wenn, was ins Netz geht, Nieten lockert.

Wir fahren oft und zeigen Freunden,
hier liegt Gleisdreieck, steigen aus
und zählen mit den Fingern Gleise.

Die Weichen locken, Putzfraun ziehn,
das Schlußlicht meint mich, doch die Spinne
fängt Fliegen und läßt Putzfraun ziehn.

Wir starren gläubig in die Drüse
und lesen, was die Drüse schreibt:
Gleisdreieck, Sie verlassen sogleich

Gleisdreieck und den Westsektor.

Langsamer Walzer

Aus *Geschichten*

Wenn ich mich entschließe, den Lesern der Morgenpost aus eigener Ansicht und gestützt auf Erfahrungen, die zu sammeln mir nicht erspart worden sind, weniger über den sogenannten Tanzschule-Prozeß und mehr über die Rolle zu berichten, die ich innerhalb dieser Affäre zu spielen gezwungen wurde, bitte ich mir zu glauben, daß mir jegliche Sensationsmache fernliegt; vielmehr ist es mein Wille – wie vor Gericht –, den Tatsachen und nur den Tatsachen Rechnung zu tragen. Zu meiner Person sei erklärend gesagt: Ich bin Junggeselle, Mittdreißiger, kaufmännischer Angestellter, liebe das Reisen und die Geselligkeit. Für dieses, mein – wie man zugeben wird – natürliches Bedürfnis, die Begegnung mit Menschen, das Gespräch zu suchen, habe ich teuer bezahlen müssen.

Anfang vergangenen Jahres fielen mir, von der Halenseebrücke kommend, zum erstenmal die erleuchteten Fenster der Tanzschule Lagodny auf. Ich war nicht der einzige, der stehenblieb und den monotonen Bewegungen der Tanzschüler zuschaute. Junge Paare, selbst mit Einkaufstaschen behängte Hausfrauen nahmen sich Zeit. Oft kommentierten die Zuschauer mit Gelächter oder gar Gekicher die, weil ohne hörbare Musik, komisch wirkende Zeremonie. Nein, keine Balletratten im schwarzen Trikot, sogenannte Gesellschaftstänzer machten sich hinter den Großfenstern der Tanzschule Lagodny mit den mehr oder minder komplizierten Schritten des Tangos, des langsamen wie des Wiener Walzers, mit dem Foxtrott und mit modernen Tänzen wie Rumba, Rock'n'Roll und – auf Wunsch einiger jüngerer Paare – mit den verschiedensten Arten und Abarten des Modetanzes Twist bekannt, sogar mit dem reichlich albernen Letkiss.

Ich muß zugeben, daß mich, den Zuschauer auf der Straße, die gleichmäßigen Bewegungen, ich möchte sagen, die Einmütigkeit und die Selbstvergessenheit der Tanzschüler mehr und mehr mit dem Wunsch erfüllt haben, dabeisein zu dürfen. Das war ja wohl auch der werbende, etwas aufdringlich werbende Sinn jener breiten, durch keine Vorhänge geschützten Fensterfront vor der Tanzschule Lagodny. (Heute frage ich mich, ob dererlei Exhibitionismus als Werbemethode erlaubt sein dürfte; doch damals hatte ich keine Bedenken.)

Nachdem ich drei-, viermal von außen und unverbindlich zugeschaut hatte, sprach ich vor, bat um ein Anmeldeformular, vergewisserte mich des geschäftlich durchaus korrekten Gebarens – sogar eine Versicherung gegen Unfälle während des Tanzunterrichtes war vorgesehen – und belegte einen Kurs für Fortgeschrittene, denn die Anfangsgründe des klassischen Gesellschaftstanzes waren mir noch vertraut.

Frau Lagodny machte es allen Anfängern und also auch mir leicht, die ersten Hemmungen zu überwinden; zwangloses Vorstellen dem lockeren Halbkreis der Tanzschüler gegenüber, ohne das obligate Händeschütteln; Fräulein Zwoidrack wurde mir als Partnerin mit einigen scherzhaften Worten besonders empfohlen; zudem half eine Hausbar, an der erfrischende, aber alkoholfreie Getränke serviert wurden, erste Kontakte anzuknüpfen.

Außer mit Fräulein Zwoidrack kam ich mit Fräulein Rudorff und ihrem Partner, Herrn Wörlein, ins Gespräch. Dort an der Bar, während kurzer Tanzpausen, und nur an der Bar – denn niemals haben wir uns privat getroffen –

77

wurde wie üblich, und wenn ich zurückblicke, zumeist belanglos geplaudert. Ferienpläne wurden erörtert. Durchaus glaubwürdig wußte Fräulein Rudorff von ihrer Irlandreise zu erzählen. Wie harmlos und erfrischend unkonventionell klang der Bericht, den uns allen Fräulein Zwoidrack von ihren Skifreuden mit Hindernissen während des Winterurlaubs in Hahnenklee zu geben verstand. Anekdoten und liebenswürdige Albernheiten ließen sich aufzählen; aber jene Weisungen, von denen noch zu sprechen sein wird, wurden mir zu keiner Zeit an der Bar übermittelt. Und auch Frau Lagodny, die gelegentlich und mehr im Vorbeigehen mit uns an der Bar Worte wechselte, blieb – das möchte ich betonen – jederzeit freundlich distanziert.

Sooft ich alle und auch die banalsten Situationen wie mein Gedächtnis geprüft habe, Weisungen sind mir nur einmal erteilt worden: am Vorabend vom 12. zum 13. März, und zwar während einer längeren, mehrmals unterbrochenen Schrittübung für den Langsamen Walzer, der auch Englischer Walzer genannt wird. Die Übung sah vor, daß wir jeweils auf ein Zeichen von Frau Lagodny den Partner oder die Partnerin zu wechseln hatten. Während der nicht unschwierigen Übung – der Langsame Walzer erreicht nahezu den Schwierigkeitsgrad des klassischen Tango – habe ich alle Weisungen direkt von Fräulein Rudorff erhalten. So konnte ich allenfalls vermuten, daß Herr Wörlein, der jeweils zuvor mit Fräulein Rudorff den Schrittübungen nachgekommen war, die Quelle der Weisungen sein müßte. Von Frau Lagodnys Seite sind mir nur Äußerungen erinnerlich, die unmittelbar mit dem Übungstanz – es war Ramona – verstanden werden konnten, also bloße Schrittkorrekturen. Schon der erste Partnerwechsel – ich tanzte zuvor, und zwar wortlos aufmerksam, mit Fräulein Zwoidrack – brachte mich mit Fräulein Rudorff zusammen. Nach wenigen Schritten sagte sie, ohne dabei jene beim

Langsamen Walzer vorgeschriebene, betont distanzierte Haltung aufzugeben: »Heute, dreiundzwanzig Uhr zwölf.« Auf meine, wie man glauben mag, verblüffte Rückfrage erhielt ich keine Antwort. Der gleich darauf erfolgende Partnerwechsel – Fräulein Seifert – nahm mir jede Möglichkeit, beharrlich zu bleiben. Die später erfolgte Rekonstruktion des Übungstanzes hat ergeben, daß Fräulein Rudorff, die zuvor mit Herrn Wörlein getanzt hatte, erst nach sechsmaligem Wechsel Gelegenheit fand, mir die zweite Weisung zu geben: »Heute, dreiundzwanzig Uhr zwölf, Ecke Lietzenburger-Bleibtreustraße. Im Wagen bleiben.« Daß ich einen Prinz fuhr, hatte sie wohl bei den, wie ich nochmals betone, harmlosen Bargesprächen erfahren. Die dritte Weisung wiederholte die erste und zweite und beinhaltete den Zusatz: »Punkt dreiundzwanzig Uhr siebzehn dreimal im Langsamen-Walzer-Tempo die Standlichter löschen und wieder hineingehen.« Weitere Weisungen wurden mir nicht übermittelt. Auch hatte ich das Rückfragen aufgegeben. Es mag sein, daß ein gewisser Befehlston Fräulein Rudorffs eigentlich fragend mädchenhafte Stimme veränderte und mich verstummen ließ.

Auch als gegen zweiundzwanzig Uhr die Tanzstunde beendet war und sich mein Wille wieder gefestigt hatte, gelang es mir nicht, von Fräulein Rudorff eine Erklärung zu erhalten. Das übliche Durcheinander und ein Gespräch, in das mich, wie ich vermuten muß, beabsichtigterweise, zuerst Fräulein Zwoidrack, dann, zusätzlich, Herr Wörlein verwickelten, nahmen mir die Möglichkeit, eine Erklärung zu erhalten.

Die Zeit von zweiundzwanzig bis kurz vor dreiundzwanzig Uhr habe ich an der Halenseebrücke in der Bärenbaude bei zwei Glas Bier zugebracht. Dort war ich mit meiner Situation alleine. Zum Entschluß hätte ich kommen müssen. Statt romantisch und einem Jüngling nicht unähnlich abzuschweifen, hätte ich vom Ober Papier und Stift verlangen, den Verdacht, Detail um Detail, erhärten müssen. Meinem Alter entsprechend, als erfahrener Mann hätte ich handeln und die Polizei hinzuziehen sollen. An Stelle dieser Entscheidung, die ich damals allzu rasch voreilig nannte und nicht wirksam werden ließ, war ich töricht genug, aus Fräulein Rudorffs noch in der Bärenbaude nachhallenden Weisungen die eindeutige Aufforderung zu einem kleinen galanten Abenteuer herauszuhören. Ich zahlte erwartungsvoll. Denn nichts als meine Neugierde und mein Leichtsinn mögen mich bewogen haben, am 12. März um dreiundzwanzig Uhr zwölf meinen Prinz Ecke Lietzenburger-Bleibtreustraße zu parken. Heiter konzentriert und beflissen wie ein Pfadfinder, also auf die Minute gab ich die angewiesenen Blinkzeichen im vorgeschriebenen Tempo. Um dann zwanzig Minuten oder länger zu warten, worauf?

Bald hatte ich Grund genug zu bedauern, auf diese Weise in einen infamen Mordanschlag verwickelt gewesen zu sein. Meine Naivität hat zugelassen, daß ich innerhalb eines komplizierten Mechanismus, den ich bis heute nicht vollauf begriffen habe, als Rädchen, wie ich zugeben muß, nicht unwichtiges Rädchen, mißbraucht werden konnte. Selbst als ich aus dieser und anderen Zeitungen erfuhr, daß ein Netz von Agenten das Sprengstoffattentat vorbereitet haben müsse, ja, als ich zwischen den brutalen Begleitumständen die Tatzeit »dreiundzwanzig Uhr siebzehn« verzeichnet fand, dazu den Hinweis, es habe sich um drei in regelmäßigen Abständen erfolgte Explosionen gehandelt, vermutete ich immer noch keinen Zusammenhang mit den von mir ausgeführten Weisungen. Als jedoch Recherchen der »Morgenpost« die politischen Hintergründe des Mordanschlages aufdeckten, als von anonymen Telefonanrufen berichtet wurde, die jeweils nach der monoton gesprochenen Ankündigung »Ramona läßt grüßen« den gleichnamigen Englischen Walzer wenige Takte lang folgen ließen, als mein Gedächtnis, plötzlich erhellt, Bargespräche in der Tanzschule Lagodny erinnerte, in deren Verlauf Wörlein, die Zwoidrack, aber auch Fräulein Rudorff abfällige Äußerungen über die Springer-Presse und über das Opfer ihres geplanten Anschlages hatten fallen lassen, als ich begreifen mußte, daß eine radikale, womöglich kommunistische Agententruppe mich zum willenlosen Instrument ihres Anschlages auf Demokratie und freies Wort gemacht hatten, stellte ich mich, zur Aussage bereit, der Polizei.

Und was können die Schriftsteller tun?

Berlin, am 14. August 1961

An die Vorsitzende des Deutschen
Schriftstellerverbandes in der DDR

Verehrte Frau Anna Seghers,

als mich gestern eine der uns Deutschen so vertrauten
und geläufigen plötzlichen Aktionen mit Panzerneben-
geräuschen, Rundfunkkommentaren und obligater Beet-
hoven-Symphonie wach werden ließ, als ich nicht glauben
wollte, was ein Radiogerät mir zum Frühstück servierte,
fuhr ich zum Bahnhof Friedrichstraße, ging zum Brandenburger Tor und sah mich den unverkennbaren Attributen
der nackten und dennoch nach Schweinsleder stinkenden
Gewalt gegenüber. Ich habe, sobald ich mich in Gefahr
befinde – oftmals überängstlich, wie alle gebrannten Kinder –, die Neigung, um Hilfe zu schreien. Ich kramte im
Kopf und im Herzen nach Namen, nach hilfeverheißenden
Namen; und Ihr Name, verehrte Frau Anna Seghers,
wurde mir zum Strohhalm, den zu fassen ich nicht ablassen
will.

Sie waren es, die meine Generation oder jeden, der ein
Ohr hatte, nach jenem nicht zu vergessenden Krieg unterrichtete, Recht und Unrecht zu unterscheiden; Ihr Buch,
»Das siebte Kreuz«, hat mich geformt, hat meinen Blick
geschärft und läßt mich heute die Globke und Schröder
in jeder Verkleidung erkennen, sie mögen Humanisten,

Christen oder Aktivisten heißen. Die Angst Ihres Georg Heisler hat sich mir unverkäuflich mitgeteilt; nur heißt der Kommandant des Konzentrationslagers heute nicht mehr Fahrenberg, er heißt Walter Ulbricht und steht Ihrem Staat vor. Ich bin nicht Klaus Mann, und Ihr Geist ist dem Geist des Faschisten Gottfried Benn gegengesetzt, trotzdem berufe ich mich mit der Anmaßung meiner Generation auf jenen Brief, den Klaus Mann am 9. Mai 1933 an Gottfried Benn richtete. Für Sie und für mich mache ich aus dem 9. Mai der beiden toten Männer einen lebendigen 14. August 1961: Es darf nicht sein, daß Sie, die Sie bis heute vielen Menschen der Begriff aller Auflehnung gegen die Gewalt sind, dem Irrationalismus eines Gottfried Benn verfallen und die Gewalttätigkeit einer Diktatur verkennen, die sich mit Ihrem Traum vom Sozialismus und Kommunismus, den ich nicht träume, aber wie jeden Traum respektiere, notdürftig und dennoch geschickt verkleidet hat.

Vertrösten Sie mich nicht auf die Zukunft, die, wie Sie als Schriftstellerin wissen, in der Vergangenheit stündlich Auferstehung feiert; bleiben wir beim Heute, beim 14. August 1961. Heute stehen Alpträume als Panzer an der Leipziger Straße, bedrücken jeden Schlaf und bedrohen Bürger, indem sie Bürger schützen wollen. Heute ist es gefährlich, in Ihrem Staat zu leben, ist es unmöglich, Ihren Staat zu verlassen. Heute – und Sie deuten mit Recht auf ihn – bastelt ein Innenminister Schröder an seinem Lieblingsspielzeug: am Notstandsgesetz. Heute – »Der Spiegel« unterrichtete uns – trifft man in Deggendorf, Niederbayern, Vorbereitungen zu katholisch-antisemitischen Feiertagen. Dieses Heute will ich zu unserem Tag machen: Sie mögen als schwache und starke Frau Ihre Stimme beladen und gegen die Panzer, gegen den gleichen, immer wieder in Deutschland hergestellten Stacheldraht anreden, der einst den Konzentrationslagern Stacheldrahtsicherheit gab; ich aber will nicht müde werden, in Richtung Westen zu sprechen: Nach Deggendorf in Niederbayern will ich ziehen und in eine Kirche spucken, die den gemalten Antisemitismus zum Altar erhoben hat.

Dieser Brief, verehrte Frau Anna Seghers, muß ein »offener Brief« sein. Das Brieforiginal schicke ich Ihnen über den Schriftstellerverband in Ostberlin. Mit der Bitte um Veröffentlichung schicke ich einen Durchschlag an die Tageszeitung »Neues Deutschland«, einen zweiten Durchschlag an die Wochenzeitung »Die Zeit«.

Hilfesuchend grüßt Sie
Günter Grass

Kinderlied

Wer lacht hier, hat gelacht?
Hier hat sich's ausgelacht.
Wer hier lacht, macht Verdacht,
daß er aus Gründen lacht.

Wer weint hier, hat geweint?
Hier wird nicht mehr geweint.
Wer hier weint, der auch meint,
daß er aus Gründen weint.

Wer spricht hier, spricht und schweigt?
Wer schweigt, wird angezeigt.
Wer hier spricht, hat verschwiegen,
wo seine Gründe liegen.

Wer spielt hier, spielt im Sand?
Wer spielt, muß an die Wand,
hat sich beim Spiel die Hand
gründlich verspielt, verbrannt.

Wer stirbt hier, ist gestorben?
Wer stirbt, ist abgeworben.
Wer hier stirbt, unverdorben,
ist ohne Grund verstorben.

1961

Aus *Mein Jahrhundert*

Auch wenn das heute kaum jemand mehr juckt oder überhaupt von Interesse ist, sage ich mir, genau besehen, war das deine beste Zeit. Du warst gefragt, wurdest gefordert. Über ein Jahr lang hast du riskant gelebt, hast dir vor Angst die Fingernägel abgebissen, hast dich Gefahren ausgesetzt, ohne viel zu fragen, ob dabei auch noch das nächste Semester draufgeht. Ich war nämlich Student an der TU und schon damals an Fernheiztechnik interessiert, als von einem Tag auf den anderen querdurch die Mauer gebaut wurde.

Gab das ein Geschrei! Viele liefen auf Kundgebungen, haben vorm Reichstag oder sonstwo protestiert, ich nicht. Noch im August holte ich Elke rüber, die drüben Pädagogik studiert hat. Ziemlich einfach ging das mit einem westdeutschen Paß, der, was den Datenkram und das Foto betraf, für sie problemlos war. Doch schon Ende des Monats mußten wir Passierscheine frisieren und in Gruppen arbeiten. Ich war Kontaktläufer. Mit meinem Bundespaß, der in Hildesheim ausgestellt worden war, wo ich eigentlich herkomme, klappte das bis Anfang September. Ab dann mußten beim Verlassen des Ostsektors die Passierscheine abgegeben werden. Womöglich hätten wir auch die hingekriegt, wenn uns jemand rechtzeitig das typische Zonenpapier geliefert hätte.

Aber davon will heutzutage keiner was wissen. Meine Kinder schon gar nicht. Hören einfach weg oder sagen: »Schon gut, Papa. Ihr wart damals ne Klasse besser als wir, weiß doch jeder.« Na, vielleicht später mal meine Enkel, wenn ich denen erzähle, wie ich ihre Oma, die ja drüben festsaß, rübergeholt und dann im »Unternehmen Reisebüro«, wie wir zur Tarnung hießen, mitgemacht habe. Gab Spezialisten bei uns, die beim Stempelfälschen mit hartgekochten Eiern operierten. Andere schworen auf die Friemelei mit angespitzten Streichhölzern. Wir waren fast alle Studenten, ganz linke, aber auch Burschenschaftler und solche, die sich, wie ich, überhaupt nicht für Politik erwärmen konnten. Liefen zwar Wahlen im Westen, und Berlins Regierender kandidierte für die Sozis, aber ich hab weder für Brandt und Genossen noch für den alten Adenauer mein Kreuzchen gemacht, denn mit Ideologie und große Töne spucken lief bei uns nix. Nur Praxis zählte. Wir mußten nämlich Paßbilder, wie das hieß, »umhängen«, auch in ausländische Pässe, schwedische, holländische. Oder es wurden welche mit ähnlichen Fotos und Daten – Haarfarbe, Augenfarbe, Größe, Alter – über Kontaktleute organisiert. Dazu passende Zeitungen, Kleingeld, alte Fahrkarten, der typische Krimskrams, den jemand, zum Beispiel eine junge Dänin, in der Tasche hatte. War ne Heidenarbeit. Und alles umsonst oder zum Selbstkostenpreis.

Aber heute, wo es nix umsonst gibt, glaubt einem das keiner mehr, daß wir als Studenten nicht abkassiert haben. Sicher, da gab es welche, die später beim Tunnelbau die Hand aufgehalten haben. Lief deshalb auch ganz blöd, das Projekt Bernauer Straße. Das war, als sich eine Dreierclique von einer amerikanischen Fernsehgesellschaft für das Filmen im Tunnel, ohne daß wir davon wußten, mit 30 000 Mark löhnen ließ. Vier Monate lang haben wir gebuddelt. Märkischer Sand! Über hundert Meter lang war die Röhre. Und als dann gefilmt wurde, während wir an die dreißig Leute, Omas und Kinder darunter, in den Westen geschleust haben, dachte ich mir, das wird bestimmt ein

Dokumentarfilm für später. Aber nein, lief schon bald im Fernsehen und hätte die Schleuse prompt auffliegen lassen, wäre der Tunnel, trotz teurer Abpumpanlage, nicht kurz davor abgesoffen. Aber wir haben trotzdem anderswo weitergemacht.

Nein, Tote gab's keine bei uns. Weiß schon. Solche Geschichten geben mehr her. Die Zeitungen waren voll davon, wenn jemand aus dem Fenster von einem Grenzhaus drei Stockwerk tief absprang und unten, wo die Feuerwehr das Sprungtuch gespannt hatte, haarscharf daneben aufs Pflaster knallte. Oder als ein Jahr später Peter Fechter am Checkpoint Charlie rüber wollte, angeschossen wurde und, weil keiner half, verblutet ist. Mit sowas konnten wir nicht aufwarten, weil wir auf Nummer Sicher gingen. Und trotzdem könnt ich Ihnen Geschichten erzählen, die uns schon damals manch einer nicht glauben wollte. Zum Beispiel, wie viele Leutchen wir durch Abwasserkanäle rübergeholt haben. Und wie es da unten nach Ammoniak gestunken hat. Einen der Fluchtwege, der von Stadtmitte nach Kreuzberg lief, nannten wir »Glockengasse 4711«, weil alle, die Flüchtlinge und wir, durch kniehohe Jauche mußten. Ich war später Deckelmann und habe, sobald alle Leute weg und unterwegs waren, den Einstiegsdeckel eingepaßt, weil die letzten Flüchtlinge meistens in Panik gerieten und das Dichtmachen vergaßen. So war das bei dem Regenwasserkanal unter der Esplanadenstraße im Norden der Stadt, als einige, kaum waren sie im Westen, einen Heidenlärm gemacht haben. Aus Freude, na klar doch. Aber so ist den Vopos, die drüben Wache schoben, ein Licht aufgegangen. Haben dann Tränengasbomben in den Kanal geworfen. Oder die Sache mit dem Friedhof, dessen Mauer ein Teil der Gesamtmauer war und zu dem wir einen abgestützten Kriechtunnel durch den Sandboden gebuddelt haben, direkt zu den Urnengräbern, so daß unsere Kundschaft, alles harmlos wirkende Leute mit Blumen und sonstigem Grabschmuck, plötzlich verschwunden war. Das lief ein paarmal ganz gut, bis eine junge Frau, die mit Kleinkind rüber wollte, neben dem abgedeckten Einstieg ihren Kinderwagen stehenließ, was prompt auffiel...

Mit solchen Pannen mußte man rechnen. Doch jetzt, wenn Sie wollen, ne andere Geschichte, bei der alles geklappt hat. Reicht Ihnen? Verstehe. Bin ich gewohnt, daß man genug davon kriegt. Vor ein paar Jahren, als die Mauer noch stand, war das anders. Da haben manchmal Kollegen, mit denen ich hier im Fernheizwerk tätig bin, Sonntag früh beim Schoppen gefragt: »Wie war das, Ulli? Erzähl mal, wie das ablief, als du deine Elke rübergeholt hast...« Aber heut will davon keiner irgendwas hören, hier in Stuttgart sowieso nicht, na, weil die Schwaben schon einundsechzig so gut wie nix mitbekommen haben, als in Berlin querdurch... Und als die Mauer dann weg war, plötzlich, noch weniger. Eher wären die froh, wenn's die Mauer noch gäbe, na, weil dann der Soli wegfiele, den sie berappen müssen, seitdem die Mauer fehlt. Also red ich nicht mehr davon, auch wenn es meine beste Zeit war, als wir kniehoch durch die Jauche im Kanalsystem... Oder durch Kriechtunnel... Jedenfalls hat meine Frau recht, wenn sie sagt: »Damals warst du ganz anders. Damals haben wir richtig gelebt...«

IV

»Dich singe ich, Demokratie«

Loblied auf Willy

Rede im Bundestagswahlkampf, Juli 1965

Heute soll meine Rede einem Mann die Reverenz erweisen, auf den ich gesetzt habe, der meiner Kritik immer gewiß sein kann, einem Mann, der zur Wahl steht.

Walt Whitman hat seinen Präsidenten, den ermordeten Abraham Lincoln, besungen: »O starker gefallener Stern im Westen!«

Ich werde versuchen, nüchterner einen Lebenden zu preisen: »Loblied auf Willy!«

Er soll Bundeskanzler werden. Was ist das, ein Bundeskanzler? Etwas wilhelminisch Patriarchalisches? Das wandelnde Ordnungsprinzip? Die übliche Vaterfigur, der die Söhne, von Generation zu Generation, tagsüber die gedrückte Haltung und zur Nacht rachsüchtige Träume verdanken? Wer ist er, der Bundeskanzler? Wie spricht man ihn an? Soll er verehrt werden? Und was, wenn ja, sollte in ihm verehrt werden? Ein politisches Pin-up? Ein Jemand, dessen Foto zwischen Zimmerlinden die Amtsstuben zu schmücken hat: Orakel und Quelle einsamer Beschlüsse und Popularität heischender Allgemeinplätze? Oder ist der Bundeskanzler schlicht jemand, der, auf Vorschlag des Bundespräsidenten, vom Bundestag gewählt worden ist und durch ein konstruktives Mißtrauensvotum entlassen werden kann?

Das Schönste an unserem Staat – und darauf wollen wir bauen – ist unser Grundgesetz. Hier! Ich trage es bei mir, im Köfferchen. Eine Sitte, die unserem Immer-noch-Innenminister Herrn Höcherl empfohlen werden sollte. Und unser Grundgesetz, Artikel 65, erster Satz, sagt: »Der Bundeskanzler bestimmt die Richtlinien der Politik und trägt dafür die Verantwortung.« – So klar sich dieser Satz einprägt, so gerne wird er unvollständig zitiert oder nach Gutdünken gemodelt. »Verantwortung«, die hier als parlamentarische zu verstehen ist, fällt gerne unter den Tisch. Beliebt ist die schauerliche Raffung des Grundgesetzartikels zur »Richtlinienkompetenz«. Wahrscheinlich wollte Herr Erhard den Büchmann um ein geflügeltes Wort bereichern, als er sich selbst glossierte und in Hausvatermanier aufstampfte: »Ich bestimme die Richtlinien der Politik ohne Wenn und Aber.«

Sein Vorgänger, unser erster Bundeskanzler, war da aus anderem Holz. Selten oder nie sprach er vom Artikel 65. Aber er zimmerte sich aus ihm, indem er das Kabinett und den Bundestag mehr und mehr entmachtete, jenes selbstherrliche Podest, das, vornehm umschrieben, Kanzlerdemokratie hieß. Als der alte Herr, nach ziemlich peinlichem Kokettieren mit dem Bundespräsidentenamt, endlich zurückgetreten war, beeilten sich In- und Ausland, ihm bombastische Nachrufe zu pflanzen, als wollte man ihn rasch historisieren und also an der Rückkehr hindern. »Der Lotse verläßt das Schiff«, wurde geunkt.

Niemand scheute sich, Bismarck und Karl den Großen zu bemühen. Dabei stiegen nur Erinnerungen auf an die unglückseligen Rheinbundstaaten. Doch zugegeben: Wenn Fürst Metternich ein großer Mann gewesen ist, bin auch ich bereit, Konrad Adenauer in dieser Größenordnung zu begreifen.

Nach solch illusionärer abendländischer Selbstbespiegelung ist es kein Wunder, wenn sich verängstigte Bürger im westlichen Teil unseres Landes nach der Schläue des Fuchses zurücksehnen, obgleich mehr und mehr deutlich wird, daß es die unbezahlten Rechnungen des Herrn Adenauer sind, die seinen Nachfolger mehr herabwirtschaften, als er es verdient haben mag.

Schließlich hat er sich uns eingeprägt als selbstherrlicher Vater des Wirtschaftswunders. Wie hieß wohl die schöne Mutter? – Und nun auf einmal knabbert der Zweifel selbst an diesem Mirakel. Er, die sagenhafte Wahllokomotive, der personifizierte Optimismus von gestern, muß heute der erschöpften Regierungskoalition den Prügelknaben ersetzen. Er macht keine gute Figur mehr und erregt Mitleid, was einem Bundeskanzler schlecht zu Gesicht steht. Jenes mit dem Schlager »Laßt doch mal den Dicken ran...« so gutwillig und munter gefeierte Experiment ist mißglückt. Wo nähmen wir auch fernerhin das viele und teure Porzellan her, das dieser empfindsame und rasch beleidigte Mann nun einmal benötigt, um sich und uns, anhand der Scherben, seine Auserwähltheit zum Volkskanzler zu beweisen? Und schon sind wir bei einer Definition des Artikels 65 angelangt, von der sich unser vortreffliches Grundgesetz nichts hat träumen lassen.

Was ist das, ein Volkskanzler? Unsere parlamentarische Verfassung kennt ihn nicht. Allenfalls Institute für Meinungsforschung lassen durchblicken, was ein Volkskanzler sein will: populär! Das ist nun Herr Erhard in Tat und Wahrheit: populär. Und selbst Konrad Adenauer wird sein Versprechen »Den Herrn Erhard bring ich noch mal auf Null!« wie so viele Versprechen, die er uns hinterlassen hat, nicht einlösen können. Ludwig Erhard wird immer populär bleiben. Aber was zwingt uns, diesem mit Recht so populären Mann nochmals eine Verantwortung aufzubürden, die dem Zaudernden Entschlüsse, die dem ewig Zögernden das Handeln abverlangt?

Weiter gefragt: Was ist das, ein Bundeskanzler? Nach zwölf Jahren Kanzlerdemokratie und nach dem kostspieligen Interregnum des populären Volkskanzlers gilt es, diese Frage dringlich zu stellen.

Ich meine, es müßte jemand sein, der den ersten Satz des Grundgesetzartikels 65 wieder im vollen Wortlaut wahrnimmt: »Der Bundeskanzler bestimmt die Richtlinien der Politik und trägt dafür die Verantwortung.«

Also, gesucht wird ein Mann, der das Wenn und das Aber nicht vom Tisch wischt und somit sein Kabinett entmachtet. Jemand, der sich nicht der »volklichen Gemeinschaft« und ähnlich wolkigen Absurditäten verpflichtet fühlt; also jemand, der dem Bundestag Rede und Antwort steht, und nicht jemand, der verfassungswidrig das Parlament umgeht und zur Milchkuh außerparlamentarischer Interessengruppen wird. Nicht der Bauernführer Rehwinkel und nicht Herr Berg vom Bundesverband der Deutschen Industrie wurden vom Volk gewählt, sondern die Bundestagsabgeordneten! Weiterhin erhoffe ich mir einen Bundeskanzler, der bereit ist, die zunehmende Verfälschung unserer so gut begründeten parlamentarischen Demokratie in eine Fernsehdemokratie rückgängig zu machen.

Nicht jener darf der beste Bundeskanzler sein, der auf dem Fernsehschirm kurzfristig wirkt; vielmehr wünschenswert wäre jemand, der den unpopulären Anlauf nicht scheut und in harter Detailarbeit, Schritt für Schritt, sein Ziel angeht. In Berlin hat es sich erwiesen, daß unser einziges politisches Konzept – oft genug gegen Widerstände von außen und innen – praktizierbar ist. Ich spreche von meinem Regierenden Bürgermeister, von Willy Brandt.

Er ist keine Vaterfigur. Schicksalsgeraune liegt ihm nicht. Kein brillanter Redner wie Fritz Erler. Kein schnaubendes Kraftwerk wie Herbert Wehner. Gelassen gebe ich zu: Es fällt mir schwer, meinen Regierenden Bürgermeister laut anzupreisen. Aber warum sollte ich auch über den grünen

Klee loben, begeistert sein oder versuchen, in Begeisterung zu versetzen? Noch nie bestand Anlaß, von einem Politiker begeistert zu sein. Unsere Geschichte lehrt es uns schmerzhaft. Skeptisch vertraue ich ihm. Sympathie äußert sich in Kritik. Kein Genie, aber ein Staatsmann steht zur Wahl, der bereits seit Jahren die Sache Berlins, und damit die gesamtdeutsche Sache, in London und Stockholm, in Washington und Paris zu vertreten gewußt hat. Selbst unsere großen Tageszeitungen können es nicht mehr verschweigen: Dem Namen Willy Brandt begegnet man in der Welt mit Hochachtung und Respekt. Er reist ja auch nicht mit Illusionen im Koffer, sondern versteht es, sein Konzept darzustellen. Wir wären übel beraten, wenn wir es zuließen, daß das Wort vom Propheten, der im eigenen Land nichts gilt, sich auf Willy Brandt anwenden ließe. Zur Zeit ist er der einzige Staatsmann, der Kenntnis, Begabung und Statur hat, eine außenpolitische Initiative zu entwickeln, die das verdrängte Ziel der Wiedervereinigung wieder in unseren Blick rückt.

Willy Brandts immer wiederkehrende Redewendung »Meine Freunde und ich...« ist keine bloße Floskel, sondern die selbstbewußte Ankündigung eines politischen Stils, der die Ära der »einsamen Beschlüsse« und »Schicksalsberufungen« beenden wird. Mit ihm will sich eine andere Generation an die Arbeit machen: Es gibt genug zu tun. Wenn in den letzten Wochen das Notstandsgerede immer wieder künstlich angefacht wird, sei hier gesagt: Er ist ja schon da, der Notstand! Überall dort, wo ihn die Koalitionsregierung nicht wahrhaben will: in den Schulen und Universitäten, in den Krankenhäusern und auf unseren Landstraßen! – Willy Brandt und seine Regierungsmannschaft werden alle Hände voll zu tun haben, wenn sie sich dem Lehrermangel und der Verkehrsmisere, einer kranken Gesundheitspolitik und dem durch Wahlgeschenke in Unordnung gebrachten Haushalt regierungsverantwortlich gegenübersehen werden. Auch wenn Willy Brandt und seine Freunde um diese Herkulesarbeiten nicht zu beneiden sind, es hilft nichts: Diesmal müssen sie ran! Der Stall will gereinigt werden!

Ein neuer Bundeskanzler steht zur Wahl. Hat er gestohlen, gelogen, gemordet? Wir sind mit diesen Fragen aufgewachsen. Jeder Tag weiß von Mördern zu berichten, die seit Jahren Recht sprechen, den Staat vertreten oder die Jugend lehren. Hier ist der Ort, eine Lanze zu brechen: Man hat Willy Brandt vor nicht allzu langer Zeit hierzulande und – beschämenderweise – mit gewissem Erfolg systematisch verleumdet. Die Arbeitsgemeinschaft Kapfinger-Strauß war Meister dieser Tonart. Selbst Konrad Adenauer scheute sich nicht, sein Christentum derart zweckdienlich Lügen zu strafen. Wem es heute noch angelegen sein sollte, weil Wahlkampf ist, aufs Niveau der »National-Zeitung« herabzusteigen, der wird kein Gehör mehr finden.

Mich bewegt Willy Brandts lange Reise von Lübeck über die Stationen der Emigration nach Berlin, weil sich in ihr ein Teil jener Geschichte Deutschlands widerspiegelt, auf den ich, ohne Anteil gehabt zu haben, stolz bin. Wen hat man uns nicht alles zugemutet? Wer mag heute schon den Schaden messen, den die Herren Krüger und Oberländer, den ein Mann namens Globke unserem Land und unserer jungen Demokratie zugefügt haben? Willy Brandt verfügt über genügend moralische Autorität, dieses Kapitel abzuschließen. Mit ihm sehe ich einen Mann Verantwortung übernehmen, dem zwar der Irrtum nicht fremd ist, der sich aber nicht anfechten ließ und umfiel, als in Deutschland das Umfallen Ehrensache wurde.

Lassen Sie mich ausholen. Der Anlaß verdient es.

Willy Brandt hieß, als er am 18. Dezember 1913 in Lübeck geboren wurde, Herbert Frahm. Als uneheliches Kind trug er den Namen seiner Mutter. Von ihr, der Verkäuferin in einem Konsumgeschäft, und dem Großvater, einem altsozialdemokratischen Landarbeiter, wurde er erzogen. Als Vierzehnjähriger gehörte er zu den Roten Falken, ein Jahr später zur Sozialistischen Arbeiterjugend. Auf dem Gymnasium, dem Lübecker Johanneum, war der Sohn aus einer Arbeiterfamilie die Ausnahme.

Ich stelle mir den Fünfzehnjährigen so vor: zu schnell gewachsen, robust, ziemlich vergrübelt. Auf dem Pausenhof beginnt die Politik. Auf der einen Seite: er alleine mit seinen frühreifen Argumenten. Ihm gegenüber: die Söhne der Bürger, noch zögernd, aber schon auf dem Weg in die Hitlerjugend. Die Trave riecht sommerlich. Lübecks Backsteingotik hält feinsinnig ironische Zwiesprache mit Thomas Mann. Aber mit Ironie ist die SA nicht aufzuhalten. Sie marschiert.

Der sechzehnjährige Herbert Frahm wurde 1930 Mitglied der Sozialdemokratischen Partei Deutschlands. Sein Deutschlehrer bestärkte ihn, Journalist zu werden. Die ersten Artikel schrieb er für den »Volksboten«. Julius Leber, damals Chefredakteur dieser Zeitung und Vorsitzender der Lübecker Sozialdemokraten, entdeckte ihn. Er wurde sein Mentor.

Wer die politische Konzeption des Staatsmannes und Bundeskanzlerkandidaten Willy Brandt, auch von der Herkunft her, begreifen will, wird bemerken, daß Julius Leber, von den frühen Lübecker Jahren bis in die jüngste Berliner Zeit, Brandts unerschöpflicher Anreger und Prüfstein gewesen ist.

Lassen Sie mich knappen Bericht geben über diesen außerordentlichen Mann, dessen Schicksal für die Geschichte der deutschen Sozialdemokratie und also für die Geschichte unseres Landes von Bedeutung ist:

Julius Leber war ein Sozialdemokrat, der, im Gegensatz zu den Politikern der Rechten wie der Linken, die Weimarer Republik und ihre Verfassung bejaht hat. Nazis und Kommunisten waren seine schärfsten Gegner. Aber auch der linke Flügel der SPD und die Jungsozialisten lehnten den staatsbewußten Pragmatiker ab. 1931, als sich die SAP von der SPD abspaltete, trennte sich auch der achtzehnjährige Herbert Frahm von seinem politischen Ziehvater. Erst die Emigration, praktische Erfahrungen in Norwegen, wo die Sozialdemokraten damals schon die Regierungsverantwortung trugen, haben ihn wieder in die Nähe jenes Mannes gebracht, der im Juli 1944 von den Nazis ermordet worden ist. Der Widerstand gegen Hitler verlor mit Julius Leber die zentrale Persönlichkeit, den Koordinator, den Kopf.

Meinen Freunden und Feinden links von der SPD, die sich darin erschöpfen, Willy Brandt als bloßen Pragmatiker abzulehnen, möchte ich dieses gleichnishafte Kapitel aus jüngster deutscher Geschichte ins Gedächtnis rufen. Aber gleichzeitig sollte sich auch Herbert Wehner an Willy Brandts Weg von Julius Leber fort und zu Julius Leber hin erinnern, wenn er in Feldwebelmanier den jungen Außenseitern Parteidisziplin einpauken möchte. Nicht die Schlechtesten, oft die Begabtesten fühlen sich als Zwanzigjährige von den unübersichtlichen Massenparteien abgestoßen. Sie reiben sich am Funktionärsdenken und an allzu glatter Kompromißbereitschaft. Wer sie als Wirrköpfe abtut, soll sich nicht wundern, wenn sie sich der Stimme bei den Wahlen enthalten oder aus trotziger Überzeugung – und sei es, um ihre Ohnmacht zu demonstrieren – die DFU wählen.

Es mag sein, daß Herbert Wehner nicht über seinen Schatten springen und ein Wort der Verständigung finden kann; mir fällt es leichter, den Ostermarschierern und Linksabweichlern, also allen, denen man hierzulande, in Ermangelung besserer Argumente und weil das Verteufeln so hübsch in Schwung ist, den Kommunismus andichtet, ziemlich besorgt zuzurufen: Laßt Euch nicht isolieren und in Sekten und Grüppchen abdrängen, also politisch entmündigen; denkt an den Umweg, den Willy Brandt machen mußte, bis er wieder zu Julius Leber zurückfand, und tragt Eure Opposition mit weniger Fanatismus und mehr Gelassenheit vor. Eure wahren Gegner sitzen woanders. In beiden Teilen Deutschlands lachen sie sich ins Fäustchen, wenn wieder einmal 1,9 Prozent DFU-Stimmen unter den Tisch gefallen sind.

1933, zwei Tage nachdem die Nazis an die Macht gekommen waren, wurde Julius Leber in Lübeck auf der Straße zusammengeschlagen und in ein Gefängnis überführt. Der neunzehnjährige Herbert Frahm mußte untertauchen, da er illegal den Widerstand mitaufbauen wollte. Den Namen Willy Brandt, seinen Decknamen aus jener Zeit, trägt er mit berechtigtem Stolz noch heute. Er hat sich eingebürgert. Die Redensart, jemand habe aus seinem Namen etwas gemacht, hier trifft sie zu.

1934 begann die lange Zeit der Emigration für Willy Brandt. Wer sie Station um Station abschreitet, wer diese bittere Chronik der kleinen Hoffnungen und Enttäuschungen heute liest, dem wird bewußt, welche Last und Verantwortung einem jungen Mann aufgebürdet worden ist, der eigentlich, wie es friedliche Zeiten ermöglichen, ungestört einem Universitätsstudium hätte nachgehen sollen. Willy Brandts Lehrjahre jedoch sind Begegnungen mit der Realität seiner Zeit gewesen: Der Spanische Bürgerkrieg, den er als Korrespondent einer norwegischen Zeitung in Barcelona erlebte, der Überfall auf Norwegen, der ihn nach Schweden vertrieb, zwangen ihm eine frühe Reife auf.

Wenn wir dieser Odyssee eines jungen Mannes den Katalog der Verleumdungen gegenüberstellen, mit dem einige seiner politischen Gegner ihn, wie man so schön sagt, »fertigmachen« wollten, regen sich Zorn und Scham. Übrig bleibt die Erkenntnis, daß der Ungeist von gestern heute noch wach ist und jederzeit bereit, den Haß von der Kette zu lassen.

Im Dezember 1946 kehrte Willy Brandt nach Deutschland zurück. Sein Wohnsitz wurde Berlin. Was alles dieser Stadt angetan worden ist: die Blockade 48, die Niederknüppelung des deutschen Arbeiteraufstandes im Juni 53, schließlich die Errichtung der Mauer quer durch die Stadt – Willy Brandt war, zuerst als Abgeordneter, dann als Präsident des Abgeordnetenhauses und ab Herbst 1957 als Regierender Bürgermeister, ihr dienender, helfender und, oft genug, ihr rettender Zeuge.

Die schwäbisch-väterliche Sympathie unseres ersten Bundespräsidenten, Theodor Heuss, gehörte dem vierundvierzigjährigen Bürgermeister. In einem Glückwunschbrief des Bundespräsidenten findet sich eine knappe und genaue Charakteristik jenes Mannes, der ab September unser Bundeskanzler sein sollte. Theodor Heuss schrieb:

»Ihre prüfende Gelassenheit und Ihre furchtlose Energie werden die Aufgabe meistern.«

Ich wohne seit Anfang 1953, von einem längeren Frankreichaufenthalt abgesehen, in Berlin. Was immer mir an Berlin gefällt oder nicht gefällt, es gab Gelegenheit genug, es lachend oder schimpfend auszusprechen. Und wenn ich mich heute, nach all den Krisen und nach der größten Belastung im August 61, frage, warum es immer noch möglich ist, dort zu wohnen, zu lachen, zu schimpfen und frei, das heißt ungehindert zu arbeiten, dann lautet meine Antwort: Dieses verdanken die Berliner, und also auch ich, nicht zuletzt Willy Brandt und seinen von Theodor Heuss apostrophierten Tugenden: Gelassenheit und Energie.

Willy Brandts Wort, gesprochen im Spätsommer 61:

102

»Wir haben schwere Wochen hinter uns. Der Krieg lag auf der Straße...«, war nicht aus der Luft gegriffen. Aber während er seine Aufgabe meisterte und in jenen Tagen die Verantwortung nicht nur für die Stadt Berlin, auch für Hamburg, Münster, Aachen, Köln, Würzburg, München und Bonn, jawohl, auch für Bonn und die gesamte Bundesrepublik trug, sah Konrad Adenauer seine Aufgabe in der Heimtücke. Am 14. August des Mauerbau- und Wahljahres 61 hat er in Regensburg den letzten Versuch unternommen, den politischen Gegner zu verteufeln. Er scheute sich nicht, auf Willy Brandts uneheliche Herkunft hinzuweisen. Oh, Ihr Tugendwächter und Pharisäer des zwanzigsten Jahrhunderts! Eheliche Herkunft ist kein Verdienst. Uneheliche Herkunft ist kein Makel. Christentum spricht so. Unser Grundgesetz spricht so. Aber Sie, Herr Adenauer, suchten Zuflucht in der Niedertracht!

Der Regierende Bürgermeister von Berlin hat sich nicht von seinem Weg abbringen lassen. Männer wie Professor Schiller hat er nach Berlin geholt. Was in den letzten Jahren dort an Aufbauarbeit geleistet worden ist, sollte beispielhaft wirken. Der Elan, mit dem eine abgeschnürte Stadt in eine aufblühende verwandelt worden ist, und die staatsmännische Klugheit Willy Brandts, die es verstanden hat, aus Ulbrichts dickem Knüppel einen Bumerang zu schnitzen, der den Weg zurück, zum Zentralkomitee, gefunden hat, diese Tatkraft sollte endlich der gesamten Bundesrepublik zugute kommen.

Es steht zur Wahl. Drüben, in Leipzig, Rostock und Magdeburg, die siebzehn Millionen Landsleute schauen uns zu. Ihre Skepsis hat Gründe. Im gleichen Maße, wie ihre Geduld abmagerte, hat ihr Mißtrauen Speck angesetzt. Unverbindliche 17.-Juni-Feiern, die den tragischen Arbeiteraufstand Jahr für Jahr mehr zur Volkserhebung verfälschen, feierliche Lügen und Sonntagsreden sind ihnen verhaßt.

Schlagt nach in den Protokollen, lest Arnulf Barings Buch über den 17. Juni und begreift den zwölf Jahre alten Schwindel: Das Bürgertum in allen Schattierungen ist zu Hause geblieben. Es ist ein Arbeiteraufstand gewesen, der Ulbrichts Diktatur für wenige Stunden erschüttert hat. Seitdem sitzt er unbequemer.

Willy Brandt hat als erster vor der Verfälschung des Arbeiteraufstandes gewarnt. Denn während noch in der sowjetisch besetzten Zone von der Werkbank weg verhaftet wurde, begann man in Bonn schon am Mythos der Volkserhebung zu stricken. Dringlich wies Brandt auf das weltweite Echo des Arbeiteraufstandes hin. Ich zitiere: »Wir haben lesen können, daß diese Ereignisse für die Stellung Deutschlands und für das Vertrauen zu den demokratischen Kräften in unserem Volk mehr bedeutet hätten als alle Schritte der Bundesregierung zusammengenommen.« – Diese Anklage hat noch heute Gültigkeit.

Vielleicht fragen Sie sich jetzt: Will er im Juli eine verspätete 17.-Juni-Rede halten? Was hat das alles mit Volksversicherung und Bildungsnotstand, mit den Gemeinschaftsaufgaben und unserer Verkehrsmisere, also mit den Bundestagswahlen und seinem Thema »Die Frage nach dem Bundeskanzler« zu tun? So sehr ich das weitgefächerte und gutbelegte Programm der SPD schätze, es kann dennoch nicht meine Aufgabe sein, Ihnen Georg August Zinns »Großen Hessenplan« zu erläutern, zumal es mir am Fachwissen fehlt. Meine Aufgabe heißt anders. Landsleute in der DDR haben mich dringlich gebeten, an sie zu erinnern und den Finger in die allzu rasch heilende Wunde zu legen. 1953 ging man, sogleich nach dem Zusammenbruch des Arbeiteraufstandes, zur Tagesordnung über. Bundestagswahlen standen vor der Tür. Und eine anhaltende Diskussion eines deutschen Arbeiteraufstandes, der im spontanen und erfolgreichen Beginn wie in der Niederlage deutliche sozialdemokratische Züge trug, hätte der CDU nicht ins Wahlkampfkonzept gepaßt. Ihr kam es darauf an, die Sozialdemokratie zu verteufeln. Vor vier Jahren – das architektonische Glanzstück unseres Jahrzehnts, quer durch Berlin, war noch nicht fertig – hielt sie es ähnlich. Mit Grund weise ich heute auf den 17. Juni hin und auf die Erwartungen unserer Landsleute, die nicht mitwählen dürfen. Ich bitte alle Bürger, denen Skrupel es schwermachen, am 19. September zu wählen, daran zu denken, wie viele Männer und Frauen in Mecklenburg, Sachsen und Thüringen an ihrer Stelle wählen möchten. Geben Sie es nicht vorschnell auf, unser teuer erkauftes Wahlrecht! Wählt für jene Arbeiter aus den Zeiss-Werken in Jena, aus der Farbenfabrik Wolfen, wählt für die zwölftausend Hennigsdorfer und die Bauarbeiter von der Stalinallee, die vor zwölf Jahren für ein soziales und demokratisches Deutschland eingetreten sind, die im Stich gelassen wurden und seitdem verstummten. Wählt, damit Willy Brandt die Sache der Landsleute »da drüben« regierungsverantwortlich »hier drüben« vertreten kann!

Der Regierende Bürgermeister hat aus der schwierigen Berliner Situation heraus das Menschenmögliche getan und geleistet. Nur begrenztes parteipolitisches Taktieren irgendwelcher Neidhammel hat zu Versuchen geführt, diese Leistungen zu verniedlichen und zu schmälern. Ich neige dazu, einen Politiker, der die langsame und realistische Politik der »kleinen Schritte« maulfechtend mit dem Slogan »mittlere Schritte« zu übertrumpfen versucht, unseriös zu nennen. Aber wer mag von Erich Mende hören, wenn die Frage nach dem Bundeskanzler gestellt wird! Wen interessieren Leute, die dauernd Scheiben einwerfen und gleichzeitig mit Kitt handeln? Sie stehen nicht zur Wahl.

Andere Namen sind heute gefragt. Die gegenwärtige Koalitionsregierung ist verbraucht. Alle drei Parteien, die sie bildeten, sind in sich und untereinander zerstritten. Der Wechsel, dieses Elixier der Demokratie, ist notwendig. Ohne Umschweif ausgesprochen, wäre dieses wünschenswert: Die SPD übernimmt die Regierungsverantwortung und hat eine ganz neue Kritik zu erwarten. Die CDU – um nur von der größten Koalitionspartei zu sprechen – findet als Oppositionspartei eine demokratische Chance, sich an Haupt und Gliedern zu regenerieren. Denn man möge doch nicht glauben, daß es eine Schande sei, das schwere Handwerk Opposition auszuüben. Die SPD hat diesen wichtigen Part der Demokratie während vier Legislaturperioden mit bewundernswerter Fairneß gespielt. Wer in CDU/CSU- und FDP-Kreisen nicht durch Hochmut gehemmt ist, mag Lehren aus dieser Praxis ziehen; denn die Berliner CDU unter Amrehn hat es bisher nicht vermocht, als Opposition Profil zu gewinnen. Zum Nutzen unseres Staates wünsche ich der zukünftigen CDU-Opposition in Bonn mehr Erfolg und Geschick.

Jemand, der weder Dämon noch Heiliger sein möchte, Franz Josef Strauß also, hat auf dem letzten Landeskongreß der CSU, als wieder einmal der Minister a. D. Oberländer rehabilitiert werden sollte, zweiundeinhalbe Stunde lang gesprochen und obendrein noch die Kraft gehabt, den Finanzminister Dollinger vom Rednerpult zu drängen. Dieser Ehrgeiz liegt mir fern. Auch wenn mir die Firma ESSO jetzt einen Prozeß machen will, lassen Sie mich mein »Loblied auf Willy« unfeierlich mit einem Slogan beschließen, den kein Wahlkampfleiter, den der Volksmund erfunden hat. Er beantwortet die Frage nach dem neuen Bundeskanzler unumwunden:

»Packt den Willy in den Tank!«

Willy Brandt im Warschauer Ghetto

Lieber Hartmut von Hentig,

ja, es stimmt, ich war dabei, als Willy Brandt dort, wo einst das Warschauer Ghetto gewesen ist, auf die Knie ging. Aber was heißt das: Ich war dabei? Was erlebt man, in der Menge stehend, abgedrängt von Sicherheitsbeamten, vermeintlich dem Protokollverlauf folgend? An jenem Dezembertag des Jahres 1970 geschah etwas außerhalb der zeremoniellen Riten. Plötzlich wurde ein Bild gesetzt. Ein Deutscher, ein Politiker und Sozialdemokrat, kniete nieder. Handelte er allein für sich? Hatte der Emigrant Willy Brandt Gründe, stellvertretend zu handeln? War er sich der Dimension seines Handelns bewußt?

Der miterlebte Augenblick ist in Kürze zu beschreiben. Ich erinnere mich an ein kurzes Erschrecken, an die Wahrnehmung: etwas Unglaubliches geschieht. Dann herrschte nur noch das Klicken der Kameras; die Welt nahm Notiz, und mein folgender Gedanke verlief bereits in ängstlichen Bahnen. Wie wird man in Deutschland des Kanzlers Geste verstehen? Ist nicht zu befürchten, daß sich die Meute seiner politischen Feinde, die Springer-Presse voran, abermals auf ihn stürzen wird? Ängste, die ihren Nährboden hatten; war doch die Haltung dieses Mannes, der den Rückfall der Deutschen in die Barbarei von Jugend an bekämpft hatte, der Anlaß für seit Jahren anhaltende Verleumdungen gewesen.

Um meine damaligen Befürchtungen zu verstehen, muß ich mir weitere Erfahrungen wachrufen. Willy Brandts

Reise nach Warschau war Teil der von ihm gewollten und gestalteten Entspannungspolitik; im Jahr zuvor hatten ihm dazu die Wähler den Auftrag erteilt. Aus politischer Einsicht bewies er den Mut, das ideologische Grabensystem des Kalten Krieges zu unterlaufen. Er nahm die Folgen des von den Deutschen begonnenen und verlorenen Kriegs auf sich und handelte aus Verantwortung. Die Reise nach Warschau bedeutete ja nicht nur – was viel war – die Anerkennung der Oder-Neiße-Linie als östliche Grenze Deutschlands, vielmehr galt Warschau als der Ort, von dem aus der von uns Deutschen zu verantwortende Völkermord an den Juden seinen Ausgang genommen hatte. Eine solch beschwerliche Reise war von Anbeginn umstritten.

Deshalb muß an den Haß erinnert werden, der damals von den politischen Gegnern bewußt geschürt und wenn nicht direkt gegen den Bundeskanzler, dann stellvertretend gegen Egon Bahr, einen seiner engsten Mitarbeiter, gerichtet war. Und schon befinden wir uns in der Gegenwart, denn, genau gewichtet, sind die jüngsten Versuche, nun – nach Willy Brandts Tod – seinen vertrauten Freund zu Fall zu bringen, nur die Fortsetzung der damals gescheiterten Anstrengungen. Abermals gibt Egon Bahr die Zielscheibe ab, aber getroffen werden soll nach wie vor Willy Brandt und dessen Andenken; denunziert wird abermals eine Haltung, als deren Konsequenz der Warschauer Kniefall zu begreifen ist.

Sie sehen, lieber Hartmut von Hentig, wie schwer dieser Augenblick deutscher Geschichte auf das bloße und äußere Geschehen zu begrenzen ist. Wenige Stunden später sprach ich mit polnischen Freunden, die die so augenfällige Tat des Bundeskanzlers aus ihrer Sicht und Erfahrung in erweiterten Dimensionen zu verstehen versuchten. Bisher stand für sie das polnische Leid im Vordergrund. Nun aber wurden (von Brandt gewiß unbeabsichtigt) polnische Versäumnisse und Tabuisierungen deutlich, die sich noch kürzlich bei den Gedenkfeiern in Auschwitz zeigten, als es dem polnischen Staatspräsidenten schwerfiel, die angemessene Haltung zu finden.

Und weiter ist mir erinnerlich: Wenige Tage nach der Unterzeichnung der ersten deutsch-polnischen Verträge begann in den polnischen Hafenstädten der Streik der Werftarbeiter. In Gdańsk – dem einstigen Danzig – schoß die Miliz auf Arbeiter; es gab Tote. Zugleich gab es erste Anzeichen freier gewerkschaftlicher Organisation. Sie signalisierten das Entstehen der Arbeiterbewegung Solidarność. Das Gefüge des sowjetischen Machtsystems zeigte erste Risse. Eine Entwicklung zeichnete sich ab, die, mitbewirkt durch Willy Brandts Entspannungspolitik, das Ende der Ost-West-Konfrontation herbeigeführt hat.

Ja, ich bin dabeigewesen. Abgedrängt sah ich im Ausschnitt den knieenden Kanzler: ein wortloses Geschehen, das alles sagte. Und jetzt, da ich Ihnen schreibe, erlebe ich abermals jenen Schock, der meine ängstlichen Sorgen herbeigerufen hat. Sorgen, die geblieben sind, denn noch immer oder schon wieder erregt Willy Brandts Kniefall Anstoß.

Freundlich grüßt Sie Ihr *Günter Grass*

(Juli 1995)

Ich stehe gerne auf einer Rolltreppe

Aus *Gedichte und Kurzprosa*

Soeben brachte ich Maria zum Eilzug nach Bremerhaven. Ich durfte nicht auf dem Bahnsteig stehenbleiben und Zeuge ihrer Abfahrt sein. Weder Maria noch ich haben es gerne, einander zurückzulassen und zu Opfern einer fast immer pünktlichen Eisenbahn zu machen.

Wir umarmten uns ruhig und lösten uns, als wäre es nur bis morgen. Jetzt durchquere ich die Halle, stoße an, entschuldige mich, zu spät, locke, ohne das Päckchen aus der Tasche zu nehmen, eine Zigarette hervor und muß mir Streichhölzer kaufen.

Dann muß ich warten. Nur langsam saugt die Rolltreppe die herbstlich gekleideten Passanten auf. Jetzt mache auch ich den Schritt, stehe auch ich in der Reihe, zwischen zwei feuchtigkeitsatmenden Gummimänteln. Ich stehe gerne auf einer Rolltreppe. Ganz darf ich mich der Zigarette hingeben und, ähnlich dem Rauch, aufsteigen. Die Maschinerie erfüllt mich mit Vertrauen. Weder über noch unter mir meldet sich Verlangen nach einem Gespräch an. Die Treppe spricht. Gut reihen sich die Gedanken: Maria wird jetzt den Stadtrand erreicht haben, der Zug wird pünktlich in Bremerhaven eintreffen. Hoffentlich hat sie keine Schwierigkeiten. Schulte-Vogelsang meint, wir könnten uns ganz auf seine Arbeit verlassen. Und auch drüben würde alles glattgehen. Vielleicht hätten wir es doch besser über die Schweiz versucht? Man hat mir bestätigt, daß Vogelsang verläßlich ist. Er soll schon für viele gearbeitet haben, und immer sei es gutgegangen. Warum sollte Maria, zumal sie wirklich nur kurze Zeit bei uns beschäftigt war, Pech haben?

Die Frau vor mir reibt sich die Augen. Sie schluchzt durch die Nase.

Ich werfe einen Blick zurück. Unter mir reihen sich Hüte. Auch die Traube am Treppenansatz bildet sich nur aus Kopfbedeckungen. Es tut mir gut, nicht mehr den Einzelheiten menschlicher Gesichtszeichnung ausgesetzt zu sein. Deshalb will mein Blick auch die Auffahrtsrichtung vermeiden. Nun drehe ich mich doch. Ich sollte das nicht tun. Oben, wo sich die hartgummibelegte Treppe selbst verschluckt, wo es Nacken um Nacken, Hut um Hut wegstreicht, stehen zwei Herren. Es gibt keinen Zweifel, ihre ernsten Augen sind für mich aufgespart. Es kommt mir weder der Gedanke, mich wieder zu drehen, geschweige denn der, gegen die strebende Treppe, gegen die Hüte unter mir meinen Weg zu nehmen. Dieses lächerliche Geborgensein, dieses verführerische Gefühl, solange du auf der Treppe lebst, lebst du, solange jemand vor dir, jemand hinter dir atmet, kann sich niemand dazwischendrängen.

Der Stufenabsatz verringert sich, ich trete etwas zurück, um mit den Fußspitzen nicht unter die vorstehenden Hartgummikanten zu geraten. Fast freue ich mich noch, daß mir der Abgang von der Treppe so sicher gelingt.

Die Herren nennen meinen Namen, weisen sich aus und verraten mir lächelnd, daß Marias Eilzug pünktlich in Bremerhaven eintreffen wird und daß auch dort einige Herren warten werden, doch ganz gewiß nicht, um ihr Blumen zu reichen. Wie effektvoll, daß meine Zigarette gerade jetzt aufgeraucht ist. Ich folge den Herren.

Vom mangelnden Selbstvertrauen der schreibenden Hofnarren unter Berücksichtigung nicht vorhandener Höfe

Rede in Princeton, April 1966

Denn fremd und selten genug stehen sie sich gegenüber: die übermüdeten Politiker und die unsicheren Schriftsteller mit ihren rasch formulierten Forderungen, die immer schon morgen erfüllt sein wollen. Welcher Terminkalender erlaubte den Mächtigen auf Zeit, Hof zu halten, utopischen Rat einzuholen oder sich, närrischen Utopien lauschend, vom kompromißreichen Alltag zu erholen? Gewiß, es gab die schon legendäre Kennedy-Periode; ein Willy Brandt hört bis heutzutage erschöpft und angestrengt aufmerksam zu, wenn Schriftsteller ihm Fehler von einst aufrechnen oder düster von zukünftigen Niederlagen unken. Beide Beispiele sind mager und beweisen allenfalls, es gibt keine Höfe und also keine Berater und Narren. Doch, wie zum Spaß angenommen: es gibt ihn, den schreibenden Hofnarr, der gern bei Hofe oder in irgendeinem Außenministerium persönlicher Berater sein möchte; und angenommen, es gibt ihn nicht: der schreibende Hofnarr ist vielmehr die Erfindung eines seriösen und langsam arbeitenden Schriftstellers, der sich in Gesellschaft fürchtet, als schreibender Hofnarr verkannt zu werden, nur weil er seinem Bürgermeister ein paar Ratschläge gegeben hat, die nicht befolgt wurden; und beides angenommen: es gibt ihn und gibt ihn nicht, gibt ihn als Fiktion und also wirklich: ist er der Rede wert, der schreibende Hofnarr?

Shakespeares und Velásquez' närrisches Personal musternd, also das Barock und seine zwergenhafte Machtkomponente betrachtend – denn Narren haben ein Verhältnis zur Macht, Schriftsteller selten –, rückblickend also wünschte ich, es gäbe ihn, den schreibenden Hofnarr; und ich kenne eine Reihe Schriftsteller, die das Zeug hätten, diesen, wie die Geschichte beweist, politischen Hofdienst abzuleisten. Nur sind sie allzu genierlich. Wie etwa einer Raumpflegerin das Wort »Putzfrau« nicht paßt, paßt ihnen der Titel »Narr« nicht. Narr ist nicht genug. Simpel als Schriftsteller wollen sie steuerlich veranlagt werden; und selbst hoch hinaus will niemand greifen und »Dichter« genannt werden. Die selbstgewählte gutbürgerliche, also mittlere Position erlaubt, angesichts der unbürgerlichen Asozialen, also der Narren und Dichter, die Nase zu rümpfen. Wenn immer die Gesellschaft Narren und Dichter fordert – und die Gesellschaft weiß, was ihr fehlt und schmeckt –, wenn immer, in Deutschland zum Beispiel, ein Lyriker oder Erzähler anläßlich einer öffentlichen Diskussion von einer alten Dame oder von einem noch jungen Mann als »Dichter« angesprochen wird, beeilt sich der Lyriker oder Erzähler – der Vortragende eingeschlossen – bescheiden darauf hinzuweisen, daß er Wert darauf legt, Schriftsteller genannt zu werden. Kleine verlegene Sätze unterstreichen diese Demut: »Ich übe mein Handwerk aus, wie jeder Schuster es tut.« – »Sieben Stunden lang arbeite ich jeden Tag mit der Sprache, wie andere brave Leut' sieben Stunden lang Ziegel setzen.« – Und je nach Stimmlage und östlicher wie westlicher Ideologie verteilt: »Parteilich nehme ich meinen Platz ein in der sozialistischen Gesellschaft; ich bejahe die pluralistische Gesellschaft und zahle Steuern als Bürger unter Bürgern.«

Wahrscheinlich ist diese manierliche Haltung, dieser Gestus des Sichkleinmachens, zum Teil eine Reaktion auf den Geniekult des neunzehnten Jahrhunderts, der in Deutschland, bis in den Expressionismus hinein, seine streng riechenden Treibhauspflanzen hat gedeihen lassen.

Wer will schon ein Stefan George sein und mit glutäugigen Jüngern herumlaufen? Wer schlägt die Ratschläge seines Arztes in den Wind und lebt wie Rimbaud heftig konzentriert und ohne Lebensversicherung dahin? Wer scheut nicht dieses allmorgendliche Treppensteigen hinauf zum Olymp, diese Gymnastik, der sich Gerhart Hauptmann noch unterwarf, diesen Kraftakt, den selbst Thomas Mann – und sei es, um ihn zu ironisieren – bis ins Greisenalter vollbrachte?

Modern angepaßt leben wir heute. Kein Rilke turnt mehr vor Spiegeln; Narziß hat die Soziologie entdeckt. Genie ist nicht, und Narr darf nicht sein, weil der Narr ein umgestülptes Genie ist und allzu genialisch. Da sitzt er also, der domestizierte Schriftsteller, und fürchtet sich bis zum Einschlafen vor Musen und Lorbeer. Seine Ängste sind Legion. Wiederholen wir: die Angst, Dichter genannt zu werden. Und die Angst, mißverstanden zu werden. Die Angst, nicht ernst genommen zu werden. Die Angst, zu unterhalten, das heißt genossen zu werden: eine in Deutschland erfundene und mittlerweile auch in anderen Ländern wuchernde Angst, Lukullisches von sich gegeben zu haben. Denn wenn der Schriftsteller auch ängstlich bedacht ist, Teil der Gesellschaft zu sein, legt er doch Wert darauf, diese Gesellschaft nach seiner Fiktion zu formen, wobei er der Fiktion als etwas Dichterisch-Närrischem von vornherein mißtraut; vom »Nouveau roman« bis zum »sozialistischen Realismus« ist man, von Sekundärchören unterstützt, redlich strebend bemüht, mehr zu bieten als bloße Fiktion. Er, der Schriftsteller, der kein Dichter sein mag, mißtraut seinen eigenen Kunststücken. Und Narren, die ihren Zirkus verleugnen, sind wenig komisch.

Ist ein Schimmel mehr Schimmel, wenn wir ihn »weiß« nennen? Und ist ein Schriftsteller, der sich »engagiert«

nennt, ein weißer Schimmel? Wir haben es erlebt: Er, weit weg vom Dichter und vom Narren und mit der adjektivlosen Berufsbezeichnung nicht zufrieden, nennt und läßt sich »engagierter« Schriftsteller nennen, was mich immer – man verzeihe mir – an Hofkonditor oder katholischer Radfahrer erinnert. Von vornherein, und das heißt, bevor er den Bogen in die Maschine spannt, schreibt der engagierte Schriftsteller nicht Romane, Gedichte und Komödien, sondern »engagierte Literatur«. Kein Wunder, wenn es angesichts solch deutlich firmierter Literatur daneben, darunter und darüber nur noch nichtengagierte Literatur geben soll. Der nicht unerhebliche Rest wird als L'art pour l'art diffamiert. Falscher Beifall von rechts ködert falschen Beifall von links, und die Angst vor dem Beifall der jeweils falschen Seite läßt, gleich dreimal gestützten Zimmerlinden, die Hoffnung grünen, es gäbe ihn, Vorhang auf Vorhang, den Beifall der richtigen Seite. Solch wirre und angstverquälte Berufsverhältnisse lassen die Manifeste sprießen und absorbieren, an Stelle von Angstschweiß, Bekenntnisse. Wenn, zum Beispiel, Peter Weiss, der doch immerhin das Buch »Der Schatten des Körpers des Kutschers« geschrieben hat, plötzlich bekennt, er sei ein »humanistischer Schriftsteller«, wenn also ein mit allen Sprachwässerlein gewaschener Dichter und Poet dazu nicht bemerkt, daß dieses Adjektiv als Lückenbüßer schon zu Stalins Zeiten verhunzt worden ist, wird die Farce vom engagiert-humanistischen Schriftsteller bühnenwirksam. Wäre er doch lieber der Narr, der er ist.

Sie werden bemerken, daß ich mich ganz und gar provinziell an deutsche Verhältnisse klammere, also einen Mief bewege, an dem ich Anteil habe. Dennoch vertraue ich darauf, daß es auch in den Vereinigten Staaten von Amerika Dichter, Schriftsteller, engagierte und humanistische, und den rasch diffamierten Rest gibt, womöglich sogar schreibende Narren; denn dieses Thema wurde mir hierzulande gestellt: Persönlicher Berater oder Hofnarr.

Das »Oder« mag wohl bedeuten, daß der Hofnarr niemals persönlicher Berater sein kann und daß der persönliche Berater sich auf keinen Fall als Hofnarr fühlen sollte, wohl mehr als engagierter Schriftsteller. Er, der große Wissende, er, dem die Finanzreform kein böhmisches Dorf ist, er, dem Streit der Parteien und Fraktionen enthoben, er spricht jeweils das letzte beratende Wort. Nach jahrhundertelanger Feindschaft versöhnen sich die fiktiven Gegensätze. Geist und Macht wandeln Händchen in Händchen, etwa dergestalt: Nach vielen schlaflosen Nächten ruft der Bundeskanzler den Schriftsteller Heinrich Böll in seinen Kanzlerbungalow. Wortlos, vorerst, nimmt der engagierte Schriftsteller Anteil an den Sorgen des Kanzlers, um dann, sobald der Kanzler in seinen Sessel zurücksinkt, knapp und unwiderstehlich zu beraten. Nach der Beratung federt der Bundeskanzler erlöst aus seinem Sessel, schon bereit, den engagierten Schriftsteller zu umarmen; doch dieser gibt sich abweisend. Er will ja kein Hofnarr werden und ermahnt den Bundeskanzler, Schriftstellers Rat in Kanzlers Tat umzusetzen. Die verblüffte Welt erfährt am nächsten Tag, Bundeskanzler Erhard habe sich entschlossen, die Bundeswehr abzumustern, die DDR und die Oder-Neiße-Linie anzuerkennen und alle Kapitalisten zu enteignen.

Von solchem Erfolg ermuntert, reist der humanistische Schriftsteller Peter Weiss, von Schweden kommend, in die soeben anerkannte DDR ein und meldet seinen Besuch beim Staatsratsvorsitzenden Walter Ulbricht an. Dieser, wie Ludwig Erhard um guten Rat verlegen, empfängt den humanistischen Schriftsteller sogleich. Rat wird erteilt, Umarmung abgelehnt, Rat wird in Tat umgesetzt; und am nächsten Tag erfährt die verblüffte Welt, daß der Staatsratsvorsitzende den Schießbefehl an den Grenzen seines

Staates annulliert und die politischen Abteilungen aller Gefängnisse und Zuchthäuser in volkseigene Kindergärten verwandelt habe. So beraten, entschuldigt sich der Staatsratsvorsitzende bei dem Dichter und Liedersänger Wolf Biermann und bittet ihn, mit lustigen und frechen Reimen seine, des Staatsratsvorsitzenden stalinistische Vergangenheit zu zersingen.

Mit solch gewaltigen Leistungen können natürlich Hofnarren, sollte es sie geben, nicht konkurrieren. Habe ich übertrieben? Natürlich habe ich übertrieben. Doch wenn ich an die Wünsche und oft genug halblaut gemurmelten Wünsche engagierter und humanistischer Schriftsteller denke, habe ich gar nicht so sehr übertrieben. Auch fällt es mir leicht, mich in meinen schwächsten Momenten in ähnlich wohlgemeinter, also engagierter und humanistischer Weise agieren zu sehen: Nach verlorener Bundestagswahl ruft der Kanzlerkandidat der Opposition ratlos den hier vortragenden Schriftsteller zu sich. Dieser hört zu, erteilt Rat, läßt sich nicht umarmen; und am nächsten Tag erfährt die verblüffte Welt, daß die Sozialdemokraten das Godesberger Programm vom Tisch gefegt haben und an seine Stelle ein Manifest setzten, das scharf, funkelnd und endlich wieder revolutionär die Arbeiterklasse ermuntert, Ballonmützen aufzusetzen. Nein, es kommt nicht zur Revolution, denn bei aller Schärfe ist dieses Manifest so sachlich, daß weder Kirche noch Kapital sich den Argumenten verschließen können. Kampflos wird den Sozialdemokraten die Regierung übertragen usw. usw. Ähnliche Wünsche und Leistungen, nehme ich an, ließen sich auch in den Vereinigten Staaten von Amerika realisieren, wenn zum Beispiel Präsident Johnson meinen Vorredner, Allen Ginsberg, zu Rate zöge.

Diese kurzatmigen Utopien finden nicht statt, die Realität spricht anders. Es gibt keine persönlichen Berater, es gibt keine Hofnarren. Ich sehe nur – und mich eingeschlossen – verwirrte, am eigenen Handwerk zweifelnde Schriftsteller und Dichter, welche die winzigen Möglichkeiten, zwar nicht beratend, aber handelnd auf die uns anvertraute Gegenwart einzuwirken, wahrnehmen oder nicht wahrnehmen oder halbwegs wahrnehmen. Dieser in sich gemusterten, von Ehrgeiz, Neurosen und Ehekrisen geschüttelten Vielgestalt gegenüber hat es keinen Sinn, pauschal vom Verhalten der Schriftsteller in der Gesellschaft zu sprechen. Hofnarr oder persönlicher Berater, beide sind Strichmännchen, wie sie auf den Notizblöcken gelangweilter Diskussionsredner entstehen. Dennoch wird mit ihnen ein Kult betrieben, der zumal in Deutschland beinahe sakral anmutet. Studenten, Gewerkschaftsjugend, Evangelische Jugend, Oberschüler und Pfadfinder, schlagende und nichtschlagende Verbindungen, sie alle werden nicht müde, zu Diskussionen aufzurufen, in denen es um die vielvariierte Frage geht: »Soll sich der Schriftsteller engagieren?« – »Wie weit darf sich ein Schriftsteller engagieren?« – »Ist der Schriftsteller das Gewissen der Nation?« Sogar erklärte Literaturliebhaber und leidenschaftliche Kritiker wie Marcel Reich-Ranicki, den wir heute noch hören dürfen, werden nicht müde, die Schriftsteller zu Protesten, Erklärungen und Bekenntnissen aufzurufen. Nicht etwa, daß man von ihnen verlangt, sie sollten angesichts Parteien Partei ergreifen, etwa für oder gegen die Sozialdemokraten sein, nein, aus Schriftstellers Sicht, gewissermaßen als verschämte Elite, soll protestiert, der Krieg verdammt, der Frieden gelobt und edle Gesinnung gezeigt werden. Dabei lehrt einige Branchenkenntnis, daß Schriftsteller exzentrische Einzelwesen sind, auch wenn sie sich auf Tagungen zusammenrotten. Zwar kenne ich viele, die mit rührender Anhänglichkeit die revolutionären Erbstücke hüten und also den Kommunismus, dieses weinrote Plüschsofa mit seinen durchgesessenen Sprungfedern, für nachmittägliche Träumereien benutzen, aber auch sie, die Progressiv-Konservativen, sind aufgespalten in Ein-Mann-Fraktionen, und jeder liest seinen eigenen Marx. Andere hinwiederum mobilisiert kurzfristig der tägliche Blick in die Zeitung und das Entsetzen beim Frühstück: »Man müßte was tun, man müßte was tun!« Wenn es der Ohnmacht an Witz mangelt, wird sie wehleidig. Dabei gibt es die Menge zu tun und mehr, als sich in Manifesten und Protesten ausdrücken läßt. Und es gibt auch die Menge Schriftsteller, bekannte und unbekannte, die weit entfernt von der Anmaßung, »Gewissen der Nation« sein zu wollen, gelegentlich ihren Schreibtisch umwerfen – und demokratischen Kleinkram betreiben. Das aber heißt: Kompromisse anstreben. Seien wir uns dessen bewußt: Das Gedicht kennt keine Kompromisse; wir aber leben von Kompromissen. Wer diese Spannung tätig aushält, ist ein Narr und ändert die Welt.

Plötzliche Angst

Wenn sich im Sommer bei östlichem Wind
  Septemberstaub rührt und in verspäteter Zeitung
  die Kommentare Mystisches streifen,

wenn sich die Mächte umbetten wollen
  und zur Kontrolle neue Geräte
  öffentlich zeugen dürfen,

wenn um den Fußball Urlauber zelten
  und der Nationen verspielter Blick
  große Entscheidungen spiegelt,

wenn Zahlenkolonnen den Schlaf erzwingen
  und durch die Träume getarnter Feind
  atmet, auf Ellbogen robbt,

wenn in Gesprächen immer das gleiche Wort
  aufgespart in der Hinterhand bleibt
  und ein Zündhölzlein Mittel zum Schreck wird,

wenn sich beim Schwimmen in Rückenlage
  himmelwärts nur der Himmel türmt,
  suchen die Ängstlichen rasch das Ufer,

liegt plötzliche Angst in der Luft.

Blühende Skepsis

Aus *Aus dem Tagebuch einer Schnecke*

Moses soll – kaum lag das spaltbare Meer hinter ihm – ziemlich geraunzt haben. Anfangs zu laut für die Nahestehenden, plötzlich, obgleich der Anlaß einen brockenschleudernden Ausbruch erlaubt hätte, leise fürs Volk, dann wieder mit der Zunge als Brecheisen, als wollte er die Namen der Beschuldigten aus dem Wortgefüge klinken: »Das kann, das wird, das muß!« So stürzte er sich und alle, die ihn hören mußten, in ein Sprachwechselbad. Mangelhafte Organisation und um sich greifende Schlamperei, die spitzfindigen Richtungskämpfe bei der Vorhut und das Nörgeln der verschieden langsamen Nachzüglergrüppchen hatten seinen Zorn beredt gemacht. Sogar den Husten mischte er in die Syntax. Falsche Wegweiser übers Knie gebrochen. »Ich bin nicht die Richtung, aber ich weiß sie. Ihr mögt mich nicht, aber macht Gebrauch von mir. Wenn ich mal nicht mehr sein werde, könnt ihr, jawohl, dann könnt ihr. Da lache ich nur: Ha! Nein, meine Herren, die sich für die Vorhut halten, wenn ich müde bin, heißt das nicht, daß ich schlafe. Wer von hier aus zurück will, muß das Meer spalten können…«

Ihr lacht, Kinder, wenn ihr ihn auf dem Fernsehschirm Worte schleudern, Fragen zerbeißen und Sätze als Irrgärten anlegen seht. Lacht – manchmal lache ich auch –, aber lacht ihn nicht aus.

Er sieht seine Rede vorerst noch halblaut zwischen die versammelten Betriebs- und Personalräte. (Das war im

März in Bochum, ich trage das nach.) Auch wenn er sitzt, läuft er, ein seltenes Exemplar, hinter Stäben auf und ab. Viele kommen, um ihn aus Distanz – denn man weiß nie – zu betrachten. Plötzlich, nach leiser Beschwörung von Sachzwängen, speit er erschreckend das Wort »nüchtern«, hackt nun den Satz, als sei er Langholz, zu gleichkurzen Klaftern, besteigt eine himmelstürmende Leiter, die er (wohl schwindelfrei) weiter, noch weiter ausfahren läßt, steigt jetzt – mitten im Satz – zögernd, als genieße er seine Verstiegenheit, ab, stapelt unten, kaum angekommen zwischen den gleichkurzen Klaftern, eine Pyramide aus Konjunktiven, läßt sie langsam (zum Mitschreiben) einstürzen, lacht nun – warum lacht er? – und bleibt mit seinem Gelächter alleine.

Im Rechtgehabthaben, im Irrtum alleine. Jemand, dem man, wenn man wüßte, womit, eine Freude bereiten möchte. Irgendwas liebt er unerbittlich, wir fragen uns, was. Er hat viel hinter sich, das durch ihn durchscheinen möchte, aber nicht darf. (Gegen sich und andere ungerecht.) Alle sind ihm immer erst hinterher dankbar, auch seine Feinde. Manchmal droht er mit seinem Tod. Das Wichtigste trägt er in zwei Aktentaschen bei sich. Plötzliche Aufbrüche sind ihm geläufig. Oft wird er früher wach, als er Schlaf findet, und frühstückt vor allen anderen. (Schmerzen? Ich weiß nicht.) Er beißt auf etwas, das sich als Pfeife getarnt hat. Sein Blick vom Podium sieht, so befürchte ich, mehr Tote, als man Freunde gehabt haben kann. (Der stundenlang Vorsitzende wird nicht abgelöst, geht nicht aufs Klo.) Nach Diskussionen faßt er zusammen, was andere hatten sagen wollen. Neuerdings gelingt es ihm manchmal, heiter, wie ohne Anlaß lustig zu sein. Man sagt, er blicke sich spaßeshalber nach einem Nachfolger um. (Gaus, der in unserem Kreis als ihm nahestehend gilt, wird, sobald er über ihn spricht, zum befangenen Sohn.)

Man hat über ihn und seine Vergangenheit geschrieben. Er war ziemlich viel: marxistischer Sektierer, Anarchist, Kommunist, Stalinist, Renegat, abtrünnig bis zur Selbstaufgabe − und jetzt ist er willentlich protestantischer Christ und Sozialdemokrat. Man sagt, er sei dünnhäutig verletzlich und − wie alle Konvertierten − angestrengt gläubig. Ich kenne ihn nicht − oder nur annähernd. Ich war gegen und für ihn. Streit auf Distanz und nahe bei. (Solch zähes Fremdbleiben verbindet.) Einmal hat er mir Tabak geschenkt. Ich sehe ihm zu, wie er bemüht bleibt, dem Chaos Perspektiven beizubringen. (Man möchte behilflich sein.)

Jetzt hat er zu Ende gesprochen. Nach der Schrecksekunde retten sich die Betriebs- und Personalräte in Beifall. Jetzt blickt er wieder (und wie bekannt) über die Versammlung in der Ruhrlandhalle hinweg und sieht was. (Auch die ihn nicht zum Onkel haben möchten, nennen ihn Onkel Herbert.)

»Und wer noch?«
  »Wer kommt jetzt dran?«
  »Was is mit Willy?«
  »Kommt der erst später?«

Außer der regelmäßig gestreiften, unter der Lupe fein gekörnelten Schattenlaubschnecke und dem Steinpicker, der bei Regen glatte Buchen besteigt, gibt es die gemeine Bernsteinschnecke, eine Landlungenschnecke, die nach Eduard Bernstein (Ede) benannt wurde, der den Nachlaß von Engels geordnet hat und später in Widerspruch zu Marx geraten ist. Die Bernsteinschnecke lebt in Wassernähe. Während der Zeit der Sozialistengesetze redigierte Bernstein in Zürich die im Deutschen Reich illegal verbreitete Zeitung »Der Sozialdemokrat«. Am 28. September 1936, vier Jahre nach Eduard Bernsteins Tod, notierte

Zweifel den Fund einiger Exemplare: »Radaune bei Krampitz, wo die Lake einmündet. Ihre wasserhaltigen Körper können nicht ins Gehäuse zurückgenommen werden. Zwischenwirt eines Saugwurmes, der im Fühler steckt, pulsiert, Vögel (Drosseln) anlockt und sich so überträgt.« Um die Jahrhundertwende wurde Eduard Bernstein als Revisionist bekannt. Seine Schrift: »Die Grundlagen des Sozialismus...«

»Immer über andere.«
　»Wissen wir schon. Wissen wir schon.«
　»Erzähl mal von dir. Über dich. Wie du bist.«
　»Aber ehrlich und nicht erfunden.«

Und nach dem Erfurter Parteitag von 1891 kam es dazu, daß die Bernsteinschnecke, die zu den Landlungenschnekken gehört, nach Eduard Bernstein (dem siebten Kind eines Berliner Lokomotivführers) benannt wurde, weil die Schnecken und die Revisionisten...

»Nein! Über dich!«
　»Wie du bist, wenn du dich nicht erfindest.«
　»Wie du wirklich bist.«
　»Na einfach wirklich.«

Vorerst Ausflüchte, Hakenschlagen auf dem Papier: Lieber doch über Schnecken und Bernstein, wie er mit seiner Schrift »...und die Aufgaben der Sozialdemokratie« den Heiligen Lenin in Wut gebracht hat; denn Bernsteins Widerlegung der Verelendungstheorie und sein Leugnen der Existenz eines Endzieles, besonders aber seine Hinweise auf einen evolutionären, in sich verzögerten, phasenverschobenen, insgesamt schneckenhaften Prozeß... – »Über dich sollste. Nur über dich. Wie du bist und geworden bist.« – ...sage ich ja: haben mich beeindruckt und (genau besehen) zum Bernsteinianer gemacht. Man darf mich beschimpfen. Ich bin ein Revisionist.

Also gut: über mich. Ich gebe kein Bild ab. Vor allen anderen Blumen gefällt mir die hellgraue, das ganze Jahr über blühende Skepsis. Ich bin nicht konsequent. (Sinnlos, mich auf einen Nenner bringen zu wollen.) Meine Vorräte: Linsen Tabak Papier. Ich besitze einen schönen leeren Rezeptblock.

Außer Geschichten und Geschichten gegen Geschichten erzählen, kann ich Pausen zwischen halbe Sätze schieben, die Gangart verschieden gearteter Schnecken beschreiben, nicht Radfahren, nicht Klavierspielen, aber Steine (auch Granit) behauen, feuchten Ton formen, mich in einen Wust (Entwicklungspolitik, Sozialpolitik) einarbeiten – und ganz gut kochen (auch wenn ihr meine Linsen nicht mögt). Ich kann mit Kohle, Feder, Kreide, Blei und Pinsel links- und rechtshändig zeichnen. Daher kommt es, daß ich zärtlich sein kann. Ich kann zuhören, weghören, voraussehen, was gewesen ist, denken, bis es sich aufhebt, und – außer beim Aufdröseln von Bindfäden und scholastischen Spekulationen – geduldig bleiben.

Doch das ist sicher: lachen konnte ich früher besser. Manches verschweige ich: meine Löcher. Manchmal bin ich fertig allein und möchte in etwas weich warm Feuchtes kriechen, das unzureichend bezeichnet wäre, wenn ich es weiblich nennen wollte. Wie ich mich schutzsuchend erschöpfe.

Wo beginnt die Enthäutung einer Person? Wo sitzt der Zapfen, der die Bekenntnisse unter Verschluß hält? Ich bekenne, schmerzempfindlich zu sein. (Schon aus diesem Grund bemühe ich mich, politische Verhältnisse zu verhindern, die mich mir unerträglichen Schmerzen ausliefern könnten: Nacktschnecken verkürzen sich, sobald sie berührt werden.)

Ihr seht mich oft zerstreut: immer bin ich zerstreut, so sehr ich mich seitenlang auflese, sortiere und als Summe, samt Außenständen, aufrechne.

Wo bin ich jetzt? – Überall wo mein Tabak krümelt, krümelte oder zu krümeln vorhat.

Etwa zwischen Küchenkräutern. Glaubt mir, Kinder, wenn es einer der vielen, einander zänkisch den Teppich wegziehenden Ideologien gelänge, aus ihren Glaubenssätzen und Endzielbeschwörungen ein wenig sanft pelzigen Salbei zu treiben, sie könnte mich (versuchsweise) an den Tisch locken. Aber meinem Gaumen schmeckten weder Rosmarin noch Basilikum, kein Thymian, nicht einmal Petersilie vor. Geschmacklos wurde mir aufgetischt. Das will ich nicht löffeln. Marx, dick eingekocht oder – wie üblich – verwässert, läßt allenfalls Graupen ahnen, diesen Fraß, der jedermann Gleichheit und Graupenfreiheit verspricht.

Oder sucht mich vor weißem Papier, wenn ich mit Kohle flüchtige Schatten werfe, mit Blei Vögel aus kahlen Hekken vertreibe, dem satten Pinsel Sprünge im Schnee und der Feder ihren nervösen Kleinkram erlaube. Ich zeichne, was übrigbleibt. Neuerdings zeichne ich Schneckengehäuse und Schnecken im Gegenverkehr. Die Fortschritte meiner Schnecken sind an rasch wegtrocknenden Spuren zu erkennen. Ein reicher, das heißt gebrochener, sich spleißender, streckenlang stotternder, hier verschweigender, dort dick verkündender Strich. Viele Striche. Auch geränderte Flekken. Oder Geiz beim Auszahlen der Umrisse.

Es stimmt, ich glaube nicht; doch wenn ich zeichne, werde ich fromm. Die Darstellung der unbefleckten Empfängnis verlangt nach einem harten Blei, der silbernes Grau wahrscheinlich werden läßt. Grau beweist, daß nirgendwo schwarz ist. Die Messe ist grau. Mystik, wenn Spinnen in Gläser tauchen und absterben, nachdem sie ihr Grau ausgeschieden haben. – Doch zeichne ich immer weniger. Es wird nicht mehr still genug. Ich gucke raus, um den Lärm zu bestimmen; dabei bin ich es, der lärmt und woanders ist.

Zum Beispiel auf Wahlreise in unserem VW-Bus. Zumeist in Gegenden, wo die Sozialdemokraten verängstigt und kopfscheu in der Diaspora leben: gestern in Lohr und Marktheidenfeld, heute in Amberg in der Oberpfalz, morgen in Burghausen, wo Österreich mit seinem Innviertel angrenzt, übermorgen in Nördlingen und Neuburg (Abendveranstaltung im Kolpinghaus).

Ich bin Sozialdemokrat, weil mir Sozialismus ohne Demokratie nichts gilt und weil eine unsoziale Demokratie keine Demokratie ist. Ein so knochentrockener wie unbeugsamer Satz. Nichts zum Begeistern und Mützenwerfen. Nichts, was die Pupille vergrößert. Also rechne ich nur mit Teilerfolgen. Besseres habe ich nicht, obgleich ich Besseres weiß und haben möchte.

Oft, unterwegs in Mittelfranken oder im Münsterland, suche ich Ausflüchte: Laß die doch alleine machen! Diese mittelfristigen Kriechdisziplinen! Diese Reformkrämer! Guck mal der lustige Enzensberger: hüpft bubenhaft einfach nach Kuba und ist fein raus, während du hier Schönwetter zu machen versuchst für die Dynamisierung der Kriegsopferrente und für die Anerkennung von Tatsachen, die schon vor Jahrzehnten Moos angesetzt haben. (Ein mieser Handel.) Ich rede rede, höre mir zu, wie ich über die zerredete Mitbestimmung am Arbeitsplatz rede, bin eigentlich dabei und eigentlich schon unterwegs in Wirklichkeiten, die nach anderer Gerechtigkeit hecheln. Ich beginne, mir auszudenken, laufe dem Faden nach, gerate ins Garn, lüge mich frei und schlichte den Streit des Apfels mit seiner Legende. Dann mache ich Worte, Kinder, weiche Tapeten ab, breche Fußböden auf, trenne Futter aus Mänteln, klopfe am Putz, bringe Fassaden zum Lachen und beschneide die Fingernägel von Toten und Lebenden. Als Zweifel, zum Beispiel, in seinem Heimatdorf die Liste der Müggenhahler Schöffen bis ins sechzehnte Jahrhundert zurückverfolgte und die Radauneordnung aus dem Jahr 1595, die jeden unter Strafe stellte, der beim Scharwerk fehlte...

»Jetzt nicht von dem, später vielleicht.«
  »Von dir wieder. Wie du früher warst.«
  »Als du noch nich berühmt warst.«
  »Warste da auch immer weg und woanders?«

Ja, aber mit weniger Gepäck. Auch wenn ich früher zeitweilig älter war, als ich bald sein werde, konnte ich doch mitten im Satz aufbrechen und gehen, ohne mich umzuschauen. Ich war ziemlich mager und guckte überkreuz auf einen erfundenen Punkt. Und noch früher, da wußten mein Vater und meine Mutter nicht, wer und wo ich gerade war, auch wenn ich am Tisch saß und – wie Franz es tut – Grimassen schnitt. Nie wieder werde ich so lesen können, wie ich als Vierzehnjähriger gelesen habe: so absolut. (Meine Mutter schob mir, um meiner Tante die Abwesenheit ihres Sohnes zu beweisen, anstelle der Stulle mit Pflaumenkreide ein Stück Seife zu. Beide haben ihren Spaß gehabt.)
  Als ich fünfzehn war, wollte ich in Gedanken, Worten und Werken meinen Vater mit meinem Hitlerjugenddolch

ermorden. (Bei gleicher Absicht wechseln von Generation zu Generation nur die Tatgegenstände.)

Als ich sechzehn war, habe ich ein unfertiges und beliebig zu deutendes Mädchen auf Entfernung geliebt; seitdem kann ich wünschen und mir einbilden, bis es anklopft, eintritt, da ist und einen Streit beginnt.

Als ich siebzehn Jahre alt war, lernte ich unter meinem Stahlhelm – und nur noch vom Koppel zusammengehalten – die Angst kennen, später (zum Ausgleich) den Hunger und wenig später das unübersichtliche Raubtiergehege Freiheit.

Ab achtzehn habe ich versucht, dieses Gehege auszumessen, wobei mir aufstieß, wie parzelliert es ist und wie selten die Vernunft beim Verstand liegt: je größer die Intelligenz, um so verheerender kann ihre Dummheit ins Kraut schießen. Selten sind es die Törichten, oft die schlauen Bescheidwisser, die der Welt ihre Niederlagen heimzahlen möchten.

Danach lebte ich längere Zeit kaum, schrieb nur und war Sammelstelle für Zerstreutes, auch für ordnungsgemäße Abgänge. Es fanden sich bei mir ein: dezimierte Jahrgänge, Verschuldungen der Väter und Schuldverschreibungen der Söhne, abgemusterte Clowns, die ihre Komik in Aktenordnern gesammelt hatten, verschüttete, nun rüde Wahrheit bezeugende Märchen, Batterien Riechfläschchen, Kollektionen abgerissener Knöpfe und sonstige Gegenstände, die – zum Beispiel ein Taschenmesser – seit Jahren nach ihrem Verlierer fahndeten. Ich habe alles notiert und den rechtmäßigen Besitzern zurückzuerstatten versucht.

Als ich zweiunddreißig Jahre alt war, wurde ich berühmt. Seitdem beherbergen wir den Ruhm als Untermieter. Er steht überall rum, ist lästig und nur mit Mühe zu umgehen. Besonders Anna haßt ihn, weil er ihr nachläuft und zweideutige Anträge macht. Ein manchmal aufgeblasener, dann abgeschlaffter Flegel. Besucher, die glauben, mich zu meinen, blicken sich nach ihm um. – Nur weil er so faul und meinen Schreibtisch belagernd unnütz ist, habe ich ihn in die Politik mitgenommen und als Begrüßgustav beschäftigt: das kann er. Überall wird er ernst genommen, auch von meinen Gegnern und Feinden. Dick ist er geworden. Schon beginnt er, sich selbst zu zitieren. Oft leihe ich ihn gegen geringe Gebühr für Empfänge und Gartenfeste aus. Hübsch, was er hinterher zu erzählen weiß. Er läßt sich gerne fotografieren, fälscht meisterlich meine Unterschrift und liest, was ich kaum anlese: Rezensionen. (Gestern in Burghausen, kurz vor Beginn der Veranstaltung, wollte ihm ein nicht unbegabter Schwindler seine Geschichte – zwanzig Jahre Sibirien – verkaufen.) Mein Ruhm, liebe Kinder, ist jemand, für den ich um Nachsicht bitte...

»Aber ist man dann reich, wenn man berühmt ist?«
   »Und wie reich?«
   »Und ist das schön, berühmt und reich zu sein?«
   »Was kann man sich dafür kaufen?«

Seitdem ich berühmt bin, werden mir Krawatten, Mützen, Taschentücher und ganze Sätze, samt Gebrauchsanweisung, gestohlen. (Ruhm ist etwas, das anzupissen Spaß zu bereiten scheint.) Die Zahl der Freunde wird, je berühmter man wird, entsprechend geringer. Es läßt sich nicht ändern: Ruhm vereinzelt. Dort, wo er hilft, besteht er darauf, geholfen zu haben. Dort, wo er schadet, spricht er vom Preis, der zu zahlen sei. Ich will den Ruhm langweilig und nur selten lustig nennen. (Als Laura kürzlich sechs Autogramme haben wollte, um sie gegen eines von Heintje einzutauschen, beschlossen wir alle, uns über dieses Geschäft zu freuen.)
   Aber ziemlich reich bin ich. Ich könnte mir, wenn ich alles zusammenkratze, hier in Berlin eine der kleineren, so

gut wie leerstehenden Kirchen kaufen, dann meine ge-
kaufte Kirche in ein Gasthaus verwandeln, das in Anleh-
nung an die päpstliche Bank getrost »Gasthaus zum Heiligen Geist« heißen könnte. Alles gäbe es dort zu essen, was
ich selber koche und esse: Hammelkeule und Linsen,
Kalbsnieren auf Sellerie, Aal grün, Kuteln, Miesmuscheln,
Fasan mit Weinkraut, Saubohnen und Spanferkel, Fisch-,
Lauch- und Pilzsuppen, am Aschermittwoch Lungenha-
schee und zu Pfingsten ein mit Backpflaumen gefülltes Rin-
derherz.

Denn soviel läßt sich sagen: ich lebe gern. Froh wäre
ich, wenn alle, die mich ausdauernd lehren wollen, richtig
zu leben, auch gerne lebten. Die Verbesserung der Welt
sollte nicht den magenkranken Bitterlingen überlassen
bleiben.

Außerdem, Kinder, bin ich ein Zufall, der zufällig überlebte, zufällig etwas zu schreiben weiß – aber auch oder
abermals zufällig eine um sich greifende Industrie – Schiffswerften – hätte aufbauen können. – Na, vielleicht beim
nächsten Zufall. Ihr dürft dann mitmachen und beim Sta-
pellauf zugucken, wie es schiefgeht. Anna könnte »Ich taufe
dich...« sagen. Ich könnte darüber (nun was schon?) ein
Buch schreiben...

»Ist das alles? Soll das alles sein über dich?«
　»Schiffe, das glaub ich – aber sonst?«
　»Haste nich noch was?«
　»So kurze Sachen. Was du magst, was du nich magst.«

Also nochmal. Kurze Sätze zum Einprägen und Verlieren.
Ich rauche zuviel, aber regelmäßig.
Ich habe Meinungen, die sich ändern lassen.
Meistens überlege ich vorher.
Auf verquere Weise bin ich unkompliziert.

(Seit vier Jahren stelle ich Sätze und einzelne Wörter zwischen Klammern: etwas, das mit dem Älterwerden zu tun hat.)

Das mag ich: von weit weg hören, wie Laura am Klavier an immer derselben Stelle danebengreift.

Wenn Raoul mir eine Zigarette dreht, freue ich mich.

Wenn Franz mehr sagt, als er zugeben wollte, bin ich erstaunt.

Wenn Bruno Witze falsch erzählt, kann ich lachen wie früher.

Mit Vorliebe sehe ich Anna zu, wenn sie ein frisch gekauftes Kleid sogleich abzuändern beginnt.

Was ich nicht mag: Leute, die mit dem Wort »scharf« bewaffnet sind. (Wer nicht denkt, sondern scharf denkt, der greift auch scharf durch.)

Ich mag keine bigotten Katholiken und keine strenggläubigen Atheisten.

Ich mag keine Leute, die zum Nutzen der Menschheit die Banane gradebiegen wollen.

Widerlich ist mir jeder, der subjektives Unrecht in objektives Recht umzuschwindeln versteht.

Ich fürchte alle, die mich bekehren möchten.

Mein Mut beschränkt sich darauf, möglichst wenig Angst zu haben; Mutproben lege ich keine ab.

Allen rate ich, die Liebe nicht schnell wie das Katzenficken zu betreiben. (Das gilt auch später für euch, Kinder.)

Ich mag Buttermilch und Radieschen.

Ich reize gern auf den Skat.

Ich mag alte gebrochene Leute.

Auch ich mache Fehler mehrmals.

Ich bin ganz gut schlecht erzogen worden.

Treu bin ich nicht – aber anhänglich.

Immer muß ich was machen: Wörter hecken, Kräuter schneiden, in Löcher gucken, Zweifel besuchen, Chroniken lesen, Pilze und deren Verwandtschaft zeichnen, aufmerksam nichts tun, morgen nach Delmenhorst, übermorgen nach Aurich (Ostfriesland) fahren, redenreden, die dicke Schwärze, dort, wo sie graustichig wird, vom Rand her anknabbern, Schnecken auf ihrem Vormarsch begleiten und – weil ich den Krieg kenne – vorsätzlich Frieden halten; den mag ich auch, Kinder.

»Ma ne Frage«, sagt abschließend Franz.

Erwachsene heißen bei Bruno »Verwachsnige«.

Die sind langweilig – oder wie Laura sagt, langgeweilt.

Nicht unfreundlich nennt mich Raoul: »Altes Eisen.«

V

»Frieden für Israel: Schalom«

Schwierigkeiten eines Vaters,
seinen Kindern Auschwitz zu erklären

Rede zur Eröffnung der Ausstellung »Menschen in Auschwitz«
in Berlin, Mai 1970

Diese Ausstellung zeigt Zeichnungen und Farbiges, stellt bildhafte Übermittlung vor und kann dennoch nicht innerhalb jenes ästhetischen Rahmens verstanden werden, dem sich Ausstellungen von Grafischem und Farbigem üblicherweise fügen; es sei denn, der Rahmen moderner Ästhetik läßt sich sprengen und mit Hilfe der hier bildhaft gewordenen Ästhetik erweitern.

Adornos Wort, nach Auschwitz könne man keine Gedichte mehr schreiben, hat so viele Mißverständnisse provoziert, daß ihm zumindest versuchsweise die Interpretation nachgeliefert werden muß: Gedichte, die nach Auschwitz geschrieben worden sind, werden sich den Maßstab Auschwitz gefallen lassen müssen.

Spätestens hier zögere ich, höre ich dem Wort Auschwitz nach und versuche ich, das Wort Auschwitz an seiner Echowirkung zu messen.

Wir kennen die trivialste Resonanz: Schon wieder Auschwitz! Immer noch Auschwitz? Wird das nicht aufhören? Will das nicht aufhören?

Ich hoffe: nein. Ich widerspreche gleichfalls dem verhalten-vornehmen Echo: Die Antwort auf Auschwitz könne nur Schweigen, dürfe nur Scham und Verstummen sein. Denn Auschwitz war kein Mysterium, dem Scheu distanzierte und verinnerlichte Betrachtung befiehlt, sondern Realität, also zu untersuchendes Menschenwerk.

Seit Auschwitz folgt zwar der Kalender nicht einer neuen Zeitrechnung, wohl aber hat sich in unserem Denken – selten bewußt, doch unvermeidbar unterbewußt – so etwas wie eine neue Zeitrechnung niedergeschlagen. Seit Auschwitz denkt sich der Mensch anders, zwingen wir uns, anders zu denken, und wird überall dort, wo Auschwitz sich fortsetzt, der einmal gesetzte Maßstab mitgedacht werden müssen.

Was vor Auschwitz sich ereignete, unterliegt anderen Kategorien, sofern es beurteilt wird; obgleich es den Vernichtungsmechanismus schon immer gegeben hat: Erst die Perfektion ließ ihn zur Kategorie werden. Nicht die namentliche Grausamkeit einzelner Personen, sondern die anonyme Reibungslosigkeit fleißig zu nennender Schreibtischarbeit war das Neue und noch nicht Dagewesene in seiner menschlichen Blässe, die wir, uns distanzierend, unmenschlich nennen. Die Reduzierung der Realität Auschwitz zum zeitlichen Wendepunkt hat dem ehemaligen Konzentrations- und Vernichtungslager Symbolgehalt gegeben: Auschwitz steht stellvertretend für Treblinka und Mauthausen, für eine Vielzahl ehemaliger Konzentrations- und Vernichtungslager. Diese Symbolisierung erschwert die Aufgabe, den alltäglichen Mechanismus in Auschwitz zu erklären, weil gleichzeitig mit der Ortsbezeichnung das Schlüsselwort für jeglichen Völkermord mitgesprochen wird.

Wenn ich heute meinen Kindern Auschwitz erklären will – und sie verlangen diese Erklärung aus kühlem Wittern heraus, aus blanker Neugierde: »Da war doch was« –, dann werde ich, sobald ich zu erklären beginne, umständlich und – bald verstrickt im Gehege der Umstände – mißverständlich. Immer noch einen Schritt vor Auschwitz muß ich im Krebsgang üben. Immer wieder und abermals liegt vor einer halbwegs hinreichenden Erklärung weiterer Anlaß, noch mehr Ursache zu nennen. Und vor den Ursachen melden sich andere Ursachen zu Wort: Wir sind es auch gewesen. Das haben wir zwar nicht gewollt. Aber das, was wir taten, sagten und schrieben, führte auf Umwegen zu einer Ortschaft, die Auschwitz heißt, aber auch Treblinka heißen könnte.

Die Kinder in Deutschland werden im Frieden erwachsen. Zwischen Spiel, Schularbeit und Aussicht auf Ferien werden sie mehr vom Konsumangebot und seinem modischen Wechselspiel geprägt als von ihren traumatisch gezeichneten Eltern: Welche Chance habe ich, wenn ich nach dem dreimaligen Abspielen einer Jimi-Hendrix-Platte und bevor mir die Vorzüge und Möglichkeiten eines Landrovers aufgezählt werden, mit der abstrakten Zahl – oder genauer gesagt: abstrakt bleibenden Zahl – sechs Millionen etwas zu erklären versuche, das Kindern allenfalls im privatisierten Einzelfall, etwa auf den Namen Anne Frank gebracht, deutlich oder, trivial gesagt, spannend zu werden beginnt?

Noch wissen wir nicht, wie zwiespältig sich die Ergebnisse überlieferter oder versuchsweise aufgelockerter Erziehung ablesen lassen werden. Als der Tod von eineinhalb Millionen Biafranern mehr als zwei Jahre lang im Fernsehen anschaulich und zur Gewohnheit wurde, bot sich verführerisch-vordergründig Gelegenheit, deutsche Vergangenheit, mit Hilfe unmittelbarer Gegenwart, vergleichsweise zu belegen. Das Wort »Völkermord« wurde Vehikel. Doch schon das hellhörige Nachhaken der Kinder – Wer macht das denn? – ließ mit der Antwort ein neues Vergangenheitsdickicht wuchern. Denn der Hinweis, daß britische und sowjetische, chinesische und Schweizer Waffenlieferungen dieses Massensterben ermöglicht haben, begann in seiner Gegenwärtigkeit die eindeutig deutsche Verantwortung, Auschwitz, in historische Ferne, in den Bereich »Das war einmal« zu verdrängen.

Die junge, im Frieden herangewachsene Generation jedoch ist der Geschichte müde. Und wenn ich diese Friedensgeneration bewußt verallgemeinernd geschichtsmüde nenne, gehe ich von Erfahrungen mit ihr aus und steigere meine Behauptung: Sie empfindet Ekel vor der Geschichte, weil, was ihr unterrichtsweise in deutsch-idealistischer Folgerichtigkeit und auf Hegels Weltgeist galoppierend als Geschichte geboten wurde und wird, mehr und mehr seine absurden Schübe offenbart: Aus der Geschichte – so heißt es – kann man nicht lernen. Diese von mir hier nur angedeutete Flucht aus der Geschichte kann, so steht zu befürchten, zunehmende Ablehnung der aufklärenden Vernunft zur Folge haben. Täglich erleben wir, wie die nachwachsende Friedensgeneration sich mit hohem moralischen Anspruch ein Sprachklima schafft, dessen immer noch aufklärend eingefärbte Diktion, sobald wir nachfragen, verrät, daß ein neuer Irrationalismus Zukunft zu haben droht.

Dem ist, wie ich weiß, mit Appellen an die Vernunft nur schwer beizukommen. Die Niederlagen der Vernunft spotten ihrer selbst zu zahlreich, als daß sich bloße Berufung auf die Vernunft schon als Allheilmittel gegen den neuen Irrationalismus bewähren kann.

Wenn also hier die Rede war von den Schwierigkeiten eines Vaters, der Auschwitz seinen Kindern erklären möchte, dann bitte ich Sie zu bedenken, daß diese Schwierigkeiten Dimensionen gewinnen könnten, die mit der überlieferten Kategorie »Erziehungsprobleme« nicht mehr zu fassen sein werden. Es gilt, Auschwitz in seiner geschichtlichen Vergangenheit zu begreifen, in seiner Gegenwart zu erkennen und in Zukunft nicht blindlings auszuschließen. Auschwitz liegt nicht nur hinter uns.

1962

Aus *Mein Jahrhundert*

Wie heut der Papst, wenn er auf Reise geht und seine Leut in Afrika oder Polen sehen möcht, ohne daß ihm Schlimmes passieren kann, so hat der große Transportleiter, als er bei uns saß vor Gericht, in einem Käfig gesteckt, der aber nach drei Seiten nur zu war. Nach die eine Seite, wo die Herren Richter ihren Tisch hatten, stand seine Glaszelle offen. Das hat die Sicherheit so vorgeschrieben, und deshalb hab ich den Kasten mit Spezialglas, was teures Panzerglas war, nur dreiseitig verglast. Mit bißchen Glück bekam meine Firma den Auftrag, weil wir schon immer Kunden mit ganz besondere Wünsche hatten. No, Bankfilialen in ganz Israel und Juweliere an der Dizengoffstraße, die ihre Schaufenster und Vitrinen voll Kostbarkeiten zeigen und gegen womögliche Gewalt sichergemacht haben möchten. Aber schon in Nürnberg, was mal eine scheene Stadt gewesen ist und wo früher ganze Familie lebte, war mein Vater der Herr Meister von seine Glaserei, die bis nach Schweinfurt und Ingolstadt geliefert hat. No, da war Arbeit genug bis achtunddreißig, als überall viel kaputtging, können sich vorstellen, warum. Gott der Gerechte, hab ich als junger Bengel geflucht, weil Vater streng war und ich Tag für Tag hab Nachtschicht machen gemußt.

Mit bißchen Glück nur sind wir noch raus, mein kleiner Bruder und ich. Waren die einzigen. Alle anderen kamen, als schon Krieg war, zuletzt meine Schwestern beide und alle Cousinen, erst mal nach Theresienstadt und dann, weiß ich, wohin, nach Sobibor, Auschwitz womöglich. Nur Mama ist schon vorher, wie sagt man, auf ganz natürliche Weise gestorben, nämlich an Herzversagen. Aber Genaues hat auch Gerson, was mein Bruder ist, nicht rausgekriegt hinterher, als er, wenn endlich Frieden war, in Franken und überall rumgehorcht hat. Nur, wann abtransportiert wurde, hat er gefunden den Tag genau, denn von Nürnberg, wo meine Familie schon immer ist ansässig gewesen, gingen ganze Züge voll ab.

No, und da saß er nun, der in alle Zeitungen »Transporteur des Todes« genannt wurd, in meinem Glaskasten, der schußsicher sein mußte, war er auch. Verzeihung, mein Deutsch ist bißchen schlecht womöglich, weil ich war neunzehn, als ich mit kleinem Bruder an der Hand wegmachte nach Palästina mit Schiff, aber der da im Kasten saß und an seine Kopfhörer fummelte immerzu, sprach noch schlechter. Die Herren Richter alle, die gut deutsch reden konnten, sagten das auch, wenn er Sätze so lang wie Bandwurm geredet hat, daß kein Durchkommen war. Aber soviel konnt ich, wo ich zwischen gewöhnliche Zuhörer saß, genau verstehen, daß er nur auf Befehl hat alles gemacht. Und daß es noch viele gab, die auf Befehl gemacht haben alles, nun aber mit bißchen Massel frei rumlaufen dürfen immer noch. Gut bezahlt sind die, einer als Staatssekretär sogar von dem Adenauer, mit dem unser Ben Gurion ums Geld hat verhandeln gemußt.

Da hab ich zu mir gesagt: Hör zu, Jankele! Du hättest hundert, nein, tausend solche Panzerglaszellen bauen müssen. Mit deine Firma und paar Leut mehr eingestellt hättest du das geschafft, wenn auch nicht alle Kästen auf einmal. No, hätt man ja immer dann, wenn ein Neuerlicher mit Namen genannt wurde, der Alois Brunner womöglich, ganz kleinen Glaskasten nur mit Namensschild drin und bißchen symbolisch zwischen Eichmann sein Glaskasten und Richterbank stellen gekonnt. Auf ganz besonderen Tisch. Wär bald voll gewesen am Ende.

Man hat ja viel darüber geschrieben, no, über das Böse und daß es bißchen banal ist. Erst nachdem er gehängt war am Hals, schrieb man weniger schon. Solang aber der Prozeß lief und lief, waren alle Zeitungen voll davon. Nur Gagarin, dieser gefeierte Sowjetmensch in seine Raumkapsel, machte unserem Eichmann Konkurrenz, so daß unsre Leut und die Amerikaner ganz neidisch auf den Gagarin waren. Aber ich hab mir gesagt damals: Findest du nicht, Jankele, daß die beiden in ähnliche Lage sind? Jeder ganz abgekapselt für sich. Nur, daß dieser Gagarin noch viel einsamer ist, weil unser Eichmann immer jemand kriegt, mit dem er reden und reden kann, seitdem unsere Leut ihn aus Argentinien, wo er hat Hühner gezüchtet, weggeholt haben. Denn reden tut er gern. Am liebsten redet er darüber, wie er uns Juden am allerliebsten nach Madagaskar runter und nicht ins Gas hat schicken gewollt. Und daß er überhaupt kein bißchen was hat gegen Juden. Sogar bewundern tut er uns für die Idee vom Zionismus, weil man so scheene Idee gut organisieren kann, hat er gesagt. Und wenn er nicht Befehl gehabt hätt, für Transport zu sorgen, wär das Judenvolk ihm heut noch dankbar womöglich, weil er sich so persönlich um Massenauswanderung besorgt hat.

Da hab ich mir gesagt: Auch du, Jankele, solltest dem Eichmann für bißchen Glück dankbar sein, weil Gerson, was dein kleiner Bruder ist, mit dir noch im achtunddreißiger Jahr rausgedurft hat. Nur für Rest von ganze Familie mußt du nicht dankbar sein, für Vater nicht und all die Tanten und Onkels, die Schwestern alle und deine hübschen Cousinen, gezählt an die zwanzig Leut. Darüber hätt ich gern gesprochen mit ihm womöglich, weil er Bescheid gewußt hat, no, über Transportziele und wohin meine Schwestern und der strenge Vater endlich gekommen sind.

Aber ich durft nicht. Waren Zeugen genug da. Außerdem war ich zufrieden, daß ich mich um seine Sicherheit hab kümmern gedurft. Womöglich gefiel ihm seine Panzerglaszelle. Sah so aus, wenn er gelächelt hat bißchen.

Israel und ich

In ›*Süddeutsche Zeitung*‹, Dezember *1973*

Seitdem ich das (nach christlichem Kalender) zu Ende gehende Jahr in einem Aufsatz überdenke, umkreisen meine Überlegungen – obgleich es folgenschwere Anlässe genug gegeben hat – den letzten Nahostkrieg und die Zukunft des Staates Israel. Zwar begann ich, meine schwankenden Meinungen unter der Überschrift »Israel und wir« zu ordnen, doch der Anlaß macht zu betroffen, um ihn dem Plural zu überlassen.

Der Fixpunkt, das Trauma? Dreimal habe ich Israel besucht; kein einziges Mal reiste ich in arabische Länder. Keines meiner Bücher war frei oder leichtfüßig genug, um das den Deutschen bis heute anhängende Verbrechen – die Vernichtung von sechs Millionen Juden – zu umgehen. Ich meine die Deutschen in der Bundesrepublik, wie sie sich widerwillig bemüht haben, nicht zu vergessen; ich meine die Deutschen in Österreich, wie sie sich (politisch begünstigt) beiseite gestellt haben; ich meine die Deutschen in der DDR, wie sie von Staats wegen gehindert wurden, diese gesamtdeutsche Schuld mitzutragen.

Im Juni dieses Jahres, bei meinem letzten Besuch in Israel, war ich Gast des Bundeskanzlers. Vier gedrängt volle Tage. Vom womöglich bevorstehenden Krieg keine oder nur vage Rede. Ein offizielles Programm und seine Sicherheitsfragen. Als erster amtierender deutscher Kanzler bereiste Willy Brandt das kleine gefährdete Land und mied aus wohlüberlegter politischer Rücksicht die seit dem Sechstagekrieg besetzten Gebiete. Bei jeder Gelegenheit

Brandts stehende Formel: Das Existenzrecht des Staates Israel kann nur durch einen Friedensvertrag gesichert werden. Diese Formel gilt bis heute, doch ihre Auslegung ist, seitdem in Genf Friedensverhandlungen Aussicht haben, strittiger denn je.

In Israel sprach ich mit Freunden und Bekannten und hörte Widersprüchliches: Wie man darunter litt (als seit Jahrhunderten Verfolgte), Besatzungsmacht sein zu müssen; wie man, durch Kriegserfolge bestätigt, jede kritische Frage mit Hinweisen auf die militärische Sicherheit beantwortete; wie der Traum von einem Groß-Israel (gekoppelt mit der militärischen Sicherheitsfrage) Boden zu gewinnen begann; wie unvereinbar sich die politische Logik Israels (vergleichbar westeuropäischer Logik) an arabischen Denkvorgängen mißt, die wir vorschnell irrational nennen.

Im Herbst beginnt der Krieg. Ich sitze über meiner Arbeit und setze mich vor den Fernsehschirm. Ich rauche zeichne schreibe rauche, sehe den doppelten Materialaufwand, sehe, wie jeweils die »gerechte Sache« verfochten wird, höre relativierende Kommentare und lerne, daß die Großmächte auch aus diesem Krieg, der ohne ihre Waffen andere Ausmaße hätte (nicht möglich wäre), zuallererst militärische Erkenntnisse ziehen. Ich telefoniere, werde telefonisch und in Briefen nach Meinung befragt und bin (so dringlich Freunde mich fordern) außerstande, den Israelis so unumwunden beizustehen, wie ich es öffentlich nach dem Sechstagekrieg getan habe.

Die Freunde in Israel begreifen mich nicht. Sie vermissen ein direktes, parteiergreifendes Wort. Sie fühlen sich verlassen, verraten. Enttäuscht stellen sie ungenaue Vergleiche an. Doch das Fehlverhalten beider Seiten erlaubt keine eindeutige Parteinahme. Nicht nur die arabische Seite, auch der Staat Israel (Regierung und Opposition) hat sich aus Sicherheitsbedürfnis fehlverhalten (im Grunde etwas

146

schrecklich Normales: Wie jeder andere Staat hat auch Israel das Recht, in politischem Irrtum verstrickt zu sein).

Wenn auf der einen Seite die arabischen Staaten nach dem Sechstagekrieg nie Anzeichen erkennen ließen, mit Israel in Friedensverhandlungen eintreten zu wollen, also auch nicht bereit waren, die Existenz Israels anzuerkennen, oder allenfalls Verhandlungen unter unakzeptablen Bedingungen (vorangehende Räumung der besetzten Gebiete) unverbindlich genug angeboten haben, so verspielte andererseits Israel sein Ansehen, indem es sich zunehmend in den besetzten Gebieten wie in bereits annektierten einzuleben begann: Landkäufe wurden vorgenommen, Wehrdörfer angelegt; die arabische Bevölkerung in den besetzten Gebieten wurde kolonial behandelt.

Wie Ägypten durch den Aufmarsch seiner Armeen im Grenzgebiet der Sinaihalbinsel 1967 den Israeli Vorwand geboten hat, präventiv den Sechstagekrieg zu beginnen, so hat Israel durch die schleichende Annexion der besetzten Gebiete den arabischen Staaten einen Vorwand für deren Angriff geliefert.

Auch der letzte Krieg endet für Israel, nach bedrohlichen Situationen, militärisch halbwegs erfolgreich; politisch gewertet ist die Position der arabischen Staaten stärker geworden. Was sie auf dem Kriegsschauplatz nicht erreicht haben, gelingt ihnen mit Hilfe des Ölboykotts.

Internationale wirtschaftliche Machtgruppen, frei von demokratischer Kontrolle, rücksichtslos auf Gewinn bedacht, verstärken die arabische Erpressung durch eine westlich-kapitalistische: Die erste war zu erwarten, die zweite stellt die Funktionsfähigkeit der parlamentarischen Demokratie in Frage. Niemand rede mehr gläubig vom »freien Westen«, wenn dessen Politik nachweislich von industriellen Großkonzernen bestimmt wird.

Doch wofür bin ich nach diesen Erfahrungen? Bleibt es

beim Einerseits-Andererseits? Wenn ich auf Willy Brandts Formel »Das Existenzrecht Israels kann nur durch einen Friedensvertrag gesichert werden« zurückgreife – und diese Formel ist vernünftig und ohne Alternative –, dann bin ich dafür, daß Israel nach Abschluß eines Friedensvertrages die besetzten Gebiete freigibt. Was aber soll geschehen, wenn (wie in Israel zu Recht befürchtet wird) die freigegebenen Gebiete als Aufmarschzonen benutzt werden, denn wenig spricht dafür, daß in den arabischen Staaten die Rückeroberung Palästinas und die Vernichtung des Staates Israel als Ziel aufgegeben werden? Also müßten, wenn ein Friedensvertrag Israels Existenz garantieren soll, die freigegebenen Gebiete entmilitarisiert werden. Aber – so beginnen berechtigte Einwände – wenn trotz der entmilitarisierten Puffergebiete (Golanhöhen, Sinaihalbinsel, das westliche Jordanufer) mit Hilfe von Mittelstreckenraketen der Staat Israel dennoch von einem plötzlichen vernichtenden Schlag bedroht bleibt, dem nichts folgen würde außer obligaten Protesten und einer vagen, womöglich das Opfer schuldig sprechenden UNO-Resolution? Diese Befürchtung wird nur widerlegt sein, wenn sich die Großmächte und auch die westeuropäischen Staaten im Friedensvertrag zum militärischen Schutz der neu festgelegten Grenzen verpflichten.

Mit Bedacht sage ich: auch die Bundesrepublik. Denn ohne deutsches Verschulden gäbe es keinen Staat Israel. Und wenn wir beteuern, daß unsere Beziehungen zu Israel zwar mittlerweile normal, aber auf Grund geschichtlicher Entwicklung besonders seien, dann wird sich die Bundesrepublik und ihre Regierung bei beginnenden Friedensverhandlungen nicht an der Mitsprache zugunsten Israels Sicherheit vorbeischwindeln können.

Die Okkupation der Tschechoslowakei durch die Warschauer-Pakt-Mächte, der faschistische Militärputsch in

Griechenland und seine diesjährige Entsprechung in Chile haben uns gelehrt, wie wirkungslos Proteste sind, wie leichthin bedauerndes Kopfnicken moralische Proteste lächerlich macht, wie ungefährdet sogenannte »politische Tatsachen« geschaffen werden. Eine Vernichtung des Staates Israel (trotz Friedensvertrag) würde nur ähnliche Proteste und Berufungen der Moral zur Folge haben, wenn nicht andere Staaten – und unter ihnen aus den genannten Gründen die Bundesrepublik – eindeutig zum militärischen Schutz Israels bereit sind.

Ich meine, das Risiko einer Vernichtung Israels besteht, wenn kein militärisch garantierter Friedensvertrag zustande kommt, bedrohlicher denn je. Jeder in Deutschland wäre dann mit einem Verbrechen behaftet, das von Auschwitz bis in unsere Zeit reichte. Allein die Tatsache, daß die arabischen Staaten nicht bereit sind, dem gnadenlosen Morden der palästinensischen Terroristen ein Ende zu setzen, belegt meine Befürchtung.

Wir – und ich schließe mich nicht aus – sind anfällig geworden für alltägliche und naheliegende Sorgen: Das Wachstum ist gefährdet. Arbeitslosigkeit droht. Die Inflationsrate und abermals steigende Preise, der Ölboykott und seine unabsehbaren Folgen verführen uns dazu, unwirsch von Israel ein Entgegenkommen zu erwarten, das, genau gesehen, seine Existenz gefährden könnte. Neutralität jedoch, die sich Israel gegenüber beteuernd und, der arabischen Erpressung ausgesetzt nachgiebig versteht, ist verlogen und macht uns nichtswürdig.

Die zynische Frage ist erlaubt: Bis wieviel Grad winterlicher Zimmertemperatur, bis zu welcher Teuerungsrate und bis zu welcher Arbeitslosenzahl stehen wir noch, wenn auch schwankend, zu Israel und der wirksamen Garantie seiner Existenz? Wann werden wir nur noch haltlose Opfer der selbstgewollten Wachstumspolitik sein: unfähig, überlieferte Verantwortung zu tragen, verschrieben nur noch dem politischen Aberglauben, das Hemd sei uns näher als der Rock? Schon prüfen wir – und ich nehme mich nicht aus –, ob ein abwägendes Wort zugunsten Israels uns oder den einzelnen nicht Gefahr, womöglich Terror einbringen könnte. Keine Vernunft, die Angst regiert.

Während dieses ausrinnende Jahr seine politischen und moralischen Niederlagen datierte, saß ich, wenige Wochen nach dem Militärputsch in Chile, in New York auf der Besucherbank: den Vertretern der Vereinten Nationen im Rücken, unter ihnen zum erstenmal die Vertreter der »zu gründlichen Nation«. Vorne spricht Willy Brandt. Er spart den Namen Allende aus, er sagt nicht »Chile«; und doch wird deutlich, welches Verbrechen er meint und wieviel Mitschuld dem westlichen Kapitalismus zukommt. Eine gute vergebliche Rede. Nicht unbekannte Feststellungen – »Auch Hunger ist Krieg!« – finden allseits Einverständnis. Sogar die Vertreter der deutschen Staaten finden sich kurz im Beifall. Und doch macht diese Rede, indem sie (in Untertönen verzweifelt) für Vernunft plädiert, den Bankrott der politischen Vernunft offenbar.

Ich befürchte, daß uns nicht mehr bewußt ist, inwieweit vernünftiges Taktieren (oder Taktieren, das uns als vernünftig gilt) schon absurd geworden ist und irrationale Folgen zeigt. Kissingers und Le Duc Thos mühsam ausgehandelter Waffenstillstand in Vietnam galt als Sieg der Vernunft; doch alle beteiligten Verhandlungspartner verlachten das »vernünftige Ergebnis«: Der Krieg geht weiter.

Ein Jahr guten Willens mit bösem Ausgang. Zu diffus in seinen Widersprüchen, um zu ernüchtern. Verschlissen der westliche Parlamentarismus durch Korruption und kapitalistische Hybris. Schier versteinert der östliche Kommunismus, unfähig zur Reform und allzeit bereit, im stalinistischen Terror Rettung zu suchen. Die Linken zerstritten, die

Rechten verhärtet. Ohnmächtig beschwören die Kirchen ihre politische Ohnmacht. Über hunderttausend Verhungerte in Äthiopien, mehr als fünfzehntausend Ermordete in Chile, geschätzte zwanzigtausend Tote im letzten Nahostkrieg, die Zahl der Toten in Vietnam und Kambodscha, wer zählt sie noch, Terror in Griechenland, Terror in der Tschechoslowakei. Pausbäckige Frage: Wo bleibt das Positive?

Etwa: dicke Geschäfte mit Hilfe der Energiekrise? Oder: Seit Allendes Sturz und Ermordung steigt endlich wieder der Kupferpreis? Notfalls wissenschaftlicher Fortschritt: Irgendwas glückte der Raumfahrt und hatte, ich weiß es nicht mehr, mit Venus, Saturn oder Mars zu tun?

Vielleicht nur soviel: Der Verkehr nimmt ab; weniger Tote auf den Straßen.

VI

»Ich bin ein Gegner der Revolution«

Reise in den fernen Osten

Aus Kopfgeburten oder Die Deutschen sterben aus

Der Erste Weltkrieg wurde, so heißt es, in der serbischen Stadt Sarajewo gezündet, der Zweite Weltkrieg in meiner Heimatstadt Danzig ausgelöst: jetzt soll sich Teheran eignen. Alle Welt spricht, sobald sie nicht über Familienkram und Sportergebnisse redet oder vom Goldpreis und seinen Sprüngen plappert, anhaltend über die anhaltende Geiselnahme, den lokalisierten Ernstfall. Es stimmt, so weit hat es die Menschheit gebracht: sie kann bis drei zählen.

Soll ich nun, weil die amerikanische und russische Macht uns das Zittern lehrt und uns (seit Vietnam und Prag) ihre Moral diktiert, meine Wortspiele aufgeben, alle überschüssige Heiterkeit versauern lassen, den Musen kündigen und meinen Kopfgeburten, bevor sie Mama und Papa krähen lernen, die – zugegeben – irrwitzigen Lebenslichter ausblasen? Das hieße, der dummen Macht Respekt erweisen. Ihre Stinkmoral gelten lassen, hieße das. Das hieße, Folgerichtigkeiten zu akzeptieren, die das serbische Sarajewo berüchtigt gemacht und meine Heimatstadt Danzig zerstört haben; während ich, mit Wörtern nur, die Stadt Danzig, die heute Gdańsk heißt, wieder entstehen ließ. Keiner der Mächtigen kann mir das Wasser reichen. Lächerlich sind sie und Pfuscher obendrein. Hochmütig spreche ich ihnen die Kompetenz ab, mich beim Schreiben zu stören.

Es soll nämlich (wie in meinem Kopf, so auf dem Papier) alles gleichzeitig stattfinden. Die große Asienreise läuft aus, aber noch immer sehe ich Dörte und Harm zu Hause das

»Sisyphos«-Angebot prüfen. »Hier, guck mal hier! Sogar mit einem Camus-Zitat, aus dem ›Mythos von Sisyphos‹, wird geworben.«

Während Dörte den literarischen Werbetext anzitiert – »Der Kampf gegen Gipfel vermag ein Menschenherz auszufüllen...« –, höre ich Dr. Wenthien auf Bali, diesmal in einer hinduistischen Tempelanlage, weiterzitieren: »Wir müssen uns Sisyphos als einen glücklichen Menschen vorstellen.«

Und wenn Harm kurz vor Reisebeginn »Klar doch« sagt, »wir machen das Kind. Wir quatschen uns nicht mehr dumm. Wild entschlossen bin ich. Und zwar auf Bali...« – höre ich ihn im Hotel Kuta-Beach unschlüssig reden: »Jadoch, jadoch! Hab ich gesagt. Hab ich gesagt. Aber das ist nicht mehr so. Jedenfalls nicht so eilig. Muß das erst mal verarbeiten. Na hier, das alles. Das schockt ganz schön.«

»Richtig beschissen« fühlt sich Dörte. Bekümmert wickelt sie ihren hinduistischen Fruchtbarkeitsnippes in Batiktüchlein – »Entschuldige, ich finde das ja auch albern, mein Getue« –, wie sie in Itzehoe ihre bügelfrischen Sächelchen reiselustig verpackt hat: »Und wenn ich schwanger zurückkomme, stürze ich mich gleich in den Wahlkampf. Mutterschaftsgeld für berufstätige Frauen und so...«

Harm hingegen machte sich mit der Absicht auf die Reise, »den bundesdeutschen Politstreß« zu Hause zu lassen. Doch ob bei seinen Strandgängen oder beim Einkauf der letzten Reiseandenken – »Und hier ein elfenbeinernes Schlangenarmband für die liebe Dörte« –, es pfuscht ihm immer die Politik dazwischen: »Mir ist hier ne Menge aufgegangen. Schon in Bombay fing das an. Wenn wir zurück sind, bring ich das alles auf paar Thesen. Anmerkungen zum Nord-Süd-Gefälle. Das muß man klar aussprechen. Und zwar im Wahlkampf.«

Falls die Weltlage uns erlaubt, den Film während der

sommerlichen Reisesaison zu drehen, soll in ihren enga-
gierten Lehrerköpfen, so überfüllt Dörtes und Harms Köpfe
von anderen Ausgeburten sind, die mitgeschleppte Vor-
datierung, der in Harms Taschenkalender mitreisende
Wahlkampf nicht aufhören. Unter Strandpalmen verplant
er sich: »Am 2. September Frühschoppen in Kellinghusen.
Am 5. September Podiumsdiskussion mit den Grünen in
Wilster. Am 12. September Jungwählerveranstaltung in
Glückstadt. Am 17. September Straßendiskussion in der
Fußgängerzone...«

Am Strand gegen die Brandung gestellt oder einem Volk
Enten konfrontiert, das in einem Reisfeld paddelt, wo
immer sich ein Gegenüber findet, lasse ich Harm Wahlkampf üben. Spätestens auf Bali – während Dörte ihre religiösen Mutterschaftsausflüge macht – höre ich ihn gegen
Strauß und an Strauß vorbei gegen Stoltenberg und
Albrecht reden: »Was haben uns diese Herren für die achtziger Jahre zu bieten!«

Handfesten Sätzen folgen komplizierte Einerseits-ande-
rerseits-Abhandlungen über die Gesamtschule und die Zukunft des Norddeutschen Rundfunks, über den Umwelt-
schutz und das Entsorgungsproblem. Harm ringt sich
fernab seiner vorgeplanten Auftritte mehrere Standardsätze
ab: »Unser wohlbedachtes Ja zum begrenzten Ausbau der
Kernenergie schließt ein deutliches Nein zu Wiederaufbe-
reitungsanlagen ein!«

Oder: »Die notwendige Nato-Nachrüstung darf uns nicht
dazu verführen, unser eigentliches Ziel, die Abrüstung, aus
dem Auge zu verlieren!« Und immer wieder wird ihm »die
Verantwortung der Industrienationen für die Dritte Welt
zum Anliegen«.

Während abseits, wie tagtäglich, alte Frauen Muschel-
splitt in Körben aus der Brandung schleppen, wünscht er
die Veränderung dieser Tatsache: »Der Satz der siebziger

Jahre: Die Reichen werden immer reicher, während die Armen immer ärmer werden! darf für die achtziger Jahre keine Gültigkeit haben...«

Und weitere Sprüche. Es müßte Volker Schlöndorff gelingen, die gegen lauwarmen Wellenschlag geschleuderten und die dem Entenvolk vorgeworfenen Sätze durch Vorblenden Beifall oder Buhrufe auslösen zu lassen: beim Frühschoppen in Kellinghusen, während der Jungwählerveranstaltung, in einer verräucherten Kneipe in Wilster. Wie beim Streit um die Kopfgeburt Kind wird abermals die Zeit aufgehoben, schnurren Ort und Ort zusammen, ist alles gegenwärtig; einzig die Leberwurst – da ist sie wieder – ist fähig, sich zu entwickeln, sich zu verändern: sie gammelt. Alles übrige läßt sich von Itzehoe nach Asien und zurück schleppen. Hier und dort paßt es hin. Was hier entwässert werden muß, will dort bewässert sein: die schweren Böden der Wilstermarsch, der Naßfeldanbau auf der touristischen Insel. Und ließe sich nicht der versumpfte Slum Khlong Toei von Bangkok auf das umzäunte Geviert der Kernkraftbaustelle Brokdorf übertragen?

Zumindest flächenmäßig entspricht das einander. Und Zukunft hat diese Umsiedlung auch. Also zeigen wir es (mit hartem, mit weichem Schnitt) und sparen das Transportproblem aus: fünfzigtausend südostasiatische Slumbewohner leben, gleich hinterm Elbdeich, in das Baugelände gepfercht. Die Bretter- und Wellblechbuden auf Pfählen längs brüchigen Laufstegen über Schlamm, Kot, Abwässern, während ringsum Kühe und Kälber auf fetten Weiden grasen. Sattes Grün, wie aus Tuben gedrückt. Darüber der norddeutsche Himmel.

Harm und Dörte sehen das alles vom Deich oder spielen noch einmal, während sie sich vom Deich aus zuschauen, ihre Slumübernachtung durch, das Sisyphos-Angebot: »Asien ungeschminkt erleben!« Das alles ist vorstellbar und, weil vorstellbar, wirklich. (»Rein kopfmäßig«, sagt Harm.) Deshalb fällt es beiden nicht schwer, sich von Bombay aus oder von ihrer Traumzielinsel hinweg jeweils in ihre Klassenzimmer der Kaiser-Karl-Schule (kurz KKS genannt) zu versetzen. Sofort erleben sie sich Schülerfragen ausgeliefert: »Wie war denn die Reise?« – »Sind Sie nun schwanger endlich?« – »Wann kriegt Ihre Frau das Kind?« – »Was? Fehlanzeige?« – »Sollen wir Deutschen einfach aussterben, während die Inder und die Chinesen immer mehr, immer mehr werden?«

Auf diese (wie Harm und Dörte ihrem Reiseleiter klagen) aggressiven Schülerfragen, die in der Regel nölig, wie aus gestörtem Halbschlaf blubbern, könnte Dr. Wenthien eine im Gehen vorgetragene, deshalb längere, den Palmgarten des Hotels Kuta-Beach weitende Antwort bereithalten: »Nicht nur das. Noch Schlimmeres kommt, liebe Kinder. Die reiselustigen Inder, die ägyptischen Fellachen, die überschüssigen Mexikaner und Javaner, vielleicht nur sieben Prozent von einer Milliarde Chinesen werden ihre Bündel schnüren, sich aufmachen, werden ihre allzu sonnigen Heimatländer verlassen und nach angemessenem Wanderungsverlust, doch immer noch zahlreich, bei uns zu Hause einsickern: allmählich, in Schüben, dann in Wellen, schließlich unaufhaltsam. Ihr könnt doch rechnen, Kinder, und habt bei Herrn und Frau Peters gelernt, daß sich die menschliche Population bis zum Jahr zweitausend um ein sattes Drittel mehr, auf knapp sieben Milliarden angereichert haben wird, von denen vier Milliarden dicht bei dicht in Asien hocken werden. Pro Tag zählen wir Menschlein hundertsiebzigtausend mehr. Die wollen doch irgendwohin. Solche Überschüsse verlaufen sich zielstrebig. Europa mit seinem Sozialsystem, mit seinen Menschenrechten in Schönschrift, mit seinem christlich schlechten Gewissen

bietet sich an. Nur keine Angst, Kinder. Die Leute sind fleißig und bescheiden. Die werden uns Arbeit abnehmen. Die
lernen schneller als wir. Und brauchen nicht viel Platz.
Denen reichen zwei Zimmer pro Großfamilie. Denen ist
kein Hobbyraum notwendig. Die werden sich ordentlich
und nicht mittels Kopfgeburten vermehren. Sie sind der
Zuwachs, auf den wir bauen können. Während ihr, liebe
Kinder, euch ausruhen, entspannen, euch vergessen könnt.
Es hat ja schon angefangen: in England, Frankreich, bei
uns. Die Leute gewöhnen sich relativ rasch an das Klima.
Warum sollten sich die ›Javaanse Jongens‹, wie ein hollän-
discher Tabak heißt, nicht als Deutsche fühlen? Warum
sollten wir nicht, intelligent, wie wir sein möchten, ein
wenig Umgangschinesisch lernen, nicht mehr als unser
übliches Basisdeutsch hergibt? Wer wollte unseren spär-
lichen Nachwuchs, euch, liebe Kinder, und später eure Ein-
zelkinderchen hindern, sich mit dem Nachwuchs ober-
ägyptischer Fellachen und mexikanischer Mestizen zu
mischen? Die grazile Lebhaftigkeit der Küstenchinesinnen,
die Sanftmut sundanesischer Männer werden begehrt, die
mystische Zutat Indien beliebt sein. Keine Angst, die Deutschen sterben nicht aus. In durch Mischung verfeinerter
Ausgabe werden sie zahlreich sein und sich zu zwei-, drei-
hundert Millionen auswachsen. Die Welt wird – wie soll
ich es sagen – die Deutschen in sich aufnehmen. Deutschsein wird Welthaltigwerden bedeuten. Wir werden wieder
wer sein! – Was? Was höre ich, Kinder? Ihr wollt euch
nicht mischen? Ihr germanisch-slawisch-keltischen Misch-
linge wollt reinrassig, unvermischt bleiben? Ihr subventio-
nierten Dummköpfe wollt euch beschränken, wollt
beschränkt, wie ihr seid, überdauern? Wir bleiben, wie wir
sind! schreit ihr. Dichtmachen! schreit ihr. Den Laden
zumachen! Abschotten! Einmauern! – Daß ich nicht lache.
Als wenn Mauern noch Sinn geben könnten. Als wenn

Mauern dieser braungelbschwarzen Flut gewachsen wären. Wir haben doch eine Mauer querdurch. Akkurat gebaut, todsicher gemacht. Und hat diese Mauer den wenigen Deutschen drüben, den immer weniger Deutschen hier für- oder gegeneinander geholfen? Ist diese Mauer nicht einzig Anlaß gewesen, sie hier und da immer ein bißchen mehr löchrig zu machen? Die Mauer muß weg! habt ihr gerufen. Richtig Kinder. Mauern haben sich überlebt.«

Kinderstunde

Dein Vater, Helene, der sich beruflich bücken muß,
sammelt Federn Pilze Geschichten,
in denen Federn geblasen und Kinder,
die in die Pilze gingen, verlorengehen.

Oft, wenn ich Pilze und Federn sammle,
finde ich Wörter, die Richtlinie und Beschluß heißen.
Sie riechen nicht, fliegen nicht,
sind aber gut für Geschichten,
in denen verboten ist, Federn zu blasen,
in denen alles, was Pilz genannt wird,
tödlich, ohne Widerspruch tödlich ist.

Nur noch im Fernsehen dürfen im tiefen Wald
Kinder verlorengehen,
bis eine Feder, die sich in Schwebe hält,
ihnen den Weg zeigt aus der Geschichte.

Jetzt kritzel ich über alles schnelles Gestrüpp,
damit du dich dennoch glücklich verlaufen kannst.

Literatur und Revolution oder des Idyllikers schnaubendes Steckenpferd

Rede auf dem Schriftstellerkongreß in Belgrad, Oktober 1969

Meine Damen und Herren,
  um es vornweg zu sagen: Ich bin ein Gegner der Revolution. Ich scheue Opfer, die jeweils in ihrem Namen gebracht werden müssen. Ich scheue ihre übermenschlichen Zielsetzungen, ihre absoluten Ansprüche, ihre inhumane Intoleranz. Ich fürchte den Mechanismus der Revolution, die sich als Elixier für ihre Anstrengungen die permanente Konterrevolution erfinden mußte: Von Kronstadt bis Prag scheiterte die Oktoberrevolution militärisch erfolgreich, indem sie die überlieferten Herrschaftsstrukturen restaurierte. Revolutionen ersetzten Abhängigkeit durch Abhängigkeit, lösten den Zwang durch den Zwang ab.
  Mit anderen Worten: Unter erklärten Anhängern der Revolution bin ich allenfalls ein geduldeter Gast: ein Revisionist oder schlimmer noch – ein Sozialdemokrat.
  Da die westeuropäischen Länder in jüngster Zeit die Revolution als Gesprächsthema und Anschauungsmaterial halb erschreckt und halb fasziniert konsumiert haben und da von der großen revolutionären, überdies telegenen Geste nichts geblieben ist als die Stärkung der Reaktion – zum Beispiel in Frankreich –, als eine Überfülle revolutionärer Sekundärliteratur, als einige Nachwirkungen auf die Damen- und Herrenoberbekleidung, stellt sich die Frage, ob sich die jüngsten so basis- wie hoffnungslosen revolutionären Spekulationen nicht letztlich auf das Ungenügen literarischer Idylliker zurückführen lassen, denen die Revolution einige spektakuläre Auftritte zu versprechen schien. In

Deutschland jedenfalls war es zuallererst das literarische Mittelmaß, das dem Studentenprotest in Huckepack-Manier aufzusitzen versuchte. So könnte eine Seminararbeit lauten: Die Rolle literarischer Epigonen bei der Verkündigung angelesener Revolutionsmodelle.

Wenn es zu Beginn dieses Jahrhunderts hieß, in Deutschland finde die Revolution allenfalls in der Musik statt, so hatte sich jetzt – kurz vor Beginn der siebziger Jahre – revolutionäres Verhalten eine weit besser subventionierte Spielwiese ausgesucht: Selbst stockkonservative Zeitungen gaben sich im Feuilleton zähneknirschend und rigoros. Literatur und Revolution – oder des Idyllikers schnaubendes Steckenpferd.

Sie werden bemerken, daß unser so seriös klingendes Thema mir seitenlang Spott nahezulegen versucht. Denn beinahe könnte man meinen, daß die wortgewaltigen Vertreter der revolutionären Mode entweder Trotzkis Ausführungen zu diesem Thema nicht gelesen haben oder, entgegen besserer Kenntnis, zumindest zeitweilig und vom Studentenprotest mitgerissen, zum lächerlichen Beleg der These wurden, die Literatur habe die Magd der Revolution zu sein.

Ich möchte Ihnen und mir längere Ausführungen über die Quintessenz dieses Unsinns, also über den sozialistischen Realismus, ersparen. Wir alle wissen, daß die Literatur zu dieser Zeit das willfährigste, weil naivste Opfer der Revolution gewesen ist. Am Beispiel der russischen und italienischen Futuristen läßt sich leicht belegen, wie rasch sich eine radikal-antibürgerliche literarische Strömung, revolutionärer Bewegung vertrauend, in totalitäres Fahrwasser begab. 1924 schreibt Trotzki: »Ist denn nicht schließlich der italienische Faschismus mit revolutionären Methoden zur Macht gekommen, indem er die Massen, die Menge, die Millionen in Bewegung setzte, sie stählte und bewaffnete?

Es ist kein Zufall und kein Mißverständnis, sondern völlig gesetzmäßig, daß der italienische Futurismus im Strom des Faschismus aufgegangen ist.« (Ähnlich gefräßig erwies sich später der Stalinismus dem russischen Futurismus gegenüber.) Allzuoft haben sich die Ausrufer der Revolution zu unkritischen Nachbetern ihres Terrors gewandelt.

Seit August dieses Jahres schmückt sich Paris mit einer Ausstellung zu Ehren Napoleons, dessen zweihundertsten Geburtstag zu feiern Europa sich mit zwiespältigen Gefühlen anschickt. Wenn wir davon ausgehen, daß, wie die Pariser Ausstellung zeigt, Napoleon niemals Mangel gelitten hat an literarischen Lobrednern, ja, daß Napoleon ein Produkt der Französischen Revolution gewesen ist, und wenn wir gleichfalls davon ausgehen, daß Josef Stalin als ein Produkt der Oktoberrevolution zu begreifen ist – denn weder Napoleon noch Stalin sind vom Himmel gefallen –, dann dürfen wir uns ausmalen, wie farbenprächtig und mit welch illustren literarischen Elogen eines Tages Josef Stalins zweihundertster Geburtstag gefeiert werden wird. Auch sei darauf hingewiesen, daß die zwangsläufig kommenden zweihundertsten Geburtstage der Diktatoren Mussolini und Hitler Anlaß für überdimensionale Ausstellungen und exquisite literarische Zeugnisse von Marinetti bis Gottfried Benn sein können.

Es hat zu allen Zeiten und aus jedem System heraus Schriftsteller gegeben, deren antibürgerliche Überreiztheit sich bei revolutionärem Anlaß entladen durfte. Wir verdanken solch produktiven Mißverständnissen schöne und bleibende Gedichte von Klopstock und Schiller bis Jessenin und Majakowski. Schriftsteller lieben es, reinigende Gewitter metaphernreich auf weißem Papier zu entfesseln; doch sobald wir versuchen, eine Halbzeile Rimbauds oder ein frühexpressionistisches Sprachbild an der Wirklichkeit zu messen, beginnt uns der puritanische Fleiß der Guillotine zu ermüden oder versanden wir in scholastischen Diskussionen über die These: Hat Stalins Agrarreform den millionenfachen Kulakenmord gerechtfertigt?

Unüberlesbar hat der deutsche Schriftsteller Georg Büchner die tödlichen Mechanismen der Revolution dargestellt: »Dantons Tod« ließe sich bei einigen Änderungen im Lokalkolorit auf kubanische und chinesische Verhältnisse übertragen. Der Allgemeinplatz – Die Revolution frißt ihre Kinder – ist bis heute nicht widerlegt worden. Schon höre ich die Frage: Soll damit gesagt werden, daß die Französische Revolution und die Oktoberrevolution nicht notwendig gewesen seien?

Wir haben keine Gelegenheit zu untersuchen, wie und mit welchen Folgen, bei Aussparung der bekannten Opfer, sich die europäische Aufklärung in Frankreich ohne Revolution hätte weiterentwickeln können. Wir wissen nicht und können kaum vermuten, ob und in welchem Maße die Regierung Kerenski das zaristische Rußland hätte demokratisieren können. Wer an Revolution und ihre Folgerichtigkeit glaubt, wird sich weder vom englischen noch vom schwedischen Beispiel belehren lassen. Eines jedoch sollte gewiß sein: So sehr uns immer noch der Eisenstein-Film »Panzerkreuzer Potemkin« gefällt, der Preis, Stalin und die Folgen, müßte selbst dem unverbesserlichsten Revolutionsästheten zu hoch sein.

Ich komme aus einem Land, dessen revolutionäre Vergangenheit tragikomisch anmutet. Von 1848 über 1918 bis zu unseren jüngsten Buchmessenrevolutionen, bei uns zu Haus haben sich linke Revolutionen über kurz oder lang zumeist der Lächerlichkeit preisgegeben; teuer zu stehen kommt uns bis heute die einzige, wenn man so sagen darf, geglückte deutsche Revolution, die des Jahres 1933: die Machtergreifung durch den Nationalsozialismus.

Man macht es sich allzu leicht, wenn man Mussolinis

Marsch auf Rom und Hitlers 30. Januar als rechten Putsch abtut, als wollte man das Wort »Revolution«, gleich einem Ehrentitel, nur linken Machtergreifungen zugute halten.

Weit davon entfernt, die Zielsetzungen und Motive linker und rechter Revolutionen gleichzusetzen, bin ich dennoch der Meinung, daß die Mechanismen einer Revolution unabhängig davon funktionieren, ob sie von linken oder rechten Ideologien gefüttert worden sind, ob in ihrem Verlauf links- oder rechtsbewußte Aggressionsbedürfnisse freigesetzt werden. Selbst das Verhältnis rechter Literatur zur rechtsgerichteten Revolution ist dem Verhältnis linker Literatur zur linksgerichteten Revolution nicht unähnlich. Brechts Stalin-Hymnen rangieren nicht vor Heideggers Verbeugungen angesichts des Nationalsozialismus. Anna Seghers und Ilja Ehrenburg fänden ihren Platz neben Gottfried Benn und Ezra Pound, gäbe es endlich ein Wachsfigurenkabinett, in dem literarische Größen das Verhältnis der Literatur zur Revolution zu personifizieren hätten.

Héraults Forderung in Büchners »Danton«: »Die Revolution muß aufhören, und die Republik muß anfangen« gilt bis heute. Wie schwer es jedoch der Republik mit ihrem Beginnen gemacht wird, weil die Revolution nicht aufhören kann, das hat die Okkupation der Tschechoslowakei bewiesen. Um so mehr besteht Anlaß, das Thema »Die Literatur und die Revolution« zu vernachlässigen und dem weit weniger zündenden, weil kaum spektakulären Thema »Die Literatur und die Republik« einige Überlegungen zu schenken.

In meinem Land hat vor wenigen Wochen eine Runde um das Wohl und Wehe der Republik ihren Abschluß gefunden. Ein knapper Sieg der Sozialdemokraten läßt immerhin erkennen, daß die wechselhafte, zwielichte und insgesamt mehr unglückliche als kontinuierliche Geschichte deutscher parlamentarischer Demokratie einige Chancen hat. Die Zeit vor dem 28. September und mehr noch die Zeit unmittelbar vor dem Wahlkampf schmückte sich zwar mit dem Reizwort »Revolution«, doch als der Protest in Aktionismus endete und als die überlieferten Machtgruppierungen – hier Konservative mit nationalistischem Überbau, dort Reformkräfte mit sozialliberaler Tendenz – immer deutlicher gegeneinander zu stehen begannen, fand das Wort Revolution allenfalls noch Verwendung innerhalb der Konsumwerbung. Der nüchterne Bürgersinn wollte sich weder am verbalen Radikalismus noch am vulgären Antikommunismus der fünfziger Jahre orientieren. Mittelfristige Reformziele, denen Finanzierungspläne beigelegt waren, gaben den Ausschlag: Die Vernunft konnte ihre Basis um einige Fußbreit erweitern.

Amüsant und aufschlußreich war es, zu beobachten, wie der soeben skizzierte Ernüchterungsprozeß im politischen wie im Wirtschaftsteil der Zeitungen um sich griff, während die Literatur – oder besser gesagt: der das Feuilleton bestimmende Teil der Literatur – in dem soeben genannten Freigehege lustig und gratis weiterhin revolutionäre Sandkastenspiele betrieb. Verlagslektoren und, dem Trend folgend, einige aus verschiedenen Gründen vergrämte Autoren begannen, sich an der revolutionsunlustigen Gesellschaft zu rächen, indem sie systematisch versuchten, einige Verlage, denen man nachsagte, sie stünden links, zu zerstören. Das konnte nicht überraschen, denn die literarische Spielart der Revolution war und ist zuallererst gegen das eigene Lager gerichtet. Während der vergangenen drei Jahre sind die Wortführer revolutionärer Veränderungen nie auf die Idee gekommen, zum Beispiel die Industriemesse in Hannover zu sprengen, wohl aber die Frankfurter Buchmesse zur Bastille zu erklären.

Ich will mich nicht an Details aufhalten und etwa untersuchen, ob die Erstürmung eines kalten Büfetts geeignet ist, die Massen auf die Machtkonzentration des Spätkapitalismus aufmerksam zu machen. Auch die betrübliche Feststellung, daß die überlieferte, vormals rechtsgerichtete deutsche Studentenlust, ein paar flotte Jahre lang den Spießer ärgern zu wollen, nun in linke Kostüme geschlüpft ist, ist nur ein Symptom mehr für den pseudorevolutionären Charakter einer modischen Bewegung, die am Ende nur eins offenbar gemacht hat: wie zerstritten die radikale Linke insgesamt ist und wie blind sie sich der Alternative stellt: dem mühsam langfristigen Versuch, die Republik endlich beginnen zu lassen.

Damit wir uns recht verstehen: Ich spreche nicht vom Studentenprotest, der in Mehrheit auf Reformen drängte und radikaldemokratisch die Diskussion, zum Beispiel über die längst überfällige Hochschulreform, erzwungen hat. Ich spreche vom literarisch fahrlässigen Umgang mit dem Reizwort »Revolution« und von einer Gruppe schnell schreibender, zündend formulierender, überdurchschnittlich ehrgeiziger Leute, die nach wie vor nicht müde werden, das Mai-Desaster der französischen Linken wie eine revolutionäre Großtat zu besingen und in Anthologien zu sammeln. Nach wie vor läßt man sich von der Illusion tragen, es habe in Frankreich eine Solidarisierung zwischen Arbeitern einerseits und Studenten wie Intellektuellen andererseits stattgefunden.

Als während der letzten Wahlkampfphase zu langfristig angesetzte Tarifverträge und die verhinderte Aufwertung der D-Mark zu spontanen Arbeitsniederlegungen in mehreren Betrieben führten, versuchten Gruppen der radikalen Linken, sich treuherzig und wohl meinend, die Arbeiter hätten vor, Revolutionäres zu beginnen, den Streikenden zu nähern. Gutmütig und nachdrücklich wurde ihnen die Schulter geklopft, wurden sie nach Hause geschickt.

Wird dieses »Basiserlebnis« belehrende Wirkung zeitigen? Sind die Widersprüche des republikanischen Alltags stark und ernüchternd genug, um der Freizeitbeschäftigung revolutionärer Bastelkurse auch auf literarischem Feld ein Ende zu setzen?

Ein Zyniker könnte antworten: Der literarische Markt wird die Nachfrage regeln. Zur Zeit ist der Bedarf an geschmackvoll aufgemachter Revolutionsliteratur mehr als gedeckt. Selbst die letzte höhere Tochter beginnt zu begreifen, daß die Zerstörung der konsumfördernden Produktionsmittel auf Widerstände erheblicher Art stoßen könnte, daß die Industrienationen insgesamt, also die des Ostens wie des Westens, ihre Produktionskraft steigern müssen, wenn den schon vorgezeichneten Katastrophen innerhalb der Dritten Welt wirksam begegnet werden soll, und daß die Beschlüsse, ob, wann und aus welchen Gründen in Südamerika Revolutionen stattzufinden haben, nicht in deutschen Germanistikseminaren gefaßt werden.

Um einen Ausblick zu wagen: Die Literatur wird sich, soweit sie ernst genommen werden will, in Zukunft nicht mehr durch das Reizwort »Revolution« stimulieren können. Schon gibt es Anzeichen dafür, daß sich besonders in Skandinavien (allen anderen europäischen Staaten voraus) mehr und mehr Schriftsteller für die Möglichkeiten und Grenzen der Entwicklungspolitik als Teil der Friedenspolitik zu interessieren beginnen. Das Wort »Friedensforschung« – noch vor wenigen Jahren mit dem Vorurteil bedacht, es handele sich um schwärmerischen Pazifismus – beginnt, erstmals ernsthaft, das heißt bei Haushaltsdebatten, Gewicht zu bekommen; der Frieden, bislang Ausnahmezustand, verlangt als Dauerzustand nach wissenschaftlich erforschten Möglichkeiten, Konflikte, die normalerweise den Kriegsfall produziert hätten, nun mit friedlichen Mitteln zu lösen.

Wird die Literatur das gern beschriebene Milieu der Barrikaden verlassen können? Oder wird sie esoterisch, interessant und irrlichternd, bei verdrehten Wegweisern, die Flucht vermeintlich nach vorne in die Romantik einschlagen?

»Literatur und Revolution« – eine Prachtausgabe aus Leo Trotzkis beredtem Nachlaß. Marxistische Scholastiker im treuherzigen Gespräch mit jesuitischen Linksabweichlern. Das Exklusive wird bleiben und sich zu feiern verstehen, doch die Literatur verlangt nach Wirklichkeiten; denn es gibt mehrere. Ihre, die jugoslawische, möchte ich kennenlernen; von meiner, der deutschen, gebe ich gerne Bericht. Ich gehe davon aus, daß Ihre und meine Wirklichkeit einander nicht ausschließen müssen. Die Revolutionen haben schon stattgefunden.

Im Ei

Wir leben im Ei.
Die Innenseite der Schale
haben wir mit unanständigen Zeichnungen
und den Vornamen unserer Feinde bekritzelt.
Wir werden gebrütet.

Wer uns auch brütet,
unseren Bleistift brütet er mit.
Ausgeschlüpft eines Tages,
werden wir uns sofort
ein Bildnis des Brütenden machen.

Wir nehmen an, daß wir gebrütet werden.
Wir stellen uns ein gutmütiges Geflügel vor
und schreiben Schulaufsätze
über Farbe und Rasse
der uns brütenden Henne.

Wann schlüpfen wir aus?
Unsere Propheten im Ei
streiten sich für mittelmäßige Bezahlung
über die Dauer der Brutzeit.
Sie nehmen einen Tag X an.

Aus Langeweile und echtem Bedürfnis
haben wir Brutkästen erfunden.
Wir sorgen uns sehr um unseren Nachwuchs im Ei.

Gerne würden wir jener, die über uns wacht,
unser Patent empfehlen.

Wir aber haben ein Dach überm Kopf.
Senile Küken,
Embryos mit Sprachkenntnissen
reden den ganzen Tag
und besprechen noch ihre Träume.
Und wenn wir nun nicht gebrütet werden?
Wenn diese Schale niemals ein Loch bekommt?
Wenn unser Horizont nur der Horizont
unserer Kritzeleien ist und auch bleiben wird?
Wir hoffen, daß wir gebrütet werden.

Wenn wir auch nur noch vom Brüten reden,
bleibt doch zu befürchten, daß jemand,
außerhalb unserer Schale, Hunger verspürt,
uns in die Pfanne haut und mit Salz bestreut. –
Was machen wir dann, ihr Brüder im Ei?

Vietnam geht auch uns an

Auf einem entlegenen Kriegsschauplatz verlieren die USA, trotz eines für sie günstigen Bodycount – der »Totenzählung« – vielleicht keinen Krieg, aber ihr letztes moralisches Prestige. Nur die USA? Auch ihre Verbündeten in Europa spüren den Sog eines, wie man gestern noch irrtümlich meinte, lokalen Konfliktes, der heute die Welt angeht. Da die USA vorgeben, für den »freien Westen« zu kämpfen, wird die Bombardierung Nordvietnams, so ihr nicht politisch wirksamer widersprochen wird, auch die Freiheit des Westens in Frage stellen.

Bis vor wenigen Tagen sah es so aus, als sei der Krieg in Vietnam ein Thema neben anderen, das die Regierung der Großen Koalition, nach dem schon sprichwörtlichen Rezept des Bundeskanzlers, für unabsehbare Zeit auszuklammern gedenke. In der Bundesrepublik verstand sich Vietnam in der Hauptsache als Anlaß für den Protest der Jugend; es ging offiziell nie um den Krieg, aber auffallend oft um den Vietnamprotest und seine Formen.

Soviel in der Bundesrepublik gegen den Krieg in Vietnam protestiert worden ist, so rückhaltlos blieben diese Proteste, weil sich weder die Bundesregierung noch eine der großen politischen Parteien bereit fanden, den Protest der Jugend und das Unbehagen breiter Bevölkerungsschichten aufzunehmen und politisch wirksam zu artikulieren. Darunter litt der Protest. Ohne Adressat und alleingelassen, vergaß er seinen Anlaß, mißriet er oft genug zum Vorwand für ein permanentes Groß-Happening und funktionierte er nur noch als Ventil für einen kritischen Überdruck, der sich an den Mißständen in der Bundesrepublik nicht mehr erproben wollte.

Die Regierung schwieg sich angestrengt aus. Ihre Rücksichtnahme auf den großen Verbündeten gab sich amerikanischer als die Amerikaner. Der servilen Sprachlosigkeit einer falsch verstandenen Bündnistreue entsprach die Gestik moralisch gemeinter, doch politisch ohnmächtiger Proteste, die mit zu wenig Druck den Bundestag zur Entscheidung aufforderten und mit zunehmendem Antiamerikanismus das Amerikanische schlechthin zu treffen versuchten.

Seit dem 5. Januar gibt es eine erste offizielle Stellungnahme gegen den Krieg in Vietnam. Der SPD-Bundesvorstand erklärte sich für die Einstellung der amerikanischen Bombenangriffe auf Nordvietnam und identifizierte sich mit den Vorschlägen des UN-Generalsekretärs U Thant. Das offene Wort der SPD hat seine Vorgeschichte: Schon als Regierender Bürgermeister von Berlin unterstützte Willy Brandt in einem Interview mit der Katholischen Nachrichtenagentur die Friedensbemühungen des Papstes; im Oktober des vergangenen Jahres, während der Generalratskonferenz der Sozialistischen Internationale, sagte er in Zürich: »... die Parteien der Sozialistischen Internationale sollten ihren politischen und moralischen Einfluß aufbieten, damit die Kampfhandlungen eingestellt ... werden. Solange der Krieg in Vietnam weitergeht, werden – zusätzlich zu den Opfern der unmittelbar Betroffenen – wichtige internationale Entwicklungen blockiert oder verzögert.«

Bundeskanzler Kiesinger und der Sprecher der CDU haben es für richtig befunden, sich von der SPD-Initiative zu distanzieren. Kurt Georg Kiesinger sprach von einer »völlig verfehlten« Einmischung in amerikanische Belange, als sei der Krieg in Vietnam eine ausschließlich amerikanische Angelegenheit, als fiele es ihm schwer, sich vorzustellen, daß eine neue Berlinkrise ein Reflex des Vietnamkrieges sein könne, als sei es undenkbar, daß die Bundesrepublik schon morgen die Kosten dieses Krieges werde mittragen müssen. Kurzsichtig parteipolitisches Taktieren steht wieder einmal einer schon lange überfälligen Einsicht im Wege. Denn spät – und hoffentlich nicht zu spät – hat sich der SPD-Bundesvorstand entschlossen, die lähmende Passivität aufzugeben, um Partei zu ergreifen: nicht gegen die USA, sondern für jene politischen Kräfte, die sich in den Vereinigten Staaten um den Frieden bemühen; auch sie sind Amerika.

An der Vietnam-Erklärung der SPD werden sich in Bonn fortan die Geister scheiden. Erfahrungsgemäß können die Äußerungen des Bundeskanzlers und des Sprechers der CDU in eine innenpolitische Diffamierung der sozialdemokratischen Initiative münden, so nüchtern die amerikanische Öffentlichkeit den ersten deutschen Versuch einer kritischen Mitsprache aufgenommen hat. Ist sich der Bundeskanzler nicht klar darüber, daß seine Brüskierung der SPD-Initiative die parallel laufenden Bemühungen der holländischen, der finnischen, ja, der meisten europäischen Regierungen gleichfalls brüskiert? Dient ihm die folgenreiche Überängstlichkeit seines Amtsvorgängers als Vorlage für kritiklose Vasallentreue? Kurt Georg Kiesingers Kleinmut entmündigt die deutsche Außenpolitik und dient, bei aller Beflissenheit, dennoch nicht dem amerikanischen Bündnispartner.

In seinem Buch »Die Arroganz der Macht« sagt der amerikanische Senator J. William Fulbright: »Die ›Schadenstreuung‹ des Vietnamkrieges ist natürlich der Grund dafür, daß die USA nicht bereit oder nicht in der Lage sind, bei der Aussöhnung der beiden Hälften Europas die Führung zu übernehmen.« Allein schon deshalb sollten die

Bürger der Bundesrepublik den Bundeskanzler und die Bundesregierung auffordern, die SPD-Initiative zu unterstützen, damit mit den Möglichkeiten eines Friedens in Vietnam auch die Aussichten der neuen Deutschlandpolitik wachsen. (Man möge nicht blindlings glauben, die Freiheit Berlins werde in Vietnam verteidigt; eher sieht es so aus, als werde sie dort verspielt.)

Aber auch der Vietnamprotest sollte den Beschluß des SPD-Bundesvorstandes aufnehmen und ihm zu breiterer Wirkung verhelfen. Seine maßvolle Bestimmtheit kann dem Protest eine neue Richtung geben. Nicht der zunehmende Haß auf alles Amerikanische, nicht die verklemmte Mischung aus Sex und Vietnam-Reportage, die die Zeitschrift »konkret« unglaubwürdig macht, sondern der politisch-moralische Anspruch an die eigene Regierung sollte dem Vietnamprotest die Form geben.

Der Bundestag ist der geeignete Ort für eine sachliche Debatte und für ein Votum gegen die Fortsetzung des Krieges in Vietnam. Die USA bedürfen der Kritik, wie die Bundesrepublik der Kritik ihrer Verbündeten bedarf. Deutschland hat im letzten Weltkrieg die Bombardierung offener Städte erfahren müssen. Auf Coventry folgte Dresden. Diese Erkenntnis gibt uns das Recht auf Mitsprache.

(Januar 1968)

In Ohnmacht gefallen

Wir lesen Napalm und stellen Napalm uns vor.
Da wir uns Napalm nicht vorstellen können,
lesen wir über Napalm, bis wir uns mehr
unter Napalm vorstellen können.
Jetzt protestieren wir gegen Napalm.
   Nach dem Frühstück, stumm,
   auf Fotos sehen wir, was Napalm vermag.
   Wir zeigen uns grobe Raster
   und sagen: Siehst du, Napalm.
   Das machen sie mit Napalm.
Bald wird es preiswerte Bildbände
mit besseren Fotos geben,
auf denen deutlicher wird,
was Napalm vermag.
Wir kauen Nägel und schreiben Proteste.
   Aber es gibt, so lesen wir,
   Schlimmeres als Napalm.
   Schnell protestieren wir gegen Schlimmeres.
   Unsere berechtigten Proteste, die wir jederzeit
   verfassen falten frankieren dürfen, schlagen zu Buch.
Ohnmacht, an Gummifassaden erprobt.
Ohnmacht legt Platten auf: ohnmächtige Songs.
Ohne Macht mit Guitarre. –
Aber feinmaschig und gelassen
wirkt sich draußen die Macht aus.

1972

Aus *Mein Jahrhundert*

Ich bin jetzt er. Er wohnt in Hannover-Langenhagen, ist Grundschullehrer. Er – nun nicht mehr ich – hat es nie leicht gehabt. Auf dem Gymnasium war nach der siebten Klasse Schluß. Dann die kaufmännische Lehre abgebrochen. War Zigarettenverkäufer, diente sich beim Bund zum Gefreiten hoch, versuchte es noch einmal auf einer privaten Handelsschule, wurde aber zur Abschlußprüfung nicht zugelassen, weil ohne mittlere Reife. Ging nach England, um Sprachkenntnisse aufzubessern. War dort Wagenwäscher. Wollte in Barcelona Spanisch lernen. Aber erst in Wien, wo ihm ein Freund durch so etwas wie Erfolgspsychologie den Rücken zu stärken versuchte, faßte er Mut, nahm abermals Anlauf, ging in Hannover auf die Verwaltungsakademie und schaffte es, durfte, auch ohne Abitur, studieren, brachte sein Lehrerexamen hinter sich und ist nun Mitglied der Gewerkschaft Erziehung und Wissenschaft, sogar Vorsitzender des Junglehrer-Ausschusses, ein pragmatischer Linker, der die Gesellschaft Schritt nach Schritt verändern will, wovon er in seinem irgendwo günstig getrödelten Ohrensessel träumt. Da klingelt es bei ihm in der Walsroder Straße, zweiter Stock rechts.

Ich, das ist er, mache auf. Steht da ein Mädchen mit braunem Langhaar, will mich, ihn sprechen. »Können bei euch zwei Personen mal kurz übernachten?« Sie sagt »euch«, weil sie von irgendwem weiß, daß er oder ich mit einer Freundin zusammenlebt. Er und ich sagen ja.

Später, sagt er, kamen mir Zweifel und meiner Freundin

beim Frühstück auch. »Da kann man doch nur vermuten...«, sagte sie. Aber wir gingen erst mal zur Schule,
denn sie unterrichtet wie ich, aber auf einer Gesamtschule.
Bei mir stand ein Klassenausflug zum Vogelpark an. Der ist
in der Nähe von Walsrode. Danach hatten wir immer noch
Zweifel: »Die sind inzwischen womöglich schon eingezo-
gen, weil ich der Langhaarigen den Schlüssel zur Wohnung...«

Deshalb spricht er mit einem Freund, wie auch ich bestimmt mit einem guten Freund gesprochen hätte. Der
Freund sagt, was die Freundin schon beim Frühstück gesagt
hatte: »Ruf 110 an...« Er wählt (mit meiner Zustimmung)
die Nummer und läßt sich mit dem Sonderkommando BM
verbinden. Die vom Sonderkommando horchen auf, sagen:
»Wir werden Ihrem Hinweis nachgehen« und tun das auch
in Zivil. Schon bald nehmen sie mit dem Hauswart das
Treppenhaus in Augenschein. Währenddessen kommt
ihnen treppauf eine Frau mit einem jungen Mann entgegen.
Der Hauswart will wissen, wen sie suchen. Sie wollen zum
Lehrer. »Ja«, sagt der Hauswart, »der wohnt in der zweiten
Etage, wird aber nicht dasein.« Später kommt der junge
Mann zurück, sucht draußen eine Telefonzelle auf, wird, als
er Münzen einwirft, verhaftet, trägt eine Pistole bei sich.

Der Lehrer steht politisch bestimmt links von mir.
Manchmal, wenn er in seinem getrödelten Ohrensessel
sitzt, träumt er sich fortschrittlich in die Zukunft. Er glaubt
an einen »Emanzipationsprozeß der Unterprivilegierten«.
Mit einem Professor in Hannover, der in linken Kreisen
fast so bekannt wie Habermas ist und der, was BM betrifft,
gesagt haben soll: »Die Fanale, die sie mit ihren Bomben
setzen wollen, sind in Wirklichkeit Irrlichter«, stimmt er
ziemlich überein: »Diese Leute haben der Rechten die
Argumente geliefert, das gesamte Spektrum der Linken zu
diffamieren.«

Das entspricht meiner Meinung. Deshalb haben er und ich, er als Lehrer und Gewerkschaftler, ich freiberuflich, 110 gewählt. Deshalb sind die Beamten von der Landeskriminalpolizei jetzt in einer Wohnung, die die Wohnung des Lehrers ist und in der ein getrödelter Ohrensessel steht. Die Frau, die, nachdem die Polizisten geklingelt haben, die Wohnungstür öffnet, sieht mit ihren struppig kurzen Haaren kränklich aus und ähnelt, abgemagert, wie sie ist, überhaupt nicht dem Fahndungsfoto. Vielleicht ist sie nicht die Gesuchte. Wurde schon mehrmals totgesagt. Soll an einem Gehirntumor gestorben sein, hat in den Zeitungen gestanden.

»Ihr Schweine!« ruft sie bei der Verhaftung. Doch erst, als die Beamten in der Wohnung des Lehrers eine aufgeschlagene Illustrierte finden, in der die Röntgenaufnahme des Schädels der gesuchten Person abgebildet ist, ist das Sonderkommando sicher, wen es im Griff hat. Danach finden die Beamten noch mehr in der Wohnung des Lehrers: Munition, Schußwaffen, Handgranaten und einen Kosmetikkoffer, Marke Royal, in dem eine Vierkommafünf-Kilo-Bombe liegt.

»Nein«, sagt der Lehrer später in einem Interview, »ich mußte so handeln.« Und auch ich bin der Meinung, daß er sich sonst mit seiner Freundin in die Sache verstrickt hätte. Er sagt: »Trotzdem beschlich mich ein ungutes Gefühl. Schließlich bin ich früher mit ihr, bevor sie mit den Bomben angefangen hat, manchmal einer Meinung gewesen. Zum Beispiel mit dem, was sie nach dem Anschlag auf das Frankfurter Kaufhaus Schneider in ›konkret‹ geschrieben hat: ›Gegen die Brandstiftung im allgemeinen spricht, daß dabei Menschen gefährdet sein können, die nicht gefährdet werden wollen...‹ Aber dann hat sie in Berlin, als Baader befreit wurde, doch mitgemacht, wobei ein einfacher Angestellter schwer verletzt wurde. Danach ist sie abgetaucht.

Danach gab es Tote auf beiden Seiten. Danach kam sie zu mir. Danach habe ich... Aber eigentlich habe ich gedacht, sie lebt nicht mehr.«

Er, der Lehrer, in dem ich mich sehe, will jetzt die hohe Belohnung, die ihm, weil er 110 gewählt hat, von Staats wegen zusteht, für den bevorstehenden Prozeß zur Verfügung stellen, damit alle, die bisher gefaßt wurden, auch Gudrun Ensslin, die auffiel, als sie in Hamburg eine schikke Boutique aufsuchte, ihren fairen Prozeß bekommen, bei dem, wie er sagt, »die gesellschaftlichen Zusammenhänge aufgezeigt werden...«

Das täte ich nicht. Schade um das viele Geld. Warum sollen diese Anwälte, Schily und sonstwer noch, davon profitieren? Soll er das Geld lieber in seine und andere Schulen stecken, zugunsten der Unterprivilegierten, um die er sich kümmert. Doch gleich, wem er das Geld geben wird, bedrückt ist der Grundschullehrer trotzdem, weil er nun lebenslang der Mann bleibt, der 110 gewählt hat. Mir geht es ähnlich.

Literatur und Politik

In ›*Die Zeit*‹, *März 1970*

Meine Damen und Herren,

wenn ich ein Gedicht über verlorene Knöpfe schreibe, wird es sich kaum vermeiden lassen, neben vielen privaten und peinlichen Gründen auch politische zu nennen, die zum Verlust von Knöpfen führten; mit anderen Worten: Die Politik ist Teil der Wirklichkeit, also wird die Literatur – immer auf der Suche nach Wirklichkeit – die Politik nicht aussparen oder verdrängen können.

Mir sind Politik und Literatur nie einander ausschließende Gegensätze gewesen: Die Sprache, in der ich schreibe, ist krank an Politik; das Land, in dem ich schreibe, trägt schwer an den Folgen seiner Politik; die Leser meiner Bücher sind wie ich, der Autor, gezeichnet von Politik: Es wird wenig Sinn haben, politikfreie Idyllen zu suchen, denn unversehens sind selbst die Mondmetaphern makaber geworden.

Um der politischen Verfallenheit der Literatur Nachdruck zu geben, hat man die Schriftsteller und haben sich die Schriftsteller ermuntert, »engagiert« zu sein.

Also begannen sie, wenn immer Unrecht geschah – und täglich geschieht Unrecht –, ihre Namen, die großen bekannten, unter Manifeste und Proteste zu setzen. Moral wurde zu Schleuderpreisen vertrieben. Eine fragwürdige Fiktion versuchte zu suggerieren, daß die böse Politik an den humanen Sprüchen der Literatur gesunden könne.

Die Literatur hat keinen Grund, sich über die Politik und ihre Verbrechen zu erheben; sie hat ihren Anteil daran.

Gleichermaßen hat die europäische Literatur seit dem achtzehnten Jahrhundert nützlichen Anteil an politischer Aufklärung und aufgeklärter Politik. Von Diderot und Lessing reicht diese Tradition bis in unsere Tage: Ich bin ihr verbunden.

Politische Tätigkeit als Schriftsteller bedeutet mir zuallererst, politische Kenntnis zu erwerben, denn wenn ein Schriftsteller den oft proklamierten Anspruch, »engagiert« sein zu wollen, ernsthaft umsetzen will, dann sollte er wissen, daß ihm der politische Alltag neben gründlichen Kenntnissen auch einen langen Atem abfordern wird.

Seit etwa zehn Jahren investiere ich einen wachsenden Teil meiner Arbeitszeit in politische Kleinarbeit. Ich habe keine Kriege verhindern können. Nie hat mich das Fernsehen auf Barrikaden beim Ausrufen der Revolution beobachten und verwerten können. Allenfalls habe ich in meinem Land mitgeholfen, die Nachwirkungen des Nationalsozialismus einzudämmen und die parlamentarische Demokratie zu festigen.

Meine Anteilnahme war parteiisch, ich unterstütze die Sozialdemokraten; denn politisch tätig werden heißt Partei ergreifen: Schriftsteller, die über den Parteien schweben, sind allenfalls Teil jener linken Elite, die in mondäner Exklusivität den Sozialismus als Neoscholastik betreibt.

Im übrigen halte ich es für baren Unsinn, Schriftsteller nach politischem Links-rechts-Schema zu ordnen; ob gestern Thomas Mann oder heute Saul Bellow: Beiden Schriftstellern war und ist es gegeben, wechselseitig mit konservativer Skepsis die rigorose Fortschrittsgläubigkeit an ihren Pausbacken zu erkennen und mit aufklärender Schärfe die Mythenbildungen des Irrationalismus zu schlitzen.

Nachdem ich versucht habe, Ihnen, meine Damen und Herren, aus dem Alltag eines Schriftstellers zu berichten, der sich als Bürger in seinem Land gelegentlich in die Politik begeben muß, will ich versuchen, dem Thema »Literatur und Politik« einige Thesen abzugewinnen, obgleich mich Thesen, auch eigenhändig gewerkelte, mit Vorzug zum Widerspruch reizen.

Unser Thema »Literatur und Politik« scheint ein unverwüstliches zu sein. Seit Jahren wird es in Deutschland – und wie ich bemerke, auch hierzulande – auf Akademietagungen, im Nachtprogramm und während Volkshochschulkursen diskutiert.

Neuerdings, seitdem Trotzki wieder in Mode ist, wird der Diskussionsgegenstand forscher formuliert: »Literatur und Revolution«. Doch da wir uns, ohne daß die vielberufene Revolution stattgefunden hat, mittlerweile schon wieder postrevolutionär verstehen und erdulden, sei es mir erlaubt, Politik nicht als sensationelle Folge großer und die Welt radikal verändernder Ereignisse zu verstehen, sondern als etwas schneckenhaft Langsames: Fortschritt hat nichts mit Tempo zu tun.

Oft fragen mich meine Kinder, was ich mit der Politik zu schaffen habe. Ihre Fragen sind penetrant, und meine Antworten sind umständlich verlegen. Ich will versuchen, dieses eigentlich endlose Frageundantwortspiel, der Kürze halber, in zehn Thesen zu fassen:

1. Wenn ich meinen Kindern den Unterschied zwischen Literatur und Politik zu erklären versuche, sage ich: Wenn ich zu Hause bin, mache ich meistens Literatur; sobald ich verreise, geht es um Politik. Im Sitzen schreiben, im Stehen reden. Neuerdings, um mich zu widerlegen, schreibe ich an einem Stehpult.

2. Wenn meine Kinder nicht aufhören zu fragen, sage ich: Die Literatur lebt in der Gegenwart von Vergangenheit; die Politik meint die Zukunft, scheitert aber zumeist in der Gegenwart an ihrer Vergangenheit.

3. Meine Kinder hören nicht auf zu fragen. Also behaupte ich: Die Politik weiß, was sie will, und will, was sie weiß; die Literatur will wissen, was sie noch nicht weiß.

4. Meine Kinder fragen nach dem Verbleib der Moral. Ich wehre mich: Die Literatur folgt den Gesetzen der Ästhetik; die Politik folgt den Gesetzen der Macht; trotzdem verkünden Literaten und Politiker gerne, daß sie nur oder zuallererst den Gesetzen der Moral folgen. Dabei wissen wir: Die Moral der Schriftsteller ist ästhetisch; die Moral der Politiker liegt in der Ausübung der Macht. Glaubt nicht den Betschwestern! Weder Ästhetik noch Macht sind böse an sich.

5. Meine Söhne wollen wissen, warum ich nicht für die Revolution kämpfe. Ich räume ein, daß Reformen betreiben mühsamer ist, und sage: Das Wort Revolution ist oft an den gleichen Schreibtischen in Szene gesetzt worden, die später – nach beendeter Revolution – versiegelt wurden: Schriftsteller unterschätzen gerne den Wirklichkeitshunger ihrer Fiktionen.

6. Meine Kinder haben ihre Zweifel. Sie sagen: Du glaubst ja sowieso an nix. Ich gebe zu, ohne Glauben zu leben, und sage: Sobald sich der Glaube vor die Vernunft stellt, beginnt die Zerstörung der Politik wie der Literatur. Beispiele: Der Glaube an einen einzigen Gott. Der Glaube an Deutschland. Der Glaube an den wahren Sozialismus. – Allenfalls, liebe Kinder, glaube ich an den Zweifel.

7. Über Vernunft und Zweifel wollen meine Kinder mehr wissen. Die Vernunft klärt auf. Sobald sie aufklären, begegnen sich Literatur und Politik; freilich will die Politik aufklären, indem sie zu überzeugen versucht, während die Literatur aufklärt, indem sie den Zweifel betreibt. – Politik entsteht durch Kompromisse, wir leben dank politischer Kompromisse; Kompromisse zerstören die Literatur. Deshalb hat es wenig Sinn, die mittelfristige Finanzplanung oder den Mansholt-Plan in freie Verse zu setzen; so wenig

es sinnvoll ist, über die Dramaturgie einer Tragödie durch demokratische Abstimmung einen Mehrheitsbeschluß herbeiführen zu wollen: Die Politik bedarf der parlamentarischen Kontrolle; die Literatur ist zuallererst sich selbst verantwortlich.

8. Also, sagen meine Kinder, haben Literatur und Politik nichts miteinander zu tun. Ich gebe zu: Literatur und Politik reden zumeist aneinander vorbei; nur ihr Echo mischt sie: Kulturpolitik.

9. Aber du bist doch mit Politikern befreundet, rufen meine Söhne. Die Freundschaft zwischen Schriftstellern und Politikern lebt vom Mißtrauen: Diese halten jene und jene halten diese für zu einseitig. Doch darin stimmen sie überein: Die Pille wird die Gesellschaft stärker verändern, als es Literatur und Politik vermögen, zumal die Pille die Politik und also auch die Literatur verändern wird.

10. Zum Schluß wollen meine Kinder wissen, warum ich mich als Schriftsteller, der eigentlich genug verdient, so zeitraubend für Politik interessiere. Ich antworte bürgerlich egoistisch: Damit ich weiter schreiben darf, was ich schreiben muß.

Dreht euch nicht um

Geh nicht in den Wald,
im Wald ist der Wald.
Wer im Wald geht,
Bäume sucht,
wird im Wald nicht mehr gesucht.

Hab keine Angst,
die Angst riecht nach Angst.
Wer nach Angst riecht,
den riechen
Helden, die wie Helden riechen.

Trink nicht vom Meer,
das Meer schmeckt nach mehr.
Wer vom Meer trinkt,
hat fortan
nur noch Durst auf Ozean.

Bau dir kein Haus,
sonst bist du zu Haus.
Wer zu Haus ist,
wartet auf
spät Besuch und macht auf.

Schreib keinen Brief,
Brief kommt ins Archiv.
Wer den Brief schreibt,
unterschreibt,
was von ihm einst überbleibt.

VII

»Der Autor als fragwürdiger Zeuge«

Rückblick auf die Blechtrommel – oder
Der Autor als fragwürdiger Zeuge.
Ein Versuch in eigener Sache

In der Sendereihe des WDR *»wie ich anfing«, Dezember 1973*

Kaum hatte der Autor die letzten Druckfahnen korrigiert, verließ ihn sein Buch; das war vor vierzehn Jahren, seitdem ist mir die »Blechtrommel« abhanden gekommen. Ins Kroatische, Japanische, Finnische übersetzt, ist es ihr Ehrgeiz, den Kleinbürgern aller Länder verquer zu sein. Danzig-Langfuhr, meine verlorene Provinz, hat sich international verflüchtigt.

Es ist, als sei mir der Zugang durch fugendicht gestapelte Urteile und Vorurteile versperrt worden, denn nie habe ich die »Blechtrommel« als ausgedrucktes Buch im Zusammenhang gelesen. Was gute fünf Jahre lang als Entwurf oder Vorprodukt, als erste, zweite und dritte Niederschrift meine Lebensgewohnheiten und Traumübungen bestimmt hatte, ist wie abgetan. Danach entstandene Bücher – »Hundejahre«, die Gedichtbände – sind mir greifbar geblieben.

Man könnte es berufsnotorischen Ekel nennen, der mir die Lektüre der gebundenen »Blechtrommel« bis heute vermiest hat. Denn auch jetzt, dazu aufgefordert, vom Entstehen meines ersten Romans Bericht zu geben, bleibt es beim ziellosen Blättern und Anlesen einiger Kapitelanfänge; vorerst bin ich nur unzulänglich bereit, meine Bedingungen und Anstöße von damals neugierig zu sichten, beinahe ängstlich, ich könnte mir auf die Schliche kommen. Der Autor über sein Buch: ein fragwürdiger Zeuge.

Geradezu Inkompetenz gestehend, kann ich allenfalls Restbestände zuhauf kehren und versuchen, jene konstruktiven Lügen zu vermeiden, die als Stecklinge das Treibhaus Germanistik produktiv machen.

Keine kreative Gewißheit (ob und wie), kein seit langem zugespitzter Entschluß (Ich werde jetzt!), kein höherer Auftrag und Fingerzeig (begnadetes Müssen) stellten mich vor die Schreibmaschine; das zuverlässigste Triebwerk war wohl – weil ja Distanzen eingeholt werden mußten – mein kleinbürgerliches Herkommen, dieser miefgesättigte, durch abgebrochene Gymnasialbildung – ich blieb Obertertianer – gesteigerte Größenwahn, etwas Unübersehbares hinstellen zu wollen. Ein gefährlicher Antrieb, der oft die Hybris ansteuert. Und nur weil ich mein Herkommen und seine Treibkraft kannte, bediente ich es, bei aller Anstrengung, spielend und kühl: Schreiben als distanzierter, darum ironischer Vorgang, der sich privat einleitet, so öffentlich seine Ergebnisse später auftrumpfen oder zu Fall kommen.

1954 starb meine Mutter im Alter von sechsundfünfzig Jahren. Und weil Helene Grass nicht nur ein kleinbürgerliches Gemüt gehabt hat, sondern auch entsprechend theaterliebend gewesen ist, hat sie ihren zwölf-dreizehnjährigen Sohn, der gerne Lügengeschichten tischte und ihr Reisen nach Neapel und Hongkong, Reichtum und Persianermäntel versprach, spöttisch Peer Gynt genannt. Fünf Jahre nach ihrem Tod erschien die »Blechtrommel« und wurde zu dem, was sich Peer Gynt womöglich unter Erfolg vorgestellt haben mag. Immer schon hatte ich meiner Mutter irgendwas beweisen wollen; doch erst ihr Tod setzte den Antrieb frei.

Insofern bliebe ich wohl im Nachteil, wollte ich mich mit Autoren messen, denen gesellschaftliche Verpflichtung die Schreibmaschine salbt, die also nicht heillos ichbezogen, sondern sozial aufs Ganze bedacht ihrer Aufgabe nachgehen. Mich hat nicht edle Absicht getrieben, die deutsche

Nachkriegsliteratur um ein robustes Vorzeigestück zu bereichern. Und auch der damals billigen Forderung nach »Bewältigung deutscher Vergangenheit« wollte und konnte ich nicht genügen, denn mein Versuch, den eigenen (verlorenen) Ort zu vermessen und mit Vorzug die Ablagerungen der sogenannten Mittelschicht (proletarisch-kleinbürgerlicher Geschiebemergel) Schicht um Schicht abzutragen, blieb ohne Trost und Katharsis. Vielleicht gelang es dem Autor, einige neu anmutende Einsichten freizuschaufeln, schon wieder vermummtes Verhalten nackt zu legen, der Dämonisierung des Nationalsozialismus mit kaltem Gelächter den verlogenen Schauer regelrecht zu zersetzen und der bis dahin ängstlich zurückgepfiffenen Sprache Auslauf zu schaffen; Vergangenheit bewältigen konnte (wollte) er nicht.

Artistisches Vergnügen, Spaß an wechselnden Formen und die entsprechende Lust, auf Papier Gegenwirklichkeiten zu entwerfen, kurz, das Werkzeug für gleich welchen künstlerischen Versuch war da und wartete auf Widerstände: gefräßigen Stoff. Doch auch der Stoff war da und wartete auf Umsatz. Angst vor seinen Ausmaßen und der Zustand lässiger Zerstreutheit hinderten mich vorerst, die große Anstrengung zu machen.

Abermals waren es private Anlässe, die mich freisetzten. Denn als ich nach dem Tod meiner Mutter im Frühjahr 1954 Anna Margaretha Schwarz heiratete, begann eine Zeit der Konzentration, der bürgerlichen Arbeits- und Leistungsmoral und auch des strammen Vorsatzes, all jenen etwas beweisen zu wollen, die mir (angeheiratet) ins nicht vorhandene Haus geschneit waren: solide Schweizer Bürger von bescheiden-puritanischer Lebensart, die meinem zappelnden Turnen an zu großen Geräten mit Nachsicht und liberalem Kunstverstand zuschauten.

Ein komisches Unterfangen, zumal Anna, seit kurzer Zeit

erst der großbürgerlichen Obhut entlaufen, eher Unsicherheit suchte und sich (wenn auch behutsam) inmitten Berliner Nachkriegsbohème ausprobieren wollte. Gewiß hatte sie nicht vor, Ehefrau eines sogenannten Großschriftstellers zu werden.

Doch so interessant die Interessen des kleinbürgerlichen Aufsteigers mit den emanzipatorischen Wünschen der Tochter aus großbürgerlichem Haus kollidiert haben mögen, die Heirat mit Anna machte mich zielstrebig, auch wenn das auslösende literarische Moment für die spätere Niederschrift der »Blechtrommel« vor unserer Bekanntschaft zu datieren ist.

Im Frühjahr und Sommer 1952 machte ich eine Autostoppreise kreuz und quer durch Frankreich. Ich lebte von nichts, zeichnete auf Packpapier und schrieb ununterbrochen: Sprache hatte mich als Durchfall erwischt. Neben (ich glaube) reichlich epigonalen Gesängen über den entschlafenen Steuermann Palinurus entstand ein langes und auswucherndes Gedicht, in dem Oskar Matzerath, bevor er so hieß, als Säulenheiliger auftrat.

Ein junger Mann, Existentialist, wie es die Zeitmode vorschrieb. Von Beruf Maurer. Er lebte in unserer Zeit. Wild und eher zufällig belesen, geizte er nicht mit Zitaten. Noch bevor der Wohlstand ausbrach, war er des Wohlstandes überdrüssig: schier verliebt in seinen Ekel. Deshalb mauerte er inmitten seiner Kleinstadt (die namenlos blieb) eine Säule, auf der er angekettet Stellung bezog. An langer Stange versorgte ihn seine schimpfende Mutter mit Mahlzeiten im Henkelmann. Ihre Versuche, ihn zurückzulocken, wurden von einem Chor mythologisch frisierter Mädchen unterstützt. Um seine Säule kreiste der Kleinstadtverkehr, versammelten sich Freunde und Gegner, schließlich eine aufblickende Gemeinde. Er, der Säulenheilige, allem enthoben, schaute herab, wechselte gelassen Stand- und Spielbein, hatte seine Perspektive gefunden und reagierte metapherngeladen.

Dieses lange Gedicht war schlecht gelungen, ist irgendwo liegengeblieben, hat sich mir nur in Bruchstücken erhalten, die allenfalls zeigen, wie stark ich gleichzeitig von Trakl und Apollinaire, von Ringelnatz und Rilke, von miserablen Lorca-Übersetzungen beeinflußt gewesen bin. Interessant alleine blieb die Suche nach einer entrückten Perspektive: Der überhöhte Standpunkt des Säulenheiligen war zu statisch. Erst die dreijährige Größe des Oskar Matzerath bot gleichzeitig Mobilität und Distanz. Wenn man will, ist Oskar Matzerath ein umgepolter Säulenheiliger.

Noch im Spätsommer des gleichen Jahres, als ich mich, aus Südfrankreich kommend, über die Schweiz in Richtung Düsseldorf bewegte, traf ich nicht nur zum erstenmal Anna, sondern wurde auch, durch bloße Anschauung, der Säulenheilige abgesetzt. Bei banaler Gelegenheit, nachmittags, sah ich zwischen Kaffee trinkenden Erwachsenen einen dreijährigen Jungen, dem eine Blechtrommel anhing. Mir fiel auf und blieb bewußt: die selbstvergessene Verlorenheit des Dreijährigen an sein Instrument, auch wie er gleichzeitig die Erwachsenenwelt (nachmittäglich plaudernde Kaffeetrinker) ignorierte.

Gute drei Jahre lang blieb diese »Findung« verschüttet. Ich zog von Düsseldorf nach Berlin um, wechselte den Bildhauerlehrer, traf Anna wieder, heiratete im Jahr drauf, holte meine Schwester, die sich verrannt hatte, aus einem katholischen Kloster, zeichnete und modellierte vogelartige Gebilde, Heuschrecken und filigrane Hühner, verunglückte an einem ersten längeren Prosaversuch, der »Die Schranke« hieß und dem Kafka das Muster, die Frühexpressionisten den Metaphernaufwand geliehen hatten, schrieb dann erst, weil weniger angestrengt, die ersten lockeren Gelegenheitsgedichte, zeichnend geprüfte Gebilde, die vom Autor

Abstand nahmen und jene Selbständigkeit gewannen, die Veröffentlichung erlaubt: »Die Vorzüge der Windhühner«, mein erstes Buch, englische Broschur, Gedichte und Zeichnungen.

Danach – aber immer noch Bildhauer, hauptberuflich – entstanden kurze Szenen, Einakter wie »Onkel, Onkel« und »Hochwasser«, die ich, mittlerweile eingeladen zu den Tagungen der Gruppe 47, mit einigem Erfolg vortrug. Auch entwarf ich (weil Anna tanzte) Ballettlibretti.

So hat es Versuche gegeben, einige Handlungsabläufe, die später zu »Blechtrommel«-Kapiteln wurden, als Ballettvorlagen zu konzipieren, etwa das Anfangskapitel »Der weite Rock«, die Geschichte der Galionsfigur »Niobe«, »Die letzte Straßenbahn«, mit der später Oskar Matzerath und sein Freund Vittlar durchs nächtliche Düsseldorf fuhren, auch Szenen, in denen die polnische Kavallerie deutsche Panzerwagen attackierte. Daraus wurde nichts. Das blieb liegen. Das wanderte alles in den epischen Reißwolf.

Mit solchem Gepäck – gestauter Stoff, ungenaue Vorhaben und präziser Ehrgeiz: ich wollte meinen Roman schreiben, Anna suchte ein strengeres Ballettexercice – verließen wir Anfang 1956 mittellos, aber unbekümmert Berlin und zogen nach Paris. In der Nähe vom Place Pigalle fand Anna in Madame Nora eine gestrenge russische Ballettmutter; ich begann, noch während ich an dem Theaterstück »Die bösen Köche« feilte, mit der ersten Niederschrift eines Romans, der wechselnde Arbeitstitel trug: »Oskar der Trommler«, »Der Trommler«, »Die Blechtrommel«.

Und hier genau sperrt sich meine Erinnerung. Zwar weiß ich, daß ich mehrere Pläne, den gesamten epischen Stoff raffend, grafisch entworfen und mit Stichworten gefüllt habe, doch diese Pläne hoben sich auf und wurden, bei fortschreitender Arbeit, entwertet.

Doch auch die Manuskripte der ersten und zweiten Fassung, schließlich der dritten, fütterten jenen Heizungsofen in meinem Arbeitsraum, von dem noch die Rede sein wird; bei aller mir damals möglichen Verstiegenheit ist es dennoch nie meine Absicht gewesen, Germanisten und deren Geilheit nach Sekundärem mit Textvarianten zu füttern.

Mit dem ersten Satz: »Zugegeben: ich bin Insasse einer Heil- und Pflegeanstalt...« fiel die Sperre, drängte Sprache, liefen Erinnerungsvermögen und Phantasie, spielerische Lust und Detailobsession an langer Leine, ergab sich Kapitel aus Kapitel, hüpfte ich, wo Löcher den Fluß der Erzählung hemmten, kam mir Geschichte mit lokalen Angeboten entgegen, sprangen Döschen und gaben Gerüche frei, legte ich mir eine wildwuchernde Familie zu, stritt ich mit Oskar Matzerath und seinem Anhang um Straßenbahnen und deren Linienführung, um gleichzeitige Vorgänge und den absurden Zwang der Chronologie, um Oskars Berechtigung, in erster oder dritter Person zu berichten, um seinen Anspruch, einen Sohn zeugen zu wollen, um seine wirklichen Verschuldungen und um seine fingierte Schuld.

So ist mein Versuch, ihm, dem Einzelgänger, ein boshaftes Schwesterchen zuzuschreiben, an Oskars Einspruch gescheitert; es mag sein, daß die verhinderte Schwester später als Tulla Pokriefke auf ihrem literarischen Existenzrecht bestanden hat.

Um eine oft gestellte und allseits beliebte Frage noch einmal zu beantworten: Ich schrieb für kein Publikum, denn ein Publikum kannte ich nicht. Aber erstens, zweitens und drittens schrieb ich für mich, für Anna, für Freunde und Bekannte, die zufällig anreisten und sich Kapitel anhören mußten; und für ein imaginäres Publikum, das ich mir kraft Vorstellung herbeizitierte, habe ich geschrieben. Es hockten um meine Schreibmaschine Tote und Lebende: mein detailversessener Freund Geldmacher, mit dickglasiger Brille mein literarischer Lehrer Alfred Döblin, meine literaturkundige und gleichwohl an das Schöne Wahre Gute glaubende Schwiegermutter, Rabelais, flüchtend auf Durchreise, mein ehemaliger Deutschlehrer, dessen Schrullen ich heute noch nützlicher nenne als das pädagogische Dörrobstangebot unserer Tage, und meine verstorbene Mutter, deren Einwänden und Berichtigungen ich mit Dokumenten zu begegnen versuchte; aber sie glaubte mir nur mit Vorbehalt.

Wenn ich genau zurückhöre, habe ich mit diesem nicht unkritischen Publikum längere Gespräche geführt, die, wären sie aufgezeichnet und als Anhang geordnet worden, dem Endprodukt gute zweihundert Seiten angereichert hätten.

Oder der Heizungsofen in der Avenue d'Italie 111 hätte den Anhang geschluckt. Oder auch diese Gespräche sind nachgeliefert Fiktion. Denn viel genauer als an Schreibvorgänge erinnere ich mich an meinen Arbeitsraum: ein feuchtes Loch zu ebener Erde, das mir als Atelier für angefangene, doch, seit Beginn der Blechtrommelniederschrift, bröckelnde Bildhauerarbeiten diente. Gleichzeitig war mein Arbeitsraum Heizkeller unserer darüber liegenden winzigen Zweizimmerwohnung. In den Schreibvorgang war meine Tätigkeit als Heizer verzahnt. Sobald die Manuskriptarbeit ins Stocken geriet, ging ich aus einem Kellerverschlag des Vorderhauses mit zwei Eimern Koks holen. In meinem Arbeitsraum roch es nach Mauerschwamm und anheimelnd gasig. Rinnende Wände hielten meine Vorstellung in Fluß. Die Feuchte des Raumes mag Oskar Matzeraths Witz gefördert haben.

Einmal im Jahr, während der Sommermonate, durfte ich, weil Anna Schweizerin ist, ein paar Wochen lang in freier Luft im Tessin schreiben. Dort saß ich unter einer Weinlaubpergola an einem Steintisch, schaute auf die flimmernde Kulissenlandschaft der südlichen Region und beschrieb schwitzend die vereiste Ostsee.

Manchmal, um die Luft zu wechseln, kritzelte ich Kapitelentwürfe in Pariser Bistros, wie sie in Filmszenen konserviert sind: zwischen tragisch-verschlungenen Liebespaaren, alten, in ihren Mänteln versteckten Frauen, Spiegelwänden und Jugendstilornamenten etwas über Wahlverwandtschaften: Goethe und Rasputin.

Fortwährend blieb Anna diesem vier Jahre anhaltenden Arbeitsvorgang konfrontiert. Gemeint ist nicht nur das Anhörenwollen und manchmal auch -müssen längerer, oft nur im Detail schwankender Zwischenergebnisse, denn – rückblickend – mag es wohl schwieriger für Anna gewesen sein, in diesem entrückten und allenfalls in Gestalt von Zigarettenqualm anwesenden Mann jemanden zu erkennen, mit dem man verheiratet ist. Als ihr mögliche Person war ich weitgehend unbekömmlich, weil nahezu ausschließlich vom Personal meiner Fiktion abhängig: ein koordinierendes Instrument, das eine Vielzahl von Schaltungen bedienen mußte, angeschlossen an mehrere, einander ins Wort fallende Bewußtseinsschichten; man nennt es: besessen.

Und dennoch muß ich während der gleichen Zeit kräftig gelebt, fürsorglich gekocht und aus Freude an Annas Tanzbeinen bei jeder sich bietenden Gelegenheit getanzt haben, denn im September 1957 – ich steckte inmitten der zweiten Niederschrift – wurden unsere Zwillingssöhne Franz und Raoul geboren. Kein Schreib-, nur ein finanzielles Problem. Schließlich lebten wir von genau eingeteilten 300,– DM im Monat, die ich wie nebenbei verdiente: Auf den alljährlichen Tagungen der Gruppe 47 verkaufte ich Zeichnungen und Lithografien; Höllerer kam ab und zu nach Paris und förderte, seiner Natur entsprechend, durch Aufträge und Manuskriptannahme; im fernen Stuttgart ließ Heißenbüttel meine unaufgeführten Theaterstücke als Hörspiele senden; doch im Jahr drauf, als ich schon an der letzten Fassung bosselte, bekam ich mit dem Preis der Gruppe 47 zum erstenmal dickes Geld in die Hand: runde 5 000,– DM; davon kauften wir einen Plattenspieler, der heute noch Laut gibt und unserer Tochter Laura gehört.

Manchmal glaube ich, daß mich die bloße, doch Vater und Mutter grämende Tatsache, kein Abitur gemacht zu haben, geschützt hat. Denn mit Abitur hätte ich sicher Angebote bekommen, wäre ich Nachtprogrammredakteur geworden, hätte ich ein angefangenes Manuskript in der Schublade gehütet und als verhinderter Schriftsteller wachsenden Groll auf all jene gehortet, die auf freier Wildbahn so vor sich hin schrieben, und der himmlische Vater nährte sie doch.

Zwischendurch Gespräche mit Paul Celan; oder besser, war ich Publikum seiner Monologe. Zwischendurch Politik nahebei: Mendès-France und die Milch, Razzien im Algerierviertel – oder in Zeitungen verpackt: der polnische Oktober, Budapest, Adenauers absoluter Wahlsieg. Zwischendurch Löcher.

Die Arbeit an der Schlußfassung der Kapitel über die Verteidigung der Polnischen Post in Danzig machte im Frühjahr 1958 eine Reise nach Polen notwendig. Höllerer vermittelte, Andrzej Wirth schrieb die Einladung, und über Warschau reiste ich nach Gdańsk. Mutmaßend, daß es noch überlebende ehemalige Verteidiger der Polnischen Post gäbe, informierte ich mich im polnischen Innenministerium, das ein Büro unterhielt, in dem Dokumente über deutsche Kriegsverbrechen in Polen gestapelt lagen. Man gab mir Adressen von drei ehemaligen polnischen Postbeamten (letzte Anschrift aus dem Jahr 49), sagte aber einschränkend, diese angeblich Überlebenden seien von der polnischen Postarbeitergewerkschaft (und auch sonst offiziell) nicht anerkannt worden, weil es im Herbst 1939 nach deutscher und polnischer Fassung öffentlich geheißen habe, alle seien erschossen worden: standrechtlich. Deshalb habe man auch alle Namen in die steinerne Gedenkplatte gehauen, und wer in Stein gehauen sei, lebe nicht mehr.

In Gdańsk suchte ich Danzig, fand auch zwei der ehemaligen polnischen Postbeamten, die mittlerweile auf der Werft Arbeit gefunden hatten, dort mehr als auf der Post verdienten und eigentlich zufrieden waren mit ihrem nicht anerkannten Zustand. Doch die Söhne wollten ihre Väter heldisch sehen und betrieben (erfolglos) deren Anerkennung: als Widerstandskämpfer. Von beiden Postbeamten (einer war Geldbriefträger gewesen) erhielt ich detaillierte Beschreibungen der Vorgänge in der Polnischen Post während der Verteidigung. Ihre Fluchtwege hätte ich nicht erfinden können.

In Gdańsk schritt ich Danziger Schulwege ab, sprach ich auf Friedhöfen mit anheimelnden Grabsteinen, saß ich (wie ich als Schüler gesessen hatte) im Lesesaal der Stadtbibliothek und durchblätterte Jahrgänge des »Danziger Vorposten«, roch ich Mottlau und Radaune. In Gdańsk war ich fremd und fand dennoch in Bruchstücken alles wieder: Badeanstalten, Waldwege, Backsteingotik und jene Mietskaserne im Labesweg, zwischen Max-Halbe-Platz und Neuem Markt; auch besuchte ich (auf Oskars Anraten) noch einmal die Herz-Jesu-Kirche: der stehengebliebene katholische Mief.

Und dann stand ich in der Wohnküche meiner kaschubischen Großtante Anna. Erst als ich ihr meinen Paß zeigte, glaubte sie mir: »Nu Ginterchen, biss abä groß jeworden.« Dort blieb ich einige Zeit und hörte zu. Ihr Sohn Franz, ehemals Angestellter der Polnischen Post, war nach der Kapitulation der Verteidiger tatsächlich erschossen worden. In Stein gehauen fand ich seinen Namen auf der Gedenkplatte, anerkannt.

Auf der Rückreise machte ich in Warschau die Bekanntschaft des heute in der Bundesrepublik namhaften Kritikers Marcel Reich-Ranicki. Freundlich wollte Ranicki von jenem jungen Mann, der sich als deutscher Schriftsteller ausgab, wissen, welcher Art und gesellschaftlichen Funktion sein Manuskript sei. Als ich ihm die »Blechtrommel« in Kurzfassung erzählte (»Junge stellt dreijährig Wachstum ein...«), ließ er mich stehen und rief verstört Andrzej Wirth an, der unsere Bekanntschaft vermittelt hatte: »Paß auf! Das ist kein deutscher Schriftsteller. Das ist ein bulgarischer Agent.« – In Polen fiel es auch mir schwer, meine Identität zu beweisen.

Als ich im Frühjahr 1959 die Manuskriptarbeit beendet, die Druckfahnen korrigiert, den Umbruch verabschiedet hatte, erhielt ich ein viermonatiges Stipendium. Höllerer hatte mal wieder vermittelt. In die Vereinigten Staaten sollte ich reisen und vor Studenten ab und zu Fragen beantworten. Aber ich durfte nicht. Damals mußte man noch, um ein Visum zu bekommen, eine penible ärztliche Untersuchung durchlaufen. Das tat ich und erfuhr, daß sich an etlichen Stellen meiner Lunge Tuberkulome, knotenartige Gebilde, gezeigt hätten: Wenn Tuberkulome aufbrechen, machen sie Löcher.

Deshalb, auch weil in Frankreich inzwischen de Gaulle an die Macht gekommen war und ich nach einer Nacht in französischem Polizeigewahrsam geradezu Sehnsucht nach bundesdeutscher Polizei bekam, verließen wir, kurz nachdem die »Blechtrommel« als Buch erschienen war (und mich verlassen hatte) Paris und siedelten uns wieder in Berlin an. Dort mußte ich mittags schlafen, auf Alkohol verzichten, mich regelmäßig untersuchen lassen, Sahne trinken und kleine weiße Tabletten, die, glaube ich, Neoteben hießen, dreimal täglich schlucken: was mich gesund und dick gemacht hat.

Doch noch in Paris hatte ich mit den Vorarbeiten für den Roman »Hundejahre« begonnen, der anfangs »Kartoffelschalen« hieß und nach falscher Konzeption begonnen wurde. Erst die Novelle »Katz und Maus« zerschlug mir das kurzatmige Konzept. Doch dazumal war ich schon berühmt und mußte beim Schreiben nicht mehr die Heizung mit Koks füttern. Schreiben fällt schwerer seitdem.

Habe ich alles gesagt? – Mehr, als ich wollte. Habe ich Wichtiges verschwiegen? – Bestimmt. Kommt noch ein Nachtrag? – Nein.

Nacht im Telgter Brückenhof

Aus *Das Treffen in Telgte*

In seiner Kammer, die er mit seinem Widerpart Rist teilte, reihte Zesen noch lange Klangwörter, bis er über einem Vers, in dem dunsig dunsende Leichen dem Fleisch der Rosemunde und seinem Fleisch gleichen sollten, in Schlaf fiel.

Inzwischen war von Osnabrück über die Ems, am Brückenhof vorbei, ein Kurier nach Münster unterwegs; ein anderer ritt in umgekehrte Richtung: Beide eilten mit Neuigkeiten, die sich, ans Ziel gebracht, veraltet lasen. Die Hofhunde schlugen an.

Dann stand der volle Mond, nachdem er sich lange Zeit über dem Fluß gefallen hatte, über dem Wirtshaus und seinen Gästen. Seinem Einfluß entzog sich niemand. Von ihm ging Wechsel aus.

Deshalb werden sich auf dem Dachboden die drei Paare im Stroh anders und jeweils gegenteilig gebettet haben; denn als sie im Morgengrauen erwachten, fand sich Greflinger, der zu Beginn der Strohlagernacht bei der zierlichen Magd gelegen hatte, nun bei der knochigen, die Marthe hieß. Die füllige Magd jedoch, die namens Elsabe anfangs dem stillen Scheffler beigelegen war, sah sich bei Birken liegen, während die zierliche Magd Marie, die zuerst Greflinger zugefallen war, nun mit Scheffler wie verkettet im Schlaf lag. Und wie sie aneinander erwachten und sich (vom Mond bewegt) fremd gepaart sahen, wollten sie so nicht liegen, wußten aber nicht mehr namentlich, mit wem sie sich anfangs ins Stroh geworfen hatten. Zwar meinte

jeder und jede, bei neuem Wechsel jetzt wieder richtig zu
liegen, aber der längst woanders volle Mond wirkte noch
immer. Wie von jener untreuen Flora gerufen, die seinen
Liedern Schmelz gegeben hatte, doch seit Jahren eines
anderen Eheweib war, kroch der überall, auch den Rücken
lang schwarzhaarige Greflinger zur fülligen Magd Elsabe;
die zierliche Marie warf sich dem engelhaften Schmoll-
mund Birken zu, der immer, ob bei der knochigen, der fülligen, nun der allerzierlichsten Magd, bei Nymphen zu liegen glaubte; und die lange grobknochige Marthe zwang
Scheffler zwischen ihr Gliederwerk, um ihm, wie es zuvor
die fleischige Magd und die zierlichste aller Mägde getan,
jene Verheißung zu erfüllen, die ihm am Vortag das hölzer-
ne Telgter Vesperbild bedeutet hatte. Und Mal nach Mal
wollte dem schmächtigen Studenten mit dem Erguß die
Seele in Fluß geraten.

So kam es, daß alle sechs zum dritten Mal das Stroh auf
dem Dachboden zu dreschen begannen, worauf jeder mit
jeder und jede mit jedem bekannt war; kein Wunder, daß
die Beischläfer nicht hörten, was sonst noch in den frühen
Morgen hinein geschah.

Ich weiß es. Da führten fünf Reiter ihre gesattelten Pferde
aus dem Stall in den Hof. Gelnhausen war dabei. Keine
Tür knarrte, kein Eisen schlug an. Ohne Laut gingen die
Pferde im Schritt. Mit Lappen waren die Hufe umwickelt.
Und mit sicherer Hand – kein Leder klatschte, im Spund
die Deichsel geölt – bespannten zwei Musketiere einen der
Planwagen, den die Kaiserlichen in Oesede requiriert hatten. Ein dritter trug für die beiden und sich die Musketen
herbei und schob sie unter die Plane. Kein Wort mußte gewechselt werden. Alles lief ab wie geübt. Die Hofköter
kuschten.

Nur die Wirtin des Brückenhofes flüsterte mit Gelnhausen, dem sie Anweisungen geben mochte, denn der Stoffel,

schon hoch zu Roß, nickte mehrmals und setzte ihrem Gerede Punkte. Als sei es ihr vorgeschrieben, stand die Libuschka (vormals Courage gerufen) in eine Pferdedecke gewickelt, dem einstigen Jäger von Soest daneben, dem immer noch (schon wieder) das grüne, gülden geknöpfte Wams zum Federhut kleidsam war.

Einzig Paul Gerhardt erwachte in seiner Kammer, als das Gespann den Planwagen anzog und die Kaiserlichen vom Hof ritten. Gerade noch sah er, wie sich Gelnhausen im Sattel wendete, seinen Degen zog und mit der freien Hand lachend der Wirtin winkte, die kein Zeichen zurückgab, sondern starr unter der Decke auch dann noch im Hof stand, als Reiter und Wagen schon von den Erlen verdeckt und bald vom Emstor verschluckt waren.

Jetzt begannen die Vögel. Oder erst jetzt hörte Gerhardt, mit wieviel Vögeln der Morgen um Telgte begonnen hatte. Die Lerchen, die Finken, Amseln, Meisen, die Stare. Im Holundergebüsch hinterm Stall, aus der Rotbuche, die mitten im Hof stand, aus den vier Linden, die der Wetterseite des Brückenhofes vorgepflanzt waren, im Wildwuchs der Birken und Erlen, die vom Gestrüpp des äußeren Emsufers eingeholt standen, auch aus den Nestern, die sich die Sperlinge in das verwitterte, zum hinteren Giebel schadhafte Reetdach gebaut hatten, von überall her begann mit den Vögeln der Morgen. (Hähne gab es nicht mehr am Ort.)

Als sich die Wirtin Libuschka aus ihrer Haltung löste und langsam, unter Kopfwiegen, bei weinerlichem Gebrabbel vom Hof schlurfte, war sie, die gestern krakeelig den Ton angegeben und den Herren als immer noch tüchtiges Ziel gegolten hatte, nun eine alte Frau: alleingelassen mit sich, in ihre Pferdedecke gehüllt.

Weshalb Paul Gerhardt, der jetzt erst sein Morgengebet zu sprechen begann, die arme Courage in seine Fürbitte einschloß: Es möge der Herrgott und barmherzige Vater das unselige Weib um ihrer Sünden wegen nicht allzu hart mit seinem Zorn strafen und künftigen Frevel ihr nachsehen, weil ja der Krieg dieses Weib so gemacht und mit ihr manchen Frommen vertiert habe. Dann bat er, wie seit Jahren schon jeden Morgen, um baldigen Frieden, der allen Rechtgläubigen Schutz, den Irrenden aber und Leugnern des wahren Gottes entweder endliche Einsicht oder verdiente Strafe bringen solle. Zu den Irrenden zählte der fromme Mann nicht nur, wie hergebracht für einen strenggläubigen Altlutheraner, die Katholischen der pfäffischen Partei, sondern auch Hugenotten, Zwinglianer und Calvinisten, desgleichen alle mystischen Schwärmer; weshalb ihm die schlesische Frömmigkeit unheimlich war.

Nur in seinem Begriff von Gott war Gerhardt fromm – und in seinen Liedern, die weiter trugen, als er in seiner Enge dulden wollte. Seit Jahren schon, solange er sich im städtischen Berlin als Hauslehrer mühte und vergeblich auf eine Pfarrei hoffte, kamen ihm einfache Wörter, die gering an Zahl dennoch genug waren, um immer neue Lieder für die lutherischen Kirchgemeinden vielstrophig zu reimen, so daß man überall beim Hausgebrauch und wo der Krieg Kirchen gelassen hatte (bis in katholische Gegend hinein) dem frommen Gerhardt nachsang: auf alte Weise und nach schlichten Melodien, die ihm Crüger und später Ebeling setzten; etwa das Morgenlied »Wach auf, mein Herz, und singe...«, dessen erste Strophe »...Dem Schöpfer aller Dinge, Dem Geber aller Güter, Dem frommen Menschenhüter...« unterwegs nach Telgte zu Papier gekommen war und bald darauf neunstrophig von Johann Crüger vertont werden sollte.

Selbst wenn Gerhardt gekonnt hätte, wollte er anderes, Oden, kunstvolle Klinggedichte, Satirisches oder verbuhlte Schäfereien gar, nicht und für niemand schreiben. Er war kein Literat und hatte mehr vom Volkslied übernommen als von Opitz (und dessen Sachwalter Buchner) gelernt. Seine Lieder nahmen Natur auf und redeten nicht in Figuren. Deshalb hatte er sich anfangs geweigert, beim Poetentreffen dazwischen zu sein. Einzig Dach zum Gefallen, dessen praktische Frömmigkeit gerade noch in seinen Religionsbegriff paßte, war er gekommen, um dann doch, wie vorgeahnt, Anstoß zu nehmen an jedermann: an des Hoffmannswaldau unablässigem Wortwitz, am eitlen, noch immer nicht leergemolkenen Weltekel des Gryphius, am wirren Schöngeschwätz des angeblich so begabten Zesen, an Laurembergs ewigem Aufguß der nämlichen Satire, an Czepkos pansophischen Zweideutigkeiten, Logaus Lästerzunge, Rists Getöse und am geschäftigen Hin und Her der Verleger. All das, der Literaten schnellfertige Rederei und ihr allzeit vorgestelltes Vielwissen, war ihm dergestalt zuwider, daß er, der nur für sich (seinen Eigensinn) stand und keiner Dichtergesellschaft zugezählt wurde, kaum angekommen wieder nach Hause wollte; aber der fromme Mann blieb.

Und als Paul Gerhardt, nach der Fürbitte für die verruchte Wirtin und der Verdammung der Feinde des wahren Glaubens, in seinem Morgengebet fortfuhr, flehte er lange um Erleuchtung seines calvinistischen Landesfürsten, der zu Hunderten Hugenotten und sonstige Irrläufer als Neusiedler in die Mark rief, weshalb ihn Gerhardt nicht lieben konnte. Dann schloß er die Dichter in sein Gebet ein.

Er bat den allmächtigen Gott und Vater, die hochgelehrten und dennoch abgrundtief irrenden Herren, den weltklugen Weckherlin und den aus dunkler Herkunft zwielichtenden Moscherosch, den schlimmen Greflinger und sogar den närrischen Stoffel, obzwar der katholisch, mit rechten Worten zu begaben. Die Finger verschränkt, rang er seiner Inbrunst die Bitte ab: Es möge die Versammlung in allem seine, des höchsten Richters Herrlichkeit preisen.

Seinem Morgengebet nachgestellt, erbat er für sich die langerhoffte Zuweisung einer Pfarrei, wenn möglich im Märkischen; doch erst vier Jahre später wurde Paul Gerhardt Propst von Mittenwalde, wo er endlich die schon angejahrte Liebe seiner Hauslehrerzeit, seine Schülerin Anna Berthold, heiraten durfte und weiterhin Strophenlied nach Strophenlied schrieb.

Da schlug Simon Dach in der Kleinen Wirtsstube die Glocke an. Wer noch nicht wach war, fiel aus dem Schlaf. Die Jungen fanden sich auf dem Dachboden ohne Mägde im Stroh. Marthe, Elsabe und Marie waren schon in der Küche rührig. Sie schnitten Altbrot in die Morgensuppe, von der auch Heinrich Schütz aß, als er fremd und doch allen bekannt zwischen Gerhardt und Albert am langen Tisch saß.

Bin ich nun Schreiber oder Zeichner?

Als ich kürzlich eine Erzählung schrieb, in deren Verlauf sich gegen Ende des Dreißigjährigen Krieges zwei Dutzend barocke Schriftsteller versammeln, um einander aus ihren Manuskripten vorzulesen, suchte ich nach einem Ausdruck ihrer verzweifelten Lage, fand ihn zuerst im Bild – eine aus Steingeröll ragende, noch immer die Schreibfeder führende Hand –, bevor ich ihn in Worte fassen und meiner Erzählung einfügen konnte. Das gezeichnete Bild, eine Radierung, wurde zum Buchumschlag. Die geschriebene Metapher findet sich beiläufig im erzählenden Text. Auf zweierlei Weise versuchte ich, die barocke Tradition der Emblematik aufzunehmen. Wenn der zeichnerische Einfall voranging, löste der Schreibprozeß zeichnerische Varianten aus. Beide Disziplinen befruchteten einander zwittrig. Der Gegensatz zwischen Zeichnen und Schreiben hob sich bei der Gestaltung einer Bildvorstellung auf, die, ins Wort gesetzt, zeichenhaft wirkt, die, als Zeichen, wörtlich zu nehmen ist.

Nicht nur, weil Schrift und zeichnerische Linie gleichermaßen grafisch sind, sondern auch aus Gründen der Bildhaftigkeit stehen Zeichnen und Schreiben zueinander in Wechselbeziehung: In Praxis überschreitet die zeichenhafte Vorstellung die Grenzen künstlerischer Gattungsbestimmung, so irritierend verschieden jeweils das Handwerk und seine Materialien sind.

Vielleicht sind es die Ursprünge der Kunst, von der Bildersprache zur Bilderschrift, die daran erinnern, daß unsere klassische Einteilung und Abgrenzung der Künste jüngeren Datums und einzig vom akademischen Zwang geleitet ist. Deshalb sind mir Publikumsfragen wie »Sind Sie nun zuallererst Schriftsteller oder Grafiker?« so verständlich wie lächerlich. Meine Antwort kann deshalb nur spielerisch, das heißt abseits vom ernsthaften »Entweder-oder« ihre Widersprüche entwickeln.

Ich zeichne immer, auch wenn ich nicht zeichne, weil ich gerade schreibe oder konzentriert nichts tue. Und auch beim Zeichnen schreiben sich Sätze fort, die angefangen auf anderem Papier stehen. Das Schreiben hebt raffend oder verschleppend die Zeit auf. Beim Zeichnen findet sich der knappere Ausdruck. Lange bevor ich siebenhundert Seiten lang das Märchen vom Butt als Roman schrieb, habe ich den großen Plattfisch mit dem Pinsel, mit der Rohrfeder, mit spröder Kohle und mit weichem Blei gezeichnet. Und als dann der Butt als sprechender Fisch zu Wort kam und die ersten Kapitel in Entwürfen den Stoff einkreisten, als die chronologische Zeitfolge aufgehoben und in erzählte Zeit umgesetzt wurde, entstanden Radierungen in verschiedener Technik (Ätzung, Kaltnadel), die jeweils, ohne Illustration zu sein, der Thematik des epischen Stoffes zugehörten oder sie bis in jene Bereiche erweiterten, die der erzählenden Prosa unzugänglich und nur der Lyrik offen sind.

Gedichte und Grafiken entwickeln sich, stehen zueinander in Wechselbeziehung. Oft sind die Grafiken gezeichnete Gedichte; und viele Gedichte umschreiben Konturen, stufen Grautöne ab. Wie der lyrische Vers Distanzen kürzt und dehnt oder der kurzen Erhellung Dauer sichert, so hält die Zeichnung kaum merkliche Überschneidungen fest: Mit gleichmütiger Linie hebt sie Fremdheiten auf, sie bettet Gegensätzliches unter einer Schraffur, sie widerlegt – wie das Gedicht – die Gewohnheit, sie macht das Niegehörte sichtbar.

Die Konfrontation des Gegenständlichen ist mein Thema. Auf Stangen gespießt sind sich der Fischkopf und der alte Schuh feindselig verwandt. Das Märchenmotiv: Ilsebill küßt den Fisch – führt grafisch zur Anverwandlung der Physiognomie. Für den Zyklus »Liebe geprüft« entstanden Gedichte und Radierungen gleichzeitig und lösten andernorts Prosakapitel aus, die ihrerseits der Grafik als Prüfstein bedurften. Sie ist genauer. Sie läßt sich nicht durch Wortklang verführen. Mehr als die eindeutige Linie ist der Vers durch das Geschwätz beliebiger Deutungen gefährdet. Erst ins grafische Bild übersetzt beweist die Wortmetapher, ob sie Bestand hat.

Seht, sagt die Zeichnung, wie wenige Wörter ich brauche; hört, sagt das Gedicht, was zwischen den Linien ist. Und weil sich bei mir im Schreiben das Zeichnen fortsetzt, weil aus der zeichnerischen Struktur epische Perioden als Satzgefälle abzuleiten sind, hat mich die Frage »Bist du nun Schreiber oder Zeichner zuallererst?« nie kümmern können. Wörtlich oder zeichnerisch genommen: Es sind die Grauwerte, die unsere Wirklichkeiten tönen, stufen, eintrüben, transparent machen. Weiß ist nur das Papier. Es muß befleckt, mit harter oder brüchiger Kontur belebt oder mit Wörtern besiedelt werden, die die Wahrheit immer neu und jedesmal anders erzählen. Ein schreibender Zeichner ist jemand, der die Tinte nicht wechselt.

(April 1979)

1988

Aus *Mein Jahrhundert*

...doch vorher, im Jahr bevor die Mauer hinfällig wurde und überall, bevor man einander als fremd erlebte, die Freude riesengroß war, begann ich, was unübersehbar ins Auge fiel, gestürzte Kiefern, entwurzelte Buchen, totes Holz zu zeichnen. Seit einigen Jahren schon war nebensächlich vom »Waldsterben« die Rede. Gutachten hatten Gegengutachten zur Folge. Wieder einmal wurde, weil Autoabgase den Wäldern schädlich sind, vergeblich Tempo hundert gefordert. Ich lernte neue Wörter: saurer Regen, Angsttriebe, Feinwurzelfäule, Nadelbräune... Und die Regierung gab jährlich einen Waldschadensbericht heraus, der später, weniger beunruhigend, Waldzustandsbericht hieß.

Da ich nur glaube, was sich zeichnen läßt, fuhr ich von Göttingen aus in den Oberharz, nistete mich dort in einem annähernd leeren Hotel für Sommerfrischler und Skiurlauber ein und zeichnete mit sibirischer Reißkohle – einem Holzprodukt –, was auf Hängen und Kammlagen zu Fall gekommen war. Wo die Forstwirtschaft den Schaden schon beseitigt, das gefallene Holz abgeräumt hatte, waren dicht bei dicht Wurzelstrünke geblieben, die in aufgelockerter Friedhofsordnung Großflächen besiedelten. Bis zu den Warnschildern kam ich und sah, daß hier das Waldsterben grenzüberschreitend um sich griff und den über Berg und Tal laufenden Drahtzaun, den verminten Todesstreifen, den nicht nur das Mittelgebirge Harz, sondern ganz Deutschland, mehr noch, Europa teilenden »Eisernen Vorhang« überwunden hatte, lautlos und ohne daß ein Schuß gefallen wäre. Kahle Berge machten den Blick frei nach drüben.

Ich begegnete niemandem, weder Hexen noch einem einsamen Köhler. Nichts ereignete sich. Alles war schon geschehen. Keine Goethe-, keine Heine-Lektüre hatte mich auf diese Harzreise vorbereitet. Mein einziges Material waren körniges Zeichenpapier, ein Kästchen voll krummer Kohlestäbe und zwei Dosen Fixativ, deren Gebrauchsanweisung behauptete, ganz ohne übles Treibgas und gewiß nicht umweltschädigend zu sein.

Und so ausgerüstet reiste ich mit Ute wenig später – aber immer noch zu Zeiten des Schießbefehls – nach Dresden, von wo aus uns eine schriftliche Einladung zum Einreisevisum verholfen hatte. Unsere Gastgeber, ein ernster Maler und eine heitere Tänzerin, gaben uns den Schlüssel zu einer wohnlichen Kate im Erzgebirge. Nahe der tschechischen Grenze begann ich sogleich – als hätte ich nicht genug gesehen – den auch dort vor sich hin sterbenden Wald zu zeichnen. Auf Hängen lag das Holz überkreuz, wie es gefallen war. Auf Kammlagen hatten Winde die abgestorbenen Stämme in Mannshöhe gebrochen. Auch hier ereignete sich nichts, außer daß in der Kate des Malers Göschel aus Dresden sich Mäuse vermehrten. Sonst aber war alles bereits geschehen. Abgase und sich weiträumig ablagernde Rückstände aus zwei volkseignen Industrierevieren hatten über die Grenze hinweg ganze Arbeit geleistet. Während ich Blatt nach Blatt zeichnete, las Ute, nun nicht mehr Fontane.

Ein Jahr später stand auf den Plakaten und Transparenten demonstrierender Bürger in Leipzig und anderswo »Sägt die Bonzen ab, schützt die Bäume« zu lesen. Aber noch war es nicht soweit. Noch hielt der Staat mühsam seine Bürger beisammen. Noch sahen die grenzüberschreitenden Schäden dauerhaft aus.

Eigentlich gefiel uns die Gegend. Die Häuser in den Dörfern des Erzgebirges waren mit Schindeln gedeckt. Hier war lange die Armut ansässig gewesen. Die Dörfer hießen Fürstenau, Gottgetreu und Hemmschuh. Durch den nahen Grenzort Zinnwald verlief die Transitstrecke nach Prag. Über diese nicht nur von Touristen bereiste Straße waren vor zwanzig Jahren, an einem Tag im August, motorisierte Einheiten der Nationalen Volksarmee ihrem Marschbefehl gefolgt; und vor fünfzig Jahren hatten sich an einem Oktobertag des Jahres 1938 Einheiten der deutschen Wehrmacht mit gleicher Zielsetzung auf den Weg gemacht, so daß sich die Tschechen Mal um Mal erinnern mußten. Der Rückfall. Gewalt im Doppelpack. Die Geschichte liebt solche Wiederholungen, auch wenn damals alles ganz anders war; zum Beispiel standen die Wälder noch...

Vom Rest unterm Nagel

Wovon erzählen, immer noch vom Knopf
und Bodensatz, der übrigblieb,
von Aschenbechern, Sound and Light,
was übrigblieb, was überblieb,
vom Zinsertrag der kleinen Konten
und von der Zeit, die uns geblieben?

Wovon erzählen, von der Liebe?
Wovon? Noch immer von der Liebe?
Wovon, als ob nur Liebe zählt
und jeder nicht mit seinem Kot allein
auf jedem Abtritt einzeln steht,
mit Fingernägeln: ganz allein.

Das kratzt sich offen, heilt sich nicht
und speichert Reste unterm Nagel:
ich trenn mich nicht, ich putz sie nicht
und weise alle harten Instrumente
zurück: denn Liebe geht mit Geiz
zu Tisch zu Bett und wäscht sich nicht.

Wovon, wenn von der Liebe nicht?
Vom Vorrat, wenn wir fleißig sind,
vom fetten schwarzen abverdienten Rest
will ich erzählen, wenn wir fertig sind
und unsre Nägel, zweimalzehn,
vom Augentauschen dreckig sind.

Schreiben nach Auschwitz

Frankfurter Poetik-Vorlesung, Februar 1990

Ein Schriftsteller, aufgefordert, von sich, also von seiner Arbeit, zu berichten, müßte sich in ironische, alles verkleinernde Distanz verflüchtigen, wollte er jenen Zeitraum meiden, der ihn belastet, geprägt, (bei allem Ortswechsel) zwischen Widersprüchen seßhaft, im Irrtum gefangengehalten und zum Zeugen gemacht hat. Indem ich diesen Vortrag unter den Titel »Schreiben nach Auschwitz« gestellt habe und nun einen Anfang suche, weiß ich, daß mir das Ungenügen vorgeschrieben ist. Mein Thema überfordert. Dennoch sei der Versuch gewagt.

Da ich – eingeladen von einer Universität – besonders zu Studenten spreche, mich also der Aufmerksamkeit oder nur blanken Neugierde einer Generation konfrontiert sehe, die, im Vergleich zu meiner, unter extrem anderen Bedingungen aufgewachsen ist, will ich mich vorerst um Jahrzehnte zurücknehmen und meinen Zustand im Mai 1945 skizzieren.

Als ich siebzehn Jahre zählte und mit hunderttausend anderen in einem amerikanischen Kriegsgefangenenlager unter freiem Himmel in einem Erdloch hauste, war ich, weil ausgehungert, mit gieriger Schläue einzig aufs Überleben bedacht, doch sonst ohne Begriff. Mit Glaubenssätzen dummgehalten und entsprechend auf idealistische Zielsetzungen getrimmt, so hatte das Dritte Reich mich und viele meiner Generation aus seinen Treuegelöbnissen entlassen. »Die Fahne ist mehr als der Tod«, hieß eine dieser lebensfeindlichen Gewißheiten.

Soviel Dummheit resultierte nicht nur aus kriegsbedingt löcherigem Schulwissen – als ich fünfzehn zählte, begann für mich, als Freiheit von Schule mißverstanden, die Luftwaffenhelferzeit –, vielmehr war es eine allgemeine, Klassen- und Religionsunterschiede überwölbende Dummheit, die sich aus deutschem Selbstgefallen nährte. Dessen Glaubenssätze hoben etwa so an: Wir Deutschen sind ... Deutschsein heißt ... und schließlich: Niemals würde ein Deutscher...

Dieser zuletzt anzitierte Punktumsatz überdauerte sogar die Kapitulation des Großdeutschen Reiches und gewann die vertrotzte Stärke von Unbelehrbarkeit. Denn als ich mit vielen meiner Generation – von unseren Vätern und Müttern sei hier nicht die Rede – den Ergebnissen von Verbrechen konfrontiert wurde, die Deutsche zu verantworten hatten und die seitdem unter dem Begriff Auschwitz summiert sind, sagte ich: Niemals. Ich sagte mir und anderen, andere sagten sich und mir: Niemals würden Deutsche so etwas tun.

Dieses sich selbst bestätigende Niemals gefiel sich sogar: als standfest. Denn die erdrückende Vielzahl von Fotos, die hier gehäufte Schuhe, dort gehäufte Haare, immer wieder zuhauf liegende Leichen abbildeten und mit unfaßlichen Zahlen und fremdklingenden Ortsbezeichnungen – Treblinka, Sobibór, Auschwitz – untertitelt waren, hatten, sooft amerikanischer Erziehungswille uns Siebzehn-, Achtzehnjährige zur Ansicht dieser Bilddokumente zwang, nur eines, die ausgesprochene wie unausgesprochene, doch gleichermaßen unbeirrte Antwort zur Folge: Niemals hätten, nie haben Deutsche so etwas getan.

Auch als das Nie oder Niemals (spätestens mit dem Nürnberger Prozeß) zunichte wurde – der ehemalige Reichsjugendführer nannte uns, die Hitlerjugend, frei von Verantwortung –, brauchte es weitere Jahre, bis ich zu begreifen begann: Das wird nicht aufhören, gegenwärtig zu bleiben; unsere Schande wird sich weder verdrängen noch bewältigen lassen; die zwingende Gegenständlichkeit dieser Fotos – die Schuhe, die Brillen, Haare, die Leichen – verweigert sich der Abstraktion; Auschwitz wird, obgleich umdrängt von erklärenden Wörtern, nie zu begreifen sein.

Soviel Zeit seitdem vergangen ist, bei aller Beflissenheit einiger Historiker, Vergleichbares herbeizuzitieren, um einer, wie man sagt, unglücklichen Phase deutscher Geschichte historischen Stellenwert zu unterschieben, was immer auch eingestanden, beklagt, sonstwie aus Schuldbewußtsein gesagt wird – so in dieser Rede –, das Ungeheure, auf den Namen Auschwitz gebracht, ist, weil eben nicht vergleichbar, weil durch nichts historisch zu unterfüttern, weil keinem Schuldgeständnis zugänglich, unfaßbar geblieben und dergestalt zur Zäsur geworden, daß es naheliegt, die Menschheitsgeschichte und unseren Begriff von menschlicher Existenz mit Ereignissen zu datieren, die vor und nach Auschwitz geschehen sind.

Um so beharrlicher stellt sich dem Schriftsteller im Rückblick die Frage: Wie war es möglich, überhaupt möglich, dennoch möglich, nach Auschwitz zu schreiben? Wurde diese Frage nur gestellt, um dem Ritual der Betroffenheit zu genügen? Waren die quälenden Selbstbefragungen der fünfziger und frühen sechziger Jahre etwa nur rhetorische Übungen? Und: Kann diese Frage gegenwärtig von Gewicht sein, zu einer Zeit, in der Literatur allenfalls durch die neuen Medien grundsätzlich in Frage gestellt wird?

Zurück zum dummen, zum unbeirrbaren Halbwüchsigen. So dumm, so unbeirrbar war er nun auch wieder nicht. Schließlich hatte es, bei aller Kürze abgesessener Schulzeit, einige Lehrer gegeben, die, mehr verstohlen als offen, ästhetische Maßstäbe und weites Kunstverständnis

erkennen ließen. Etwa jene als Lehrerin kriegsdienstver-
pflichtete Bildhauerin, die dem immerfort zeichnenden
Schüler Ausstellungskataloge der zwanziger Jahre zuschob.
Ein Risiko eingehend, hat sie mich mit dem Werk der
Künstler Kirchner, Lehmbruck, Nolde, Beckmann entsetzt
und gleichwohl infiziert.

Daran hielt ich mich. Oder das ließ mich nicht los. Angesichts dieser bildnerischen Provokationen hörte die Unbeirrbarkeit des Hitlerjungen auf; nein, sie hörte nicht auf,
durchlässig wurde sie an einer einzigen Stelle, hinter der
sich andere, egozentrische Unbeirrbarkeit auszuwachsen
begann: die dumpfe und ungenaue, dennoch beharrlich
zugespitzte Verstiegenheit, Künstler werden zu wollen.

Seit meinem zwölften Lebensjahr war ich davon nicht
abzulenken, weder durch väterliche Berufsvorstellungen
soliderer Art noch durch spätere Ungunst der Zeit: überall
Trümmer und nichts zu essen. Diese jugendliche Besessen-
heit blieb vital, überlebte unbeschadet, das heißt wiederum
unbeirrt, das Kriegsende, entsprechend die ersten Nachkriegsjahre und auch die ringsum alles verändernde Wäh-
rungsreform.

Und so fiel die Berufsentscheidung aus. Nach der Stein-
metz- und Steinbildhauerlehre wurde ich Bildhauerschüler
zuerst der Kunstakademie Düsseldorf, später der Hoch-
schule für Bildende Künste Berlin. Doch diese autobiographischen Daten sagen nur wenig, allenfalls, daß der
Wunsch, Künstler werden zu wollen, eine, wenn man will,
bewundernswerte, ich meine nachträglich, fragwürdige
Geradlinigkeit verrät: gewiß nicht fragwürdig, weil sie so
schnurstracks an den Bedenken der Eltern vorbei verlief,
bewundernswert vielleicht, weil sie ohne materielle Absi-
cherung einfach gewagt wurde; aber fragwürdig doch und
am Ende gar nicht bewundernswert, weil sich meine künstlerische Entwicklung, die bald übers Gedicht zur Schrift-

stellerei führte, schon wieder unbeirrbar vollzog, unbeirrbar auch durch Auschwitz.

Nein, dieser Weg wurde nicht unwissend eingeschlagen, denn mittlerweile lag ja aller Schrecken offen zutage; dennoch führte er blindlings und dabei zielstrebig an Auschwitz vorbei. Schließlich gab es in Überfülle Orientierungen anderer Art. Nicht solche, die hemmten und den Schritt zögern ließen. Zuvor nie gehörte Autorennamen lockten, ergriffen Besitz: Döblin, Dos Passos, Trakl, Apollinaire. Die Kunstausstellungen jener Jahre waren keine durchgestylten Selbstinszenierungen berufsmäßiger Ausstellungsmacher, vielmehr eröffneten sie unverstellt neue Welten: Henry Moore oder Chagall in Düsseldorf, Picasso in Hamburg. Und Reisen wurden möglich: per Autostopp nach Italien, nicht nur, um die Etrusker, sondern auch karge, erdtonige Bilder von Morandi zu sehen.

Indem die Trümmer mehr und mehr aus dem Blickfeld gerieten, war es, obgleich ringsum schon wieder nach altem Muster gewebt wurde, eine Zeit des Aufbruchs und freilich auch der Illusion, man könne auf alten Fundamenten Neues gestalten.

Übergangslos las ich Buch für Buch in mich hinein. Bildsüchtig nahm ich Bilder und Bildfolgen auf, ohne Plan, einzig auf die Kunst und ihre Mittel fixiert. Als gebranntem Kind reichte es mir, mehr aus Instinkt als mit Argumenten, gegen den ersten Bundeskanzler Konrad Adenauer, gegen den neureichen Mumpitz des beginnenden Wirtschaftswunders, gegen die christlich verheuchelte Restauration, natürlich gegen die Wiederbewaffnung, selbstverständlich gegen Adenauers Staatssekretär Globke, seinen Stasispezialisten Gehlen und weitere Schweinereien des rheinischen Großpolitikers zu sein.

Ich erinnere Ostermärsche, bewegt vom Protest gegen die Atombombe. Immer dabei und dagegen. Das vertrotzte

Entsetzen des Siebzehnjährigen, der nicht glauben wollte, hatte sich verflüchtigt und einer prinzipiellen Antihaltung Platz gemacht. Zwar war das Ausmaß des Völkermordes mittlerweile in Dokumentationsbänden greifbar; zwar hatte sich der angelernte Antisemitismus zum angelernten Philosemitismus ummünzen lassen; zwar verstand man sich selbstredend und ohne Risiko als Antifaschist, aber für grundsätzliche Bedenken, diktiert in alttestamentarischer Strenge, Bedenken dieser Art: Kann man nach Auschwitz Kunst machen? Darf man nach Auschwitz Gedichte schreiben? – für eben dieses Bedenken nahmen sich viele meiner Generation, nahm ich mir keine Zeit.

Gewiß, es gab diesen Adorno-Satz: »...Nach Auschwitz ein Gedicht zu schreiben ist barbarisch, und das frißt auch die Erkenntnis an, warum es unmöglich ward, heute Gedichte zu schreiben«, und seit 1951 lag Adornos Buch »Minima Moralia. Reflexionen aus dem beschädigten Leben« vor, in dem meines Wissens zum ersten Mal Auschwitz als Zäsur und unheilbarer Bruch der Zivilisationsgeschichte begriffen wird; doch wurde dieser neue kategorische Imperativ prompt als Verbotstafel mißverstanden. Stand doch solch strenges Diktum dem aufbruchlüsternen und wie unbeschädigten Zukunftsglauben im Wege, unbequem wie jeder kategorische Imperativ, abweisend durch abstrakte Strenge und leicht zu umgehen wie jede Verbotstafel.

Bevor man sich Zeit nahm, Adornos herausgepflückte Zuspitzungen im Umfeld ihrer vor- und nachgestellten Reflexionen zu entdecken, sie also nicht als Verbot, sondern als Maßstab zu begreifen, stand ausgesprochen wie unausgesprochen die Abwehr festgefügt. Dem verkürzten Adorno-Satz, dem zufolge nach Auschwitz kein Gedicht mehr geschrieben werden dürfe, wurde genauso verkürzt und besinnungslos geantwortet, als hätte jemand Feinde zum Schlagabtausch aufgerufen: Barbarisch sei dieses Verbot, es überfordere den Menschen, sei im Grunde unmenschlich; schließlich gehe das Leben weiter, wie beschädigt auch immer.

Auch meine Reaktionen, die auf Unkenntnis fußten, das heißt auf bloßem Hörensagen, bestanden auf Abwehr. Da ich mich im Vollbesitz meiner Talente wähnte und mich entsprechend als Alleinbesitzer dieser Talente sah, wollte ich sie ausleben, unter Beweis stellen. Geradezu widernatürlich kam mir Adornos Gebot als Verbot vor; als hätte sich jemand gottväterlich angemaßt, den Vögeln das Singen zu verbieten.

War es abermals Trotz oder mittlerweile chronische Unbeirrbarkeit, die nach erstem flüchtigen Hinhören sogleich die Sperre ins Schloß fallen ließ? Wußte ich nicht aus eigener Erfahrung, was mich entsetzt hatte und als Entsetzen nun nicht aufhören wollte? Was hinderte mich – und sei es auf Zeit nur –, das Bildhauerwerkzeug beiseite zu legen und der lyrischen Phantasie, meinem gefräßigen Kostgänger, eine Fastenzeit aufzuerlegen?

Heute vermute ich: Die Irritation muß größer oder zeitverschoben nachhaltiger gewesen sein, als ich mir damals eingestehen konnte. Etwas war angestoßen und – wenn auch gegen Widerstände – in Zucht genommen worden; jene als grenzenlos empfundene Freiheit, die keine erkämpfte, die eine geschenkte war, stand unter Aufsicht.

Indem ich bei mir nachblättere, um dem offenbar einzig von Kunst besessenen Kunstschüler auf die Schliche zu kommen, finde ich ein in jenen Jahren entstandenes Gedicht, das in letzter Fassung 1960 in dem Band »Gleisdreieck« veröffentlicht wurde, doch eigentlich in meinem ersten veröffentlichten Buch unter dem Titel »Die Vorzüge der Windhühner« hätte stehen müssen. Es heißt »Askese«, ist, wie auf Anhieb, ein programmatisches Gedicht und

schlägt den für mich bis heute bestimmenden Grundwert
Grau an:

Askese

Die Katze spricht.
Was spricht die Katze denn?
Du sollst mit einem spitzen Blei
die Bräute und den Schnee schattieren,
du sollst die graue Farbe lieben,
unter bewölktem Himmel sein.

Die Katze spricht.
Was spricht die Katze denn?
Du sollst dich mit dem Abendblatt,
in Sacktuch wie Kartoffeln kleiden
und diesen Anzug immer wieder wenden
und nie in neuem Anzug sein.

Die Katze spricht.
Was spricht die Katze denn?
Du solltest die Marine streichen,
die Kirschen, Mohn und Nasenbluten,
auch jene Fahne sollst du streichen
und Asche auf Geranien streun.

Du sollst, so spricht die Katze weiter,
nur noch von Nieren, Milz und Leber,
von atemloser saurer Lunge,
vom Seich der Nieren, ungewässert,
von alter Milz und zäher Leber,
aus grauem Topf: so sollst du leben.

Und an die Wand, wo früher pausenlos
das grüne Bild das Grüne wiederkäute,
sollst du mit deinem spitzen Blei
Askese schreiben, schreib: Askese.
So spricht die Katze: Schreib Askese.

Nun wurden Ihnen diese fünf Strophen nicht vorgetragen, um dem Hauptvergnügen der Germanisten, also der Interpretation Nahrung zu geben, doch glaube ich, daß, vor anderen Texten, das Gedicht »Askese« eine indirekte Antwort auf Adornos Gebotstafel ausspricht, indem es als metaphorisch umschriebener Reflex in eigener Sache Grenzen setzt. Denn wenn ich auch mit vielen anderen Adornos Gebot als Verbot mißverstanden hatte, blieb dessen neue, die Zäsur markierende Gesetzestafel dennoch in jeder Blickrichtung sichtbar.

Wir alle, die damals jungen Lyriker der fünfziger Jahre – ich nenne Peter Rühmkorf, Hans Magnus Enzensberger, auch Ingeborg Bachmann –, waren uns deutlich bis verschwommen bewußt, daß wir zwar nicht als Täter, doch im Lager der Täter zur Auschwitz-Generation gehörten, daß also unserer Biographie, inmitten der üblichen Daten, das Datum der Wannsee-Konferenz eingeschrieben war; aber auch soviel war uns gewiß, daß das Adorno-Gebot – wenn überhaupt – nur schreibend zu widerlegen war.

Doch wie? Bei wem lernend: bei Brecht, Benn, bei den Frühexpressionisten? Auf welcher Tradition fußend und zwischen welche Kriterien gestellt? Sobald ich mich als lyrisches Jungtalent neben den Jungtalenten Enzensberger und Rühmkorf sehe, fällt mir auf, daß unsere Vorgaben – und Talent ist nichts als Vorgabe – spielerisch, artistisch, kunstverliebt bis ins Künstliche waren und sich wahrscheinlich kaum der Rede wert ausgelebt hätten, wären ihnen nicht rechtzeitig Bleigewichte verordnet worden. Eines dieser

Gewichte, das auch dann noch lastete, wenn man es als Gepäck ausschlug, war Theodor W. Adornos Gebot. Seiner Gesetzestafel entlehnte ich meine Vorschrift. Und diese Vorschrift verlangte Verzicht auf reine Farbe; sie schrieb das Grau und dessen unendliche Abstufungen vor.

Es galt, den absoluten Größen, dem ideologischen Weiß oder Schwarz abzuschwören, dem Glauben Platzverweis zu erteilen und nur noch auf Zweifel zu setzen, der alles und selbst den Regenbogen graustichig werden ließ. Und obendrein verlangte dieses Gebot Reichtum neuer Art: Mit den Mitteln beschädigter Sprache sollte die erbärmliche Schönheit aller erkennbaren Graustufungen gefeiert werden. Das hieß, jene Fahne zu streichen und Asche auf Geranien zu streuen. Das hieß, mit spitzem Blei, der von Natur her für Grauwerte steht, quer über jene Wand, »wo früher pausenlos / das grüne Bild das Grüne wiederkäute«, als mein Gebot das Wort Askese zu schreiben.

Also raus aus der blaustichigen Innerlichkeit. Weg mit den sich blumig plusternden Genitivmetaphern, Verzicht auf angerilkte Irgendwie-Stimmungen und den gepflegten literarischen Kammerton. Askese, das hieß Mißtrauen allem Klingklang gegenüber, jenen lyrischen Zeitlosigkeiten der Naturmystiker, die in den fünfziger Jahren ihre Kleingärten bestellten und – gereimt wie ungereimt – den Schullesebüchern zu wertneutraler Sinngebung verhalfen. Askese hieß aber auch, seinen Standort zu bestimmen. Hier etwa datiert sich als Parteinahme, während des damals virulenten Streits zwischen Sartre und Camus, meine Entscheidung für Sisyphos, den glücklichen Steinewälzer. Anfang 1953 wechselte ich Ort und Lehrer. Keine große Sache: weg von Düsseldorf, der Hauptstadt des ausbrechenden Wirtschaftswunders, hin nach Berlin mit dem Interzonenzug. Ein Wust Gedichte, die Steinmetzeisen, das Hemd zum Wechseln, wenige Bücher und Schallplatten: mein Gepäck.

Berlin, dieser kaputte, schon wieder von Ideologien besetzte Ort, der von Krise zu Krise auflebte, erstreckte sich flach zwischen Trümmerbergen. Leergeräumte Plätze, auf denen der Wind ständig Tüten drehte. Immerfort Ziegelsplitt zwischen den Zähnen. Streit über alles. Streit zwischen gegenständlicher und gegenstandsloser Kunst: hier Hofer, dort Grohmann. Hüben und drüben: hier Benn, dort Brecht. Kalter Krieg mittels Lautsprecheranlagen. Und doch war das Berlin jener Jahre – bei allem Geschrei – ein totenstiller Ort. Hier hatte die Zeit sich nicht beschleunigen lassen. Noch war das »beschädigte Leben« offenkundige Realität und von keinen Billigangeboten verstellt. Hier fand sich kaum Platz für koketten Umgang mit dem Unsäglichen. In Berlin bekamen meine letzten epigonalen Fingerübungen einen harten Radiergummi zu spüren: Hier wollten die Dinge benannt werden.

In rascher Folge entstanden, abseits von Modellierbock und Zeichenbrett, die ersten selbständigen Gedichte, Verse, die sozusagen freihändig und ohne Netz turnten. Aber auch Dialoge, knappe Einakter schrieb ich, etwa jenen, der später das Schlußstück in einem Spiel in vier Akten unter dem Titel »Onkel, Onkel« wurde und so beginnt:

Am Rande der Stadt. Eine verlassene Baustelle. Bollin steht zwischen Kieshaufen und Gerüstbrettern auf einem Mörteleimer. Er schaut wartend zur Stadt. (Zwei Kinder) Sprotte und Jannemann nähern sich langsam.

Sprotte: Onkel?
Jannemann: Onkel, haste nich'n Ding?
Sprotte: Ja, Onkel, geb ihm doch.
Jannemann: Haste nich, nur eins?
Sprotte: Du, Onkel?

Jannemann: Hörste nich?
Bollin: Nein!
Jannemann: Nur eins, Onkel?
Bollin: Gibt nix!
Sprotte: Guck doch mal nach, vleicht haste doch.
Bollin: Was denn, was denn!
Sprotte: Na'n Ding!
Bollin: Was für'n Ding denn?
Sprotte: Irgend so eins, ganz egal, was.
Jannemann: Weißte denn nicht, was'n Ding ist?
Sprotte: Hat doch jeder.
Jannemann: Du auch, bestimmt...

Und drei Jahre später, im Frühjahr 1956 – noch bin ich Bildhauerschüler bei Karl Hartung –, erscheint mit Gedichten und Zeichnungen mein erstes Buch, in dem Vierzeiler wie dieser stehen:

Gasag

In unserer Vorstadt
sitzt eine Kröte auf dem Gasometer.
Sie atmet ein und aus,
damit wir kochen können.

Heute, vor mein Thema gestellt, frage ich mich: Ist das ein Gedicht, sind das Theaterdialoge, die nach Auschwitz geschrieben werden durften? Hat das Askese-Gebot zwangsläufig nur diese Ausformung von Magersucht zur Folge haben können? Achtundzwanzig Jahre war ich mittlerweile alt, aber mehr oder anderes war mir vorerst nicht möglich.

Und Gedichte und Einakter dieser Art las ich auf den Tagungen der »Gruppe 47« vor, die mich, den Anfänger, in

Gestalt von Hans Werner Richter, ab Herbst 55 regelmäßig einlud. Viele Texte, die dort gelesen wurden, waren direkter als meine. Einige sprachen sich, wie im Nachholverfahren, eindeutig, das heißt mit Hilfe positiver Helden, gegen den Nationalsozialismus aus. Diese Eindeutigkeit machte mich mißtrauisch. Mutete solch nachgeholter Antifaschismus nicht wie Pflichtübung an, anpasserisch in einer Zeit, die auf Anpassung abonniert war, verlogen also und geradezu obszön, gemessen am zwar ohnmächtig geringen, aber in Spuren doch nachweisbaren Widerstand gegen den Nationalsozialismus?

Diese ersten Erfahrungen mit der Literatur und ihrem Betrieb warfen mich zurück. Ich war wieder siebzehn. Kriegsende. Die bedingungslose Kapitulation. Gefangenschaft in Erdlöchern. Fotos, die Brillen-, Schuh-, Knochenberge vorzeigten. Vertrotztes Nicht-glauben-Wollen. Und weiter zurückgezählt: fünfzehn, vierzehn, dreizehn Jahre alt. Lagerfeuer, Fahnenappelle, Kleinkaliberschießen. Von Ferien unterbrochenes Schulallerlei, während sich wirkliches Geschehen in Sondermeldungen aussprach. Gewiß: schülerhafte Aufsässigkeit. Langeweile beim HJ-Dienst. Blöde Witze über Parteibonzen, die sich vorm Frontdienst drückten und abfällig »Goldfasane« genannt wurden. – Aber Widerstand? Nicht die Spur, kein Ansatz, und sei es auch nur in Gedankenfetzen. Eher Bewunderung für militärische Helden und anhaltend dumpfe, durch nichts zu irritierende Gläubigkeit, beschämend bis heute.

Wie hätte ich zehn Jahre später Widerstand zu Papier bringen, mir Antifaschismus andichten können, wenn doch »Schreiben nach Auschwitz« Scham, auf jedem weißen Blatt Scham zur Voraussetzung hatte? Eher stellte sich aus der Gegenwart der fünfziger Jahre die Frage nach Widerspruch gegen neuerdings falsche Töne, gegen die allerorts blühende Fassadenkunst, gegen die satte Versammlung zwinkernder Biedermänner: Hatten die einen nichts gewußt, nichts geahnt und spielten sich nun als von Dämonen verführte Kinder auf, waren die anderen schon immer, wenn nicht lauthals, dann doch insgeheim dagegen gewesen.

Ein Jahrzehnt, das auf Lügen fußte, die noch heute ihren Kurswert halten, aber auch ein Jahrzehnt der grundlegenden Entscheidungen. Wiederbewaffnung, Deutschlandvertrag heißen die Stichworte. Zwei deutsche Staaten entstanden Zug um Zug, jeder beflissen, Musterschüler des einen, des anderen Blocksystems zu sein, und glücklich über den günstigen Umstand, sich hier wie dort den Siegermächten dazuzählen zu dürfen. Zwar geteilt, doch geeint in der Übereinkunft, nochmal davongekommen zu sein.

Und doch gab es einen Störfaktor, der nicht ins Bild dieser feindseligen Zweisamkeit passen wollte. Am 16. und 17. Juni 1953 waren in Ostberlin und in Leipzig, in Halle, Bitterfeld und Magdeburg die Arbeiter unterwegs. Ihnen gehörte die Straße, bis die sowjetischen Panzer kamen. Ein Streik auf der Stalinallee – im März zuvor war Stalin gestorben – wuchs sich zum Aufstand aus, der traurig führungslos verlief und einzig von Arbeitern getragen wurde. Keine Intellektuellen, keine Studenten, keine Bürger und keine Kirchenoberen schlossen sich an, einzig wenige Volkspolizisten, die später standrechtlich erschossen wurden. Und dennoch ist dieser deutsche Arbeiteraufstand, dem Albert Camus von Paris aus Respekt erwies, drüben zur Konterrevolution, hier, mit des Lügners Adenauer Worten, zum Volksaufstand verfälscht und als Feiertag vernutzt worden.

Ich habe zugesehen. Vom Potsdamer Platz aus sah ich Panzer und Menschen gegeneinandergestellt. Ein Jahrzehnt später schrieb der Augenzeuge jener lapidar totalen Konfrontation in komplexer Form ein deutsches Trauerspiel: »Die Plebejer proben den Aufstand«. Komplex, weil dem Stück Shakespeares »Coriolanus« und Brechts Coriolan-Bearbeitung sowie dessen Verhalten zum 17. Juni unterlegt sind. Komplex aber auch, weil die Realität der Straße – jener führungslose Arbeiteraufstand – der Realität einer Theaterprobe widerspricht, die sich die Verbesserung des revolutionären Bewußtseins, insbesondere der Arbeiterklasse zur Aufgabe gemacht hat. Und obendrein komplex, weil der Chef dieses Theaters, auf dessen Bühne das Trauerspiel stattfindet, nie eindeutig ist oder sein kann. Denn als er sich gegen Ende des letzten Aktes doch noch entschließt, an den Ersten Sekretär des Zentralkomitees – dazumal Walter Ulbricht – einen Protestbrief zu schreiben, widersprechen ihm eine Schauspielerin, Volumnia genannt, und sein Chefdramaturg Erwin.

Volumnia *nimmt ihm das Blatt ab:* Warum laut verlesen, was leisetreterisch daherkommt! In drei Absätzen hast du dich kurz gefaßt. Die beiden ersten geben sich kritisch und bezeichnen die Maßnahmen der Regierung und also der Partei als voreilig. Und im letzten ist es dir ein Bedürfnis, Verbundenheit mit allen zuvor Kritisierten auszudrücken. Warum nicht gleich mit (dem Parteidichter) Kosanke in einer Linie? Denn die kritischen Absätze wird man dir streichen, nur die Verbundenheit wird man ausposaunen und dich bis Ultimo beschämen.

Chef: Hier, unter dem Original entstand die Kopie. Gesegnet sei das Kohlepapier.

Erwin: So etwas lagert in Archiven, gerät unter Verschluß, wird dem unveröffentlichten Nachlaß zugeschlagen und kommt zu spät an den Tag.

Volumnia: Und um dich werden Legenden sich bilden: Eigentlich war er dagegen. Vielmehr dafür, eigentlich. Gesprochen hat er so, aber sein Herz war – wo eigentlich? Beliebig wird man dich deuten: Ein zynischer Opportunist; ein Idealist üblicher Machart; er dachte nur ans Theater; er schrieb und dachte fürs Volk. Für welches? Mache dich deutlich. Eck an oder paß dich an. Und schreibe verzahnt, daß jene, die kürzen wollen, den Ansatz nicht finden.

Chef: Niemand wird wagen, Zensur zu üben.

Volumnia: Sei nicht kindisch. Ich weiß, du rechnest mit Strichen.

Erwin: Ja, selbst ungekürzt liest sich das dürftig. Bist wirklich du der Verfasser? Dürftig und peinlich zugleich.

Chef: Und dem Gegenstand angemessen. Soll ich schreiben: Glückwünsche ihnen, den verdienten Mördern des Volkes? Oder Glückwünsche ihnen, den unwissenden Überlebenden eines dürftigen Aufstandes? Und welcher Glückwunsch erreicht die Toten? – Ich, nur kleiner, verlegener Worte mächtig, schaute dem zu. Maurer, Eisenbahner, Schweißer und Kabelwickler blieben allein. Hausfrauen wollten nicht abseits stehen. Sogar Volkspolizisten schnallten die Koppel ab. Das Standgericht ist ihnen gewiß. Aufstocken wird man die Zuchthäuser in unserem Lager. – Aber auch drüben wird sich die Lüge amtlich geben. Der Heuchelei Gesicht wird Trauerfalten üben. Mein voreiliges Auge sieht nationale Lappen auf Halbmast fallen. Der Redner Chor, ich höre, wird solange aus dem Wort »Freiheit« schöpfen, bis es leergelöffelt ist. Jahre am Schnürchen stolpern dahin. Und nachdem man es zehn-, elfmal gezupft haben wird, das feierliche Kalenderblatt, wird man im Suff begehen den Siebzehnten, wie in meiner Jugend den Sedanstag. Satt ins Grüne ziehen seh ich im Westen ein Volk. Was übrigbleibt: Leergefeierte Flaschen, Butterbrotpapier, Bierleichen und richtige Leichen; denn an Feiertagen fordert der Verkehr ein Übersoll an Opfern. – Hier jedoch werden die Zuchthäuser nach elf, zwölf Jahren die Wrackteile dieses Aufstandes ausspeien. Die Anklage wird umhergehen. Viele

234

Pakete Schuld wird sie adressieren und abschicken. Unser Paket ist schon da. *Er übergibt Original und Kopie an seine Assistenten Litthenner und Podulla.* Seid so gut und spielt mir die Boten. Das Original zum Sitz des Zentralkomitees; die Kopie sollte bei Freunden im Westen sicher liegen.

Podulla: Chef, man wird höhnen, wir tragen auf beiden Schultern.

Chef: Antwortet: Da wir zwei haben, nutzen wir jede.

Dieses deutsche Trauerspiel – »Die Plebejer proben den Aufstand« – lag, als es im Januar 1966 im Berliner Schillertheater uraufgeführt wurde, der Kritik in Ost und West quer. Dort als »konterrevolutionär«, hier als »Anti-Brecht-Stück« abgefertigt, war es bald von den Bühnen verschwunden. Durch die gegenwärtige revolutionäre Entwicklung bestätigt, nimmt sich der Autor das Recht, auf die Langlebigkeit seiner »Plebejer« zu setzen.

Doch habe ich vorgegriffen. Der fünfundzwanzigjährige Augenzeuge des 17. Juni 1953 war noch nicht soweit, direkt schreibend zu reagieren; Vergangenes, Verluste, seine Herkunft, Scham hingen ihm an. Und erst drei Jahre später, als ich von Berlin nach Paris zog, fanden sich – aus Distanz zu Deutschland – Sprache und Atem, um auf tausendfünfhundert Seiten in Prosa das zu schreiben, was mir trotz und nach Auschwitz notwendig war. Angetrieben von berufsspezifischer Vermessenheit, befördert durch anhaltende Schreibwut, ohne Unterbrechung, wenn auch in mehreren Fassungen, so entstanden in Paris, dann, nach meiner Rückkehr ab 1960 in Berlin, die Bücher »Die Blechtrommel«, »Katz und Maus« und »Hundejahre«.

Kein Schriftsteller, behaupte ich, kann ganz allein aus sich einen epischen Entwurf wagen, ohne angestoßen, provoziert, von außen in solch unübersehbare Geröllhalden verlockt zu werden. In Köln, auf der Durchreise, war es Paul Schallück, der mich anstieß, Prosa zu schreiben; provoziert hat mich die damals gängige, ja, regierungsamtliche Dämonisierung der Zeit des Nationalsozialismus – hell ausleuchten, ans Tageslicht bringen wollte ich das Verbrechen –; und verlockt, nach Rückfällen dennoch weiterzumachen, hat mich ein schwieriger, kaum zugänglicher Freund: Paul Celan, der eher als ich begriff, daß es mit dem ersten Buch und seinen siebenhundertdreißig galoppierenden Seiten nicht getan sein könne, daß vielmehr der profanen epischen Zwiebel Haut nach Haut abgezogen werden müsse und daß ich von solchem Unterfangen nicht Urlaub nehmen dürfe. Er machte mir Mut, fiktive Gestalten wie Fajngold, Sigismund Markus und Eddi Amsel, keine edlen, sondern gewöhnliche und exzentrische Juden in meine kleinbürgerliche Romanwelt zu fügen.

Wieso Paul Celan, dem gegen Ende der fünfziger Jahre die Wörter immer knapper wurden und dessen Sprache und Existenz auf Engführung hinausliefen? Ich weiß es nicht. Heute meine ich zu wissen, daß er, der Überlebende, sein Überleben nach Auschwitz kaum noch tragen, schließlich nicht mehr ertragen konnte.

Ich verdanke Paul Celan viel: Anregung, Widerspruch, den Begriff von Einsamkeit, aber auch die Erkenntnis, daß Auschwitz kein Ende hat. Seine Hilfe kam nie direkt, sondern verschenkte sich in Nebensätzen, etwa auf Spaziergängen in Parkanlagen. Mehr als auf die »Blechtrommel« hat sich Paul Celans Zuspruch und Dreinreden auf den Roman »Hundejahre« ausgewirkt, etwa zu Beginn des Schlußmärchens vor Ende des zweiten Teils, sobald sich neben der Flakbatterie Kaiserhafen ein Knochenberg türmt, den das bei Danzig gelegene Konzentrationslager Stutthof speist:

Es war einmal ein Mädchen, das hieß Tulla und hatte eine reine Kinderstirn. Aber nichts ist rein. Auch der Schnee ist nicht rein. Keine Jungfrau ist rein. Selbst das Schwein ist nicht rein. Der Teufel nie ganz rein. Kein Tönchen steigt rein. Jede Geige weiß es. Jeder Stern klirrt es. Jedes Messer schält es: Auch die Kartoffel ist nicht rein: Sie hat Augen, die müssen gestochen werden.

Aber das Salz? Salz ist rein! Nichts, auch das Salz ist nicht rein. Nur auf Tüten steht: Salz ist rein. Lagert doch ab. Was lagert mit? Wird doch gewaschen. Nichts wäscht sich rein. Doch die Grundstoffe: rein? Sind steril, doch nicht rein. Die Idee, die bleibt rein? Selbst anfangs nicht rein. Jesus Christus nicht rein. Marx Engels nicht rein. Die Asche nicht rein. Und die Hostie nicht rein. Kein Gedanke hält rein. Auch die Kunst blüht nicht rein. Und die Sonne hat Flecken. Alle Genien menstruieren. Auf dem Schmerz schwimmt Gelächter. Tief im Brüllen hockt Schweigen. In den Ecken lehnen Zirkel. – Doch der Kreis, der ist rein!

Kein Kreis schließt sich rein. Denn wenn der Kreis rein ist, dann ist auch der Schnee rein, ist die Jungfrau, sind die Schweine, Jesus Christus, Marx und Engels, leichte Asche, alle Schmerzen, das Gelächter, links das Brüllen, rechts das Schweigen, die Gedanken makellose, die Oblaten nicht mehr Bluter und die Genien ohne Ausfluß, alle Ecken reine Ecken, gläubig Zirkel schlügen Kreise: rein und menschlich, schweinisch, salzig, teuflisch, christlich und marxistisch, lachend, brüllend, wiederkäuend, schweigend, heilig, rund rein eckig. Und die Knochen, weiße Berge, die geschichtet wurden neulich, wüchsen reinlich ohne Krähen: Pyramidenherrlichkeit. Doch die Krähen, die nicht rein sind, knarrten ungeölt schon gestern: Nichts ist rein, kein Kreis, kein Knochen. Und die Berge, hergestellte, um die Reinlichkeit zu türmen, werden schmelzen kochen sieden, damit Seife, rein und billig; doch selbst Seife wäscht nicht rein.

Mit dem Roman »Hundejahre«, der – ich weiß nicht, warum – im Schatten der »Blechtrommel« seine Sperrigkeit beweisen muß und nicht nur deshalb dem Autor nahgeblieben ist, war vorläufig meine Prosaarbeit beendet. Nicht daß ich erschöpft war, doch glaubte ich voreilig, mich von etwas freigeschrieben zu haben, das nun hinter mir zu liegen hatte, zwar nicht abgetan, aber doch zu Ende gebracht.

Als mir im Sommer des letzten Jahres ein Auftrag des Hessischen Rundfunks Gelegenheit gab, in Göttingen vor Publikum die gesamte »Blechtrommel« an zwölf Abenden zu lesen, bot sich, neben der freiwilligen Anstrengung, wiederlesend das Vergnügen, mir als jungem Schriftsteller über die Schulter zu schauen: wie er den Grundgedanken eines nie geschriebenen Theaterstücks zum Epilog der Polnischen Post, zum Kartenhauskapitel abwandelte; wann zum ersten Mal das Wort Brausepulver erinnert werden wollte; welchen Parisbesuchern er Blechtrommel-Kapitel in erster Fassung vorgelesen hat: immer wieder Walter Höllerer; und wie wenig ihn die periodischen Totsagungen des Romans kümmerten.

Dreißig Jahre später läßt sich leicht sagen: Danach wurde alles schwieriger. Durch sich selbst gelangweilt, stand der Ruhm im Wege. Freundschaften wurden brüchig. Immer erwartungsträchtige Kritiker bestanden darauf, daß Danzig, einzig Danzig samt flachem und gehügeltem Umland mein Thema sein dürfe. Sobald ich mich, sei es mit dem Theaterstück »Die Plebejer proben den Aufstand«, sei es abermals mit Prosa – »örtlich betäubt« und »Aus dem Tagebuch einer Schnecke« – der Gegenwart, gar einem bundesdeutschen Wahlkampf bis ins provinzielle Detail zuwendete und mich überdies als Bürger politisch engagierte, war das Urteil fixfertig: Er sollte lieber bei Danzig und seinen Kaschuben bleiben. Die Politik hat bisher jedem Autor nur Schaden gebracht. Das wußte schon Goethe. Und weitere Ermahnungen schulmeisterlicher Art.

Doch dem Schreiben nach Auschwitz war und ist so fürsorglich nicht beizukommen. Die Vergangenheit wirft ihren Schlagschatten auf gegenwärtiges und zukünftiges Gelände. »Vergegenkunft« nannte ich später meinen Zeitbegriff, der im »Tagebuch einer Schnecke« zu erproben war. Angeregt durch Heines Fragment »Der Rabbi von Bacherach«, sollte einerseits die Geschichte der Danziger Synagogengemeinde bis zu ihrer Vernichtung beschrieben, also wiederum Vergangenheit eingeholt werden, andererseits war ich gegenwärtig unterwegs: Den Wahlkampf 1969 belastete eine Übereinkunft, nach der ein ehemaliger Nationalsozialist als Bundeskanzler der Großen Koalition erträglich sein sollte; und auf dritter Erzählebene mußten Bausteine für einen Essay über Albrecht Dürers Kupferstich »Melencolia I« gesucht werden: »Vom Stillstand im Fortschritt«. Die Form dieses in allen drei Zeiten gegenwärtigen Tagebuchs wurde durch die Fragen meiner Kinder bestimmt:

»Und wohin willste morgen schon wieder?«
»Nach Castrop-Rauxel.«
»Und was machste denn da?«
»Redenreden.«
»Immer noch Espede?«
»Fängt ja erst an.«
»Und was bringste mit diesmal?«
»Teilweise mich...«
...und die Frage, warum die Tapete nicht dichthalten wollte. (Was mit den Kutteln hochkommt und den Gaumen mit Talg belegt.)

Denn manchmal, Kinder, beim Essen, oder wenn das Fernsehen ein Wort (über Biafra) abwirft, höre ich Franz oder Raoul nach den Juden fragen:

»Was war denn los mit denen?«

Ihr merkt, daß ich stocke, sobald ich verkürze. Ich finde das Nadelöhr nicht und beginne zu plaudern: Weil das und zuvor das, während gleichzeitig das, nachdem auch noch das...

Schneller, als sie nachwachsen, versuche ich Faktenwälder zu lichten. Löcher ins Eis schlagen und offenhalten. Den Riß nicht vernähen. Keine Sprünge dulden, mit deren Hilfe die Geschichte, ein schneckenbewohntes Gelände, leichthin verlassen werden soll...

»Wie viele waren das denn genau?«

»Und wie hat man die gezählt?«

Es war falsch, euch das Ergebnis, die vielstellige Zahl zu nennen. Es war falsch, den Mechanismus zu beziffern; denn das perfekte Töten macht hungrig nach technischen Details und löst Fragen nach Pannen aus.

»Hat das denn immer geklappt?«

»Und was war das für Gas?«

Bildbände und Dokumente. Antifaschistische Mahnmale, gebaut in stalinistischem Stil. Sühnezeichen und Wochen der Brüderlichkeit. Gleitfähige Worte der Versöhnung. Putzmittel und Gebrauchslyrik: »Als es Nacht wurde über Deutschland...«

Jetzt erzähle ich euch (solange der Wahlkampf dauert und Kiesinger Kanzler ist), wie es bei mir zu Hause langsam und umständlich am hellen Tag dazu kam. Die Vorbereitung des allgemeinen Verbrechens begann an vielen Orten gleichzeitig, wenn auch nicht gleichmäßig schnell; in Danzig, das vor Kriegsbeginn nicht zum Deutschen Reich gehörte, verzögerten sich die Vorgänge: zum Mitschreiben für später...

In diesem Buch, das 1972 erschien, steht, weil die Definition meines Berufes erfragt wird, die Antwort: »Ein Schriftsteller, Kinder, ist jemand, der gegen die verstreichende Zeit schreibt.« – Eine so akzeptierte Schreibhaltung setzt voraus, daß sich der Autor nicht als abgehoben oder in Zeitlosigkeit verkapselt, sondern als Zeitgenosse sieht, mehr noch, daß er sich den Wechselfällen verstreichender Zeit aussetzt, sich einmischt und Partei ergreift. Die Gefahren solcher Einmischung und Parteinahme sind bekannt: Die dem Schriftsteller gemäße Distanz droht verlorenzugehen; seine Sprache sieht sich versucht, von der Hand in den Mund zu leben; die Enge jeweils gegenwärtiger Verhältnisse kann auch ihn und seine auf Freilauf trainierte Vorstellungskraft einengen, er läuft Gefahr, in Kurzatmigkeit zu geraten.

Wohl deshalb, weil mir die Risiken meiner erklärten Zeitgenossenschaft bewußt waren, entwarf ich schon während der ersten Niederschrift des Schneckentagebuches, noch unterwegs auf Wahlkampfreise, beim Redenreden – und während ich mir beim Reden zuhörte – wie insgeheim, oder hinter dem eigenen Rücken, ein anderes Buch, ein Buch, das erlaubte, Geschichte rückläufig abzuspulen und die Sprache in die Schule des Märchens zu schicken. Es sollte wieder einmal ums Ganze gehen. Als hätte ich mich von der Schnecke und von der programmatischen Langsamkeit meiner Schneckenpartei erholen wollen, begann ich, kaum war das Tagebuch erschienen und abermals ein Wahlkampf bis zur ersten Hochrechnung ausgekostet, mit den Vorarbeiten für einen epischen Wälzer: »Der Butt«.

Hat dieses Buch mit meinem Thema »Schreiben nach Auschwitz« zu tun? Es geht um Nahrung: vom Hirsebrei bis zum Sülzkotelett. Es geht um Überfluß und Mangel, um das große Fressen und den anhaltenden Hunger. Um neun und mehr Köchinnen geht es und um die andere Wahrheit des Märchens »Von dem Fischer un syner Fru«: wie des Mannes Herrschaft immer mehr haben, immer schneller sein, immer höher hinaus will, wie der Mann sich Endziele setzt, die Endlösung beschließt, »Am Ende« ist; so heißt eines der Gedichte, die im »Butt« den Prosaablauf hemmen, kurzfassen oder auf ein anderes Gleis bringen:

Am Ende

Männer, die mit bekanntem Ausdruck
zu Ende denken,
schon immer zu Ende gedacht haben;
Männer, denen nicht Ziele – womöglich mögliche –
    sondern das Endziel – die entsorgte Gesellschaft –
    hinter Massengräbern den Pflock gesteckt hat;
Männer, die aus der Summe datierter Niederlagen nur
    einen Schluß ziehen: den rauchverhangenen
    Endsieg
auf gründlich verbrannter Erde;
Männer, wie sie auf einer der täglichen Konferenzen,
    nachdem sich das Gröbste als technisch machbar
    erwies,
die Endlösung beschließen,
sachlich männlich beschlossen haben;
Männer mit Überblick,
denen Bedeutung nachläuft,
große verstiegene Männer,
die niemand, kein warmer Pantoffel
hat halten können,
Männer mit steiler Idee, der Taten platt folgten,
sind endlich – fragen wir uns – am Ende?

Spätestens hier merke ich, daß mich das Thema meines Vortrags immer wieder und auch dann zur Rechenschaft zwingen will, wenn eine Erzählung, wie etwa »Das Treffen in Telgte«, für sich spricht. Die Rückdatierung der »Gruppe 47«, jenes literarischen Nichtvereins, dem ich viel verdanke, ließ sich zwanglos bis spielerisch ins Werk setzen; anders verhielt es sich mit einem Buch, das Orwells Jahrzehnt, die achtziger Jahre, einläuten sollte: »Kopfgeburten oder Die Deutschen sterben aus«. Wie schon beim »Butt«, im Kapitel »Vasco kehrt wieder«, ist nicht mehr Europa, auch nicht das doppelte Deutschland und ganz gewiß nicht Danzig-Gdańsk das Maß aller Dinge, vielmehr sind es die immer schneller wachsende und in wachsendem Elend verkümmernde Bevölkerung Asiens und das sogenannte Nord-Süd-Gefälle, die Druck machen und den erzählenden Text zu utopischen Sprüngen nötigen. Denn von China, Indonesien und Indien aus gesehen, schrumpft der alte Kontinent auf Spielzeuggröße, gibt die »deutsche Frage« endlich ihre Drittrangigkeit preis und wird das ertrotzte Schreiben nach Auschwitz abermals oder zusätzlich fragwürdig.

Wo noch kann Literatur ihren Auslauf finden, wenn die Zukunft schon vordatiert und von statistischen Schreckensbilanzen besetzt ist? Was ist noch zu erzählen, wenn die Fähigkeit des Menschengeschlechts, sich selbst und alles andere Leben auf vielfältige Weise zu vernichten, täglich unter Beweis gestellt werden könnte oder in Planspielen geübt wird? Sonst nichts, doch die atomare, stündlich mögliche Selbstvernichtung verhält sich zu Auschwitz und erweitert die Endlösung auf globales Maß.

Wer als Schriftsteller zu diesem Schluß kommt – und ab Anfang der achtziger Jahre bestätigte neuerlich Wettrüsten diese Folgerung –, der wird entweder das Schweigen zur Schreibtischdisziplin erheben müssen oder aber – und ich begann nach drei Jahren Enthaltsamkeit wieder an einem Manuskript zu arbeiten – auch dieses Menschenmögliche, die Selbstvernichtung, zu benennen versuchen.

»Die Rättin«, ein Buch, in dem »mir träumte, ich müßte Abschied nehmen...«, war ein Versuch, das beschädigte Projekt der Aufklärung erzählend fortzuschreiben. Doch der Zeitgeist und mit ihm das hochdotierte Geplapper eines Kulturbetriebs, der an sich selbst Genüge findet, war nicht zu irritieren. Einander vom Markt drängende Kunstmessen, überinszeniertes Regietheater und die Gigantomanie neuerdings kunstbeflissener Landesfürsten sind Kennzeichen der achtziger Jahre. Die unterhaltsame Geschäftigkeit des Mittelmaßes und deren Talkmaster, die sich den Freibrief »Alles ist möglich« ausstellten, doch die Pause, als Wagnis erschreckten Innehaltens, nicht mehr zuließen, diese dynamische Besinnungslosigkeit geriet erst dann ins Stolpern, als sich jenseits der zweifach gesicherten Wohlstandsgrenze die Völker Ost- und Mitteleuropas nacheinander erhoben und altmodischen Wörtern wie Solidarität und Freiheit neuen Sinn gaben.

Seitdem ist etwas geschehen. Gemessen an dieser Anstrengung, steht der Westen nackt da. Der Ruf drüben »Wir sind das Volk!« fand hier keine Entsprechung. Wir sind schon frei, hieß es. Wir haben schon alles, nur noch die Einheit fehlt. – Und schon schlägt, was gestern Hoffnung machte und Europa erkennen ließ, in deutsches Begehren um. Wieder einmal soll es das »ganze Deutschland« sein.

Indem ich meinen Vortrag unter die lastende Überschrift »Schreiben nach Auschwitz« stellte, sodann literarische Bilanz zog, will ich zum Schluß die Zäsur, den Zivilisationsbruch Auschwitz dem deutschen Verlangen nach Wiedervereinigung konfrontieren. Gegen jeden aus Stimmung, durch Stimmungsmache forcierten Trend, gegen die Kaufkraft der westdeutschen Wirtschaft – für harte D-Mark ist sogar Einheit zu haben –, ja, auch gegen ein Selbstbestimmungsrecht, das anderen Völkern ungeteilt zusteht, gegen all das spricht Auschwitz, weil eine der Voraussetzungen für das Ungeheure, neben anderen älteren Triebkräften, ein starkes, das geeinte Deutschland gewesen ist.

Nicht Preußen, nicht Bayern, selbst Österreich nicht, hätten, einzig aus sich heraus, die Methode und den Willen des organisierten Völkermordes entwickeln und vollstrecken können; das ganze Deutschland mußte es sein. Allen Grund haben wir, uns vor uns als handlungsfähige Einheit zu fürchten. Nichts, kein noch so idyllisch koloriertes Nationalgefühl, auch keine Beteuerung nachgeborener Gutwilligkeit können diese Erfahrung, die wir als Täter, die Opfer mit uns als geeinte Deutsche gemacht haben, relativieren oder gar leichtfertig aufheben. Wir kommen an Auschwitz nicht vorbei. Wir sollten, sosehr es uns drängt, einen solchen Gewaltakt auch nicht versuchen, weil Auschwitz zu uns gehört, bleibendes Brandmal unserer Geschichte ist und – als Gewinn! – eine Einsicht möglich gemacht hat, die heißen könnte: Jetzt endlich kennen wir uns.

Auch das Nachdenken über Deutschland ist Teil meiner literarischen Arbeit. Seit Mitte der sechziger Jahre bis in die gegenwärtig anhaltende Unruhe hinein gab es Anlässe für Reden und Aufsätze. Oft waren diese notwendig deutlichen Hinweise meinen Zeitgenossen zuviel der Einmischung, der, wie sie meinten, außerliterarischen Dreinrede. Das sind nicht meine Besorgnisse. Eher bleibt Ungenügen nach fünfunddreißig Jahren Bilanz. Etwas, das noch nicht zu Wort kam, muß gesagt werden. Eine alte Geschichte will ganz anders erzählt werden. Vielleicht gelingen noch die zwei Zeilen. So wird meine Rede zwar ihren Punkt finden müssen, doch dem Schreiben nach Auschwitz kann kein Ende versprochen werden, es sei denn, das Menschengeschlecht gäbe sich auf.

Selbstgedrehte

Aus Gedichte und Kurzprosa

Ich rauche. Außerdem bin ich Linkshänder. Es braucht nur Blättchen, Tabak. Der gummierte innere Rand des Papiers grenzt den Drehenden gegen die Außenwelt ab: Distanz entsteht zu den Rauchern von Fertigprodukten, die immer besorgt sind, es könne der nächststehende Automat geknackt oder kaputt sein.

Auch Gottvater drehte sich seine selber,
nachdem er uns aus beinahe nichts erschaffen hatte.

Längs der Mittelfalte wird das Papier mit dem Mittelfinger, dem Zeigefinger geklemmt, während Daumen, Zeige- und Mittelfinger der anderen Hand ein nach Laune bemessenes Fuder Tabak ganz ohne Eile (und als gehe die Welt nicht immerfort unter) zum Würstchen kneten.

Es ist der Griff nach Brotkrümel, Lehm und sonstigem Fummelkram.
Im Mutterleib schon drehte ersatzweise ich.
Nicht nach Fertigem greifen – formen verformen.

Jetzt klemmen Zeige- und Mittelfinger der linken Hand den vorgeformten Tabak auf das Blättchen über der Mittelfalte in Länge, während die andere Hand den Tabaksbeutel, das Heftchen Papier in der Tasche sichern: immer noch ohne Eile, denn so gewinnen wir Zeit, in der nicht geraucht wird, doch ein Gedanke bedeutend sein Nadelöhr finden könnte.

Und da Parolen beliebt sind, sage ich unter Vorbehalt:
Selbstgedreht ist halb geraucht. – Denn oft unterbreche ich
den langsamen Vorgang: kritzel was, tippe Buchstaben,
flüchte
in ein Jahrhundert, entlegen genug.

Endlich – denn Zeit ist inzwischen vergangen – halten Daumen, Mittel- und Zeigefinger der linken und rechten Hand
in symmetrischer Ordnung den im Papier waagerechten
Tabak etwa in Bauchnabelhöhe.
Natürlich reden die Leute: Vom Iwan und seinem
Machorka
(in Prawdapapier gekrümelt).
Oder an Opa erinnern sie sich,
der auch (in der schlimmen Zeit) selbst gedreht hat: Eigen-
anbau.

Beim Rollen gilt es, dem Tabak alle Fusseln, die sich nicht
fügen wollen, radikal abzugewöhnen. Nun erst, nachdem
er festgefügt in das bauchwärts weisende Drittel des Blätt-
chens bis zum Anschlag gerollt ist, näßt die Zunge nicht
etwa hastig, sondern verzögert und mit Gefühl die Gum-
mierung des äußeren Blattrandes gegen den Widerstand
der stützenden Zeigefinger.

Was uns allen außer einer neuen Religion fehlt,
ist ein in Holland käufliches Zigarettenpapier,
das nicht gummiert dennoch klebt und sich beim Rauchen,
weil zungenfeucht, bräunlich einfärbt:
nicht weniger als die lustlosen Filter.

Schwierig für Anfänger ist es, den befeuchteten oberen
Blattrand um den gerollten Tabak zu schlagen, ohne jenen
gleichmäßigen Druck aufzugeben, den eine straff selbstge-

drehte Zigarette verlangt. Jetzt die Klebenaht nachfeuchten.
Inzwischen wurde schon wieder ein Kind geboren.

Damit kein Tabak die Zunge beißt, zwirbel ich mir
den linken Anstoß der Selbstgedrehten mundgerecht spitz:
weil, durch ein feuchtes Tütchen gesogen,
vergeistigt der Rauch sich gekühlt.

Auch Maria drehte sich, nachdem sie mich beim Drehen
geknipst hatte und ich ihr, während sie knipste, die
Geschichte vom bärtigen Mann, der wieder Brustkind sein,
nuckeln wollte, mit allen Nebenwünschen erzählte, selbst
eine Zigarette: beide rauchen wir jetzt.

Ist billig. Macht Spaß. Vertreibt Zeit. Und andere Vorteile:
zum Beispiel, die Kippen der Selbstgedrehten
sind alle anders, doch immer sensibel gekrümmt;
mein Aschenbecher gibt täglich Auskunft,
ob meine Krise Fortschritte macht.

VIII

»Auch Hunger ist Krieg!«

Worüber ich schreibe

Über das Essen, den Nachgeschmack.
Nachträglich über Gäste, die ungeladen
oder ein knappes Jahrhundert zu spät kamen.
Über den Wunsch der Makrele nach gepreßter Zitrone.
Vor allen Fischen schreibe ich über den Butt.

Ich schreibe über den Überfluß.
Über das Fasten und warum es die Prasser erfunden
    haben.
Über den Nährwert der Rinden vom Tisch der Reichen.
Über das Fett und den Kot und das Salz und den Mangel.
Wie der Geist gallebitter
und der Bauch geisteskrank wurden,
werde ich – mitten im Hirseberg –
lehrreich beschreiben.

Ich schreibe über die Brust.
Über Ilsebill schwanger (die Sauregurkengier)
werde ich schreiben, solange das dauert.
Über den letzten Bissen geteilt,
die Stunde mit einem Freund
bei Brot, Käse, Nüssen und Wein.
(Wir sprachen gaumig über Gott und die Welt
und über das Fressen, das auch nur Angst ist.)

Ich schreibe über den Hunger, wie er beschrieben
und schriftlich verbreitet wurde.

Über Gewürze (als Vasco da Gama und ich
den Pfeffer billiger machten)
will ich unterwegs nach Kalkutta schreiben.

Fleisch: roh und gekocht,
lappt, fasert, schrumpft und zergeht.
Den täglichen Brei,
was sonst noch vorgekaut wurde: datierte Geschichte,
das Schlachten bei Tannenberg Wittstock Kolin,
was übrigbleibt, schreibe ich auf:
Knochen, Schlauben, Gekröse und Wurst.

Über den Ekel vor vollem Teller,
über den guten Geschmack,
über die Milch (wie sie glumsig wird),
über die Rübe, den Kohl, den Sieg der Kartoffel
schreibe ich morgen
oder nachdem die Reste von gestern
versteinert von heute sind.

Worüber ich schreibe: über das Ei.
Kummer und Speck, verzehrende Liebe, Nagel und Strick,
Streit um das Haar und das Wort in der Suppe zuviel.
Tiefkühltruhen, wie ihnen geschah,
als Strom nicht mehr kam.
Über uns alle am leergegessenen Tisch
werde ich schreiben;
auch über dich und mich und die Gräte im Hals.

Nach grober Schätzung

Rede in Neu-Delhi vor dem Council of Cultural Relations,
Februar 1975

Meine Damen und Herren,

in den letzten Tagen des Jahres 1974 habe ich, um ein lange zurückliegendes Leseerlebnis noch einmal zu überprüfen, George Orwells utopischen Roman »1984« wiedergelesen. Ich sagte: zum Jahresschluß, genauer: während der Weihnachtszeit. Weihnachten ist ein europäischer Anlaß für gesteigerten Konsum.

Während ich Orwells erschreckenden Bericht aus der fiktiven Welt des oligarchischen Kollektivismus las, lag neben mir (angelesen) der zweite Bericht an den Club of Rome, als Buch verlegt unter dem Titel »Menschheit am Wendepunkt«. In Lesepausen ließ ich mich von dem Bericht der Wissenschaftler Mesarovic und Pestel bis ins Jahr 2000 führen. Statistische Zahlen mit vielen Nullen reihten sich. Ich versuchte, mir die wichtigsten Zahlen südasiatischer Kindersterblichkeit zu merken, versah wissenschaftlichen Jargon, etwa Ausdrücke wie »Mortalitätsmuster« und »Proteindefizit« mit Ausrufezeichen. Dann las ich abermals bei Orwell über den permanenten Krieg einer dreigeteilten Welt, deren Blöcke atlantisch, eurasisch und ostasiatisch heißen.

Zwischen zwei Utopien, zwischen zwei Schrecknissen. Hier der fiktive Big Brother, in dessen Omnipotenz sich die totalitären Muster aller Ideologien decken; dort die gigantische statistische Zahl der bevorstehenden, nein, schon seit Jahren stattfindenden Bevölkerungsexplosion: Bis zum Jahr 2000 wird sich die Menschheit als Quantität verdoppelt haben. Dazwischen ich, ein mitteleuropäischer Schriftsteller, der seine Geschichten im »raunenden Imperfekt« weitererzählen möchte, ein skeptischer Sozialdemokrat, der zwischen der Diktatur des Kommunismus und dem zügellosen Raubbau des Kapitalismus einen dritten Weg sucht, zudem ein Familienvater, dessen Kinder in eine Welt hineinwachsen, die notorisch falsche Hoffnung macht, doch – gründlich geprüft – ohne Hoffnung ist.

Als mich die Einladung des indischen Botschafters in der Bundesrepublik Deutschland erreichte, hier vor Ihnen einen Vortrag zu halten, habe ich gezögert, die Einladung anzunehmen. Es hat wenig Sinn, kulturellen Austausch zu betreiben und den Anschein von Verständigung vorzuspiegeln, solange wir weniger voneinander wissen, als sich unsere Schulbuchweisheit eingestehen will. Gewiß, ich habe mich über Indien unterrichtet. Indiens Kultur, Religionen, Geschichte, Verfassung, Arbeitslosigkeit, Korruption, Auslandsverschuldung und Indiens hervorragende Presse, in der nachzulesen ist, welche Ausmaße die Korruption angenommen, welche Folgen die Arbeitslosigkeit hat und wie gewalttätig sich die sozialen Spannungen im indischen Staatenbund zu entladen beginnen. Darüber zu sprechen kann nicht meine Aufgabe sein, zumal der Kontrast zwischen arm und reich kein indisches Privileg ist, sondern weltweit Entsprechungen findet.

Ich bin gekommen, um zu sehen und vielleicht zu lernen, obgleich wir ja alles zu wissen meinen und die Daten zuhauf liegen. Keine Botschaft, meine Ratlosigkeit habe ich mitgebracht; diese will ich begründen. Zuerst meine These: Ich bin überzeugt, daß die Menschen von den Ergebnissen ihrer Leistungsfähigkeit überfordert werden. Zwar sind sie in der Lage, ihrem Wissen, ihrem technologischen Können, ihrer forschenden Neugierde großartige Entdeckungen abzuzwingen – sie spalten das Atom, sie sehen in jede

Richtung fern, sie erreichen den Mond –, aber diese Meilensteine menschlichen Fortschritts stehen inmitten einer Gesellschaft, die sich im Zustand statistisch erfaßter Barbarei befindet. Sie, die Atomspalter, die Himmelstürmer, sie, die pünktlich ihren Computer füttern und alle Daten gesammelt, gespeichert und ausgewertet haben, sind dennoch nicht in der Lage, die Kinder dieser Welt ausreichend zu ernähren.

Die Kinder dieser Welt sind die Hälfte der Weltbevölkerung. Ich weiß nicht, wie viele Millionen jedes Jahr Hungers sterben. »Nach grober Schätzung«, so heißt die Überschrift meines Referats, werden in nächster Zukunft elf Millionen Kinder erblinden, weil ihnen das Vitamin A fehlt. Zwar ist menschliche Wissenschaft in der Lage, die Rückkehr einer Weltraumkapsel mit den glücklichen Astronauten auf eine Quadratmeile genau vorzubereiten, aber den jährlichen millionenfachen Hungertod schätzen wir grob.

In Äthiopien sollen es drei- bis vierhunderttausend Totgehungerte gewesen sein; in Bangladesch sind es – die Zeitungen differieren – dreihundertfünfzigtausend oder gar eine halbe Million. Wir nehmen es nicht mehr genau, wollen es wohl auch nicht mehr so genau wissen. Genau erfahren wir nur, wie viele Tote bei Flugzeugabstürzen und Raubüberfällen, bei Geiselnahme und Geiselbefreiung, nach einem Grubenunglück oder an einem verkehrsreichen Wochenende gezählt worden sind.

Das interessiert auch. Das ist schrecklich, weil faßbar. Wenn es um Tote geht, können wir nur bis hundert zählen. Was darüber ist, bleibt abstrakt, erlaubt keine Identifizierung mehr, wird verdrängt oder mit religiösen Spitzfindigkeiten weggeschummelt, wird nicht mehr verantwortet.

Es ist, wie ich thesenhaft sagte: Die Menschen sind großartige und oft genug – wer wollte das leugnen – geniale Täter; doch vor den Folgen ihrer Taten stehen sie fassungslos, wie ohne Begriff, und verhalten sich infantil, das heißt: unverantwortlich.

Dabei besteht kein Anlaß, sich überrascht zu geben, als habe Unvorhersehbares die Menschheit überrumpelt und ins Chaos gedrängt. Seit Jahren liegen Zahlen und Statistiken vor, die eine katastrophale Weltüberbevölkerung und eine entsprechende Weltunterernährung belegen. Arbeitslosigkeit, stagnierende, dann schrumpfende Bruttosozialproduktzahlen sind vorausberechnet worden. Jahrelang war es ein entwicklungspolitischer Allgemeinplatz, der auf vielen vollklimatisierten Kongressen ausgesprochen und mit Kopfnicken bedacht wurde: Die Reichen werden, auch wenn sie langsamer reich werden, immer reicher, während die Armen, auch wenn sie langsam etwas reicher werden, immer ärmer dran sind.

Seit eineinhalb Jahren hat die Erdölkrise das bekannte Arm-reich-Muster ein wenig scheckiger gemacht. Neben den reichen Supermächten, USA und Sowjetunion, die nicht nur reich sind, sondern auch über Energiequellen selbstversorgend verfügen, gibt es eine Reihe von reichen Industrieländern im West- und Ostblock, die ohne Rohstoffe abhängig sind von den USA und der Sowjetunion, aber auch abhängig von der dritten Gruppe, den rohstoffreichen armen Ländern.

Übrig bleibt eine vierte Gruppe, die neuerdings vierte Welt genannt wird und all jene Länder umfaßt, die nicht nur arm sind, gemessen am Bruttosozialprodukt, sondern doppelt zahlen müssen, weil sie über keine Rohstoffe verfügen und abhängig bleiben, einerseits von den reichen Industrieländern und ihren verteuerten Produkten und andererseits von den ölproduzierenden, sonst aber gleichwohl armen Ländern.

Diese arme vierte Welt kann den erhöhten Ölpreis nicht auf Industrieprodukte abwälzen. Doppelt von der inflationären Preissteigerung betroffen, spüren diese Länder am stärksten die Wirkungen politischer Machtkämpfe, an denen sie keinen Anteil haben. Um nur ein Beispiel zu nennen: Für alle überwiegend agrarwirtschaftlich bestimmten Länder der vierten Welt hat sich der Preis für das Erdölprodukt Kunstdünger verdreifacht: Kunstdüngerfabriken müssen schließen oder arbeiten nur noch mit halber Kapazität: Der Teufelskreis bleibt geschlossen.

Vier Welten. Ein grobes Raster, ich weiß. Denn wohin gehört die Volksrepublik China, der es, obgleich überbevölkert, dennoch gelungen ist, die noch vor zwei Jahrzehnten chronischen Hungerepidemien erfolgreich zu bekämpfen, und deren Machtposition nicht auf reichen Rohstoffquellen beruht? Und wohin gehört der Bundesstaat Indien, in dem sich der Gegensatz zwischen technologischem Können und permanenter Unterernährung erschreckend beispielhaft abzeichnet?

Und selbst auf die anfangs genannten Giganten, die USA und die Sowjetunion, trifft die differenziert gemeinte und dennoch grobe Einschätzung nicht voll zu: In den Vereinigten Staaten widersprechen Arbeitslosigkeit, hoffnungslose Verelendung breiter Bevölkerungsschichten und anhaltende Rassendiskriminierung dem Reichtum und seinem selbstgefälligen Ausdruck; in der Sowjetunion steht das Machtpotential militärischer Stärke und übergewichtiger Schwerindustrie gegen den ständigen Mangel an Verbrauchsgütern und die ungedeckten Bedürfnisse individueller Freiheit: Der autoritäre Kommunismus wollte mit aller Gewalt Gerechtigkeit verordnen; er ist an seinen eigenen Zwängen gescheitert.

Bis noch vor wenigen Jahren haben die Vereinten Nationen weltweit Hoffnung geweckt, denn überall dämmerte die Einsicht, daß die globalen Probleme – unausgeglichenes Wachstum, Raubbau an den Rohstoffreserven, Überbevölkerung und Unterernährung, zudem die bleibenden Gefahren militärischer Konfrontation und also das Wettrüsten – nicht aus nationaler Enge heraus, sondern nur mit Perspektive auf eine Weltregierung hin gelöst werden können. Auch diese Hoffnung ist zunichte geworden. Es sieht so aus, als wolle sich der europäische Nationalismus nun bei den jungen Staaten – sei es in Afrika, sei es in Asien – wiederholen, als sei geschichtliche Erfahrung nicht übertragbar.

Anfangs erwähnte ich den Bericht der Wissenschaftler Mesarovic und Pestel an den Club of Rome unter dem bezeichnenden Titel »Menschheit am Wendepunkt«. Nach Vergleich aller statistischen Zahlen kommen beide Wissenschaftler zu dem Schluß, es müsse das bisher krebsartig wuchernde Wachstum der reichen Industrienationen ersetzt werden durch ein weltweit organisches Wachstum zugunsten der Entwicklungsländer. Eine konkrete Utopie. Nur eine Weltregierung, basierend auf den Vereinten Nationen, könnte sie umsetzen. Doch selbst wenn die reichen Industrieländer – was zu bezweifeln ist – bereit wären, von sich aus Verzicht zu leisten und ihr Leistungs- und Konsumprinzip den weltweiten Bedürfnissen anzupassen, bleibt es mehr als fraglich, ob sich die jungen Nationen der dritten und vierten Welt notwendige Eingriffe in ihre nationale Selbständigkeit gefallen lassen würden.

Im September 1973 hatte ich in New York Gelegenheit, als Zuschauer zuzuhören, wie der damalige Kanzler der Bundesrepublik Deutschland, Willy Brandt, seine Antrittsrede hielt; zum ersten Mal saßen die Vertreter beider deutscher Staaten im Plenum der Vereinten Nationen. Brandts Rede war ein Appell an die Vernunft. Er sprach für Verständigung und Entspannung im Sinne einer weltweiten Friedenspolitik, die er allerdings nicht nur im militärischen Bereich gesichert sehen wollte. Sein kategorischer Befund »Auch Hunger ist Krieg!« fand ungeteilten Beifall. Die

Phonstärke des gemessenen Beifalls reichte wohl aus, um die Konsequenzen der so lebhaft beklatschten Argumentation zu verschütten.

Gerade weil sich Brandt so beschwörend auf die menschliche Vernunft berief, glaubte ich seinem Appell einen Anflug von Enttäuschung ablesen zu können. Er hatte wohl erkannt, daß die Instrumente der Vernunft nicht ausreichen, um die bevorstehende Katastrophe zu bannen; zu stark ist das menschliche Handeln selbst dort, wo es meint, vernunftbestimmt zu sein, irrational unterströmt. Ja, oft genug benutzt der Irrationalismus die Sprache der Vernunft und verschleiert so seine mörderischen Folgen. Nicht vernünftige Einsicht in die soziale Notwendigkeit bestimmt menschliches Handeln entscheidend; Triebkräfte wirken als Treibkraft, steuern dagegen, halten dem Chaos die Tür offen. Ob die Völker kommunistisch oder kapitalistisch eingetrübt sind, zwanghafte Selbstbezogenheit hindert sie, jene »Weltinnenpolitik« zu betreiben, die Politiker wie Brandt oft genug als Voraussetzung für solidarisches Handeln gefordert haben. Unversöhnlich stehen Araber gegen Juden, Hindus gegen Moslems, Russen gegen Chinesen, Christen gegen Christen, Deutsche gegen Deutsche.

New York am East River im Herbst 1973: Hat Willy Brandt damals, als er noch einmal die Vernunft berief und die Vereinten Nationen beschwor, nicht in Blöcken gegeneinander, sondern gemeinsam ihre Kraft zu beweisen, die Vergeblichkeit seines Appells vorgeschmeckt? Er gibt dennoch nicht auf. Und mit ihm sind es viele, die sich nicht von Resignation bezwingen lassen, die nicht aufhören, das Unrecht beim Namen zu nennen. Noch kürzlich hat Brandt in Genf im Auftrag der Unicef eindrücklich die Notlage von Millionen hungernden Kindern beschworen, hat die bekannten, grobgeschätzten Zahlen genannt, hat seinen Appell erneuert. Doch wer hört zu?

Zur Zeit sind die harten Pragmatiker am Werk. Sie verhandeln, drohen, vertagen sich. Verfilzt mit der Drangsal alltäglicher Politik, will ihnen kein Überblick gelingen; zumeist geht es nur noch um Interessen, die gegen andere Interessen auf Kosten dritter Interessen abgewogen werden. Ein Flickteppich rasch fusselnder Erfolge ist ihre Leistung: Ob in Vietnam, ob um Israel, kein Waffenstillstand wird eingehalten; jedes gestern geschlossene Abkommen ist morgen schon kündbar. Die Großmächte USA und Sowjetunion, die sich zu Weltpolizisten ernannt hatten, sind an ihren eigenen Ansprüchen gescheitert. Führungslos und ohne Perspektive klammert sich die Menschheit an verbliebene Strukturen; denn je merklicher die soziale Gerechtigkeit ausbleibt, um so fanatischer werden die religiösen und nationalistischen Gegensätze ausgetragen.

Dabei sind alle großen religiösen Ideen Heilsbotschaften des Friedens. Hinduismus und Buddhismus lehren Toleranz. Die christliche Bergpredigt fordert zur Nächstenliebe auf. Und auch die säkularisierten Religionen – Kapitalismus und Kommunismus – verstanden sich einst als Kinder der europäischen Aufklärung: Sie wollten die Menschheit beglücken und die Freiheit verallgemeinern.

Nichts ist davon geblieben. Toleranz schlug um in Unduldsamkeit. Die Nächstenliebe verkam zu bigotter Frömmelei. Das Kapital zahlt sich in Machtmißbrauch aus. Im Kommunismus überlebte einzig die revolutionäre Phrase. Und überall das Leid gläubiger, betrogener Menschen. Namenlos auf engen Raum gepfercht, rechtlos gehalten, der Furcht, dem Hunger, wenn nicht dem religiösen Aberglauben, dann der Hoffnungslosigkeit überantwortet, begreifen sie nicht, was ihnen geschieht. Ihr Elend ist zu anonym gleichgestalt, als daß es sich in individuellen Rollen tragisch darstellen ließe. Sie spielen nicht mit, ihnen wird mitgespielt. Viele hundert Millionen grobgeschätzter

Analphabeten, die, weil in Unwissenheit gehalten, keine Korruption durchschauen, keinen Machtmißbrauch erkennen, keine Lüge widerlegen können. Wo sie nicht mit harter Hand unterdrückt werden, versucht man, sie mit frommen Versprechungen und durch schlaue Erkenntnis ihrer kleinen Bedürfnisse zu beschwichtigen.

Abseits von diesem wachsenden Elend hält sich eine weltweit privilegierte Elite in sorgfältig abgegrenzten Schutzzonen auf. Zwar besitzt sie nicht politische Macht, doch die jeweils politisch Mächtigen sind die Garanten ihrer kleinen Freiheit. Nicht etwa, daß diese geistige Elite untätig wäre: Tausende von jeweils richtigen Expertisen, Plänen und Zukunftsentwürfen widersprechen einander und heben sich auf. Der Streit der Spezialisten über die jeweils richtige Methode, mit der das Elend dieser Welt behoben werden könnte, füllt Bibliotheken und stellt zukünftigen Spezialisten spitzfindige Prüfungsaufgaben.

Ich will nicht ungerecht urteilen, zumal ich zu dieser Elite gehöre, ihre Arroganz, ihre Ohnmacht teile. Doch ist es nicht so? Während wir noch die bevorstehenden Katastrophen prognostizieren und einander im Detail spinnefeind sind, zwinkern wir dennoch listig und rufen uns beruhigende Stichworte zu: Wir werden schon überleben. Wir werden gewiß überleben.

Im Jahr 1927 geboren, gehöre ich einer Generation an, die an dem deutschen Verbrechen des Völkermordes an sechs Millionen Juden zwar nicht direkt beteiligt gewesen ist, aber dennoch bis heutzutage Verantwortung trägt und nicht vergessen kann oder will. Ich sagte: sechs Millionen ermordete Juden. Abermals eine grobe Schätzung. Die zu große abstrakte Zahl.

Nach 1945 glaubte alle Welt, dieses größte Verbrechen aller Zeiten werde ein heilsamer Schock sein, werde von seinen Ursachen her erkannt werden, müsse in seiner Umkehr kathartische Wirkung haben. Nichts dergleichen geschah. Nach wie vor werden Minderheiten diskriminiert und zu Hunderttausenden ermordet. Die abstrakte Zahl schockierte nicht, sondern wurde verdrängt. Schlimmer noch: Der Völkermord an sechs Millionen Juden ist der Steigerung fähig. Wenn heute der kleine Staat Israel, der durch das Unrecht der Judenverfolgung entstanden ist, abermals bedroht wird und, weil er bedroht wird, nur noch Terror mit Gegenterror, Unrecht mit Unrecht zu beantworten versteht, dann kann nicht mehr ausgeschlossen werden, daß das Verbrechen von Auschwitz und Treblinka in einem Vernichtungskrieg seine Fortsetzung findet. Wie unabwendbar scheint dieser folgerichtige Wahnsinn zu sein.

Die Welt schaut zu oder beteiligt sich halbwegs geniert an seinen Vorbereitungen. Die Großmächte, USA und Sowjetunion, sichern durch Waffenlieferungen seinen militärischen Verlauf. Die Staaten der Dritten Welt und die europäischen Industrienationen lassen sich durch die Ölmacht einiger arabischer Staaten erpressen. Der Papst macht ein bekümmertes Gesicht und sieht Jerusalems christliche Pilgerstätten gefährdet. Durch Unrecht ins Unrecht gesetzt, ist Israel isoliert. Und absurd komme ich mir vor, wenn ich mich als Gast in Indien vor Ihnen für dieses kleine, nach grober Schätzung übriggebliebene, unglückliche, weil immer bedrohte Volk ausspreche.

Ich sagte: grob geschätzt sechs Millionen. Deutsche Schuld, deutsche Verantwortung, die nicht abzutragen ist. Ohne das Verbrechen des Völkermordes auch nur im Ansatz verkleinern zu wollen, versuche ich dennoch, einen Hinweis zu geben auf den derzeitigen Völkermord, wie er tagtäglich stattfindet und gewöhnlich geworden ist.

Die Mehrheit des deutschen Volkes wußte nichts von der bürokratisch organisierten Endlösung in den Konzentrationslagern.

Die grob geschätzte Zahl sechs Millionen wurde in ihrem abstrakten und deshalb unbegreiflichen Ausmaß erst nach dem Krieg bekannt, aus Selbstschutz angezweifelt, verdrängt und dennoch von vielen meiner Landsleute, gewollt oder ungewollt, als lebenslängliche Bürde ertragen.

Heute wissen wir alles. Ein lückenloses Informationsnetz sorgt dafür, daß wir zwischen den gemischten Tagesnachrichten jeweils pünktlich erfahren, wo gehungert und gestorben wird. Die grobgeschätzten Zahlen lassen sich am Jahresende addieren. Unerschrocken hält das Fernsehen drauf. Illustrierte Zeitungen verbreiten in hoher Auflage gutfotografierte Elendsberichte. Die Not ist telegen, fotogen geworden. Und auch die Wissenschaft tappt nicht mehr im dunkeln. Unwiderlegte Statistiken füllen amtliche Jahrbücher. Bekannt ist, welche Vitamine wo fehlen. Vom globalen Proteindefizit zu sprechen ist für europäische Gymnasiasten und Studenten selbstverständlich geworden. Das gehört zur Allgemeinbildung wie die Relativitätstheorie. Noch grauenhafter in seiner gedankenlosen Hilflosigkeit ist jene in Europa verbreitete pädagogische Praxis, eßunlustige Kinder mit dem Hinweis auf hungernde Kinder in Indien und sonstwo zum Löffeln der eigenen Suppe zu ermuntern. Der Hunger ist Allgemeinplatz geworden. Niemand kann sagen, er wisse nicht, er habe davon nichts gewußt. Auch sind es nicht Sturmfluten oder andere Naturkatastrophen, die dieses zum Himmel schreiende Elend verursachen, sondern Menschenwerk oder, genauer gesagt: unterbliebenes Menschenwerk. Nichts kann uns freisprechen.

Und dennoch wird das wachsende Elend wegrelativiert, hofft Zynismus auf das Überleben der Stärkeren, ignoriert fatalistischer Gleichmut die wachsende Katastrophe, werden Länder und Völker wie Fehlplanungen abgeschrieben und zeichnet sich eine Zukunft ab, mit der verglichen Orwells utopischer Roman »1984« wie eine Idylle anmutet.

Ich bin Schriftsteller von Beruf. Ich versuche, gegen die vergehende Zeit anzuschreiben, damit das Vergangene nicht unbenannt bleibt. Zur Zeit sitze ich über einem Manuskript und mache Wörter, die weit ausholen, ins Mittelalter, in die Vorzeit zurücklangen und von essenden, kochenden, hungernden Menschen handeln. Die Geschichte der Nahrung und Ernährung will erzählt werden. Vergangener Hunger, vergangene Hungersnot sucht ihren Ausdruck. Doch die Zukunft hat uns schon eingeholt. Endlich – wir haben es geschafft. Die Zeiten sind wie aufgehoben: Vergangene Barbarei kommt uns spiegelverkehrt entgegen. Wir meinen zurückzublicken und erinnern dennoch bekannte Zukunft. Der Fortschritt, so scheint es, liegt hinter uns.

Ich bin zu Ihnen als Gast gekommen und will mich zum Schluß bedanken, indem ich nicht an Ihnen und Ihren häuslichen Problemen vorbeispreche. Wir wohnen ja alle, so fremd wir uns sind, Tür bei Tür. Und bald werden wir noch näher zusammenrücken müssen.

Von Europa aus gesehen ist Indien ein Land, das sich nicht mehr romantisch verklären oder als »geheimnisvoll-unbegreiflich« verdrängen läßt. Man spricht vom indischen Trauma. Indien? Erschreckend gegenwärtig. Wir kennen die Zahl der wachsenden Bevölkerung. Sind es fünfhundertsiebzig oder schon sechshundert Millionen? Wir hören von sogenannten Unruhen in den Bundesstaaten Bihar und Uttar Pradesch. Grobe Schätzungen variieren mehrstellige Zahlen. Bei uns gibt es junge Leute, die vom Hare-Krishna-Kult und vom Nirwana schwärmen. Bei uns sind gutausgestattete Bildbände käuflich, in denen die Kultur Indiens schön ist. In unseren Zeitungen, voll mit eigenen Skandalen, haben indische Korruptionsskandale ihren mittleren Stellenwert. Bei uns ist man satt und möchte nicht mit schlechtem Gewissen satt sein. Leichthin oder unwirsch sagt man: Da hilft nur noch Mao.

Ist – so frage ich mich und Sie – das indische Elend schier unabänderlich, weil es als Fatum, Schicksal, Karma verhängt ist? Dann werde ich mit bitterer Erkenntnis heimkehren. Oder ist das indische Elend, wie anderes Elend auch, nur Ergebnis der Klassen- und Kastenherrschaft, der Mißwirtschaft und Korruption? Dann sollte es aufzuheben sein, dieses Elend, weil es Menschenwerk ist.

Lena teilt Suppe aus

Aus Kesseln tief,
in denen lappiger Kohl und Graupen schwammen
oder Kartoffeln verkocht mit verkochten Wruken
und Fleisch nur Gerücht war,
es sei denn, es fielen Kaldaunen ab
oder ein Pferd krepierte zu günstigem Preis,
schöpfte Lena sämige Erbsen,
von denen nur Schlauben geblieben,
und Knorpel und Knöchlein,
die der Schweinsfuß, das Spitzbein gewesen waren
und nun im Kessel, wenn Lena tief rührte, lärmten,
wie vor dem Kessel, in Schlange gestellt,
die mit dem Blechnapf lärmten.

Nie blindlings, auch nicht mit fischender Kelle.
Ihr Suppenschlag hatte Ruf.
Und wie sie erhöht neben dem Kessel stand,
linkshändig auf ihrer Schiefertafel Zählstriche reihte,
mit rechter Hand rührte, dann einen halben Liter genau
in Napf nach Napf kippte
und aus gerunzeltem Winterapfelgesicht
nicht in den Kessel schaute,
sondern, als sähe sie was, in die Zukunft blickte,
hätte man hoffen, irgendwas hoffen können.
Dabei sah sie hinter sich,
sah sich vergangene Suppen schöpfen,

vor, nach den Kriegen, im Krieg,
bis sie sich jung sah neben dem Kessel.

Die Bürger jedoch,
wie sie abseits in ihren Mänteln standen
und Lena Stubbe erhöht sahen,
fürchteten sich vor ihrer andauernden Schönheit.
Deshalb beschlossen sie,
der Armut einen verklärenden Sinn zu geben:
als Antwort auf die soziale Frage.

Die Reise nach Zürich

Aus Der Butt

begann am Freitag vom Danziger Hauptbahnhof aus, nachdem die Nachricht vom 13. und 14. August donnerstags in der »Volkswacht« gestanden hatte. Zwar wurde vom hiesigen Vorstand sogleich beschlossen, eine würdige Trauerfeier zu veranstalten, die auch am Sonnabend im Bürgerschützenhaus unter starker Beteiligung stattfand, aber einen Delegierten wollte man nicht schicken, zumal sich die Genossin Lena Stubbe, die vor Jahren mit dem Parteivorsitzenden lebhaften Kontakt gepflegt hatte, kurzerhand entschloß, auf eigene Kosten die lange Reise anzutreten; einen Lorbeerkranz mit weißer Binde, auf dem »Leb wohl!« und »Wir geloben Solidarität!« in roten Lettern geschrieben stand und den der Ortsverein gestiftet hatte, nahm sie mit sich. Desgleichen gehörten, neben dem Notwendigsten in einem strohgeflochtenen Koffer, ein Laib Brot, ein Einmachglas voller Schwarzsauer vom Schwein und ein Netz Äpfel zu ihrem Gepäck. Gerade noch rechtzeitig wurde der eigens ausgestellte Reisepaß unterschrieben.

Otto Friedrich Stubbe brachte Lena zur Bahn. Er sprach männlich beherrscht und doch tiefbewegt zu ihr, obgleich er noch am Vortag von der teuren und Lenas Ersparnisse gänzlich verzehrenden Reise nach Zürich abgeraten hatte: »Da wird ja Menge genug sein.«

Während ich die Abfahrt des D-Zuges nach Berlin ungefähr (kurz nach 11 Uhr) angeben kann und mich auch sonst genau an den August 1913 erinnere, ist mir die Gegenwart wie unbegreiflich: Ist doch vor wenigen Tagen der jetzige Vorsitzende der SPD als Bundeskanzler zurückgetreten, nur weil ihm die Kommunisten einen Agenten ins Amt gesetzt hatten. Man kann es nicht fassen, flucht, »Diese Schweine!«, telefoniert mit anderen Fassungslosen, setzt sich, weil das Rumlaufen nichts bringt, lamentiert immer wieder, »Das darf nicht sein!«, und schreibt, um das Vergangene zu beleben, über August Bebel: Wie hätte der wohl anstelle gehandelt? Was hätte der zum Agentenproblem gesagt? Und für oder gegen wen hätte sich Bebel entschieden, als sich am 22. April 1946 die KPD und die SPD in der sowjetisch besetzten Zone Deutschlands auf einem Vereinigungsparteitag zur SED zusammenschlossen? Bei diesem feierlichen Anlaß überreichte ein alter Genosse unter Beifall des sozialdemokratischen Genossen Grotewohl dem kommunistischen Genossen Pieck jenen Holzstab, den Bebel selbst gedrechselt und mit dem er auf dem turbulenten Erfurter Parteitag von 1891 »Ruhe!« geklopft hatte.

Doch die symbolische Schutzkraft des Stabes war nicht stark genug, um etliche Sozialdemokraten (bald nach dem Einigungsparteitag) vor dem Zuchthaus Bautzen zu schützen, auch konnte nichts die regierenden Kommunisten in der DDR hemmen, sich selber und jeden anderen, also auch Bebels Nachfolger zu bespitzeln.

Das hatte der Drechslermeister natürlich nicht bedacht, als er sich – noch immer aus beruflicher Neigung – einen Stock handlich drehte, um seiner Autorität, bei allzu lautem Streit über den wahren Weg zum Sozialismus, Nachdruck zu geben. (Oder war Willy zurückgetreten, weil ihn die Macht ekelte?)

Als Lena Stubbe um 19.30 Uhr in Berlin auf dem Bahnhof Friedrichstraße ankam, mußte sie in die Stadtbahn umsteigen, denn der D-Zug über Halle, Erfurt, Bebra, Frankfurt, Karlsruhe, Basel nach Zürich fuhr um 22 Uhr 13 vom Anhalter Bahnhof ab. Von Schneidemühl an hatte sie in ihrem Eckplatz wie gleichmütig schlafen können, so flach war das Pommernland. Auf dem Bahnsteig, dem entlang viele Genossen aus anderen Ortsvereinen und Parteibezirken mit Kränzen standen, aß sie einen Apfel, und später, als sie in ihrem Abteil mit Glück einen Fensterplatz fand, schnitt sie von dem Laib Vollkornbrot ab und legte Portionen Schwarzsauer aus dem Einmachglas auf die Stullen. Dazu trank sie eine von den vier Flaschen Aktienbier leer, die ihr ihr Otto Friedrich fürsorglich in die Reisetasche gesteckt hatte.

Der Vorsitzende, dessen Tätigkeit als Buchautor einträglich gewesen war, hatte sich für sein Alter ein Haus am Zürichsee gebaut, weil seine einzige Tochter dorthin geheiratet hatte. Lena war, als August Bebel dreiundsiebzigjährig starb, vierundsechzig Jahre alt. Die Genossin ihr gegenüber mochte Anfang Vierzig sein. Es saßen noch drei Herren im Abteil, von denen aber nur einer aus sozialistischen Gründen nach Zürich wollte. Dieser Herr Michels, der als Dozent der Nationalökonomie in Turin wohnte und, obgleich zufällig in Lenas Abteil geraten, dennoch mit der anderen Mitreisenden bekannt war – er duzte sie –, eröffnete bald nach Abfahrt des Zuges ein Gespräch von solch radikaler Tonart, daß die beiden anderen Herren, noch bevor sie in Halle ausstiegen, das Abteil wechselten, wobei der eine, zum Vergnügen der Frauen, von »kommunistischer Pestilenz« sprach.

In mehrfachem Sinn taten die Herren Robert Michels Unrecht, denn der immer noch junge Mann entstammte einer rheinischen Kaufmannsfamilie. Zwar hatte er, nach kurzem Zwischenspiel als preußischer Offizier, rasch Kontakt zu revolutionären Sozialisten gewonnen, aber von der

270

deutschen Sozialdemokratie und deren Ordnungsprinzipien abgestoßen, die Nähe der italienischen und französischen Syndikalisten gesucht. Von Sorel beeinflußt, war ihm der kleinbürgerliche Reformismus der Sozis zuwider, wenngleich er von dem Unteroffizierssohn Bebel nicht nur enttäuscht, sondern auch, aus Sehnsucht nach wahrer Autorität, fasziniert war. Deshalb fuhr Michels zum Begräbnis des Vorsitzenden einer Partei, die er, auf seinem Weg nach vorne, schon längst hinter sich gelassen hatte. Weit links sah er sich von der Frau Rosa, die sich selbst zum linken Flügel ihrer Partei zählte. In Lena Stubbe, die ihm, wie allen im Abteil, Äpfel anbot, sah er nichts; wie hätte er auch jene weißhaarige Frau begreifen können, die sich bei der Abfahrt des Zuges bekreuzigte und diese Sünde wider den Geist der Aufklärung auf jeder Station wiederholte.

Die Wechselrede der beiden jüngeren Reisenden entzündete sich an der These vom Generalstreik als revolutionärer Kampfmaßnahme der Massen. Zwar war auch Michels für den großen Streik, doch warf er Rosa vor, Angst vor dem Gebot der Legalität bewiesen, vor Bebel, dem »notorischen Mehrheitspolitiker«, gekuscht und die linke Abspaltung nicht gewagt zu haben. »Du mit deinem Demokratiegerede. Die Massen sind als Kraft blind. Sie müssen durch führenden Willen vorangerissen werden. Der Wille des Volkes will immer nur paar Pfennige draufgezahlt und gelegentlich ein Freibier spendiert bekommen. Eure Sozialdemokratie stinkt nach bürgerlicher Dekadenz. Da ist alles aufs Statut gebracht. Kein Platz bleibt mehr für anarchistische Kraft, die mit eisernem Besen den Staub von tausend Jahren zuhaufkehrt und endlich Raum schafft für die viel größere Freiheit.«

Die wolle sie auch, sagte Rosa. Doch Freiheit lasse sich nicht von oben nach unten befehlen. Sie müsse von der Basis her – und sei es mit Hilfe von Organisation – wachsen. »Freilich ohne das jetzige Kompromißlertum. Die Bernsteins und Kautskys müssen weg. Jetzt, wo der Alte tot ist, werden junge Kräfte frei werden. Wir müssen wieder zur Spontaneität zurückfinden. Notfalls gegen die Partei.«

So redeten sie bis Bebra. Als es draußen schon dämmerte, sprach Lena: Eigentlich wolle sie bißchen schlafen. Aber das müsse doch noch gesagt werden. Was die Genossin Luxemburg da rede, habe sie ähnlich in Zeitschriften gelesen. Und das stimme auf dem Papier. Der Freiheit von unten hoch könne sie nur zustimmen. Und was der Genosse Michels, von dem sie leider noch nichts gelesen habe, hier großartig von sich gebe, sei so schön, als hätte es ihr Otto Friedrich in Adlers Brauhaus gesagt, wenn ihn mal wieder sein radikaler Sonntag hinreiße. Aber das Leben finde am Montag statt und dann die lange Woche lang. Das habe der Genosse Bebel immer wieder gesagt. Ein Jammer, daß er nicht mehr den Vorsitz halte. Was solle denn nun geschehen, wenn niemand so viel Richtigkeit links und rechts je wieder auf einen ordentlichen Satz bringen könne? Denn zuviel Richtigkeit sei gefährlich. Da rede man sich bald von der Einigkeit weg. Ob die Genossin Luxemburg das nicht bedenken wolle. Und was den Genossen Michels angehe, der so studiert sei und für alles zwei Wörter habe, der solle man aufpassen, daß ihn seine Rede nicht allzuweit nach links trage, sonst komme er rechts wieder raus. Sie kenne da Leute, wie Karlchen Klawitter, die hätten sich paar Jahre später nicht wiedererkannt. Nur was wirklich sei, zum Beispiel das Elend, das bleibe sich gleich.

Darauf bot Lena Stubbe noch einmal von ihren Äpfeln an, zog sich dann den Mantel übers Gesicht und schlief, während der D-Zug durch den hellen Morgen hastete und dabei bemüht war, pünktlich zu bleiben, denn auch der Lokomotivführer und der Heizer sowie die wechselnden Zugschaffner waren alle Genossen. Die wußten genau, wen sie wohin fuhren und daß ihr planmäßiger Zug von Teil-strecke zu Teilstrecke historischer wurde.

Rosa Luxemburg und Robert Michels jedoch waren unter Lenas Worten – einmal hatte sie zu Rosa »Kindchen« und »Marjell« gesagt – ein wenig nachdenklich geworden. Doch mußten sie, weil der Sozialismus so will und wie aus Gewohnheit noch eine gute Stunde lang, wenn auch aus Rücksicht halblaut, übers Prinzip streiten, bis auch sie müde wurden.

Natürlich wollte sich Rosa nicht (wie ihr später mit schlimmer Folge geschah) von der Partei abspalten. Natür-lich wollte der radikale Bürgerssohn nicht nach exzentri-schem Kreislauf ins Lager der Reaktion eingehen (dennoch wurde Robert Michels bald nach dem Ersten Weltkrieg – der stand kurz bevor – in Italien, wo er Professor war, ein begeisterter und bis zum Schluß radikaler Faschist). Über-haupt reiste im D-Zug nach Zürich viel Zukunft mit: Ebert und Scheidemann saßen in einem Abteil erster Klasse, auch Plechanoff, den Lenin schon damals als Revisionisten beschimpfte, kam auf diesem Weg angereist, um an Bebels Grab für die russischen Genossen zu sprechen.

Es ist ja leider nicht so, daß man alles vorher wissen kann. Bebel hatte den brillanten jungen Mann, bei allem Spott auf Bürgersöhne, durchaus geschätzt: seine (liberale) Wissen-schaftlichkeit, seinen (farbigen) Stil. Und auch Brandt war die Zuverlässigkeit und die durch nichts einzutrübende Gemütslage des Genossen Guillaume zur beruhigenden Gewohnheit geworden. Verräter haben ihren besonderen Charme. Das schmeichelte sogar ein wenig, zumal Michels wie Guillaume bis in ihren Verrat hinein immer respekt-voll, der eine über Bebel, der andere über Brandt zu berich-ten wußten. Wer Michels' Nachruf auf Bebel liest, erkennt selbst in den kritischen Passagen, wie sehr er den alten

Knasterbart geliebt haben muß. Und sollte uns Guillaume eines Tages die »Memoiren eines Verräters« bescheren, wird er gewiß fein säuberlich zwischen der Sache seiner staatlichen Auftraggeber und seinem privaten Gefühl zu unterscheiden wissen. Schließlich verrät man nur, was man liebt; wenngleich Lena Stubbe, die zeitlebens nur immer der Not gehorchte, eindeutig blieb, auch wenn sie liebte.

Pünktlich um 15 Uhr 29 erreichte der D-Zug den Hauptbahnhof Zürich. Die Arbeiterunion hatte für die Angereisten Quartiere vorbereitet. Wie immer klappte die Organisation. Lena, die sich von Rosa mütterlich – »Paß auf dich auf, Marjell! Und schreib mal was Kluges über uns arme Weiber« – und von Michels mit einem gutmütigen Klaps verabschiedet hatte, fand ihr Nachtlager bei der Familie Loss. Es gab zu Milchkaffee eine schweizerische Spielart von Bratkartoffeln, Röschti genannt.

Vater Loss, der sich bis zum Kannichtmehr als Briefträger seine Schuhsohlen abgelaufen hatte, erzählte, wie die hiesigen und die reichsdeutschen Genossen von der Post während der Zeit der Sozialistengesetze zusammengearbeitet und die in Zürich gedruckte, im Reich verbotene Zeitung »Socialdemokrat« über die Grenze geschmuggelt hätten.

Lena Stubbe erzählte vom Streik auf der Klawitterwerft und wie Bebel Auf dem Brabank Gast gewesen war. Ihr Proletarisches Kochbuch, das keinen Verleger gefunden hatte, erwähnte sie nur beiläufig, doch fand sie bei Mutter Loss, die in Lenas Alter war, Interesse.

Dann wurden alle zu Bett geschickt und von Zürichs Glocken wieder geweckt. Ein schöner Sommertag gab den Anschein, daß überall alles blitzblank sei. Das Geld ging zur Kirche. Der liebe Gott hütete sein Bankgeheimnis. Noch merkte man nicht, daß Bebel tot war.

Das war im Mai, als Willy zurücktrat. Ich hatte mit Möwenfedern den sechsten tagsüber mich gezeichnet: ältlich schon und gebraucht, doch immer noch Federn blasend, wie ich als Junge (zur Luftschiffzeit) und auch zuvor, soweit ich mich denke (vorchristlich steinzeitlich) Federn, drei vier zugleich, den Flaum, Wünsche, das Glück liegend laufend geblasen und in Schwebe gehalten habe. (Willy auch. Sein bestaunt langer Atem. Woher er ihn holte. Seit dem Lübecker Pausenhof.) Meine Federn – einige waren seine – ermatten. Zufällig liegen sie wie gewöhnlich. – Draußen, ich weiß, bläht die Macht ihre Backen; doch keine Feder, kein Traum wird ihr tanzen.

Die Bestattungsfeierlichkeiten waren auf Sonntag mittag, zwei Uhr angesetzt. Weil der Genosse Loss zum Organisationskomitee gehörte, bekam Lena eine Einlaßkarte für den Städtischen Friedhof Sihlfeld, die sie bei der Arbeiterunion in der Stauffacherstraße abholte. Die aufgebahrte Leiche war bis Sonnabend im großen Saal des Volkshauses für das Publikum zugänglich gewesen. Von dort wurde der tote Bebel zum Haus seiner verwitweten Tochter in der Schönbergstraße gebracht. Dann formierte sich der Trauerzug. Voran das Musikkorps »Konkordia«. Es folgten über fünfhundert Kranzträger, unter ihnen Lena Stubbe, die ihren Kranz nicht hatte abgeben wollen. Danach der Leichenwagen, dem mehrere Blumenwagen, der Wagen mit der trauernden Familie und zwei weitere Wagen mit Gebrechlichen folgten. Den Trägern der Traditionsfahnen schlossen sich die Delegationen aus Deutschland (mit der Reichstagsfraktion), Frankreich, England, Österreich, der Schweiz sowie weitere Gruppen an. Hinter dem Musikkorps »Eintracht« folgten in großer Masse die politischen Vereine von Zürich und Umgebung. Den Schluß bildeten die Gewerkschaftsorganisationen. Selbst die in Sachen

Arbeiterbewegung immerfort hämische »Neue Zürcher Zeitung« staunte über den Aufwand und wollte nicht begreifen.

Durch die Rämistraße über die Kaibrücke, durch die Thalstraße, Badener Straße bewegte sich der Trauerzug in Richtung Sihlfeld. Die Kirchen blieben stumm; nur der Glöckner der Jakobskirche war offenbar ein Genosse. Tausende standen auf den Bürgersteigen. Die Herren trugen zumeist flache Strohhüte, die Frauen Hüte mit Kunstblumenschmuck. Nicht alle Herren entblößten sich, während der Leichenwagen vorüberfuhr. Ein Jahr später wurden Strohhüte von gleicher Beschaffenheit fotografiert, als sich überall in Europa vielköpfige Mengen versammelten, um der Proklamation des Krieges zuzujubeln; obgleich die Sozialistische Internationale noch kurz zuvor in Basel den Einbund gegen jeglichen Krieg beschlossen hatte, wobei Bebel seine Friedensrede gegen den Rüstungswettlauf und die allseitige Kriegshetze, wie immer, tatenlustig beendet hatte: »Gehen wir ans Werk, frischauf vorwärts!«

Auf dem Friedhof Sihlfeld sah Lena Stubbe die Genossin Rosa nur kurz, doch mehrmals den Genossen Michels, der mit allen Delegationen vertraut und mit den Franzosen und Italienern per du war. In das griechische Tempelchen, dem man nicht ansah, daß es ein Krematorium bedeutete, fand Lena nicht mehr hinein. Zu groß war der Andrang der Delegationen. Sie konnte noch rasch ihren Kranz abgeben und später das eine und andere Wort der Reden hören. Es sprachen der Schweizer Nationalrat Hermann Greulich, der Österreicher Viktor Adler, der Belgier Vandervelde, der Reichstagsabgeordnete Legien, der Russe Plechanoff. Leider war Jean Jaurès durch Krankheit verhindert. Namen, die erst später bekannt wurden, seien dennoch genannt: Otto Braun, Karl Liebknecht, Otto Wels, Ebert, Scheidemann. Im Namen der sozialistischen Frauen aller

Länder sprach die Genossin Clara Zetkin. Sie nannte Bebel »Erwecker von Millionen Frauen«. Sie sagte: »Niemand hat mit heiligerem Ingrimm als du alle Ungerechtigkeiten und Vorurteile über unser Geschlecht bekämpft...«

Neben der Urne seiner Frau Julie wurde seine Urne beigesetzt. Weil August Bebel im Testament es so gewünscht hatte, sang zum Schluß der Grütli-Männerchor das Huttenlied von Gottfried Keller: »Du lichter Schatten, habe Dank...«

Lena blieb noch, weil sie nun mal die lange Reise gemacht hatte, drei Tage bei ihren Quartierleuten als Gast. Doch die Berge hat sie nur von weitem gesehen: bei Föhn, vom Ufer des Zürichsees aus. Für Frieda Lewandowski, die Nachbarin Auf dem Brabank, kaufte sie eine Kuhglocke. Erst am letzten Tag wurde sie traurig und wurde ihr alles fremd.

Als die Genossin Loss sie zum Bahnhof brachte, gab sie ihr einen runden Brotlaib, ein Stück Appenzeller Käse und ein Krüglein voll leichtem Wein vom Herrliberg mit. Im D-Zug nach Berlin saß sie zwischen Fremden. Doch bald holte sie ein Diarium aus ihrer Reisetasche. Ihre Brille fand sie in einem schwarzen Seidenbeutel zwischen dem restlichen Geld, dem Paß, einigen Haarklammern und dem Röhrchen voll Natron. Sie schrieb Rezepte auf, nach denen die Genossin Loss zu kochen gewohnt war, etwa: Zwiebelwähe oder Chäsküchli in Fett schwimmend gebacken oder geschnetzelte Leber zu Röschti oder eine Suppe aus gebräuntem Mehl. So näherte sich Lena wieder ihrem Otto Friedrich, den sie bald, weil der Krieg seine Abstriche machte, überleben sollte.

Drei Fragen

Wie kann ich,
wo uns Entsetzen in Blei gießen sollte,
lachen,
beim Frühstück schon lachen?
Wie sollte ich,
wo Müll, nur noch der Müll wächst,
von Ilsebill, weil sie schön ist,
und über die Schönheit reden?
Wie will ich,
wo die Hand auf dem Foto
bis zum Schluß ohne Reis bleibt,
über die Köchin schreiben:
wie sie Mastgänse füllt?

Die Satten treten in Hungerstreik.
Der schöne Müll.
Das ist zum Kaputtlachen ist das.

Ich suche ein Wort für Scham.

IX

Das »Geschenk der Einheit«

1989

Aus *Mein Jahrhundert*

Als wir, von Berlin kommend, zurück ins Lauenburgische fuhren, kam uns, weil aufs Dritte Programm abonniert, die Nachricht übers Autoradio verspätet zu Ohren, worauf ich, wie zigtausend andere, wahrscheinlich »Wahnsinn!«, vor Freude und Schreck »Das ist ja Wahnsinn!« gerufen und mich dann, wie Ute, die am Steuer saß, in vor- und rückläufigen Gedanken verloren habe. Und ein Bekannter, der auf der anderen Seite der Mauer seinen Wohnsitz und Arbeitsplatz hatte und im Archiv der Akademie der Künste, zuvor wie gegenwärtig, Nachlässe hütet, bekam die fromme Mär gleichfalls verzögert, sozusagen mit Zeitzünder geliefert.

Seinem Bericht zufolge kehrte er schwitzend vom Joggen aus dem Friedrichshain zurück. Nichts Ungewöhnliches, denn auch den Ostberlinern war diese Selbstkasteiung amerikanischen Ursprungs mittlerweile geläufig. An der Kreuzung Käthe-Niederkirchner-Straße/Bötzowstraße traf er einen Bekannten, den gleichfalls Laufen ins Hecheln und Schwitzen gebracht hatte. Noch auf der Stelle tretend, verabredete man sich für den Abend auf ein Bier und saß dann in dem geräumigen Wohnzimmer des Bekannten, dessen Arbeitsplatz in der, wie es hieß, »materiellen Produktion« sicher war, weshalb es meinen Bekannten nicht erstaunte, in der Wohnung seines Bekannten einen frisch verlegten Parkettboden vorzufinden; solch eine Anschaffung wäre ihm, der im Archiv nur Papier bewegte und allenfalls für Fußnoten zuständig war, unerschwinglich gewesen.

Man trank ein Pilsner, noch eines. Später kam Nordhäuser Korn auf den Tisch. Man redete von früher, von den heranwachsenden Kindern und von ideologischen Barrieren bei Elternversammlungen. Mein Bekannter, der aus dem Erzgebirge stammt, wo ich im Vorjahr auf Kammlagen totes Holz gezeichnet hatte, wollte, wie er seinem Bekannten sagte, im kommenden Winter mit seiner Frau dort zum Skilaufen hin, hatte aber Probleme mit seinem Wartburg, dessen Vorder- wie Hinterreifen so runtergefahren waren, daß sie kaum noch Profil zeigten. Jetzt hoffte er, über seinen Bekannten an neue Winterreifen zu kommen: wer sich im real existierenden Sozialismus privat Parkett legen lassen kann, der weiß auch, wie man an die Spezialreifen mit der Markierung »M+S«, was heißen sollte »Matsch und Schnee«, herankommt.

Während wir uns, nun schon mit froher Botschaft im Herzen, Behlendorf näherten, lief im sogenannten »Berliner Zimmer« des Bekannten meines Bekannten mit fast auf Null gedrehtem Ton das Fernsehen. Und während noch die beiden bei Korn und Bier über das Reifenproblem plauderten und der Parkettbesitzer meinte, daß an neue Reifen im Prinzip nur mit dem »richtigen Geld« ranzukommen sei, sich aber anbot, Vergaserdüsen für den Wartburg zu besorgen, sonst jedoch keine weitere Hoffnung zu machen verstand, fiel meinem Bekannten mit kurzem Blick in Richtung tonlose Mattscheibe auf, daß dort offenbar ein Film lief, nach dessen Handlung junge Leute auf die Mauer kletterten, rittlings auf derem oberen Wulst saßen und die Grenzpolizei diesem Vergnügen tatenlos zuschaute. Auf solche Mißachtung des Schutzwalls aufmerksam gemacht, sagte der Bekannte meines Bekannten: »Typisch Westen!« Dann kommentierten beide die laufende Geschmacklosigkeit – »Bestimmt ein Kalter-Kriegs-Film« – und waren bald wieder bei den leidigen Sommerreifen und fehlenden Winterreifen.

Vom Archiv und den dort lagernden Nachlässen mehr oder weniger bedeutender Schriftsteller war nicht die Rede.

Während wir bereits im Bewußtsein der kommenden, der mauerlosen Zeit lebten und – kaum zu Hause angekommen – die Glotze in Gang setzten, dauerte es andererseits der Mauer noch ein Weilchen, bis endlich der Bekannte meines Bekannten die paar Schritte übers frischverlegte Parkett machte und den Ton des Fernsehers voll aufdrehte. Ab dann kein Wort mehr über Winterreifen. Dieses Problem mochte die neue Zeitrechnung, das »richtige Geld« lösen. Nur noch den restlichen Korn gekippt, dann weg und hin zur Invalidenstraße, wo sich bereits die Autos – mehr Trabant als Wartburg – stauten, denn alle wollten zum Grenzübergang hin, der wunderbar offenstand. Und wer genau hinhörte, dem kam zu Ohren, daß jeder, fast jeder, der zu Fuß oder im Trabi in den Westen wollte, »Wahnsinn!« rief oder flüsterte, wie ich kurz vor Behlendorf »Wahnsinn!« gerufen, mich dann aber auf Gedankenflucht begeben hatte.

Ich vergaß, meinen Bekannten zu fragen, wie und wann und gegen welches Geld er endlich doch noch an Winterreifen gekommen sei. Auch hätte ich gerne gewußt, ob er den Jahreswechsel von neunundachtzig auf neunzig mit seiner Frau, die während DDR-Zeiten eine erfolgreiche Eisschnelläuferin gewesen ist, im Erzgebirge gefeiert hat. Denn irgendwie ging das Leben ja weiter.

Bei den Mauerspechten

Aus *Ein weites Feld*

Erst als Hoftaller versprach, nicht, wie damals die »Vossin«, an die vierhundert Spitzen der Berliner Gesellschaft zu versammeln, sondern den Kreis der Feiernden klein zu halten, ihn sogar, wenn gewünscht, radikal auf das betagte Geburtstagskind und ihn, den Nothelfer in schwieriger Lage, zu beschränken, gab Fonty klein bei: »Möchte mich zwar lieber in meine Sofaecke drücken – mit demnächst siebzig darf man das –, aber wenn es denn sein muß, muß es was Besonderes sein.«

Hoftaller schlug den Künstlerklub »Möwe« in der Maternstraße vor. Danach bat er seinen Gast, das beliebte Theaterrestaurant »Ganymed« am Schiffbauerdamm zu erwägen. Nichts paßte. Und auch das »Kempinski« im Westen der Stadt war nicht nach Fontys Wünschen. »Mir schwebt«, sagte er, »etwas Schottisches vor. Nicht unbedingt mit Dudelsack, aber annähernd schottisch soll es schon sein...«

Wir, die im Archiv übriggebliebenen Fußnotensklaven, ermahnen uns, nicht vorschnell den Siebzigsten abzufeiern, sondern von jenem Spaziergang Bericht zu geben, der schon Mitte Dezember stattfand und erst nach längerem Verlauf Gelegenheit bot, den bevorstehenden Geburtstag zu bereden und dessen Feier zu planen.

An einem frostklirrenden Wintertag, dem ein wäßrig blauer Himmel über der nunmehr ungeteilten Stadt entsprach, am 17. Dezember, als in der Dynamo-Halle die bislang führende Partei tagte, um sich mit neuem Namen zu verkleiden, an einem Sonntag, der Klein und Groß auf die Beine brachte, kamen auch sie zielstrebig Ecke Otto-Grote-wohl-, Leipziger Straße ins Bild: lang und schmal neben breit und kurz. Der Umriß der Hüte und Mäntel aus dunklem Filz und grauem Wollgemisch verschmolz zu einer immer größer werdenden Einheit. Was sich gepaart näherte, schien unaufhaltsam zu sein. Schon waren sie am Haus der Ministerien, genauer, an dessen nördlicher Flanke vorbei. Mal gestikulierte die hochwüchsige, mal die kleinwüchsige Hälfte. Dann wieder waren beide mit Händen aus weiten Ärmeln beredt, der eine bei ausholendem Schritt, der andere im Tippelschritt. Ihre Atemstöße, die sich als weiße Wölkchen verflüchtigten. So blieben sie einander vorweg und hinterdrein, waren aber dennoch miteinander verwachsen und von einer Gestalt. Da dem Gespann kein Gleichschritt gelang, sah es aus, als bewegten sich leicht zapplige Schattenrißbildchen. Der Stummfilm lief in Richtung Potsdamer Platz, wo die als Grenze gezogene Mauer schon in Straßenbreite niedergelegt war und in jede Fahrtrichtung offenstand; doch ließ dieser Übergang, weil oft verstopft, nur verzögerten Verkehr von der einen zur anderen Stadthälfte, zwischen zwei Welten, von Berlin nach Berlin zu.

Sie überquerten ein jahrzehntelang wüstes Niemandsland, das nun als Großfläche nach Besitzern gierte; schon gab es erste, einander übertrumpfende Projekte, schon brach Bauwut aus, schon stiegen die Bodenpreise.

Fonty liebte solche Spaziergänge, zumal ihm der Westen neuerdings mit dem Tiergarten Auslauf bot. Jetzt erst kam sein Spazierstock ins Bild. Von Hoftaller, der ihm ohne Stock, aber mit praller Aktentasche anhing, war bekannt, daß er, außer der Thermosflasche und der Brotbüchse, jederzeit einen durch Knopfdruck auf Normalgröße zu entfaltenden Kleinschirm bei sich trug.

In ihrem kaum mehr bewachten Zustand machte die Mauer beiderseits des Durchlasses Angebote. Nach kurzem Zögern entschieden sie sich nach rechts hin in Richtung Brandenburger Tor. Metall auf Stein: von fern her schon hatten sie das helle Picken gehört. Bei Temperaturen unter Null trägt solch ein Geräusch besonders weit.

Dicht bei dicht standen oder knieten Mauerspechte. Die im Team arbeiteten, lösten einander ab. Einige trugen Handschuhe gegen die Kälte. Mit Hammer und Meißel, oft nur mit Pflasterstein und Schraubenzieher zermürbten sie den Schutzwall, dessen Westseite während der letzten Jahre seines Bestehens von anonym gebliebenen Künstlern mit lauten Farben und hart konturierendem Strich zum Kunstwerk veredelt worden war: Das geizte nicht mit Symbolen, spuckte Zitate, schrie, klagte an und war gestern noch aktuell gewesen.

Hier und dort sah die Mauer schon löchrig aus und zeigte ihr Inneres vor: Moniereisen, die bald Rost ansetzen würden. Und über weite Flächen gab das kilometerlange, bis kurz vor Schluß verlängerte Wandbild in museumsreifen Fragmenten handtellergroße Placken und in winzigen Bruchstücken wilde Malerei preis: freigesetzte Phantasie und erstarrte Protestchiffren.

All das sollte dem Andenken dienen. Abseits vom Gehämmer, im sozusagen zweiten Glied der von Westen her betriebenen Demontage, lief bereits das Geschäft. Auf Tücher oder Zeitungen gebreitet, lagen gewichtige Batzen und winziger Bruch. Einige Händler boten drei bis fünf Fragmente, keins größer als ein Markstück, in Klarsichtbeuteln an. Bestaunt werden konnten mit Geduld abgesprengte größere Details der Mauermalerei, etwa der Kopf eines Ungeheuers mit Stirnauge oder eine siebenfingrige Hand; Exponate, die ihren Preis hatten, und dennoch fanden sich Käufer, zumal ihnen ein datiertes Zertifikat – »Original Berliner Mauer« – mit dem Souvenir ausgehändigt wurde.

Fonty, der nichts unkommentiert lassen konnte, rief: »Bruch ist besser als Ganzes!« Weil er nur Ostgeld locker hatte, schenkte ihm ein jugendlicher Händler, dem offenbar genug Gewinn zugeflossen war, drei groschengroße Absprengsel, deren Farbspuren, das eine Schwarz gegen Gelb, das andere Blau neben Rot, das dritte Stück dreierlei Grün, als kostbar zu gelten hatten: »Hier, Opa, nur für Ostkundschaft und weil Sonntag ist.«

Anfangs wollte sein Tagundnachtschatten dem zwar illegalen, doch beiderseits der Mauer geduldeten Volksvergnügen nicht zusehen; Fonty mußte ihn am Ärmel ziehen. Er zerrte seinen Kumpan regelrecht an laufenden Bildmetern vorbei. Nein, das war nichts für Hoftaller. Diese Mauerkunst war nicht nach seinem Geschmack; und doch mußte er ansehen, was ihn schon immer angewidert hatte. »Chaos!« rief er. »Nichts als Chaos!«

Als sie an eine Stelle der enggefügten und durch einen Wulst überhöhten Betonplatten kamen, die nach Osten Ausblick bot, weil dem abgrenzenden Bauwerk kürzlich von oben weg eine weit klaffende Lücke geschlagen worden war, blieben sie stehen und schauten durch den offenen Keil, aus dessen gezackten Rändern teils verbogene, teils abgesägte Moniereisen ragten. Sie sahen den Sicherheitsgürtel, die Hundelaufanlage, das weite Schußfeld, sahen über den Todesstreifen hinweg, sahen die Wachtürme.

Von drüben gesehen, schaute Fonty ab Brusthöhe durch den erweiterten Spalt. Neben ihm war Hoftaller von den Schultern aufwärts im Bild: zwei Männer mit Hüten. Wäre aus östlichem Bedürfnis nach Sicherheit noch immer ein Grenzsoldat wachsam gewesen, hätte er von beiden ein erkennungsdienstliches Photo schießen können.

Längere Zeit schwiegen sie durch den geschlagenen Keil, doch hielt jeder anders laufende Erinnerung zurück. Endlich sagte Hoftaller: »Macht mich traurig, auch wenn wir diesen Abbruch spätestens seit der ›Sputnik‹-Affäre vorausgesagt haben. Wird man eines Tages lesen können, unseren Bericht über den Zerfall staatlicher Ordnung. Wurde nicht zur Kenntnis genommen. Keiner der führenden Genossen war ansprechbar. Kenne das: die übliche Ertaubung während ner Spätphase...«

Mehr flüsternd als laut setzte Hoftaller seinen dienstlichen Kummer durch die Mauerlücke frei. Plötzlich kicherte er. Ein lange zurückgehaltenes, nun bis zum Überfluß gespeichertes Kichern schüttelte ihn. Und Fonty, der sein Ohr dem Flüsternden zuneigen mußte, hörte: »Eigentlich komisch. Typischer Fall von Machtermüdung. Nichts greift mehr. Aber wissen möchte man schon, wer den Riegel aufgesperrt hat. Na, wer hat dem Genossen Schabowski den Spickzettel untergeschoben? Wer hat ihm erlaubt, ne Durchsage zu machen? Satz auf Satz rausposaunt... ›Ab heute ist...‹ Na, Fonty, wem wird das Sprüchlein ›Sesam, öffne dich‹ eingefallen sein? Wem schon? Kein Wunder, daß der Westen wie vom Schlag gerührt war, als ab 9. November Zehntausende, was sag ich, Hunderttausende rüberkamen, zu Fuß und mit ihren Trabis. Waren richtig perplex ... haben Wahnsinn geschrien ... Wahnsinn! Aber so ist das, wenn man jahrelang jammert: ›Die Mauer muß weg...‹ Na, Wuttke, wer hat ›Bitteschön, schluckt uns‹ gesagt? Fällt der Groschen?«

Fonty, der bisher bei schräger Kopfhaltung geschwiegen hatte, wollte nicht rätseln. Eher beiläufig spielte er eine Gegenfrage aus: »Wo steckten eigentlich Sie, als damals hier alles dichtgemacht wurde, querdurch?«

Vor dem in Brust- und Schulterhöhe klaffenden Spalt standen sie immer noch wie gerahmt: ein Doppelporträt.

Weil sich beide gern dem Ritual eingeübter Befragungen unterwarfen, nehmen wir an, daß Fonty vorauswußte, was Hoftaller zur Litanei reihte: »Infolge der Konterrevolution... Als nur noch mit Hilfe der Sowjetmacht... Kam zu Säuberungen bald danach...«

Er zählte unterlassene Sicherheitsmaßnahmen auf und sprach von Enttäuschungen. Noch immer bedauerte er Systemlücken. Untilgbar hing ihm der 17. Juni an: »Wurde strafversetzt. Saß im Staatsarchiv rum. Rutschte in ne depressive Stimmungslage. Habe deshalb den Arbeiter- und Bauern-Staat verlassen müssen. War aber keine prinzipielle Sinnkrise. Nein, Tallhover hat nicht Schluß gemacht, hat nur die Seite gewechselt, war drüben gefragt. Das hat mein Biograph leider nicht glauben wollen, hat die im Westen gängige Freiheit fehleingeschätzt, hat mich ohne Ausweg gesehen, mir ne Todessehnsucht angedichtet, als könnte unsereins Schluß machen. Für uns, Fonty, gibt's kein Ende!«

Hoftaller sprach nicht mehr im Flüsterton. Nun nicht mehr vor die klaffende und zum Bekenntnis zwingende Plattenkonstruktion gestellt, sondern wieder im Tippelschritt und am endlosen Mauerbild vorbei, gab er sich gutgelaunt: »Jetzt kann man ja offen reden: Wurde mit Kußhand genommen. Versteht sich: mein Spezialwissen! Lief drüben unter gewendetem Namen. Wurde als ›Revolat‹ geführt. Bekam mir gut, der Klimawechsel. Doch auch die andere Seite knauserte nicht mit Enttäuschungen. Meine Warnungen vor drohender Abriegelung sind für die Katz gewesen. Habe in Köln mit abgelichteten Lieferscheinen alle im Westen getätigten Großeinkäufe belegt; was man so brauchte für den Friedenswall: Zement, Moniereisen, ne Menge Stacheldraht. Gab schließlich Pullach nen warnenden Tip. Half nichts. Endlich, als es zu spät war, merkte der Agent Revolat, daß auch der Westen die Mauer wollte.

War ja alles einfacher danach. Für beide Seiten. Sogar die Amis waren dafür. Mehr Sicherheit war kaum zu kriegen. Und nun dieser Abbruch!«

»Nichts steht für immer« hieß Fontys Trost. Im schräg einfallenden Nachmittagslicht schritten und tippelten sie Richtung Tor. Die schon tief stehende Sonne machte, daß sie auf das Mauerbild einen gepaarten Schatten warfen, der ihnen folgte und ihre Gesten nachäffte, sobald sie mit Händen aus weiten Mantelärmeln redeten und die neuerliche Sicherheitslücke entweder als Risiko einschätzten – »Wird man sich noch zurückwünschen eines Tages« – oder als »kolossalen Gewinn« feierten: »Ohne ist besser als mit!«

Einige Mauerspechte betrieben ihr Handwerk verbissen, wie gegen Stücklohn, ein Herr fortgeschrittenen Alters sogar mit einem batteriegespeisten Elektrobohrer. Er trug eine Schutzbrille und Ohrenklappen. Kinder sahen ihm zu.

Viel Volk war unterwegs, auch türkisches. Junge Paare ließen sich vor Hintergrund photographieren, damit sie sich später, viel später würden erinnern können. Hier trafen lange getrennte Familien einander. Von fern Angereiste staunten. Japaner in Gruppen. Ein Bayer in Tracht. Heitere, aber nicht laute Stimmung. Und über allem lag dieses dem Specht nachgesagte Geräusch.

Zwei berittene Westpolizisten kamen ihnen entgegen und schauten über die Sonntagsarbeit hinweg. Hoftaller gab sich einen dienstlichen Ruck, doch auf die Frage nach der Zulässigkeit des destruktiven Vorgangs sagte der eine Wachtmeister: »Zulässig isset nich, aber verboten noch wenjer.«

Zum Trost schenkte Fonty seinem Tagundnachtschatten die drei groschengroßen Mauerbröcklein. Und während er noch die einseitig bunten Fragmente wie Beweisstücke im Portemonnaie sicherte, sagte Hoftaller: »Jedenfalls war ab

August einundsechzig wieder was fällig. Meine alte Dienst-
stelle klopfte an. Ließ mich nicht lange bitten. Aber das wissen Sie ja, daß ich schon immer gesamtdeutsch...«

Ihr Ritual gab nichts mehr her. Schweigend liefen sie die
Mauer ab. Nur als Dampf verwehte ihr Atem. Schritt nach
Schritt, dann stand das Gespann im gestauten Auflauf vor
dem Brandenburger Tor oder vielmehr vor dem weit aus-
gebuchteten, das Tor noch immer sperrenden Betonwall,
auf dessen Abriß seit Wochen die Welt mit lauernden
Kamerateams wartete.

Massiv, wie für ewig gebaut. Nur die Verlegenheit einiger
Grenzsoldaten, die auf dem oberen Wulst der hier begeh-
baren Bastion mehr herumstanden als Präsenz zeigten,
kündigte die auf demnächst datierte Hinfälligkeit des Boll-
werks an. Wir sind sicher: Hoftaller sah das mit gemischten Gefühlen, doch Fonty hatte Freude an den Nebenhandlungen der sonntäglichen Idylle. Junge Frauen und von
Müttern hochgehaltene Kinder schenkten den Soldaten
Blumen, Zigaretten, Orangen, Schokoladenriegel und
natürlich Bananen, jene dazumal demonstrativ beliebte
Südfrucht. Und Wunder über Wunder, die kürzlich noch
schußfertigen Männer in Uniform ließen sich beschenken,
sogar Westsekt nahmen sie an.

Und hier, in Sonntagsstimmung gebettet, umgeben von
Schaulustigen, unter denen Jugendliche mehr bierselig als
aggressiv »Macht das Tor auf!« brüllten, damals, zur Zeit
der steilen Hoffnungen und Runden Tische, der großen
Worte und kleinstriezigen Bedenken, zur Stunde der abge-
sägten Bonzen und schnellen ersten Geschäfte, an einem
windstill klaren Dezembertag des Jahres 89, als das Wort
»Einheit« mehr und mehr an Kurswert gewann, sagte
Fonty plötzlich laut und von Hoftaller nicht zu dämpfen,
jenes lange Gedicht mit dem Titel »Einzug« auf, das am

16. Juni 1871 im Berliner Fremden- und Anzeigenblatt pünktlich zum Anlaß gedruckt gestanden hatte und dessen Reime das siegreiche Ende des Krieges gegen Frankreich sowie die Reichsgründung und die Krönung des preußischen Königs zum Kaiser der Deutschen feierten, indem sie strophenreich alle heimkehrenden Regimenter, die Garde voran, zur Parade führten – »Mit ihnen kommen, geschlossen, gekoppelt, die Säbel in Händen, den Ruhm gedoppelt, die hellblauen Reiter von Mars la Tour, aber an Zahl die Hälfte nur...« – und durchs Brandenburger Tor, dann die Prachtstraße Unter den Linden hoch im Gleichschritt marschieren ließen: »Bunt gewürfelt Preußen, Hessen, Bayern und Baden nicht zu vergessen, Sachsen, Schwaben, Jäger, Schützen, Pickelhauben und Helme und Mützen...«

Das geschah zum wiederholten Mal, denn nach den preußischen Siegen über Dänemark und Österreich, den ersten Einheitskriegen, war es gleichfalls zur Parade und zu gereimten Einzugsgedichten gekommen; ein Huldigungseifer, den Fonty mit der ersten Strophe den Schaulustigen vor dem gesperrten Tor in Erinnerung gerufen hatte: »Und siehe da, zum dritten Mal ziehen sie ein durch das große Portal; der Kaiser vorauf, die Sonne scheint, alles lacht und alles weint...«

So betont er deklamierte, hier, unter freiem Himmel, trug die Stimme des ehemaligen Kulturbundredners Theo Wuttke, den alle Fonty nannten, nicht weit genug. Nur wenige lachten, und niemand weinte vor Freude, auch blieb der Beifall spärlich, als er mit letzter Strophe die Siegesparade vor dem Denkmal des zweiten Friedrich, vorm »Fritzen-Denkmal«, hatte auslaufen lassen.

Gleich nach dem Verhall der Verse lösten sich beide aus der Menge. Fonty schien es eilig zu haben, und Hoftaller sagte ihm hinterdrein: »Sollte das etwa Ihr Beitrag zur kommenden Einheit sein? Zackig und forsch. Hab's noch im

Ohr: ›Die Linden hinauf erdröhnt ihr Schritt, Preußen-Deutschland fühlt ihn mit...‹«

»Weiß ich, weiß ich! War bloße Lohnarbeit, schlecht bezahlte obendrein...«

»Davon gibt's mehr, mal stocksteif, mal schnoddrig gereimt.«

»Leider. Aber Besseres gibt's auch – und das bleibt!«

Inzwischen entfernten sie sich unter winterstarren Bäumen. Ihr Gespräch über den Wert von Gebrauchslyrik verebbte schnell; wir lassen es unkommentiert. Sie machten verschieden lange Schritte den Sonntagspassanten entgegen, die zum Tor wollten. Ihr Ziel hieß Siegessäule, deren krönender Engel als neuvergoldete Scheußlichkeit in der Abendsonne prahlte. Zum Großen Stern zog es sie, mitten durch den Tiergarten, der auf nach links abzweigenden Nebenwegen zur Luisenbrücke, zur Amazone und in Richtung Rousseau-Insel mit Ruhebänken lockte. Aber sie wichen nicht ab. Kaum daß sie am sowjetischen Ehrenmal den Schritt verlangsamten.

Vom Brandenburger Tor aus gesehen, wurden sie kleiner und kleiner. Das verschieden hohe Paar. Schon wieder gestikulierend: der eine mit dem Spazierstock, den er »meinen märkischen Wanderstock« nannte, der andere mit den kurzen Fingern seiner Rechten, denn links trug er die gebauchte Aktentasche. Der Stummfilm. Schreitend der eine, tippelnd der andere. Vom Großen Stern aus gesehen, kamen sie gut voran. Mantel mit Mantel zu einem Schattenriß verwebt, obgleich sie nicht Arm in Arm gingen. Am Ende der Paradestraße verschwanden beide für kurze Zeit, weil sie den ungebremsten Kreisverkehr um die Siegessäule durch einen Tunnel, extra für Fußgänger gebaut, unterlaufen mußten.

Nun, da das Paar weg ist, sind wir versucht, über Berlins

Sehenswürdigkeit, die in ganzer Höhe beide Weltkriege überstanden hat, zu lästern, doch Fonty fällt uns ins Wort; kaum waren sie wieder aufgetaucht, bot sich vorm Sockel der hochragenden Säule, die bis zur Spitze des siegreichen Feldzeichens sechsundsechzig Meter mißt, Gelegenheit für Abschweifungen ins historische Feld, entweder mit Hilfe vielstrophiger Gedichte oder aus Erinnerung, die bis zum Sedanstag und noch weiter treppab zurückreichte.

Wie es sich anhörte, hatten sie am 2. September 1873 die Enthüllung der Siegessäule miterlebt. Damals stand die erhöhte Borussia als Viktoria auf dem Königsplatz, dem heutigen Platz der Republik. Kurz vor Beginn des Zweiten Weltkriegs wurde sie auf allerhöchsten Befehl abgetragen und vom Vorfeld des Reichstagsgebäudes an den Großen Stern versetzt.

Sehenswürdig soll ein Relief sein, das in Sichthöhe Sieg nach Sieg die Einheitskriege feiert. Hier trägt ein lockenköpfiger Junge dem Vater, den die Mutter zum Abschied umarmt, das Gewehr, dort haben Landsturmmänner das Bajonett aufgepflanzt. Ein Trompeter bläst zum Angriff. Über Gefallene geht es vorwärts.

Sie schritten den Sockel ab. Weil die Säule, samt rotschwedischem Granit, allseitigem Metallguß und krönender Siegesgöttin, im letzten, elend verlorenen Krieg Schaden genommen hatte, wies Hoftallers Zeigefinger überall Löcher nach, denen nicht anzusehen war, ob Bomben- oder zum Schluß Granatsplitter ihr Ziel gefunden hatten. Durchlöchert die Brust eines Infanteristen. Halbierte Helme. Drei Finger nur hat die Hand. Hier fehlt einem gußeisernen Dragonerpferd das rechte Vorderbein, dort stürmt ein kopfloser Hauptmann voran, sei es bei Düppel, sei es bei Gravelotte. Bekümmert zog Hoftaller Bilanz. Fünfzig und mehr Einschüsse zählte er, den Schaden am Granitsockel nicht mitgerechnet. Aber Fonty hatte, was Siege betraf und soweit Preußens Geschichte zurückreichte, mehr als die Säule zu bieten.

Er zitierte den Grafen Schwerin und dessen Fahne, den alten Derfflinger, die Generäle Zieten und Seydlitz, obendrein alle Schlachten von Fehrbellin über Hohenfriedberg bis Zorndorf. Schon wollte er Preußens Siege und gelegentliche Niederlagen an die Standarten berühmter Regimenter knüpfen und des Großen Friedrich besungene Haudegen mit knappem Zitat vorführen – »Herr Seydlitz bricht beim Zechen den Flaschen all den Hals, man weiß, das Hälsebrechen verstund er allenfalls...« –, da wurde Fonty, der bereits Atem zum Balladenton sammelte und samt Stock die Arme hob, von hinten angestupst.

Ein Junge, den er uns später als sommersprossig geschildert hat, sagte einen Wunsch auf: »Ob Se mia mal nen Schnürsenkel binden könn? Kann ick nämlich nich. Bin erst fünfe.«

Fonty bückte sich, legte den Wanderstock ab und band, wie gewünscht, den offenen Senkel des rechten Schuhs zur Schleife.

»So«, sagte er, »die hält.«

»Na, nächstet Mal kann ick selba!« rief der Junge und rannte zu den anderen Jungs, die rund um die Siegessäule und umrundet vom Kreisverkehr Fußball spielten.

»Da haben Sie's«, sagte Fonty, »nur sowas ist wichtig. Schlachten, Siege, Sedan und Königgrätz sind null und nichtig. Alles Mumpitz und ridikül. Deutsche Einheit, reine Spekulation! Die erste gelungene Schnürsenkelschleife jedoch, die zählt.«

Hoftaller stand in abgelaufenen Schnallenschuhen. Er wollte sich nicht erinnern.

Die Wiedervereinigung als andauernde Aufgabe

Rede anläßlich eines Symposiums über die Wiedervereinigung in Seoul, Mai 2002

Mit Erfahrungen im Gepäck habe ich diese Reise nach Seoul angetreten. Und so werde ich wohl mit in Korea gesammelten neuen Erfahrungen zum Thema Wiedervereinigung nach Deutschland zurückkehren.

»Reisen bildet« heißt eine Redensart. Das gilt auch für Schriftsteller. Sie sind in der Regel der Vergangenheit und ihren bruchstückhaften Hinterlassenschaften auf der Spur. Doch so sehr meine Bücher von deutscher Vergangenheit und ihrer Folgelast handeln, so deutlich sind sie jeweils aus der Gegenwart heraus geschrieben worden. So auch der Roman »Ein weites Feld«, der 1995 erschien und doppelbödig, also auf komplexe Weise nicht allein die Folgen der fünf Jahre zurückliegenden Vereinigung der beiden deutschen Staaten, sondern auch die Zeit der Reichsgründung im Jahr 1871 erzählend reflektiert.

Dieser Roman rief bei seinem Erscheinen nicht nur, wie ich es gewohnt war, Kritik, sondern bis zur Wut gesteigerte Empörung hervor. Was war der Anlaß? Ich hatte mir erlaubt, aus der Sicht der von der Wiedervereinigung betroffenen Ostdeutschen zu erzählen, die zwar vierzig Jahre Diktatur hinter sich hatten, aber doch meinten, sich nicht als Verlierer der Geschichte und – aus westdeutscher Sicht – Besiegte an der Wiedervereinigung erfreuen zu dürfen. Dennoch erlebten sie sich bevormundet. Ihr frisches, wie unverbraucht wirkendes Verständnis von Demokratie war nicht gefragt. Die Westdeutschen, also ihre vielberufenen Brüder und Schwestern, begegneten ihnen allzuoft besserwisserisch, gelegentlich herablassend wie Kolonialherren und zunehmend als raffgierig, als gelte es, aus der Konkursmasse der Deutschen Demokratischen Republik Gewinn zu ziehen. Eine schleunigst eingerichtete Treuhandanstalt war ihnen dabei behilflich. Ohne ausreichende demokratische Kontrolle, dafür gelegentlich mit krimineller Energie, wurde der Industrie- und Wirtschaftsbereich der ehemaligen DDR, wie es damals hieß, »abgewickelt«. Zudem maßte der Westen sich an, Personen in leitender Position – vom Fabrikdirektor bis zum Hochschulprofessor – zu überprüfen, das heißt nach eigenen Maßstäben zu evaluieren. Diese Wörter – »abwickeln« und »evaluieren« – waren damals nicht nur in Mode, sie bedeuteten vielmehr harte Praxis und zeigen Folgen bis heutzutage. Wieder einmal wurde die »richtige« Gesinnung peinlich erfragt.

Mit anderen Worten: Die übereilte Einführung der westdeutschen Währung und die Übereignung des ostdeutschen Wirtschaftspotentials an zu nichts verpflichtete neue Besitzer verhinderten eine eigenständige und gewiß langsam voranschreitende Gesundung des ehemaligen Staatswesens, hatten eine bis heute anhaltende, erschreckend hohe Arbeitslosigkeit zur Folge und führten dazu, daß im Zuge einer Enteignung ohnegleichen etwa neunzig Prozent des Produktionsbesitzes nunmehr in westdeutscher Hand ist.

Mein Roman »Ein weites Feld« breitet nur den Beginn dieser Entwicklung aus, verkehrt ihn ins Tragikomische bis Absurde, stellt das sich fürsorglich gebende Spitzelsystem der DDR, aber auch das geldfixierte Denken des Westens bloß. Die weitere Entwicklung verlief schlimmer, als ich, der angeblich notorische Schwarzseher, vorausblickend erkennen konnte. Zwar hatte die westdeutsche Verfassung im Schlußartikel des Grundgesetzes zwingend vorgeschrieben, daß im Fall einer Wiedervereinigung dem gesamten deutschen Volk eine neue demokratische Verfassung gegeben werden müsse, aber dieses Gebot wurde mißachtet, die Chance vertan. Einzig der Beitrittsartikel blieb wirksam. So ist die Möglichkeit einer Verfassungsdiskussion, an der die Bürger beider Staaten sich hätten beteiligen können, nicht genutzt worden. Bevor man sich einig war, stand die Einheit auf dem Papier.

Da steht sie, uneingelöst, noch immer. Eine Daueraufgabe, der kein Ende abzusehen ist. Und dennoch sind wir Deutsche zu beglückwünschen, weil uns die Chance zur Wiedervereinigung gegeben worden ist. Alleine, nur auf uns angewiesen, hätten wir es nicht geschafft, zueinander zu finden. Michail Gorbatschow hat mit seiner in der Sowjetunion wirksamen Glasnost- und Perestroika-Politik diese Möglichkeit eröffnet, unterstützt, schließlich geduldet. Den ersten Anstoß dazu haben Mitte der sechziger Jahre die Tschechen und Slowaken mit ihrem durch den Panzerkommunismus unterdrückten Reformversuch gegeben. Und später war gleichfalls die polnische Solidarność-Bewegung hilfreich. Erst ganz zum Schluß wurden auch die Ostdeutschen protestierend aktiv. Der Westen hat dieser Entwicklung abwartend zugeschaut und schließlich, als das östliche Machtgefüge in sich zusammenfiel, zugegriffen.

Eine Ausnahme ist dennoch von Gewicht. Ohne den westdeutschen Beitrag zur Entspannungspolitik wären die Voraussetzungen für eine Wiedervereinigung wohl kaum möglich geworden. Es ist der sozialdemokratische Bundeskanzler Willy Brandt gewesen, der erste Verträge mit der sowjetischen Regierung in Moskau geschlossen hat. Es sind Willy Brandt und der liberale Politiker Walter Scheel gewesen, die gegen den Widerstand der christdemokratischen Opposition den tiefen Graben zwischen Deutschen und Polen überbrückten, indem sie in Warschau die Oder-Neiße-Linie als endgültige Grenze zwischen Deutschland und Polen anerkannt haben. Dennoch hat es annähernd dreißig Jahre gedauert, bis die Mauer fallen konnte und der nicht nur Deutschland, sondern ganz Europa teilende »Eiserne Vorhang« dem geschichtlichen Schrott zugerechnet werden durfte.

Rückblickend stellt sich das Ganze als Sisyphus-Arbeit dar, also als etwas Unvollendetes. Nie bleibt der Stein oben liegen. Immer wieder wartet er im Tal und will aufwärts bewegt werden. Und solch eine Sisyphus-Arbeit steht nun den beiden koreanischen Staaten bevor. Aber läßt sich, frage ich mich, der eine, in Deutschland noch nicht abgeschlossene Vorgang mit dem sich nun in Korea anbahnenden Prozeß vergleichen?

Immerhin steht soviel Gemeinsames fest: Die Teilung Koreas und die meines Landes sind gleichermaßen Folgen des Zweiten Weltkrieges und des danach ausbrechenden, ideologisch bestimmten kalten Krieges. Doch bereits hier zeichnet sich ein gravierender Unterschied ab. In Europa und mithin in Deutschland ist der kalte Krieg zu keiner Zeit als heißer ausgetragen worden, wohl aber stellvertretend für die gesamte Welt in Korea. Über drei Millionen Tote zeugen davon. Auch ist zur Zeit schwer zu erkennen, ob außerhalb Koreas eine Großmacht bereit ist, einen die Bürger dieses Landes vereinigenden Prozeß zu fördern. Wie uns Deutschen Michail Gorbatschow behilflich wurde, müßte nunmehr der amerikanische Präsident willens sein, die angestrebte Einigung wenn nicht zu fördern, dann doch zu dulden. Danach sieht es gegenwärtig nicht aus. Mister Bush hat, neben anderen Staaten, Nordkorea zum Schurkenstaat erklärt. Die Großmacht USA fühlt sich von einem der ärmsten Länder der Welt bedroht. Offenbar bedürfen die Vereinigten Staaten von Amerika eines immer wieder neu ausgepinselten Feindbildes, um sich ihrer Größe und Allmacht zu vergewissern. Dennoch wird – aus meiner deutschen Erfahrung gesprochen – der Wunsch und Wille nach Wiedervereinigung, wenn er denn wach bleibt, den einen oder anderen amerikanischen Präsidenten überdauern und eines noch ungewissen Tages den Bürgern des dann vereinten Korea, neben der schnell vorübergehenden Freude über die Wiedervereinigung, neue und ungewohnte Probleme zumuten.

Dem vorbeugend könnte sich unser Gespräch und Gedankenaustausch jetzt schon als nützlich erweisen. Erfahrungen sind zu vermitteln, die gewiß nicht eins zu eins übertragen werden können. Doch muß es ja nicht sein, daß im Verlauf der sicher mühsamen koreanischen Wiedervereinigung die Fehler des gleichfalls mühsamen deutschen Prozesses wiederholt werden. Dazu einige Anmerkungen:

Erstens: Den Westdeutschen hat es an Respekt gefehlt gegenüber ihren östlichen Landsleuten und deren Biographien, die gezeichnet waren von vierzig Jahren autoritärer Parteiherrschaft und von den Folgen des Zweiten Weltkrieges, denen sie ohne ausländische Hilfe – zum Beispiel dem in Westdeutschland wirksamen Marshallplan – ausgesetzt waren. Diese Respektlosigkeit hat dazu geführt, daß sich, aus verkürzter Sicht abgeschätzt, nur arme und reiche Deutsche gegenüberstanden. Arme Verwandte, die ständig klagen und auf Dauer lästig werden. Folge bis heute ist, daß sich die Ostdeutschen in ihrer Mehrzahl als Deutsche zweiter Klasse erfahren. Eine ähnlich andauernde Problematik könnte sich in Korea entwickeln, wenn der reiche Süden den armen Norden in ein vergleichbares Muster zwänge und sich als Sieger in dominierende Position brächte.

Meine zweite Anmerkung warnt davor, die Wiedervereinigung, wenn sie denn eines Tages möglich wird, übereilt zu vollziehen. Meiner Meinung nach hätte dieser Prozeß auch in Deutschland schrittweise mit einer Überbrückungsphase als Konföderation zweier Staaten beginnen müssen.

Die voreilige Einführung der harten westdeutschen Währung hat viel zerstört und ein nur kurz anhaltendes Glücksgefühl vermitteln können. Hierzulande könnte, im Verfassungsrahmen einer Konföderation, der nordkoreanische Staat dank anhaltender Hilfe des Südstaates wirtschaftlich regenerieren, so daß deren Bürger zu einem späteren Zeitpunkt im gänzlich vereinigten Korea als zumindest annähernd gleich starke und gleichberechtigte Partner auftreten könnten. »Wandel durch Annäherung« hieß die Devise, nach der der Bundeskanzler Willy Brandt die angestrebte Einheit der Nation vorbereitet hat; leider ist später diese behutsame Handlungsweise mißachtet worden.

Meine dritte Anmerkung bezieht sich auf die kulturellen Grundlagen eines in zwei Staaten geteilten Volkes. In Deutschland hat sich gezeigt, daß sich, trotz der ideologischen und ökonomischen Unterschiede sowie der jeweils einem anderen gegensätzlichen Blocksystem zugeordneten militärischen Verpflichtung, die kulturelle Substanz des Landes allen Versuchen zum Trotz nicht teilen ließ. Als uns dann im Jahre 90 die Stunde der Einheit schlug, wurde zwar von westlicher Seite versucht, alles künstlerische Geschehen, die ostdeutsche Literatur einbegriffen, als bloße Staatskunst zu diffamieren und als Müll auf die Schutthalde der Geschichte zu kippen, doch hat sich diese westliche Zensurpraxis nicht durchsetzen können; sogar der östliche und westliche P.E.N.-Club haben sich nach langen Debatten schließlich geeinigt. So wird es auch in Korea Aufgabe der Künstler und Schriftsteller sein, den kulturellen Zusammenhalt des noch geteilten Landes zu betonen und sich wechselseitig – und bei aller Kritik – mit Respekt zu werten. Entgegen allen ideologischen und ökonomischen Zwängen hat sich die Kultur noch immer als grenzüberschreitend bewiesen, zumal in einem Land, dessen Bürger eine Sprache sprechen.

Friedhofsgespräche

Aus *Unkenrufe*

Der Zufall stellte den Witwer neben die Witwe. Oder spielte kein Zufall mit, weil ihre Geschichte auf Allerseelen begann? Jedenfalls war die Witwe schon zur Stelle, als der Witwer anstieß, stolperte, doch nicht zu Fall kam.

Er stellte sich neben sie. Schuhgröße dreiundvierzig neben Schuhgröße siebenunddreißig. Vor den Auslagen einer Bäuerin, die in einem Korb gehäuft und auf Zeitungspapier gebreitet Pilze, zudem in drei Eimern Schnittblumen anbot, fanden Witwer und Witwe einander. Die Bäuerin hockte seitlich der Markthalle zwischen anderen Bäuerinnen und dem Ertrag ihrer Kleingärten: Sellerie, kindskopfgroße Wruken, Lauch und rote Bete.

Sein Tagebuch bestätigt Allerseelen und gibt die Schuhgröße preis. Ins Stolpern hat ihn die Bürgersteigkante gebracht. Doch das Wort Zufall kommt bei ihm nicht vor. »Es mag an diesem Tag, zu dieser Stunde – Schlag zehn Uhr – Fügung gewesen sein, die uns zusammenführte...« Sein Bemühen, die dritte, stumm vermittelnde Person leibhaftig zu machen, bleibt vage wie sein Versuch, in mehreren Anläufen ihr Kopftuch zu bestimmen: »Kein eigentliches Umbra, mehr Erdbraun als Torfschwarz...« Besser gelingt ihm das Ziegelwerk der Klostermauer: »Von Schorf befallen...« Den Rest muß ich mir einbilden.

Nur wenige Sorten Schnittblumen standen noch in den Eimern: Dahlien, Astern, Chrysanthemen. Den Korb füllten Maronen. Vier oder fünf kaum vom Schneckenfraß

302

gezeichnete Steinpilze lagen gereiht auf einer verjährten Titelseite der lokalen Tageszeitung »Głos Wybrzeża«, dazu ein Büschel Petersilie und Einwickelpapier. Die Schnittblumen waren dritte Wahl.

»Kein Wunder«, schreibt der Witwer, »daß die Stände neben der Dominikshalle so dürftig bestellt aussahen, schließlich sind an Allerseelen Blumen gefragt. Bereits am Tag zuvor, auf Allerheiligen, ist die Nachfrage oft größer als das Angebot...«

Obgleich die Dahlien und Chrysanthemen mehr hergaben, entschied sich die Witwe für Astern. Der Witwer blieb unsicher: »Selbst wenn mich die überraschend späten Steinpilze und Maronen an diesen besonderen Stand gelockt haben mögen, folgte ich doch nach nur kurzem Schreck – oder war es der Glockenschlag? – einer Verführung besonderer Art, nein, einem Sog...«

Als die Witwe aus den drei oder vier Eimern die erste, dann eine weitere, unschlüssig eine dritte Aster zog, diese zurückstellte, um sie gegen eine andere zu tauschen und dann eine vierte herauszurupfen, die gleichfalls zurück und ersetzt werden mußte, begann auch der Witwer, Astern aus den Eimern zu ziehen und diese, wählerisch wie die Witwe, auszuwechseln, wobei er rostrote zog, wie sie rostrote gezogen hatte; immerhin standen noch blaßviolette und weißliche zur Wahl. Dieser farbliche Gleichklang hat ihn närrisch gemacht: »Welch leise Übereinkunft! Wie ihr sind mir rostrote Astern, die still vor sich hin brennen, besonders lieb...« Jedenfalls blieben beide aufs Rostrot versessen, bis die Eimer nichts mehr hergaben.

Weder der Witwe noch dem Witwer reichte es zum Strauß. Schon wollte sie ihre magere Auswahl in einen der Eimer stoßen, als das begann, was Handlung genannt wird: Der Witwer übergab der Witwe seine rostrote Beute. Er hielt hin, sie griff zu. Eine wortlose Übergabe. Nicht mehr rückgängig zu machen. Unlöschbar brennende Astern. So fügte sich das Paar.

Schlag zehn: Das war die Katharinenkirche. Was ich über den Ort ihrer Begegnung weiß, mengt meine teils verwischte, dann wieder überdeutliche Ortskenntnis mit des Witwers forschendem Fleiß, dessen Ausbeute er in Häppchen seinen Notizen beigemengt hat, etwa, daß der von achteckiger Grundfläche über sieben Stockwerke hoch ragende Wehrturm als nordwestlicher Eckturm zur großen Stadtmauer gehörte. Ersatzweise wurde er »Kiek in de Köck« genannt, als ein geringerer Turm, der vormals so hieß, weil er ans Dominikanerkloster grenzte und täglichen Einblick in die Töpfe der Klosterküche erlaubte, mehr und mehr zerfiel, bei dachlosem Zustand Bäume und Sträucher trieb, deshalb zeitweilig »Blumentopf« hieß und mit den Resten des Klosters gegen Ende des neunzehnten Jahrhunderts abgerissen werden mußte. Auf dem geräumten Gelände wurde ab 1895 in neugotischem Stil eine Markthalle gebaut, die, Dominikshalle genannt, den Ersten und Zweiten Weltkrieg ausgehalten hat und bis heute unter ihrer breit gewölbten Dachkonstruktion in sechs Budenreihen ein mal üppiges, oft nur dürftiges Angebot vereinigt: Stopfgarn und Räucherfisch, amerikanische Zigaretten und polnische Senfgurken, Mohnkuchen und viel zu fettes Schweinefleisch, Plastikspielzeug aus Hongkong, Feuerzeuge aus aller Welt, Kümmel und Mohn in Tütchen, Schmelzkäse und Perlonstrümpfe.

Vom Dominikanerkloster ist nur die düstere Nikolaikirche übriggeblieben, deren innere Pracht ganz auf Schwarz und Gold beruht; ein Nachglanz einstiger Schrecken. Doch der Markthalle haftet die Erinnerung an den Mönchsorden nur namentlich an, desgleichen einem sommerlichen Fest, das, Dominik genannt, seit dem späten Mittelalter allen politischen Wechsel überlebt hat und gegenwärtig mit Trödel und Ramsch Einheimische und Touristen anzieht.

Dort also, zwischen der Dominiksmarkthalle und Sankt Nikolai, schräg gegenüber dem achteckigen »Kiek in de Köck«, fanden sich Witwer und Witwe zu einer Zeit, in der das Untergeschoß des ehemaligen Wehrturms mit handgemaltem Schild »Kantor« als Wechselstube ausgewiesen war. Viel Kundschaft bei offener Tür und eine Schiefertafel neben dem Eingang, auf der, stündlich verändert, der amerikanische Dollar im Verhältnis zur Landeswährung teurer und teurer wurde, gaben Zeugnis von der allgemeinen Misere.

»Darf ich?« So begann das Gespräch. Der Witwer wollte nicht nur seine, er wollte auch ihre Astern, den nun einzigen Strauß, bezahlen und zog Scheine aus der Brieftasche, unsicher angesichts der an Nullen so reichen Währung. Da sagte die Witwe mit Akzent: »Nichts dürfen Sie.«

Mag sein, daß ihr Gebrauch der fremden Sprache dem Verbot zusätzliche Schärfe beimischte, und hätte nicht eine sogleich drangeknüpfte Bemerkung »Nun ist schöner Strauß doch noch geworden« das eigentliche Gespräch eröffnet, wäre die zufällige Begegnung zwischen Witwer und Witwe mit dem Kursverfall des Złoty zu vergleichen gewesen.

Er schreibt, es habe, noch während die Witwe zahlte, ein Gespräch über Pilze, besonders über die späten, verspäteten Steinpilze begonnen. Der nicht enden wollende Sommer und milde Herbst seien als Gründe genannt worden. »Doch meinen Hinweis auf die globale Klimaveränderung hat sie einfach verlacht.«

An einem heiter bis wolkigen Novembertag standen beide einander zugewendet, und nichts konnte sie von dem Blumenstand und den Steinpilzen trennen. Er in sie, sie in ihn vergafft. Die Witwe lachte häufig. Ihren akzentuierten Sätzen war Gelächter vor- und nachgestellt, das grundlos zu sein schien, bloße Vor- oder Zugabe. Dem Witwer gefiel dieses ans Schrille grenzende Lachen, denn in seinen Papieren steht: »Wie ein Glockenvogel! Manchmal erschreckend, gewiß, dennoch höre ich sie gerne lachen, ohne nach den Gründen ihrer häufigen Belustigung zu fragen. Mag sein, daß sie über mich lacht, mich auslacht. Aber auch das, ihr lachhaft zu sein, gefällt mir.«

So blieben sie stehen. Oder: so stehen die beiden mir, damit ich mich gewöhne, ein Weilchen und noch ein Weilchen Modell. War sie modisch – er fand »zu modisch aufgedonnert« – gekleidet, gab ihm sein Tweedjackett zur Cordhose ein saloppes Aussehen, passend zur Kameratasche: als Bildungsreisender ein Tourist besserer Sorte. »Wenn nicht die Blumen, darf ich, bitte, dann den Gegenstand unseres gerade begonnenen Gesprächs, einige Steinpilze, diesen hier, den, den und noch den, auswählen und Ihnen zum Geschenk machen? Nicht wahr, sie sehen einladend aus.«

Er durfte. Und sie gab acht, daß er der Marktfrau nicht zu viele Scheine hinblätterte. »Hier alles irre teuer!« rief sie. »Aber für Herr mit Deutschmark billig immer noch.«

Ich frage mich, ob er seine Währung kopfrechnend in Vergleich zu den vielstelligen Zahlen der Złoty-Scheine gebracht und ob er ernsthaft, ihr Gelächter nicht fürchtend, erwogen hat, seinen im Tagebuch notierten Hinweis auf Tschernobyl und die Folgen als nachträgliche Warnung auszusprechen. Sicher ist: Vorm Kauf fotografierte er die Pilze und nannte die Firmenmarke seiner Kamera japanisch. Weil er den Schnappschuß schräg steil von oben machte und dabei die Schuhkappen der hockenden Marktfrau ins Bild kamen, zeugt dieses Foto von der erstaunlichen Größe der Steinpilze. Die beiden jüngeren sind im bauchigen Stiel breiter als die hoch gewölbten Hüte; den fleischigen, in sich gewundenen Leib der älteren beschatten breitrandige, wulstig mal nach innen, mal nach außen gerollte Krempen. Wie sie liegend zu viert ihre hohen und weiten Hüte gegeneinander kehren und dabei vom Fotografen so gelegt sind, daß es kaum zu Überschneidungen kommt, bilden sie ein Stillleben.

Und wahrscheinlich hat der Witwer einen entsprechenden Kommentar gegeben; oder war sie es, die »Schön wie Stillleben« gesagt hat? Jedenfalls fand die Witwe in ihrer Umhängetasche ein Einkaufsnetz für die in Zeitungspapier eingeschlagenen Pilze, zu denen die Marktfrau ein Bund Petersilie legte, als Zugabe.

Er wollte das Netz tragen. Sie hielt fest. Er bat darum. Sie lehnte ab: »Erst schenken und dann schleppen noch.«

Ein kleiner Streit, dieses Hin und Her, wobei der Inhalt des Netzes keinen Schaden nehmen durfte, hielt das Paar an Ort und Stelle, als hätten beide ihren Treffpunkt nicht aufgeben, noch nicht aufgeben wollen. Mal nötigte er ihr, dann wieder sie ihm das Netz ab. Auch die Astern sollte er nicht tragen dürfen. Gut eingespielt, wie seit langem einander vertraut, stritt das Paar. In jeder Oper hätten sie ihr Duett singen können, schon wüßte ich, nach wessen Musik.

Und an Zuschauern fehlte es nicht. Stumm sah die Marktfrau zu. Ringsum war alles Zeuge: der achteckige Wehrturm, dessen neuester Untermieter, die gedrängt volle Wechselstube, seitlich die breit gelagerte, wie von Dünsten geblähte Markthalle, düster Sankt Nikolai, die Bauersfrauen benachbarter Marktstände und mögliche Kundschaft; denn zwischen all dem staute und entzerrte sich ärmlich ein nur der alltäglichen Not gehorchender Menschenauftrieb, dessen knappes Geld stündlich an Wert verlor, während Witwe und Witwer einander wie Zugewinn verrechneten und nicht voneinander lassen wollten.

»Nun muß ich gehn noch woanders.«

»Wenn ich Sie, bitte, begleiten dürfte.«

»Na, ist bißchen weit weg.«

»Es wäre mir eine Freude, wirklich...«

»Aber auf Friedhof muß ich...«

»Wenn ich nicht allzusehr störe...«

»Na, gehn wir schon.«

Sie trug den Asternstrauß. Er trug im Einkaufsnetz die Pilze. Er hager vornübergebeugt. Sie mit kurzen, hart aufstoßenden Schritten. Er, zum Stolpern neigend, leicht schleppend und gut einen Kopf größer als sie. Sie waschblauäugig, er weitsichtig. Ihr in Richtung Tizianrot geschöntes Haar. Sein graumeliertes Oberlippenbärtchen. Sie nahm den Geruch ihres vorlauten Parfüms mit, er die leise Widerrede seines Rasierwassers.

Beide verschwanden im Gedränge vor der Markthalle. Nun war auch des Witwers Baskenmütze weg. Kurz vor Schlag elf von Sankt Katharinen herab. Und ich? Ich muß dem Paar hinterdrein.

Ab wann hatte er vor, mir seinen verschnürten Krempel ins Haus zu schicken? Hätte ihm nicht ein Archiv als Adresse einfallen können? Mußte der Narr sich in mir den gefälligen Narren ausgucken?

Dieser Stoß Briefe, die gelochten Abrechnungen und datierten Fotos, seine mal als Tagebuch, dann wieder als Silo zeitraffender Spekulationen geführte Kladde, der Wust Zeitungsausschnitte, die Tonbandkassetten – all das wäre besser bei einem Archivar abzulagern gewesen als bei mir. Er hätte wissen müssen, wie leicht ich ins Erzählen gerate. Wenn kein Archiv, warum hat er nicht einen eilfertigen Journalisten beliefert? Und was hat mich genötigt, ihm, nein, den beiden nachzulaufen?

Nur weil er und ich vor einem halben Jahrhundert Arsch

neben Arsch die Schulbank gedrückt haben sollen? Er behauptet: »In der Bankreihe an der Fensterseite.« Ich kann mich nicht erinnern, ihn neben mir gehabt zu haben. Petri-Oberrealschule. Schon möglich. Aber nur knappe zwei Jahre lang bin ich da rein und raus. Mußte zu oft die Schule wechseln. Mal so, mal so gemischter Pennälerschweiß. Mal so, mal so bepflanzte Pausenhöfe. Weiß wirklich nicht, wer wo und ab wann neben mir Strichmännchen gekritzelt hat.

Als ich das Paket öffnete, lag sein Begleitbrief obenauf: »Du wirst bestimmt irgendwas damit anfangen können, gerade weil alles ans Unglaubliche grenzt.« Er duzte mich, als wäre ihm die Schulzeit unvergänglich geblieben: »In anderen Fächern warst Du gewiß keine Leuchte, aber Deine Aufsätze ließen schon früh erkennen...« Ich hätte ihm seinen Kram zurückschicken sollen, aber wohin? »Im Grunde könnte das alles von Dir erfunden sein, aber gelebt, erlebt haben wir, was vor nunmehr einem Jahrzehnt geschah...«

Er hat sich vorausdatiert. Sein Brief gibt als Datum den 19. Juni 1999 an. Und gegen Schluß schreibt er, bei sonst klarer Diktion, über weltweite Vorbereitungen zur Feier der Jahrtausendwende: »Welch unnützer Aufwand! Dabei geht ein Säkulum zu Ende, das sich Vernichtungskriegen, Massenvertreibungen, dem ungezählten Tod verschrieben hatte. Doch nun, mit Beginn des neuen Zeitalters, wird wieder das Leben...«

Und so weiter. Lassen wir das. Nur so viel stimmt: Sie trafen einander am 2. November bei sonnigem Wetter, wenige Tage bevor in Berlin die Mauer hinfällig wurde. Als eine Allerweltsgeschichte hätte beginnen können, begann sich die Welt oder ein Teil dieser unabänderlichen Welt tatsächlich zu verändern, und zwar ohne Umstände zu machen, im Schweinsgalopp. Überall wurden Denkmäler gestürzt. Mein ehemaliger Mitschüler nahm diese oft gleichzeitig auftrumpfenden Tatsachen in seiner Kladde zur Kenntnis, doch handelte er sie wie bloße Tatsachenbehauptungen ab. Fast widerwillig gab er in Klammersätzen Ereignissen Raum, die allesamt historisch genannt sein wollten, ihn jedoch irritierten, weil sie, schreibt er, »vom Eigentlichen ablenken, von der Idee, von unserer großen, die Völker versöhnenden Idee...«

Und schon bin ich drin in seiner, in ihrer Geschichte. Schon rede ich, als wäre ich dabeigewesen, von seinem Tweedjackett, von ihrem Einkaufsnetz und verpasse ihm eine Baskenmütze, weil es die gibt, wie die Cordhose und ihre Stöckelschuhe, und zwar auf Fotos, die mir schwarzweiß und farbig vorliegen. Wie ihre Schuhgrößen sind ihm ihr Parfüm und sein Rasierwasser mitteilenswert gewesen. Das Einkaufsnetz ist keine Erfindung. Später beschreibt er liebevoll, ja, tickhaft jede Masche des Gebrauchsgegenstandes, als wollte er ihn zum Kultgegenstand erheben; doch die frühe, schon beim Kauf der Steinpilze plazierte Einführung des gehäkelten Erbstücks – die Witwe fand das Netz im Nachlaß ihrer Mutter – ist meine Zutat, wie die vorweggenommene Baskenmütze.

Als Kunsthistoriker und obendrein Professor konnte er nicht anders: Wie er Bodengrabplatten und Grabsteine, Sarkophage und Epitaphe, Beinhäuser, Gruftgewölbe und mottenzerfressene Totenfahnen, die rund um die Ostsee überlieferte Ausstattung gotischer Backsteinkirchen sind, durch Abreibung lesbar, heraldisch bestimmt und emblematisiert, schließlich durch kurzgefaßte Familiengeschichten einst namhafter Patriziergeschlechter beredt gemacht hatte, waren ihm nun die Einkaufsnetze der Witwe – sie erbte nicht nur das eine, sondern ein halbes Dutzend – Zeugnisse vergangener Kultur, verdrängt von häßlichen Wachstuchtaschen und radikal entwertet durch den Plastikbeutel. Er schreibt: »Vier der Einkaufsnetze sind gehäkelter Natur, zwei sind geknüpft, wie früher Fischernetze von Hand geknüpft wurden. Von den gehäkelten ist nur eines einfarbig moosgrün, die drei anderen und die geknüpften Netze sind mehrfarbig gemustert...«

Und wie er in seiner Doktorarbeit die drei Disteln und fünf Rosen im Wappen des Theologen Aegidius Strauch aus dem Flachrelief eines Grabsteins in Sankt Trinitatis, wo Strauch gegen Ende des siebzehnten Jahrhunderts Pfarrer gewesen ist, deutet und mit den Wechselfällen eines streitbaren Lebens in Beziehung setzt – Strauch verbrachte Jahre in Festungshaft –, so deutelte er an den geerbten Einkaufsnetzen der Witwe. Weil sie in ihrer Umhängetasche aus Kalbsleder jederzeit zwei von den sechs mit sich führte, leitete er diese Vorsorge von der in allen Ostblockstaaten herrschenden Mangelwirtschaft ab: »Plötzlich gibt es irgendwo frischen Blumenkohl, Salatgurken, oder ein fliegender Händler bietet neuerdings aus dem Kofferraum seines Polski Fiat Bananen an, und sogleich sind die praktischen Netze greifbar, denn Plastiktüten sind im Osten immer noch rar.«

Und dann beklagt er zwei Seiten lang den Niedergang handgefertigter Produkte und den Sieg des westlichen Kunststoffbeutels als ein weiteres Symptom menschlicher Selbstaufgabe. Erst gegen Schluß seiner Klage werden ihm wieder die Einkaufsnetze der Witwe lieb, prall gefüllt mit Bedeutung. Und solch ein Netz habe ich vorgreifend beim Pilzeinkauf vermutet, und zwar das einfarbig gehäkelte.

Ich lasse den Witwer das Erbstück tragen und muß zugeben, daß ihm, wie er leicht vornübergebeugt neben der stöckelnden Witwe schlurft, außer der Baskenmütze das Einkaufsnetz wie angepaßt ist, als habe nicht sie, als hätte er geerbt, als wäre die japanische Kamera nur geborgt, als werde er von nun an daheim, etwa auf dem Weg zur Ruhr-Universität, seine Fachliteratur, dicke Wälzer zum Thema barocker Emblematik, in einem gehäkelten oder geknüpften Einkaufsnetz tragen.

Auch wenn ich mich an einen Mitschüler seines Namens nicht erinnern kann, schon ist er mir mit seinen einge-fleischten Schrullen und beginnenden Altersbeschwerden vertraut; und gleichfalls gewinnt die Witwe, wie sie neben ihm Schritt vor Schritt Richtung Friedhof setzt, durch bloße Willensstärke Kontur: Sie wird ihm das Schlurfen abgewöhnen.

Ein langer, dennoch kurzweiliger Fußweg, denn die Witwe unterteilte ihn, indem sie erklärend in knappen, alles ver-knappenden Sätzen sprach und ab und an ihr Glocken-vogelgelächter entließ. Zwischen der Katharinenkirche und der Großen Mühle, an denen vorbei der Radaunekanal kaum noch Wasser führt, sagte sie: »Stinkt schon. Aber was stinkt nicht hier!«, und vor dem Hotelhochbau »Hevelius« wußte sie: »Na, wird werter Herr Zimmer mit Blick haben auf Stadt von ganz oben.«

Doch seitlich der Bibliothek, dann vorm Portal der ehe-maligen Petri-Oberrealschule – beides preußisch-neugoti-sche Gebäude, die der Krieg ausgespart hatte – kam der Witwer zum Zug. Er bekannte, frühreif ein Bibliotheks-hocker gewesen zu sein, nannte den immer noch als Schule betriebenen Kasten »meine ehemalige Penne« und erklärte ihr umständlich diesen Schülerausdruck. Erst als die Jakobskirche hinter ihnen lag, ließ er von seinen Frühprä-gungen ab: welche Lektüre ihn im Lesesaal der Stadtbiblio-thek infiziert und zugleich geimpft habe. »Sie können sich nicht vorstellen, wie heißhungrig ich gewesen bin. Zum Beispiel auf alle Knackfuß-Künstlermonographien. Hab' jeden Band verschlungen...«

Und dann weitete sich vor dem Tor zur Leninwerft – kurz bevor sie umbenannt wurde – der Platz mit den drei

hochragenden Kreuzen, an denen gekreuzigt drei Schiffs-
anker hängen. Die Witwe sagte: »Das war mal gewesen
Solidarność« und hatte dann doch einen weiteren Satz
übrig, der die Schroffheit ihres Nachrufs ein wenig mildern
sollte: »Aber Denkmäler bauen können wir Polen immer
noch. Überall Märtyrer und Denkmäler von Märtyrer!«
Kein Gelächter vor- oder nachgestellt.

Der Witwer will diesem Satz der Witwe »eine an Ver-
zweiflung grenzende Bitterkeit« abgehört haben. Nur stum-
me Gesten seien ihr übriggewesen. Dann habe sie einen
Asternstiel aus dem Strauß gerupft, diesen zu den gehäuften
Blumen vor die Gedenkmauer gelegt und ihm auf seine
Bitte hin ein dem Denkmal eingeschriebenes Gedicht des
Dichters Czesław Miłosz Zeile nach Zeile übersetzt: die
Vergeblichkeit feiernde Verse. Danach habe sie unvermittelt
sich selbst und ihre Familie mit dem Dichter und dessen
Familie als »vertriebene Flüchtlinge von Osten weg nach
westliche Gegend« vereinigt und sogleich einen weiteren
Bogen geschlagen: »Wir sind alle von Wilno rausgemußt,
wie Sie sind von hier weggemußt alle.«

Noch auf dem Platz, doch schon im Gehen, griff sie zur
Zigarette.

Um den weiteren Weg der beiden zum Friedhof abzukür-
zen: Rauchend führte die Witwe den Witwer aus der Stadt
über eine Brücke, die, seit Niederlegung der Befestigungs-
wälle und dem Bau des Hauptbahnhofs, alle von Danzig
oder Gdańsk nach Westen führenden oder aus westlicher
Richtung nach Gdańsk oder Danzig laufenden Eisenbahn-
gleise überwölbt. Da in des Witwers Notizen polnische und
deutsche Schreibweisen willkürlich wechseln, folge ich seinen unentschlossenen Benennungen, sage nicht Brama
Oliwska, sondern: Die Witwe führte ihn aus der Stadt hinaus zur Straßenbahnhaltestelle Olivaer Tor, dann auf der

links abzweigenden Chaussee nach Kartuzy den sanft
anhebenden Hagelsberg hinauf bis zur Tankstelle für blei-
frei tankende Touristen, der gegenüber ein alter, von
Buchen und Linden verschatteter Friedhof liegt, der vormals den Kirchgemeinden Heiliger Leichnam, weiter oben
Sankt Joseph und Sankt Birgitten und am westlichen Rand
etlichen freireligiösen Gemeinden diente. Weil schon seit
Jahren überfüllt, schien er außer Betrieb zu sein. Kein offe-
nes Tor gab den Zugang frei. Sie liefen den vom Gebüsch
durchwachsenen Zaun entlang. Gegenüber dem auf anstei-
gender Wiese benachbarten Soldatenfriedhof mit Ehrenmal
der Roten Armee, auf dessen Vorfeld ein Dutzend Halbwüchsige Fußball spielten, wußte die Witwe ein Loch im
Zaun.

Und dann – kaum standen sie unter Bäumen und zwischen überwucherten Einzel- und Doppelgräbern – stellte
sich der Witwer förmlich der Witwe vor: »Gestatten Sie,
daß ich mich Ihnen, natürlich viel zu spät, bekannt mache:
Alexander Reschke mein Name.«

Ihr Lachen brauchte Zeit und muß auf ihn, zumal zwischen Grabreihen, deplaziert gewirkt haben, erklärte sich
aber, als nun sie, immer noch lachend, gleichzog: »Alexandra Piątkowska.«

In Reschkes Kladde ist mit dieser Eintragung die Fügung
besiegelt. Was hilft es, wenn seinem nur berichtenden Mitschüler – man wird uns als Untertertianer in eine Schulbank gezwängt haben – dieser Gleichklang zu stimmig ist,
passend allenfalls für ein Singspiel nach berühmtem Vorbild, geeignet für Märchenfiguren, doch nicht für dieses
vom Zufall verkuppelte Paar; es muß dennoch bei Alexander und Alexandra bleiben, schließlich ist es deren
Geschichte.

Doch auch den Witwer und die Witwe, wie ich sie bisher
nannte, selbst wenn ihnen nicht bewußt sein konnte, daß

sie einander verwitwet zugelaufen waren, wird die Distanzlosigkeit der Vornamen erschreckt haben. Auf Eigenständigkeit aus, suchte Alexandra Piątkowska ihren Weg zwischen Gräberfeldern. Sie verschwand hinter Grabsteinen, tauchte wieder auf, war abermals weg, entfernte sich; und Alexander Reschke hielt gleichfalls Abstand. Wo Herbstlaub raschelte, schlurfte er auf bemoosten Wegen. Seine Baskenmütze verdeckt, wieder da. Wie ziellos zögerte er vor diesem, vor jenem Grabstein: viel Diabas und auf Hochglanz polierter Granit, wenig Sandstein, Marmor und Muschelkalk.

Alle Steine sagten unter polnischen Namen Sterbedaten ab Ende der fünfziger Jahre auf, nur jene zahlreichen, in einem abseits liegenden Feld gereihten Kindergräber nicht, die auf das Seuchenjahr '46 datiert waren: Holzkreuze und Kissensteine. Die Stille unter den Friedhofsbäumen ließ sich durch das entfernte Geschrei der Fußball spielenden Halbwüchsigen nicht aufheben, sogar die Geräusche der Tankstelle blieben ausgesperrt. Ich lese: »Hier wurde mir das Wort Friedhofsruhe wieder bewußt.«

Dennoch war Alexander Reschke auf Suche. Er fand am Rand des Friedhofs zwei schiefstehende Steine, später zwei weitere, gänzlich verkrautet, und hatte Mühe, ihnen irgendwas abzulesen. Mit weit zurückliegenden Sterbedaten – Anfang der zwanziger bis Mitte der vierziger Jahre – und mit Inschriften über den Namen – »Hier ruht in Gott«, »Der Tod ist das Tor zum Leben« oder »Hier liegt unsere liebe Mutti und Omi« – erinnerten sie an die Vorvergangenheit der Friedhofsanlage. Reschke notiert: »Auch diese Steine aus üblichem Material: Diabas und schwarzschwedischer Granit.«

Für ein Weilchen lasse ich ihn bei den übriggebliebenen Steinen. Frau Piątkowska wird inzwischen den Strauß Astern am Grab ihrer Eltern in eine Vase gestellt haben.

Dieser Doppelgrabstelle sage ich nach, daß sie, buchsbaum-umrandet, weniger überwuchert ist als die benachbarten Grabstellen. Der Vater starb '58, die Mutter '64. Beide sind keine siebzig Jahre alt geworden. Auf allen Feldern kann ich Allerseelen-Betrieb beobachten: Hier und da bezeugen Windlichter an Grabstellen Besuch, der wieder gegangen ist.

Doch Witwe und Witwer hatten keinen Blick frei.

»War bei Mama und Papa. Was mein Mann ist gewesen, liegt auf Waldfriedhof Sopot.« Das sagte Alexandra Piątkowska, als sie sich neben Alexander Reschke stellte, den die übriggebliebenen Grabsteine um die Gegenwart gebracht hatten; die Stimme seitlich hinter ihm wird ihn vielleicht erschreckt, jedenfalls zurückgeholt haben.

Wieder das Paar. Weil sie sich als Witwe zu erkennen gegeben hatte, hätte nun er vom Tod seiner Frau sprechen müssen und gleichfalls vom frühen, zu frühen Tod der Eltern, doch trug er seinen Berufsstand nach, gab sich als Doktor der Kunstgeschichte und Professor mit Lehrtätigkeit im Ruhrgebiet zu erkennen, wollte, um gründlich zu sein, das Thema seiner vor Jahrzehnten abgeschlossenen Doktorarbeit, »Grabplatten und Epitaphien in den Danziger Kirchen«, nicht verschweigen und datierte jetzt erst, unvermittelt, den Tod seiner Frau: »Edith starb vor fünf Jahren.«

Die Witwe schwieg. Dann trat sie näher, noch einen Schritt näher an die schiefstehenden Grabsteine heran, die dem Witwer bemerkenswert gewesen waren. Plötzlich und für den Ort zu laut entlud sie sich: »Schande für Polen ist das! Haben weggeräumt alles, wo bißchen stand deutsch drauf. Hier und überall. Auch auf Waldfriedhof. Haben Tote nicht ruhen lassen gewollt. Einfach plattgemacht alles. Bald nach Krieg schon und später. Schlimmer wie Russen noch. Und das nennen sie Politik, Verbrecher diese!«

Wenn ich Reschkes Notizen folge, versuchte er, die laut gewordene Witwe zu beruhigen, indem er den Einmarsch in Polen, die Konsequenzen des Krieges und den allseits überbetonten Nationalismus als Gründe in etwa dieser Reihenfolge nannte: Natürlich grenze das Auslöschen von Friedhöfen an Barbarei. Auch ihn, das müsse er zugeben, stimme der Anblick solch vergessener Grabsteine wehmütig. Gewiß wünsche man sich humaneren Umgang mit Toten. Schließlich sei das Grab des Menschen letztgültiger Ausdruck. Doch immerhin habe man die Grabplatten über den Gräbern deutschstämmiger Patriziergeschlechter in allen Hauptkirchen, auch in der Hospitalkirche zum Heiligen Leichnam, vor Vandalismus weitgehend geschützt. Nein, nein, er verstehe ihren kaum zu beschwichtigenden Zorn. Durchaus vertraut sei ihm der Wunsch, die Gräber der nächsten Angehörigen in gutem Zustand zu wissen. Bei seinem ersten Nachkriegsbesuch in Gdańsk – »Das war im Frühjahr '58, als ich an meiner Doktorarbeit saß« – habe er das Grab der Großeltern väterlicherseits auf den einst Vereinigten Friedhöfen besuchen wollen. Ja doch, schrecklich sei es gewesen, einen wüsten, wie vom Mutwillen heimgesuchten Ort vorzufinden. »Dieser Anblick! Glauben Sie mir, Frau Piątkowska, ich begreife Ihre Empörung. Mir allerdings war nur Trauer möglich, die sich durch mittlerweile geschichtlich gewordene Tatsachen relativiert hat. Schließlich ist diese Barbarei zuallererst von uns begangen worden. Ganz zu schweigen von all den anderen unsäglichen Untaten ...«

Das Paar schien gemacht für solche Gespräche. Er beherrschte den hohen Ton gehobener Sprache; sie konnte glaubhaft in Wut geraten. Unter hochragenden, allen politischen Wechselfällen entwachsenen Buchen und Linden, die ihr Laub fallen ließen, und angesichts der beiden schiefstehenden Grabsteine waren sich Witwe und Witwer einig, daß irgendwo und ganz gewiß auf Friedhöfen die verfluchte Politik aufhören müsse. »Sag' ich ja«, rief sie, »mit Tod hört Feind auf, Feind zu sein.«

Sie nannten einander Herr Reschke und Frau Piątkowska. Nach jeweiligem Bekenntnis entspannt, bemerkten sie plötzlich, daß nah und fern weitere Friedhofsbesucher mit Blumen und Windlichtern ihrer Toten gedachten. Und jetzt erst sagte die Witwe, was wörtlich die Kladde des Witwers festgehalten hat: »Natürlich wollten Mama und Papa viel lieber auf Friedhof in Wilno zu liegen kommen und nicht hier, wo fremd war alles und ist geblieben fremd.«

X

»Als Zeitgenosse notiert«

Links und frei

Lieber Willy,

Dir zum siebzigsten Geburtstag zu gratulieren heißt auch, uns zu gratulieren. Wer zu Deiner Generation gehört und gezeichnet ist von den Brüchen und Verhängnissen der deutschen Geschichte in diesem Jahrhundert, wird Deinen Lebensweg als Ausnahme begreifen. Ein nicht einmütiger Befund, denn was die einen als beispielhaft bewundern, ist anderen bis heute ein Ärgernis. Du hast von früh an Deinen Kurs gehalten, bist »links und frei« geblieben. Dafür dankt Dir Dein Freund und (neuerdings) Genosse.

Allzu gut weiß und erinnere ich, welchen Anfeindungen und Verleumdungen Du Ziel gewesen bist, und zwar in beiden deutschen Staaten. Deine bewiesene Haltung wirkte – sosehr sie Dir selbstverständlich war und sowenig Du sie, andere belehrend oder gar beschämend, demonstriert hast – dennoch provozierend. Oft sah es so aus, als wärest Du der sich entwickelnden Nachkriegsgesellschaft mit etwas Dreck am Stecken akzeptabler gewesen. Ich will und kann nicht vergessen, daß in den fünfziger und sechziger Jahren dieser besagte Dreck am Stecken – das hieß: Mittäterschaft/ Mitläuferschaft während der Zeit der nationalsozialistischen Herrschaft – im gewissen Sinn Voraussetzung war für Gesellschaftsfähigkeit. Nachdem man sich ruckzuck entnazifiziert hatte, galt jemand, der diese Schnellwäsche nicht nötig hatte, als Störenfried. Er irritierte das frischgewonnene Gemeinschaftsgefühl. Er kam von »draußen«, hatte zwar alles mögliche vorzuweisen, was

man in Feierstunden gelegentlich ehrenwert und verdienst-
voll nannte, doch fehlte ihm der mehrheitsfähige Mief,
jener Konsens der sich zuzwinkernden Biedermänner: Wir
sind noch mal davongekommen.

Ich habe es erlebt und als Zeitgenosse notiert: Bis in die
Ortsvereine Deiner (unserer) Partei wirkte Dein Bild oder
das Bild, das man sich von Dir machte, beunruhigend.
Man liebte Dich mit Vorbehalt – wenn er doch nur nicht
von »draußen« käme! – und hätte Dich lieber weniger über-
lebensgroß gehabt. So fremd Dir dieses Maß ist, ironischer-
und fatalerweise haben Dich später, als Du »unser Bundeskanzler« warst, oft genug die gleichen Genossen ins Über-
lebensgroße gesteigert.

Das alles hast Du hinter Dich bringen müssen. Ich bin
dankbar, daß ich von Beginn der sechziger Jahre bis in die
siebziger Jahre hinein an Deiner Seite meinen Anteil an
politischer Arbeit leisten konnte und auch Gelegenheit
fand, dadurch Bereiche der Realität zu erfahren, die dem
Schriftsteller in der Regel fernliegen. Es gab Situationen, in
denen ich Dich zweifelnd und manchmal auch verzweifelt
erlebt habe; Stunden, in denen Dir das politische Amt und
die notorischen Kabinettsquerelen – Du hattest etliche
Staatsschauspieler zu Ministern ernannt – nur noch Last
oder allenfalls Anlaß für melancholische Betrachtungen
waren. Und später, nach Deinem Rücktritt, sah es manchmal so aus, als wolltest Du ganz und gar in den Hintergrund treten.

Wir haben uns alle getäuscht. Plötzlich warst Du, für
manche unerwartet, wieder da: als Parteivorsitzender, aber
auch als Vorsitzender der Sozialistischen Internationale.
Unermüdlich hast Du die Ungerechtigkeit der Weltwirtschaftsordnung und das Elend der Dritten Welt beim
Namen genannt. Und wenn Du in Deinem Nord-Süd-
Bericht das Elend der Dritten Welt mit dem Wettrüsten der

beiden Großmächte und ihrer Verbündeten konfrontiert hast, dann hat Dein Hinweis auf diesen schrecklichen Zusammenhang sicher viele Menschen zusätzlich motiviert, in der Friedensbewegung tätig zu werden und dem gegenwärtig in der Bundesrepublik sanktionierten Raketenwahn demokratischen Widerstand zu leisten.

Die SPD hat wieder zu sich und ihrem zu August Bebels Zeiten erkämpften Selbstverständnis zurückgefunden. Längere Zeit sah es so aus, als wollte sie sich dem bloßen Pragmatismus als einer Ersatzideologie verschreiben. Man gab sich lustvoll den Sachzwängen hin. Die Besserwisserei wirkte stilbildend. So konnte es nicht verwundern, daß das Gespräch zwischen Sozialdemokraten und Schriftstellern abriß, daß sich das von Dir einst gewollte und für kritische Begegnungen freigehaltene Forum mehr und mehr entleerte. Diese Periode des Substanzverlustes ist vorbei; und ganz gewiß ist es abermals Dir zu verdanken, daß wir uns wieder als demokratische Sozialisten erkennen können.

Ich wünsche Dir und uns, lieber Willy, daß diese Entwicklung Zukunft hat und daß vor allem Du uns erhalten bleibst, damit auch wir einst unserer Lebensbilanz die Überschrift »Links und frei« geben können.

Freundlich grüßt Dich
Dein *Günter Grass*

Allerseelen

Ich flog nach Polen, nahm November mit.
Die Frage, was, wenn polnisch meine Zunge
mir wörtlich wäre und tödlich folgsam beim Ulanenritt –
ich rauchte tief katholisch und auf Lunge –,

blieb wortreich ohne Antwort, deutsch auf deutsch
    vernarrt:
Zwar schmeichle der Gedanke, sei bizarr, apart,
doch müsse ich bei heimischer Kontrolle
zu Markte tragen meine eingefärbte Wolle.

So nachbarlich durchnäßt, so ferngerückt verloren,
so anverwandt vom Lied und Leid im Lied besessen,
so heimlich zugetan, doch taub auf beiden Ohren,
sind Freunde wir, bis Schmerz, weil nie vergessen
die Narbe (unsre) pocht; umsonst war alles Hoffen:
Die Gräber alle stehn auf Allerseelen offen.

Was aber ist mein Stein

Aus *Kopfgeburten oder die Deutschen sterben aus*

Und wie wird sich Sisyphos in Orwells Jahrzehnt verhalten? Soll sein Stein rationalisiert, wird sein Stein wegrationalisiert werden?

Womöglich ließe sich Harm sogar als Sisyphos ins bewegte Bild bringen, indem er seinen existentialistischen Reformismus mit einem ziemlich großen Brocken auf jenem bergigen Lavafeld bergauf demonstriert, das ihn zuvor als Diktator erlebt hat. (»Hier, Dörte«, stöhnt der schuftende Harm, »das ist die Rentenreform im siebten Anlauf.«)

Oder wir sehen ihn einen enormen Feldstein den Brokdorfer Deich hochwuchten (das Entsorgungsproblem!), sehen, wie der Stein, kaum hat ihn Harm oben, aus innerem Antrieb (in Zeitlupe) unruhig wird, selbsttätig wieder deichabwärts rollt, sehen Harm abermals und abermals Hand anlegen, während Dörte ihm zuruft: »Los, Harm! Nicht aufgeben! Du schaffst das schon. Und nochmal. So, nur so zwingen wir die achtziger Jahre. Die große Herausforderung annehmen. Schlappmachen ist nicht drin. Los schon! Nicht nachlassen. Zupacken! Ja sagen zum Stein. Hier, hier! Das sagt selbst unser Reiseprospekt: ›Darin besteht die ganze verschwiegene Freude des Sisyphos. Sein Schicksal gehört ihm. Sein Stein ist seine Sache.‹«

Und Harm hört auf Dörte und auf Camus. Ihn kann Orwell nicht schrecken. Harm ist der absurde Held wider das Absurde, er ist der Held der Geschichte.

Mitten im Krieg, 1943, hat Albert Camus seinen Essay veröffentlicht. Ich las den »Mythos von Sisyphos« Anfang der fünfziger Jahre. Doch vorher schon, ohne Kenntnis des sogenannten Absurden, dumm, wie mich der Krieg entlassen hatte, war ich, der Zwanzigjährige, mit allen Seinsfragen und also mit dem Existentialismus auf du. Und als mir dann später der Begriff des Absurden zur Person wurde, als ich (angeekelt vom christlich-marxistischen Hoffnungsquark) den heiteren Steinwälzer als jemanden verstand, der zum vergeblichen Steinewälzen, zum Spott auf Fluch und Strafe einlud, suchte ich meinen Stein und wurde glücklich mit ihm. Der gibt mir Sinn. Der ist, was er ist. Kein Gott, keine Götter nehmen mir den; es sei denn, sie kapitulierten vor Sisyphos und ließen den Stein auf dem Berg. Langweilig wäre das und keinen Wunsch wert.

Was aber ist mein Stein? Die Mühsal der nicht ausgehenden Wörter? Das Buch das dem Buch das dem Buch folgt? Oder die deutsche Fron, das bißchen Freiheit für Steinewälzer (und ähnlich absurde Narren) immer wieder bergauf zu sichern? Oder die Liebe samt ihrer Fallsucht? Oder der Kampf um Gerechtigkeit gar, dieser so mühsam berggängige, dieser so leichthin talsüchtige Brocken?

Das alles macht meinen Stein rund und eckig. Ich sehe ihn auf der Kippe, bin seinem Abstieg in Gedanken voraus. Er enttäuscht mich nie. Er will von mir nicht, ich will von ihm nicht erlöst werden. Menschlich ist er, mir angemessen und auch mein Gott, der ohne mich nichts ist. Kein himmlisch Jerusalem kann sein Tauschwert sein, kein irdisches Paradies ihn unnütz machen. Deshalb verlache ich jede Idee, die mir die letzte Ankunft, die endliche Ruhe des Steins auf dem Gipfel verspricht. Aber auch den Stein, der mich zum Helden des Aberundabermals machen will, lache ich aus. »Schau, Stein«, sage ich, »so leicht nehme ich dich.

Du bist so absurd und mir so gewohnt, daß du zum Markenzeichen taugst. Mit Sisyphos läßt sich werben. Mit dir läßt sich reisen.«

Der Stein

den ich wälze, ist nicht mein Eigentum.
Auf Zeit und gegen Gebühr
verleiht ihn die Firma Sisyphos
in verschieden gewichtigem Format;
   und neuerdings gehören faltbare Steine,
      die bei Bedarf aufzublasen sind,
         günstig zum Angebot.

Das Haus in der Stadt der sieben Türme

Rede anläßlich des zehnten Todestages von Willy Brandt,
Oktober 2002

Nehmen wir Abstand. Unsere Gegenwart verlangt immer wieder Rückschau in die Abgründe der Geschichte. Im Februar 1937 reiste der emigrierte Journalist Herbert Frahm unter dem Decknamen Willy Brandt von Oslo aus über Paris nach Barcelona. Er reiste im Auftrag der norwegischen sozialistischen Arbeiterpartei, um die Lage im Spanischen Bürgerkrieg zu erkunden. Vierundzwanzig Jahre war er jung, doch die Flucht aus Deutschland und der unablässige Kampf gegen Faschismus und Nationalsozialismus hatten ihn mit Erfahrung gesättigt. Er war reifer, als sein Alter vermuten ließ. Grundsätzliche, seine Existenz prägende Entscheidungen waren ihm abgenötigt worden; hatte er doch gesehen, wie ein Volk, seines, in die Irre ging.

Nun aber erlebte er im Mai des Reisejahres, wie in Barcelona die Kommunisten, auf Befehl der sowjetisch dominierten Komintern, also aus dogmatischer Sicht, innerhalb des linken Lagers, mitten im Krieg einen Krieg gegen Anarchisten, Trotzkisten und weitere Abweichler führten. Säuberungen nannte man solche Aktionen. Wie der Schriftsteller George Orwell, dem er kurz vor dessen Verwundung begegnete, wurde auch Willy Brandt Zeuge des Massakers. Während Francos Falange Madrid bedrängte, wurden Tausende Republikaner von den Kommunisten liquidiert. Von diesem Verbrechen handelt George Orwells Buch »Mein Katalonien«. Desgleichen gab Willy Brandt, kaum hatte er Spanien verlassen, in Paris seinen Genossen Bericht. Eine Erfahrung mehr war von Dauer.

In Paris jedoch zögerten viele, solch deprimierende Erkenntnisse zu akzeptieren. Im Kreis deutscher Emigranten begegnete der reisende Journalist dem Schriftsteller Heinrich Mann. Der sah den jungen Sozialisten, wenngleich politisch ahnungslos, mit Wohlwollen, zumal er von dessen Lübecker Herkunft erfuhr. Man kam ins Plaudern. Willy Brandt hat später von dieser Begegnung gerne und anekdotenhaft erzählt. Erinnerlich ist mir sein Lachen geblieben, sobald er zu des berühmten Schriftstellers Frage kam: »Sagen Sie, junger Mann, stehen denn immer noch die sieben Türme unserer gemeinsamen Heimatstadt?« Heimweh mag dem Autor des »Untertan« diese Frage eingegeben haben. Sein Bild von Deutschland wankte. Vorausahnend sah er seines Vaterlandes Zerfall. Deshalb die Sorge um die vieltürmige Heimatstadt. Und deshalb heißt meine Rede, die zu halten ich heute die Ehre habe: »Das Haus in der Stadt der sieben Türme«.

Es steht schon lange in der Königstraße, und es steht leer. Doch fortan soll es als »Willy-Brandt-Haus« vom fortwirkenden politischen Nachlaß eines Staatsmannes von Weltrang belebt werden, der am 18. Dezember 1913 in Lübeck geboren wurde, hier vaterlos aufwuchs, bereits als Schüler des Johanneums erste Zeitungsartikel schrieb und sich an seinem politischen Ziehvater, dem Sozialdemokraten Julius Leber, gerieben hat. Schon früh sprach aus ihm der kompromißlose Antifaschist. In der Nacht vom 1. zum 2. April 1933 mußte er seine Heimatstadt verlassen: Von Travemünde aus brachte ihn ein Fischkutter zur dänischen Insel Falster. Aus Herbert Frahm wurde notgedrungen Willy Brandt. Doch in den Räumen des Hauses in der Königstraße kann sich fortan beweisen, daß er endlich heimgekehrt ist.

Ich begegnete Willy Brandt im Spätsommer 1961. Als Regierender Bürgermeister von Westberlin war er zugleich und zum ersten Mal Kanzlerkandidat der SPD, denn wenige Wochen nach dem Beginn des Mauerbaus quer durch die Stadt fanden Bundestagswahlen statt. Der vaterlose Emigrant und die Reise nach Barcelona boten als biographische Fakten noch Jahrzehnte später Willy Brandts politischen Gegnern Stoff und Manipuliermasse genug, um eine lange anhaltende, unter anderem von der »Passauer Neuen Presse« und Zeitungen des Springer-Konzerns gespeiste Diffamierungskampagne zu beginnen. Der damalige Bundeskanzler Konrad Adenauer und sein Eleve Franz Josef Strauß machten den Anfang, indem sie die uneheliche Herkunft und das Emigrantenschicksal ihres Gegners, den sie wie einen Feind niedermachen wollten, überaus wirkungsvoll für ihre Wahlkampfreden benutzten; zwei Christen besonderer Art.

Den Diffamierten, den in jenen Tagen die unmittelbaren Wirkungen des Mauerbaus viel Kraft kosteten, haben diese und weitere Verleumdungen anhaltend verletzt. Damals fiel es leicht, mit solch schäbigen Hinweisen und Verdächtigungen auf Stimmenfang zu gehen. Der versuchte Rufmord blieb ungeahndet. Die Öffentlichkeit reagierte lau. Allenfalls war in bezug auf die Verleumder von »Kavaliersdelikten« die Rede. Mich jedoch haben diese üblen Nachreden angestoßen und motiviert, als Schriftsteller meiner Bürgerpflicht zu folgen und laut und deutlich für den Verleumdeten einzutreten. Ich schraubte das Tintenfaß zu, verließ mein Stehpult, ergriff Partei.

Wenige Jahre später sahen wir uns als befreundet an. Dabei hätten wir verschiedener nicht sein können. Doch auch abgesehen von unserer auf Nähe und Distanz bestehenden Freundschaft verdanke ich Willy Brandt viel. Was mir im Literarischen leicht von der Hand ging und selbstverständlich war, nämlich aufs unscheinbare Detail zu achten und dennoch verwirrenden, widersprüchlichen, oft verdeckten Zusammenhängen zu folgen, lernte ich nun im Bereich der Politik zu erkennen und in öffentlichen Reden zu benennen. Er war mir tätiges Beispiel, nicht etwa kritiklos gesehenes Vorbild; von Hausaltären dieser Art hielten wir beide nicht viel.

Willy Brandt, der Pragmatiker, dem das Machbare wichtiger sein mußte als das Wünschenswerte, ließ dennoch nicht davon ab, ferne, utopische Ziele im Auge zu behalten. Ob als Bundeskanzler oder später, als Vorsitzender der Nord-Süd-Kommission, vor neue Aufgaben gestellt, stets war er von langem Atem, begriff dabei die Menschen in ihrer unmittelbaren Not und zeigte Wege auf, dieser Not – und sei es nur schrittweise – zu entkommen. Ihm waren begrenzte Siege und spürbare Niederlagen vertraut. Die Kehrseite des Fortschritts, die Melancholie, war ihm oft genug Tischgenosse. Auf seiner politischen Wegstrecke hat er viele Hürden erst im dritten Anlauf übersprungen. Oft habe ich mich fragen müssen, was trägt ihn, treibt ihn an zu solch wiederholter Mühe. Erst heute, zehn Jahre nach seinem Tod, beginnen wir zu begreifen, welch politische Weitsicht, wieviel vorweggenommene Zukunft ihn einerseits ausgezeichnet, andererseits vorausschauend mit Sorgen belastet hat, die uns gegenwärtig als die Welt erschütternde Krise eingeholt haben. Davon wird noch zu reden sein.

So sehe ich denn das Haus in der Königstraße mehr als Wirkungs- denn als Gedenkstätte dergestalt: Wer Willy Brandts politischer Arbeit gedenken möchte, wird sie, zehn Jahre nach seinem Tod, fortsetzen müssen, weil sie zukunftsweisend war und deshalb als nicht abgeschlossen anzusehen ist.

Der knappe Wahlsieg der rotgrünen Koalition verpflichtet beide Parteien, ihre mühevolle pragmatische Alltagsarbeit zu ergänzen, indem sie die von Willy Brandt entwickelten Konzepte zur Grundlage ihrer politischen Arbeit machen und von seiner visionären Kraft zehren. Es gilt, die deutsche Einheit zu vollenden, damit doch noch »zusammenwächst, was zusammengehört«, und es gilt, die Erkenntnisse der von Willy Brandt geleiteten Nord-Süd-Kommission nach jahrelanger Ignoranz endlich wahrzunehmen und Entwicklungspolitik zugunsten der unter Verelendung und Ausbeutung leidenden Völker der Dritten Welt mit Vorrang als Beitrag zur Bekämpfung des Terrorismus zu begreifen.

In beiden Bereichen, beim schrittweisen Verringern der Ost-West-Spannung und in der Voraussicht auf den eskalierenden Nord-Süd-Konflikt, ging es Willy Brandt um die Erhaltung des Friedens durch mehr Gerechtigkeit und den Abbau dogmatisch verfestigter Gegensätze. Vielleicht ist es nützlich und erhellend, von weit weg und fern den deutschen Selbstbetrachtungen jetzt einen Blick auf jenen langwierigen Prozeß zu werfen, der mit dem vagen Begriff Entspannungspolitik und dem Namen Willy Brandt verbunden ist.

Vor vier Monaten besuchte ich Südkorea, eingeladen vom Goethe-Institut und einer Universität in Seoul, die ein Symposium im Programm hatte, das auf die landeseigenen Probleme der anhaltenden Zweistaatlichkeit konzentriert war. Man hatte mich mit dem Hinweis auf meine kritischen Kommentare zum Prozeß der deutschen Einheit gebeten, eigene Erfahrungen vorzutragen. Man wolle, so hieß es höflich, lernen, die deutschen Fehler nicht zu wiederholen, wolle vielmehr die Einigung vor der Einheit anstreben.

Also reiste ich an, und mit mir machte sich gleichfalls, vermittelt durch das Goethe-Institut in Seoul, der ostdeutsche Schriftsteller Uwe Kolbe auf die Reise.

Zwei Tage lang wechselten Vorträge und Debatten. Doch nicht nur von Korea-Süd und Korea-Nord und der doppelt bewachten Distanz zwischen beiden Landesteilen war die

Rede. Überrascht nahmen wir zur Kenntnis, wie detailliert die vortragenden Politiker und Politologen mit der Deutschland-Politik der frühen siebziger Jahre vertraut waren. Egon Bahrs These »Wandel durch Annäherung« blieb nicht nur Zitat, sondern wurde im Verhältnis zu den koreanischen Schwierigkeiten als Möglichkeit erkannt. Man wies mehrmals darauf hin, daß Willy Brandt, indem er so gut wie nie von der Vereinigung der beiden deutschen Staaten sprach, diese dennoch vorbereitet habe. Mehr noch: Indem er jeweils das Nächstliegende tat – Familienzusammenführung, Reiseerleichterungen, Ausbau der Transitstrecken und dergleichen mehr –, doch niemals die Einvernahme des anderen Staates, so wie es später ruck-zuck geschehen ist, zum Ziel seiner Bemühungen erhob und – die Gegenseite verschreckend – in den Vordergrund rückte, wurde Schritt nach Schritt möglich, was im Jahre 1990 leider im Eilverfahren und mit entsprechender Rücksichts-, weil Gedankenlosigkeit vollzogen wurde.

Vom gegenwärtigen Zustand der einerseits vom Glück begünstigten, andererseits durch westliche Dominanz beschädigten deutschen Einheit war in Korea nicht die Rede. Man steht dort am Anfang. Erste Rückschläge sind kaum verwunden. Seitdem der amerikanische Präsident Nordkorea als »Schurkenstaat« und Teil der »Achse des Bösen« bezeichnet, tun sich die Machthaber des abgeschotteten Staates schwerer, als es die ökonomische Not des Landes erlaubt. Stellvertretend suchte man in Seoul Zuspruch von außen, zog ferne Erfahrung zu Rate, hoffte auf Belebung der wegsuchenden Debatte; und inzwischen bewegt sich dort einiges, indem die so nützliche wie mühsame »Politik der kleinen Schritte« auf koreanische Gangweise versucht wird.

Und damit bin ich beim Willy-Brandt-Haus in Lübeck. In seinen Räumen sollte das begonnene Gespräch fortgesetzt werden. Einzuladen wären nord- und südkoreanische Politiker, Ökonomen, Intellektuelle. Mit ostdeutscher Erfahrung könnte Wolfgang Thierse das Gespräch leiten. Wünschenswert wäre es, wenn gleichfalls Egon Bahr dabei wäre. Nur mit Respekt vor dem jeweils anderen ist Einigkeit zu verhandeln, notfalls zu erstreiten; denn die Mühsal der Einigung ist Voraussetzung für jene Einheit, die hierzulande nur auf dem Papier steht; allenfalls hat das Süd-, Ost- und Norddeutschland treffende Hochwasser erkennen lassen, was uns Deutschen gemeinsam ist.

Doch damit nicht genug. Dem Willy-Brandt-Haus zu Lübeck wachsen weitere Aufgaben zu. Denn er, der Namensgeber des Hauses, dem das Steinewälzen nach dem Sisyphos-Prinzip lebenslange Disziplin gewesen ist, hat Beispiele weltweit fortwirkender Politik hinterlassen. Als er 1973 vor den Vereinten Nationen als erster deutscher Bundeskanzler sprach, war ihm auch das wachsende Elend in den Ländern der Dritten Welt Thema. Der Zufall wollte es, daß ich damals in New York war und Gelegenheit fand, im UNO-Gebäude seiner erstaunlichen Rede zuzuhören, die in dem Satz »Auch Hunger ist Krieg!« ihren Höhepunkt hatte. Ein Befund, der kurzerhand vom Beifall erschlagen wurde. Weiteres geschah nicht. Man ging zur Tagesordnung über, wie üblich, wenn direkt ausgesprochene Wahrheit den Konsens zu stören droht.

Doch er ist beim Thema geblieben. Nicht mehr als Bundeskanzler, wohl aber als Vorsitzender der Nord-Süd-Kommission hat er die Zusammenhänge zwischen dem Wettrüsten in den ost-westlichen Militärbündnissen und der Armut in den Entwicklungsländern offengelegt. Die Weltbank gab dazu den Auftrag, die Vereinten Nationen zeichneten als Schirmherr. In einer Zeit, in der, selbst nach dem Abflauen des »kalten Krieges«, der Ost-West-Konflikt die Politik dominierte, hat Willy Brandt versucht, das Weltinteresse auf die verdrängte, doch tagtäglich vorhandene und auf jeden Fall unheilvoll zukunftsträchtige Konfliktlage im Süden zu lenken, auf den skandalösen Gegensatz zwischen Arm und Reich, auf Überfluß hier, Hunger dort, aber auch auf die wachsende Erbitterung in den armen Ländern Asiens, Afrikas und Lateinamerikas über die Arroganz des reichen Nordens, der nicht bereit war und ist, auf einen Teil seines überschüssigen Reichtums und seiner ökonomischen Macht zu verzichten.

Vergeblich forderte Willy Brandt eine »neue Weltwirtschaftsordnung«, die den Entwicklungsländern die Märkte des reichen Nordens öffnen sollte. Vergeblich mahnte er eine »Weltinnenpolitik« an, der die nationalen Interessen sich hätten unterordnen müssen. Vergeblich warnte er vor den Folgen wortreicher Untätigkeit. Niemand mochte auf seine Forderungen, Mahnungen, Warnungen hören. Selbst seine eigene Partei, deren Vorsitzender er war, stellte sich taub.

Als vor einem Jahr die Terroranschläge in New York und Washington besonders den kleineren, aber großmächtig reichen Teil der Welt erschreckten, hätte uns Rückbesinnung auf Willy Brandts Nord-Süd-Bericht, auch auf sein im Jahr 1985 erschienenes Buch »Der organisierte Wahnsinn – Wettrüsten und Welthunger« behilflich werden können, in den armen Ländern die Ursachen für Enttäuschung, Verbitterung, Zorn und Haß, der in schließlich vergeltenden Terror umschlägt, zu erkennen. Das Gegenteil war die Folge. Auf militärische Gewalt glaubte man setzen zu können, auch auf neue Gesetze, die mehr und mehr den eigenen demokratischen Freiheitsraum einschränken. Als hätte jemals Krieg ein Problem gelöst, den Hunger gemildert, der Verarmung abgeholfen, der Kindersterblichkeit entgegengewirkt, Wasser in Dürrezonen geleitet, den Handel – außer mit Waffen – gefördert.

Und dennoch steht neuer Krieg bevor. Weil Terror nach des Irrsinns Logik Gegenterror bedingt. Weil die einzig verbliebene Großmacht einen Feind benötigt. Weil der gegenwärtige Präsident der Vereinigten Staaten die Kritik der Verbündeten wie Majestätsbeleidigung wertet: »Wer nicht für uns ist, ist gegen uns!«, und weil sich der »organisierte Wahnsinn« immer wieder aufs neue bestätigt. Oder wäre doch Abhilfe möglich? Kann sich das oft berufene »Umdenken« nicht nur auf Papier ereignen? Das Willy-Brandt-Haus lädt dazu ein. Nach gewonnener Wahl sind die Sozialdemokraten zuallererst dazu aufgerufen, gemeinsam mit den Grünen Versäumtes nachzuholen, den politischen Nachlaß des großen Vorsitzenden, all das, was der Nord-Süd-Bericht einklagt, endlich als ihre Aufgabe zu begreifen. Wer sich zu Recht der Teilnahme an dem drohenden Präventivkrieg verweigert, der muß die Alternative zur gegenwärtigen Kurzschlußpolitik als langfristiges Programm entwickeln und Schritt für Schritt solange realisieren, bis es den Menschen in der sogenannten Dritten Welt möglich ist, gleichberechtigt in einer einzigen Welt zu existieren, unbehindert Handel zu treiben, über die eigenen Rohstoffe zu verfügen, über sich selbst zu bestimmen, also menschenwürdig zu leben, auf daß ihnen mit der Not und Verzweiflung schließlich der Haß vergeht. So, nur so werden Terror und Gegenterror ein Ende finden.

Das war Willy Brandts Überzeugung. Pragmatisch dem Alltag verpflichtet, ging er dennoch utopisch anmutende Ziele an. Was er uns hinterließ, verlangt danach, fortgesetzt zu werden. Das gilt im nationalen Bereich für die deutsche Einheit; das gilt weltweit für den eskalierenden Nord-Süd-Konflikt. Im Haus in der Königstraße sollten vordringlich diese beiden Aufgaben auf der Tagesordnung stehen. Willy Brandt bedarf keiner Gedenkstätte, wohl aber einer Werkstatt, die geräumig genug ist, seine immer noch tragfähigen Gedanken mit den Problemen unserer Tage zu belasten.

Ich erinnerte anfangs an die Pariser Begegnung zwischen dem jungen und dem alten Emigranten, zwischen Willy Brandt und Heinrich Mann. »Ja«, bestätigte der eine des anderen Frage, »Lübecks sieben Türme stehen noch.« Doch sonst war im Jahr 1937 nichts Gutes oder Beruhigendes aus Deutschland zu berichten. Die Nationalsozialisten hatten ihr Macht- und Terrorsystem ausgebaut. Kein Widerstand regte sich. In Spanien erprobten Teile der deutschen Wehrmacht als »Legion Condor« ihre neuesten Waffen. Es sollte noch Jahre dauern, bis der junge Mann aus Lübeck heimkehren konnte. Und als er heimkehrte, sah man ihn und andere Emigranten mit Mißtrauen, schlimmer noch, mit Haß. Es hat Jahrzehnte gedauert, bis dem Staatsmann von der Mehrheit im eigenen Land jene Anerkennung zukam, die ihm weltweit schon lange zuteil wurde. Selbst als ihm der Friedensnobelpreis verliehen wurde, verweigerte ihm im Bundestag die Opposition den Respekt. Seine Heimatstadt jedoch wird ihm und seinem zukunftsweisenden politischen Nachlaß ein Haus bereiten. Die Bürger Lübecks, der Stadt der sieben Türme, dürfen stolz sein auf Willy Brandt.

Mit einem Gedicht, das ich geschrieben habe, als der Freund und überragende Politiker von seinem Amt als Bundeskanzler zurücktrat, will ich schließen:

Federn blasen

Das war im Mai, als Willy zurücktrat.
Ich hatte mit Möwenfedern den sechsten tagsüber
mich gezeichnet: ältlich schon und gebraucht,
doch immer noch Federn blasend,
wie ich als Junge (zur Luftschiffzeit)
und auch zuvor
soweit ich mich denke (vorchristlich steinzeitlich)
Federn, drei vier zugleich,
den Flaum, Wünsche, das Glück
liegend laufend geblasen
und in Schwebe (ein Menschenalter) gehalten habe.

Willy auch. Sein bestaunt langer Atem.
Woher er ihn holte.
Seit dem Lübecker Pausenhof.
Meine Federn – einige waren seine – ermatten.
Zufällig liegen sie, wie gewöhnlich.

Draußen, ich weiß, bläht die Macht ihre Backen;
doch keine Feder,
kein Traum wird ihr tanzen.

XI

»Da uns die Vergangenheit nicht enden will«

»Gustloff sinkt nach drei Torpedotreffern!«

Aus *Im Krebsgang*

Es soll der Erste Offizier des sowjetischen U-Bootes *S 13* gewesen sein, der ferne Positionslichter sichtete. Wer auch immer Meldung erstattet hat, Marinesko war sofort auf dem Turm des Überwasserfahrt machenden Bootes. Er trug, wie überliefert wurde, zur pelzbesetzten Mütze, der Uschanka, unvorschriftsmäßig nicht den gefütterten Mantel, die Dienstbekleidung der U-Bootoffiziere, sondern hatte sich ein ölverschmiertes Schafsfell umgehängt.

Bei getauchter Lage, während langer Fahrt mit Elektromotoren, waren dem Kapitän nur die Geräusche kleiner Schiffe gemeldet worden. Vor Hela gab er Befehl zum Auftauchen. Die Dieselmotoren sprangen an. Jetzt erst wurde ein von Zwillingsschrauben angetriebenes Schiff hörbar. Plötzliches Schneetreiben schützte das Boot, nahm aber die Sicht. Als das Wetter sich beruhigte, wurden die Umrisse eines auf zwanzigtausend Tonnen geschätzten Truppentransporters und ein Begleitboot gesichtet. Das geschah von der Seeseite her, mit Blick auf die Steuerbordseite des Transporters und in Richtung pommersche Küste, die zu erahnen war. Vorerst geschah nichts.

Ich kann nur mutmaßen, was den Kapitän von *S 13* bewogen hat, bei beschleunigter Überwasserfahrt das Schiff und dessen Begleiter in riskantem Manöver achtern zu umlaufen, um dann von der Küstenseite aus, mit weniger als dreißig Meter Tiefe unter dem Boot, eine Angriffsposition zu suchen. Späteren Aussagen nach wollte er die »Faschistenhunde«, die sein Vaterland überfallen und verwüstet hatten, treffen, wo er sie fand; das war ihm bisher nicht gelungen.

343

Seit zwei Wochen verlief die Suche nach Beute ergebnislos. Weder nahe der Insel Gotland noch vor den baltischen Häfen Windau und Memel war er zum Schuß gekommen. Keines der zehn Torpedos an Bord hatte ein Rohr verlassen. Wie ausgehungert wird er gewesen sein. Zudem könnte dem nur auf See tüchtigen Marinesko die Befürchtung im Nacken gesessen haben, man werde ihn sogleich nach womöglich erfolgloser Rückkehr in die Stützpunkthäfen Turku oder Hangö vor das vom NKWD geforderte Kriegsgericht stellen. Nicht nur die letzte Sauftour und sein den Landurlaub überschreitendes Verweilen in finnischen Hurenhäusern konnten ihm angelastet werden; er stand unter Spionageverdacht, einer Beschuldigung, die seit Mitte der dreißiger Jahre in der Sowjetunion bei Säuberungen Praxis gewonnen hatte und durch nichts zu widerlegen war. Allenfalls konnte ihn ein unübersehbarer Erfolg retten.

Nach annähernd zwei Stunden Überwasserfahrt war das Umgehungsmanöver beendet. *S 13* lief jetzt auf Parallelkurs zum feindlichen Objekt, das zur Verwunderung der Turmbesatzung mit gesetzten Positionslichtern keinen Zickzackkurs fuhr. Da das Schneetreiben gänzlich aufgehört hatte, bestand Gefahr, daß die Wolkendecke aufriß und nicht nur der Riesentransporter und dessen Begleitschiff, sondern auch das U-Boot im Mondlicht liegen würden.

Dennoch blieb Marinesko beim Entschluß zum Überwasserangriff. Als Vorteil für *S 13* erwies sich, daß die U-Bootortungsanlage des Torpedobootes *Löwe* – was niemand auf *S 13* ahnen konnte – vereist war und keine Reflexe aufnahm. Die englischen Buchautoren Dobson, Miller, Payne gehen in ihrem Bericht davon aus, daß der sowjetische Kommandant die von deutschen Unterseebooten im Atlantik praktizierte Methode des Angriffs in aufgetauchter Position ihrer Erfolge wegen lange geübt hatte und jetzt endlich anwenden wollte; der Überwasserangriff erlaubt bei besserer Sicht schnellere Fahrt und größere Zielgenauigkeit.

Marinesko befahl, den Auftrieb noch weiter zu drosseln, bis der Bootskörper nicht mehr sichtbar war und nur der Turm aus der immer noch schwer bewegten See ragte. Angeblich soll kurz vor dem Angriff von der Brücke des Zielobjekts aus eine Leuchtrakete abgeschossen und sollen Blinksignale gesichtet worden sein; doch dafür gibt es aus deutscher Quelle – den Berichten der überlebenden Kapitäne – keine Bestätigung.

So näherte sich *S 13* ungehindert der Backbordseite des Ziels. Auf Anweisung des Kommandanten wurden die vier Bugtorpedos in ihren Abschußrohren auf drei Meter Tiefe eingestellt. Die geschätzte Entfernung zum feindlichen Objekt betrug sechshundert Meter. Im Periskop lag der Bug des Schiffes im Fadenkreuz. Nach Moskauer Zeit war es dreiundzwanzig Uhr vier, nach deutscher zwei Stunden früher genau.

Bevor aber an dieser Stelle Marineskos Feuerbefehl erfolgt und nicht mehr zurückgenommen werden kann, muß eine überlieferte Legende in meinen Bericht eingeschoben werden. Ein Bootsmann namens Pichur hatte, bevor *S 13* den Hafen von Hangö verließ, alle Torpedos mit in Pinselschrift gemalten Widmungen geschmückt, so auch die vier zum Abschuß bereiten Torpedos. Der erste war »Für das Mutterland« bestimmt, der Torpedo in Rohr zwei hieß »Für Stalin«, in den Rohren drei und vier sprachen sich die gepinselten Widmungen auf aalglatter Oberfläche »Für das sowjetische Volk« und »Für Leningrad« aus.

So vorbestimmt liefen, nach endlich erteiltem Befehl, drei der vier Torpedos – der Stalin gewidmete blieb im Rohr stecken und mußte in Eile entschärft werden – auf das aus Marineskos Sicht namenlose Schiff zu, in dessen Station für

Wöchnerinnen und Schwangere Mutter bei leiser Radiomusik noch immer schlief.

Während die drei beschrifteten Torpedos unterwegs sind, bin ich versucht, mich an Bord der *Gustloff* zu denken. Leicht sind die Marinehelferinnen zu finden, die zuletzt eingeschifft und im trockengelegten Schwimmbad einquartiert wurden, gleichfalls in der anschließenden Jugendherberge, vormals für auf Ferienreise geschickte Hitlerjungen und BdM-Mädel bestimmt. Gedrängt hocken und liegen sie. Noch halten die Frisuren. Aber kein Lachen mehr, keine netten oder spitzzüngigen Klatschgeschichten. Einige leiden unter Seekrankheit. Dort und überall auf den Gängen der anderen Decks, in den einstigen Fest- und Speisesälen riecht es nach Erbrochenem. Die für die Masse der Flüchtlinge und Marineangehörigen ohnehin zu wenigen Toiletten sind verstopft. Die Ventilatoren schaffen es nicht, mit der verbrauchten Luft den Gestank abzusaugen. Seit Auslaufen des Schiffes tragen auf Befehl alle die ausgeteilten Schwimmwesten, doch legen, der zunehmenden Hitze wegen, viele ihre zu warme Wäsche und auch die Schwimmwesten ab. Leise quengeln Alte und Kinder. Keine Lautsprecherdurchsagen mehr. Alle Geräusche gedämpft. Ein ergebenes Seufzen und Wimmern. Ich stelle mir keine Untergangsstimmung, wohl aber deren Vorstufe, sich einschleichende Angst vor.

Nur auf der Kommandobrücke soll, nach ausgetragenem Streit, die Stimmung einigermaßen hoffnungsvoll gewesen sein. Die vier Kapitäne glaubten, mit dem Erreichen der Stolpebank die größte Gefahr hinter sich zu haben. In der Kabine des Ersten Offiziers wurde eine Mahlzeit gelöffelt: Erbsensuppe mit Fleischeinlage. Danach ließ Korvettenkapitän Zahn vom Steward Cognac servieren. Man sah Anlaß, auf eine vom Glück begünstigte Fahrt anstoßen zu dürfen. Zu Füßen seines Herrn schlief der Schäferhund Hassan. Als Wachoffizier war nur Kapitän Weller auf der Brücke. Indessen war die Zeit abgelaufen.

Von Kindheit an kenne ich Mutters Satz: »Ech war glaich janz wach, als es zum ersten Mal jebumst hat ond denn nochmal ond nochmal...«

Der erste Torpedo traf tief unter der Wasserlinie den Bug des Schiffes, dort, wo die Mannschaftsräume lagen. Wer auf Freiwache war, Stullen kaute oder in seiner Koje schlief und die Explosion überlebte, kam dennoch nicht davon, weil Kapitän Weller gleich nach der ersten Schadensmeldung alle Schotten zum Vorschiff automatisch schließen ließ, um ein schnelles Sinken über den Bug zu verhindern; die Notmaßnahme »Schottenschließen« war kurz vor Auslaufen des Schiffes geübt worden. Zu den aufgegebenen Matrosen und kroatischen Freiwilligen zählten viele, die während Übungen auf das geordnete Besetzen und Fieren der Rettungsboote vorbereitet worden waren.

Niemand weiß, was in dem abgeschotteten Vorschiff plötzlich, verzögert, endgültig geschah.

Gleichfalls ist mir Mutters anschließender Satz eingeprägt geblieben: »Baim zwaiten Bums binnech aussem Bett jefallen, so schlimm war der...« Dieser Torpedo aus Rohr drei, der auf glatter Oberfläche die Aufschrift »Für das sowjetische Volk« als Widmung trug, detonierte unterm Schwimmbad auf dem E-Deck des Schiffes. Nur zwei oder drei Marinehelferinnen überlebten. Später sprachen sie von Gasgeruch und von Mädchen, die durch die Splitter des zerborstenen Glasmosaiks an der Stirnwand des Bades und von den Kacheln des Schwimmbeckens in Stücke gerissen wurden. Auf dem schnell steigenden Wasser habe man Leichen und Leichenteile, belegte Brote und sonstige Reste vom Abendessen, auch leere Schwimmwesten treiben sehen. Kaum Geschrei. Dann sei das Licht weggewesen.

Die zwei oder drei Marinehelferinnen, von denen mir keine paßbildkleinen Fotos vorliegen, konnten sich vorerst durch einen Notausgang retten, hinter dem eine Eisentreppe steil zu den höher gelegenen Decks führte.

Und dann sagte Mutter noch: »Baim dritten Bums erst« sei Doktor Richter bei den Wöchnerinnen und Schwangeren gewesen. »Da war schon der Daibel los!« rief sie jedesmal, sobald ihre Endlosgeschichte auf »Nummer drai« kam.

Der letzte Torpedo traf mittschiffs den Maschinenraum. Nicht nur die Schiffsmotoren fielen aus, auch die Innenbeleuchtung auf den Decks und die sonstige Technik. Alles weitere geschah im Dunkeln. Allenfalls erlaubte die Minuten später anspringende Notbeleuchtung einige Orientierung im Chaos der ausbrechenden Panik innerhalb des zweihundert Meter langen und zehn Stockwerke hohen Schiffes, von dem keine SOS-Rufe über Funk abgegeben werden konnten: auch die Geräte im Funkraum waren ausgefallen. Nur vom Torpedoboot *Löwe* ging wiederholt der Ruf in den Äther: »Gustloff sinkt nach drei Torpedotreffern!« Zwischendurch wurde die Lage des sinkenden Schiffes gefunkt, endlos, über Stunden: »Position Stolpmünde. 55 Grad 07 Nord – 17 Grad 42 Ost. Erbitten Hilfe...«

Auf *S 13* wurden die Treffer und das bald erkennbare Sinken des Zielobjektes mit unterdrücktem Jubel wahrgenommen. Kapitän Marinesko befahl, mit dem bereits vorgefluteten Boot auf Tiefe zu gehen, wissend, daß in Küstennähe, zumal über der Stolpebank, nur wenig Schutz vor Wasserbomben zu finden war. Zuvor mußte der in Rohr zwei steckengebliebene Torpedo entschärft werden; zündfertig, mit laufendem Antriebsmotor, wie er festsaß, konnten ihn leiseste Erschütterungen zur Explosion bringen. Zum Glück fielen keine Wasserbomben. Das Torpedoboot *Löwe* suchte, bei gestoppter Maschine, das tödlich getroffene Schiff mit Scheinwerfern ab.

Auf unserer globalen Spielwiese, dem gepriesenen Ort letztmöglicher Kommunikation, hieß das sowjetische U-Boot
S 13 im Wortlaut der mir familiär nahen Website kategorisch: »Das Mordboot«. Und die Besatzung dieser Schiffseinheit der baltischen Rotbannerflotte wurde als »Frauen-
und Kindermörder« verurteilt. Im Internet spielte mein
Sohn den Richter. Die Einsprüche seines Feindfreundes
David, dem nur einfiel, wiederum seine antifaschistische
Gebetsmühle in Gang zu setzen, indem er auf ranghohe
Nazis und Militärpersonen an Bord sowie die 3-cm-Flak-
geschütze auf dem Sonnendeck des Schiffes hinwies,
kamen gegen die Flut der nunmehr von allen Kontinenten
eingehenden Kommentare nicht an. Chatter meldeten sich
überwiegend auf Deutsch, durchmischt mit englischen
Brocken. Der übliche Haß, aber auch fromme Beschwörungen der Apokalypse füllten meinen Schirm. Ausrufezeichen hinter der Schreckensbilanz. Dazwischen zum Vergleich die Verlustzahlen anderer Schiffsuntergänge.

Das oft verfilmte Drama der *Titanic* versuchte die Spitze
zu halten. Ihm folgte der Untergang der *Lusitania,* die im
Ersten Weltkrieg von einem deutschen U-Boot versenkt
worden war, was den Eintritt der USA in den Krieg ausgelöst oder beschleunigt haben soll. Auch meldete eine
einsame Stimme die Versenkung der mit KZ-Häftlingen
beladenen *Cap Arcona* durch englische Bomber in der Neustädter Bucht; diese sich irrtümlich ereignende Tat geschah
wenige Tage vor Kriegsende und führte nunmehr im Internet mit der Zahl von siebentausend Toten die Tabellenspitze an. Dann lag die *Goya* gleichauf. Doch über allem
wetteifernden Zahlengechatte siegte am Ende die *Gustloff.*
Mit dem Eifer der ihm eigenen Gründlichkeit war es meinem Sohn auf seiner Website gelungen, das vergessene
Schiff und dessen menschliche Fracht ins diffuse Weltbewußtsein zu rücken, auf daß es als schematische Zeichnung

samt zackig markierten Torpedotreffern sichtbar wurde und fortan, als Unglück an sich, einen Namen von globaler Bedeutung trug.

Doch mit dem, was am 30. Januar 1945 ab einundzwanzig Uhr sechzehn tatsächlich auf der *Wilhelm Gustloff* geschah, hatten die sich im Cyberspace übertrumpfenden Zahlen wenig zu tun. Eher ist es Frank Wisbar in seinem Schwarzweißfilm »Nacht fiel über Gotenhafen« gelungen, trotz überdehnter Voraushandlung einiges von der Panik einzufangen, die auf allen Decks ausbrach, nachdem die drei Treffer das Schiff, bei sogleich überspültem Bug, nach Backbord hin in Schräglage gebracht hatten.

Versäumnisse rächten sich. Warum waren die ohnehin zu wenigen Rettungsboote nicht vorsorglich ausgeschwenkt worden? Warum hatte man die Davits und Taljen nicht regelmäßig enteist? Zudem fehlte das im Vorderschiff abgeschottete, womöglich noch lebende Personal. Die Marinerekruten der Lehrdivision waren im Umgang mit Rettungsbooten ungeübt. Das vereiste Sonnendeck, das zugleich Bootsdeck war, brachte, spiegelglatt, wie es sich neigte, die aus den oberen Decks andrängende Masse ins Rutschen. Schon gingen die ersten, weil haltlos, über Bord. Nicht jeder fiel mit Schwimmweste. Jetzt wagten viele in Panik den Sprung. Der Hitze im Schiffsinneren wegen waren die meisten, die aufs Sonnendeck drängten, zu leicht bekleidet, um bei achtzehn Grad minus Luft- und entsprechend niedriger Wassertemperatur – sind es zwei oder drei Grad plus gewesen? – den Kälteschock zu überleben. Dennoch sprangen sie.

Von der Brücke her kamen nun Befehle, alle Nachdrängenden in das verglaste Untere Promenadendeck zu lenken, dessen Türen zu verschließen und bewaffnet zu bewachen in der Hoffnung auf rettende Schiffe. Diese Maßnahme wurde strikt durchgeführt. Bald hielt die hundertsechsundsechzig Meter lange, Steuer- und Backbord umlaufende Vitrine tausend und mehr Menschen gefangen. Erst ganz zum Schluß, als es zu spät war, sind an einigen Abschnitten der Promenadenverglasung die Panzerglasscheiben zerborsten.

Was aber im Schiffsinneren geschah, ist mit Worten nicht zu fassen. Mutters für alles Unbeschreibliche stehender Satz »Da hab ech kaine Töne fier...« sagt, was ich undeutlich meine. Also versuche ich nicht, mir Schreckliches vorzustellen und das Grauenvolle in ausgepinselte Bilder zu zwingen, sosehr mich jetzt mein Arbeitgeber drängt, Einzelschicksale zu reihen, mit episch ausladender Gelassenheit und angestrengtem Einfühlungsvermögen den großen Bogen zu schlagen und so, mit Horrorwörtern, dem Ausmaß der Katastrophe gerecht zu werden.

Das hat der Schwarzweißstreifen mit Bildern versucht, die in Filmstudios vor Kulissen entstanden. Man sieht drängende Masse, verstopfte Gänge, den Kampf um jede Treppenstufe aufwärts, sieht verkleidete Komparsen als Eingeschlossene im verschlossenen Promenadendeck, ahnt die Schlagseite des Schiffes, sieht, wie das Wasser steigt, sieht im Schiffsinneren Schwimmende, sieht Ertrinkende. Und Kinder sieht man im Film. Kinder, von ihren Müttern getrennt. Kinder, an der Hand die baumelnde Puppe. Kinder, verirrt in bereits geräumten Gängen. In Nahaufnahme die Augen vereinzelter Kinder. Doch die über viertausend Säuglinge, Kinder und Jugendlichen, für die es kein Überleben gab, waren, allein aus Kostengründen, nicht zu verfilmen, blieben und bleiben abstrakte Zahl, wie all die anderen in die Tausende, Hunderttausende, Millionen gehenden Zahlen, die damals wie heute nur grob zu schätzen waren und sind. Eine Null am Ende mehr oder weniger, was sagt das schon; in Statistiken verschwindet hinter Zahlenreihen der Tod.

Ich kann nur berichten, was von Überlebenden an anderer Stelle als Aussage zitiert worden ist. Auf breiten Treppen und schmalen Niedergängen wurden Greise und Kinder totgetreten. Jeder war sich der Nächste. Fürsorgliche versuchten, dem Tod zuvorzukommen. So wird von einem Ausbildungsoffizier gesagt, er habe in der ihm zugeteilten Familienkabine zuerst seine drei Kinder, dann die Ehefrau, schließlich sich selbst mit der Dienstpistole erschossen. Gleiches wird von Parteigrößen und ihren Familien erzählt, die in jenen Sonderkabinen Schluß machten, die einst Hitler und dessen Gefolgsmann Ley zugedacht waren und nun der selbsttätigen Liquidierung Raum boten. Anzunehmen ist, daß Hassan, der Hund des Korvettenkapitäns, gleichfalls und zwar von seinem Herrn erschossen wurde. Auch mußte auf dem vereisten Sonnendeck von Schußwaffen Gebrauch gemacht werden, weil der Befehl »Nur Frauen und Kinder in die Boote!« nicht befolgt wurde, weshalb sich überwiegend Männer gerettet haben, was nüchtern und kommentarlos die alles Leben abschließende Statistik bewiesen hat.

Ein Boot, das über fünfzig Personen Platz geboten hätte, hat man übereilt, besetzt von einem knappen Dutzend Matrosen nur, zu Wasser gelassen. Ein anderes Boot kippte, weil zu hastig gefiert und nur noch an der Vorderleine hängend, alle Bootsinsassen in die bewegte See und stürzte dann, als die Leine riß, auf jene, die im Wasser trieben. Nur das Rettungsboot Nummer vier soll, zur Hälfte mit Frauen und Kindern belegt, nach Vorschrift abgelassen worden sein. Da die Schwerverwundeten aus dem Laube genannten Notlazarett ohnehin verloren waren, versuchten Sanitäter, einige Leichtverwundete in Booten unterzubringen: vergeblich.

Selbst die Schiffsleitung war nur noch auf sich bedacht. Berichtet wird von einem ranghohen Offizier, der seine

Frau aus der Kabine aufs Oberdeck geholt und auf dem Achterdeck begonnen hatte, die Halterungen einer Motorpinasse, die zu KdF-Zeiten bei Norwegenfahrten als Ausflugsboot benutzt wurde, zu enteisen. Als es ihm gelang, endlich die Pinasse auszuschwingen, funktionierte – ein Wunder – die elektrische Winde. Beim Abseilen vom Bootsdeck erblickten die im Promenadendeck eingesperrten Frauen und Kinder durch die Panzerglasscheiben das nur halb besetzte Boot; und die Insassen der Pinasse sahen einen Augenblick lang, welche Masse Mensch sich hinter der Verglasung staute. Man hätte sich zuwinken können. Was im Schiffsinneren weiterhin geschah, blieb ungesehen, kam nicht zu Wort.

Schreiben in friedloser Welt

Rede zur Eröffnung des Kongresses des Internationalen P.E.N.
in Berlin, Mai 2006

Wer schreibt, weiß, daß der Zweifel dem Glauben Stolper-
drähte spannen muß, auf daß uns keine Hoffnung beflü-
gelt, der nichts außer Absturz gewiß wäre. Also sei anfangs
vorwarnend gesagt: Das Motto des nunmehr in Berlin ta-
genden P.E.N.-Kongresses, »Schreiben in friedloser Welt«,
könnte vermuten lassen oder gar die fromme Mär bestätigen wollen, es habe jemals friedliche Zeiten gegeben. Nein!
Immer herrschte nahbei oder weitweg Krieg. Oft tarnte er
sich als »Befriedung« oder »Normalisierung«, todbringend
war er allemal. Auch fehlte es nicht an Heldengesängen
oder nüchternen Beschreibungen gallischer oder sonstiger
Kriege. Zu unserer Zeit unterhielten uns mit trickreich
gesteigerter Spannung Filme auf Leinwänden und auf der
Mattscheibe, die ihren Stoff aus unablässigem Kriegsgeschehen bezogen: abermals Heldenrollen zuhauf.

Europa, das sich im Verlauf der Jahrhunderte als ausdau-
ernde Triebkraft des Krieges bewiesen hat, gönnte sich
zwar, was allerdings nur den Kontinent betraf, gelegentlich
Pausen, führte aber, sei es, um nicht aus der Übung zu kommen, sei es, um die Interessen seiner einzelnen und in der
Regel verfeindeten Staaten zu wahren, weltweit Erobe-
rungs- und Kolonialkriege. Mehr noch: Während der
Kampfpausen haben eine Vielzahl bahnbrechender Erfindungen, selbst, wenn deren Erfinder durchaus friedfertig
dem uralten Menschentraum, gleich Ikarus fliegen zu können, nur die notwendige Technik lieferten, mit Vorrang
dem Krieg, dem modernen Krieg gedient. Wie denn auch

von alters her kurzgebunden der Krieg zum Vater aller Dinge erklärt wurde.

Immer war Krieg. Und selbst die Friedensschlüsse bargen, gewollt wie ungewollt, die Keimzellen künftiger Kriege, gleich, ob Verträge im westfälischen Münster oder in Versailles ausgehandelt wurden. Zudem waren und sind die Vorbereitungen für das Führen von Kriegen nicht nur auf schnell veraltende Waffensysteme angewiesen; ein altes Mittel, durch steuerbaren Mangel Völker abhängig und gefügig zu machen, ist seit biblischen Zeiten bis in die globalisierte Gegenwart wirksam. Anläßlich seiner Antrittsrede bei den Vereinten Nationen wurde dieses Mittel von Willy Brandt beim Namen genannt. »Auch Hunger ist Krieg!« rief er vor über drei Jahrzehnten zur Zeit des kalten Krieges. Die Mortalitätsmuster und Hungerstatistiken bestätigen bis heute seinen Befund. Wer den Markt für Grundnahrungsmittel beherrscht und also mit den Preisen steuernd über Mangel und Überfluß verfügt, muß keinen herkömmlichen Krieg führen.

Wie aber verhielt es sich mit dem Schreiben während anhaltend friedloser Welt? Die Literaten, das heißt, all die Silbenstecher, Lautverschieber, Wörtermacher und Nachredner unterdrückter Schreie, die zwanghaft reimenden wie nicht reimenden Dichter, sie alle, die Männer und Frauen des bloßen Wortgeschehens, waren und blieben dabei, von Troja bis Bagdad: metrisch klagend, nüchtern berichtend, hier den Frieden beschwörend, dort süchtig nach Heldentum. Der wohlfeile Satz: »Wenn die Waffen sprechen, schweigen die Musen«, ist leicht zu widerlegen.

Um im Lande zu bleiben: Die Deutschen, die sich, in Ermangelung überseeischer Eroberungen, über dreißig Jahre hinweg einen Glaubensstreit als Bürgerkrieg leisteten und zu diesem Gemetzel ihre europäischen Nachbarn einluden, haben während mörderischer Zeit zwar das noch unsicher

tastende Aufleben einer jungen Literatur kaum wahrgenommen, doch überliefert sind ihnen dennoch die im Jahr
1636 geschriebenen Gedichte des damals grad zwanzigjäh-
rigen Andreas Gryphius, so das Sonett

»Threnen des Vatterlandes

Wir sindt doch nuhmer gantz / ja mehr den gantz
    verheret!
Der frechen völcker schaar / die rasende posaun
Das vom blutt fette schwerdt / die donnernde Carthaun
Hatt aller schweis / vnd fleis / vnd vorraht auff gezehret.
Die türme stehn in glutt / die Kirch ist vmbgekehret.
Das Rahthaus ligt im graus / die starcken sind zerhawn.
Die Jungfrawn sindt geschändt / vnd wo wir hin nur
    schawn
Ist fewer / pest / vnd todt der hertz vndt geist
    durchfehret.
Hier durch die schantz vnd Stadt / rint allzeit frisches
    blutt.
Dreymall sindt schon sechs jahr als unser ströme flutt
Von so viel leichen schwer / sich langsam fortgedrungen.
Doch schweig ich noch von dem was ärger als der todt.
Was grimmer den die pest / vndt glutt vndt hungers
    noth
Das nun der Selen schatz / so vielen abgezwungen.«

Und Martin Opitz, der die jungen Poeten lehrte, mit Jam-
ben und Trochäen umzugehen, also kunstfertig die Vers-
füße zu setzen, schrieb mit so ausführlich wie geballt barocker Wortgewalt sein schier endloses »TrostGedichte In
Widerwertigkeit Deß Krieges«.

»Die grosse Sonne hat mit jhren schönen Pferden
Gemessen dreymal nun den weiten Kreiß der Erden
Seit daß der strenge Mars in vnser Deutschland kam
Und dieser schwere Krieg den ersten Anfang nahm...«

Ja, selbst weit weg von dem immerwährenden Schlachten
und Plündern, im fernen Königsberg, wo sich die benachbarten Polen und Russen eine Kriegspause gönnten, vergaß Simon Dach nicht, in seiner Klage »über den endlichen
Vntergang und ruinirung der Musicalischen Kürbs-Hütte«
der Vernichtung der Stadt Magdeburg zu gedenken:

»Wo laß ich, Deutschland, dich? Du bist durch Beut vnd
    morden
Die dreissig Jahr her nun dein Hencker selbst
    geworden...«

Und ist es nicht so, daß Simon Dach mit den hier zitierten
zwei Verszeilen seinem Land ein bis ins zwanzigste Jahrhundert, bis hin zu zwei Weltkriegen, gültiges Zeugnis ausgestellt hat?

Die von mir genannten Barockdichter suchten in »friedloser Welt« nach Wörtern und Metaphern, geeignet, das
unübersehbare Leid und die Verwüstung von Städten,
Ländereien und Seelen zu benennen oder in Gleichnisse zu
zwingen. Die Erde galt ihnen als Jammertal, denn was der
Krieg verschonte, nahm die Pest.

Ein weiterer Autor, Hans Jakob Christoffel von Grim-
melshausen, fand erst nach zeitlichem Abstand die Kraft, in
Romanen wie »Der Abentheuerliche Simplicissimus« und
»Die Landstörtzerin Courasche« das nachwirkende Entset-
zen über das »Monstrum Krieg« als Erzählbares zu Papier
zu bringen, wobei seine Helden nicht etwa als Zeugen von
Schlacht zu Schlacht auftreten, sondern dem alltäglichen
Greuel verwoben sind.

So haben auch die Kriege späterer Zeit erst im Nachhinein, also in den kurzen und längeren Pausen zwischen den Kriegen, ihren literarischen Niederschlag gefunden. Ob Tolstois »Krieg und Frieden«, Remarques »Im Westen nichts Neues«, Célines »Reise ans Ende der Nacht«, Kluges »Schlachtbeschreibung« oder Kurt Vonneguts »Slaughterhouse Five« – um nur wenige Autoren zu nennen, in deren Köpfen der Krieg nicht aufhören wollte –, jeweils mußte Zeit vergehen bis zum Wagnis des ersten Satzes.

Um im militärischen Sprachgebrauch zu bleiben: Wir Autoren sind Spätzünder. Selbst wenn wir meinen, der literarischen Avantgarde anzugehören, hinken wir dennoch dem Geschehen hinterdrein, freilich unermüdlich, denn was geschah und geschieht, sich mörderisch auslebt, entkommt uns nicht. Was die Historiker abzubuchen gewillt sind, bleibt uns gegenwärtig.

Wir Schriftsteller sind Leichenfledderer. Wir leben von Fundsachen, so auch von den rostigen Hinterlassenschaften des Krieges. Längst überbaute Schlachtfelder und Trümmerhalden suchen wir heim und finden den hinterlassenen Uniformknopf, die wundersam heilgebliebene Puppe aus Zelluloid. Reste wie diese erzählen uns vom zerfetzten Soldaten, vom verschütteten Kind.

So gern wir die Handlung in friedliche Gefilde, in hügelreich blauende Landschaften, in tief innerste Befindlichkeiten verlagern, dennoch kann uns der Krieg nicht aufhören. Selbst den meiner Generation nachgeborenen Autoren, denen während Zeiten der Aufrüstung und Erprobung von atomaren Erstschlägen Frieden durch wechselseitige Abschreckung verheißen wurde, blicken, sobald sie in geretteten Familienalben blättern, ernst und jungverheiratet das Foto des Urgroßvaters oder des Großvaters an: Der eine verblutete während der Materialschlacht um Verdun, der andere krepierte im Verlauf der Panzerschlacht von Kursk, und schon wollen sie erinnert, das heißt, belebt werden, und sei es auch nur auf Papier.

Auch jenen Autoren, denen der altbewährte Liebesschmerz zu Wörtern verhilft und denen das ewige Dreiecksspiel in Variationen erzählenswert bleibt – denn Leidenschaft, Hörigkeit, Bettgeflüster und Eifersucht, mit wie ohne Mord, geben allzeit was her –, sehen sich plötzlich während der Suche nach der entschwundenen Geliebten vor Löcher gestellt, die dieser oder jener Krieg hinterlassen hat, so daß sie nun stammeln müssen, weil der Vater der Geliebten bei Tisch nicht aufhören kann, längst verlorene Schlachten zu gewinnen. Und schon verläuft sich die Liebe nebensächlich, wird niedlich im Vergleich mit so viel gereihtem Verlust.

Läßt sich Kriegsgeschehen erzählen? Lauert nicht, sobald die Gefahr überstanden ist, die Anekdote und macht ihr Angebot? Wie liest sich eine Kampfhandlung, wenn sie dem Erzählstrang eines Überlebenden eingefädelt ist, der, weil notgedrungen auf sich bedacht, ständig Ich sagen muß und dabei seine löchrige Erinnerung bemüht? Ist das organisierte Chaos eines Krieges auch nur annähernd mit den Mitteln der Literatur zu spiegeln? Oder ist der erzählende Autor allenfalls in der Lage, jene Lücken aufzufüllen, die ihm der aufs Dokument abonnierte Historiker hinterließ? Was geschah zwischen den datierten Schlachten? Wie verlief Alltag hinter der Front? Wer ist mehr zu fürchten: der Feind oder die eigenen Feldgendarmen? Was findet sich in keiner Statistik?

Als vor zwanzig Jahren der 49. Kongreß des Internationalen P.E.N. in Hamburg stattfand, tagte diese Versammlung unter dem Thema »Zeitgeschichte im Spiegel internationaler Literatur«. Auch damals kam mir die Ehre zu, das Eröffnungsreferat zu halten. Es stand unter dem Titel »Der Schriftsteller als Zeitgenosse«. Im Verlauf meiner

Rede führte ich als Beispiel literarisch zeitgenössischer Teilnahme den Spanischen Bürgerkrieg an. Denn wie kein anderes Ereignis schlug sich diese Einübung in den bald danach beginnenden Zweiten Weltkrieg in literarischen Zeugnissen nieder, teils während des Kampfes, teils danach.

Um nur einige Namen zu nennen: Neruda und Hemingway, Orwell und Malraux, Bernanos und Koestler, Kisch und Regler waren als Augenzeugen dabei. Ich zitierte aus Gustav Reglers Roman »Das Ohr des Malchus« und aus George Orwells »Mein Katalonien«. Denn beide Autoren machten in ihren Büchern den Verrat der Kommunisten an der spanischen Republik und den Terror der sowjetischen Geheimpolizei GPU zur Zeit Stalins offenkundig. Beide Autoren galten daraufhin im kommunistischen Lager als verfemt. Und das jahrzehntelang. Denn als vor zwanzig Jahren auf dem Hamburger P.E.N.-Kongreß von den Büchern dieser Autoren die Rede war, zog sich die Mauer noch hin, war Europa in Folge des kalten Krieges noch immer in Ost und West geteilt und standen die genannten Bücher im Osten noch immer unter Verbot.

Entsprechend heftig verlief die an meine Rede anschließende Diskussion. Immer noch verursachten die zeitgenössischen Zeugnisse aus Zeiten des Spanischen Bürgerkrieges jene die Ideologen verstörende Wirkung, die Orwell und Regler dazumal bezweckt hatten: Zugunsten der Wahrheit wollten sie aufklären um jeden Preis!

Warum dieser Rückblick? Das Motto jenes mittlerweile historisch anmutenden P.E.N.-Kongresses ist dem von heute benachbart. Auch in der gegenwärtig friedlosen Welt schreibt sich die Zeitgenossenschaft der Autoren fort. Machtpolitik und der Zynismus der Macht waren damals, sind heute bestimmend. Der einzige Unterschied ist der, daß dazumal zwei Weltmächte atomar hochgerüstet gegeneinander standen und jeweils aus imperialem Selbstverständnis, das heißt skrupellos, ihre Kriege, sei es in Vietnam, sei es in Afghanistan, führten. Gegenwärtig sind wir – was sich nicht als Gewinn erwiesen hat – nur noch der Hybris einer einzigen Großmacht ausgeliefert, die auf der Suche nach einem neuen Feind fündig geworden ist. Den von ihr mitverschuldeten, weil – siehe Bin Laden – gezüchteten Terrorismus will sie mit Waffengewalt besiegen. Doch der von ihr gewollte und die Gesetze der zivilisierten Welt mißachtende Krieg fördert den Terror und kann nicht enden.

Damit ist nicht nur der gegenwärtig und seit drei Jahren andauernde Irak-Krieg gemeint. Abwechselnd und zugleich werden Diktaturen – und an Auswahl fehlt es nicht – Schurkenstaaten genannt, was in der Regel das fundamentalistische Machtgefüge in den großmäulig mit Militärschlägen bedrohten Ländern festigt. Gleich, ob der Iran, Nordkorea oder Syrien zu Mächten des Bösen ernannt werden, dümmer und deshalb gefährlicher kann Politik nicht sein. Sogar die Wiederholung eines Kriegsverbrechens, der Einsatz von Nuklearwaffen, wird angedroht. Doch alle Welt hört weg und gibt sich ohnmächtig. Allenfalls wird die Teilnahme an voraussehbar weiteren Kriegen verweigert. Beispielhaft sagten vor drei Jahren die französische, die deutsche Regierung Nein – und später schloß sich die spanische an, indem sie die Komplizenschaft mit der wie zwangsläufig kriminell handelnden Großmacht USA aufkündigte –, doch selbst angesichts aufgedeckter Lügen und der Schande offenkundiger Folterpraxis gibt sich weiterhin Englands Regierung taub und tut so, als könne und müsse des Britischen Empire Tradition, die gnadenlose Kolonialherrschaft fortgeschrieben werden, und das unter Federführung der Labour Party.

Solch unterwürfige Bündnistreue provozierte Widerworte: Im Dezember des letzten Jahres wurde in Stockholm die Nobelpreisrede Harold Pinters veröffentlicht. In seinem beispielhaft schnörkellosen Text sprach sich der Dramatiker zuerst als Schriftsteller, dann als englischer Staatsbürger aus. Als seine bittere, niemanden schonende, also unser aller Versagen und rücksichtsvolles Bemänteln offenlegende Rede vorlag, löste sie hierzulande bis ins Feuilleton der »Frankfurter Allgemeinen Zeitung« blindwütige Attacken aus. Ein Theaterkritiker namens Stadelmaier versuchte Pinter als Altlinken, dessen Bühnenstücke längst passé seien, lächerlich zu machen und abzutun. An der Offenlegung von Wahrheiten, die hinter Beschwichtigungen und einem Gespinst von Lügen versteckt waren, wurde Anstoß genommen. Jemand, ein Schriftsteller, einer von uns, hatte in friedloser Welt vom Recht der Anklage Gebrauch gemacht.

Ich zitiere aus Harold Pinters Rede:
»Nach dem Ende des Zweiten Weltkrieges unterstützten die Vereinigten Staaten von Amerika jede rechtsgerichtete Militärdiktatur auf der Welt, und in vielen Fällen brachten sie sie erst hervor. Ich verweise auf Indonesien, Griechenland, Uruguay, Brasilien, Paraguay, Haiti, die Türkei, die Philippinen, Guatemala, El Salvador und natürlich Chile. Die Schrecken, die Amerika Chile 1973 zufügte, können nie gesühnt und nie verziehen werden.

In diesen Ländern hat es Hunderttausende von Toten gegeben. Hat es sie wirklich gegeben? Und sind sie wirklich alle der US-Außenpolitik zuzuschreiben? Die Antwort lautet ja, es hat sie gegeben, und sie sind der amerikanischen Außenpolitik zuzuschreiben. Aber davon weiß man natürlich nichts.

Es ist nie passiert. Nichts ist jemals passiert. Sogar als es passierte, passierte es nicht. Es spielte keine Rolle. Es interessierte niemand. Die Verbrechen der Vereinigten Staaten waren systematisch, konstant, infam, unbarmherzig, aber nur sehr wenige Menschen haben wirklich darüber gesprochen. Das muß man Amerika lassen. Es hat weltweit eine ziemlich kühl operierende Machtmanipulation betrieben und sich dabei als Streiter für das universelle Gute gebärdet. Ein glänzender, sogar geistreicher, äußerst erfolgreicher Hypnoseakt.«

Im Verlauf seiner Rede stellte Harold Pinter die Frage: »Wie viele Menschen muß man töten, bis man die Bezeichnung verdient hat, ein Massenmörder und Kriegsverbrecher zu sein?« Diese Frage ist nicht leichthin als bloß rhetorisch abzutun, denn sie betrifft das langerprobte und heuchlerische Zählverhalten des Westens, den Bodycount. Zwar sind wir buchhalterisch bemüht, die Opfer von Terroranschlägen aufzulisten – und deren Zahl ist schrecklich genug –, aber niemand zählt die Leichen nach amerikanischen Bomben- und Raketenangriffen. Ob im zweiten oder dritten Golfkrieg – den ersten führte Saddam Hussein, unterstützt von den USA, gegen den Iran –: Grobe Schätzungen lassen Hunderttausende vermuten.

Gewiß ist von den bisher sorgfältig gezählten 2400 gefallenen amerikanischen Soldaten des gegenwärtigen Irak-Krieges jeder Soldat als ein Toter zuviel zu beklagen, doch kann diese Verlustliste nicht einen rechtswidrig begonnenen und verbrecherisch geführten Krieg im nachhinein begründen und gewiß nicht die übergroße Zahl der getöteten und verstümmelten Frauen und Kinder aufwiegen, die aus westlicher Sicht mit der barbarischen Umschreibung »Kollateralschäden« banalisiert wird. So gibt es denn auch nach westlicher Wertung nicht nur Lebende, sondern auch Tote erster, zweiter und dritter Klasse; dabei sind sie alle Opfer des wechselseitigen Terrorismus.

Harold Pinter hat das Unrecht benannt. Beispielhaft hat er bewiesen, was »Schreiben in friedloser Zeit« bewirken kann. Wir Schriftsteller sind aufgerufen, nicht nur anders, das heißt jenseits aller Parteinahme, die Toten zu zählen, sondern auch aufgrund unserer besonderen Begabung den einzelnen Toten, gleich ob Freund oder Feind, Frau oder Kind aus der Masse der namenlos Verscharrten zu lösen, auf daß er kenntlich wird als Opfer eines Vorgangs, der Krieg heißt und viele Ursachen hat.

Wer hat ihn gewollt? Welche Lügen haben seinen Zweck verschleiert? Wem bringt er Gewinn? Welche Börsenwerte steigert der Krieg? Wer hat wem jene Waffen geliefert, die so viel Tod brachten? Und mehr noch als die richterliche Frage, wen trifft die Schuld, sollte uns kümmern, ab wann wir mitschuldig wurden.

Als wir nur halbherzig nein sagten? Als wir uns einreden ließen, das sei nicht unser Krieg? Als wir meinten, uns mit der Abwandlung eines Sprichwortes, »Wenn die Waffen sprechen, schweigen die Musen«, bei jenen lieb Kind zu machen, die schon immer der Meinung waren, der Dichter sollte sich dem vulgären Tagesgeschehen, also der schmutzigen Politik fern und die Kunst sauber halten? Als wir uns brav in Schweigen retteten? Ich spreche aus Erfahrung. Sechzehn zählte ich, als ich Soldat wurde. Mit siebzehn lernte ich das Fürchten. Und glaubte dennoch bis zum Schluß, als längst alles in Scherben gefallen war, an den Endsieg.

Seitdem will mir der Krieg selbst während Pausen, die Frieden heißen, nicht aufhören. Es ist wie ein Nachzittern oder vorwarnendes Beben. Es ist die wiederkehrende Krätze. Die seinen Wegspuren – ob auf dem Vormarsch, dem Rückzug – beiläufigen Verbrechen verjähren nicht. Ihn zu überleben war nur des Zufalls Laune zu verdanken. Seitdem nisten mir seine Geräusche im Ohr. Was immer ich schrieb, stets bestand der Krieg – und sei es auch nur in

Nebensätzen – auf seinem Handlungsverlauf. Er verlacht Friedensschlüsse. Er vergleicht sich mit seinesgleichen, prahlt mit jeweils zum Einsatz gebrachtem Material, rechnet Tote mit Toten auf. Und uns Schriftstellern beweist er, daß Worte, sie mögen noch so treffend sein, ihn nicht aufhalten können. Auf Befragen zählt er sich zu den Menschenrechten. So erhaben setzt er sich fort. Doch gerät seine Erhabenheit immer dann ins Wanken, wenn Gelächter ihn bloßstellt. Wohl deshalb hat unser barocker Kollege Grimmelshausen seine während dreißig Jahre währender Kriegszeit gewachsene Einsicht dem Roman »Simplicissimus« als Motto vorangestellt:

> »Es hat mir so wollen behagen
> Mit Lachen die Wahrheit zu sagen.«

Denn lächerlich sind, so ernstgesichtig sie auftreten, des Krieges Fürsprecher. Wenn immer ihren Lügen Zugkraft mangelt, spannen sie Gott ins Geschirr. Ob Bush oder Blair, die Heuchelei ist ihnen ins Gesicht geschrieben. Jenen Priestern und Missionaren gleichen sie, die seit alters her Waffen segneten und mit der Bibel den Tod in ferne Länder trugen. Weil oft karikiert, sind sie zu Karikaturen ihrer selbst geworden. Also lachen wir sie aus. Vielleicht könnte, wie in Hans Christian Andersens Märchen, das schlußendlich den Kaiser nackt sein läßt, ein nichtendenwollendes Gelächter den einen, den anderen Popanz bloßstellen, auf daß sie mit ihren Schleppenträgern verschwinden.

Aber – so höre ich jetzt schon Bedenken – was nützt das. Sogleich wird ein weiterer Popanz samt Schleppenträgern so gottgewollt ölgesalbt mit Lügen den nächsten Krieg begründen. Das war schon immer so.

Ja. Schon immer hieß es nach jeweils dem letzten Krieg: Nie wieder! Schwüre wurden laut. Auf einem Holzschnitt meines Lehrers Otto Pankok zerbricht Christus plakativ das Gewehr. Wir versicherten einander, aus der Geschichte lernen zu wollen. Die Vereinten Nationen faßten friedensstiftende Beschlüsse, die unter der Fuchtel der großmächtigen Vetomächte nur auf Papier wirksam wurden. An mahnenden, der Sorge verpflichteten Wörtern hat es nie gefehlt. Friedensbewegungen entstanden, lösten sich auf, fanden abermals Zulauf, um sich abermals aufzulösen. Als »Gutmenschen« verhöhnt, resignierten viele. Nur dem Krieg ging der Atem nicht aus. Und wenn er verschnaufte, dann nur, um sich neue Feinde zu erfinden, um neue Waffensysteme zu entwickeln und auf den freien Markt zu bringen: noch weiter tragende, zielgenauere, uranangereicherte, solche, die weit flächendeckend und schonungslos todbringend sind.

So verging friedlose Zeit. Wir Schriftsteller waren immer dabei, ob schweigend oder protestierend. Geschrieben wurde allemal: dafür und dagegen. Wir wissen das aus wiederholter Erfahrung. Als der immer noch andauernde Irak-Krieg, wie von den USA gewollt, zu beginnen drohte und als er dann schmutzig tatsächlich und zugleich lupenrein im Fernsehen begann, erklärte auch ich mich öffentlich. Zu Beginn und am Ende eines Textes zitierte ich ein Gedicht, das der deutsche Dichter Matthias Claudius geschrieben hatte. Ohnmacht spricht aus seiner Klage. Ohnmacht, die wir uns eingestehen sollten, ohne deshalb zu schweigen. Wie Matthias Claudius nicht schwieg, sondern uns sein bis heute gültiges »Kriegslied« hinterließ:

»'s ist Krieg! 's ist Krieg! O Gottes Engel wehre,
Und rede Du darein!
's ist leider Krieg – und ich begehre
Nicht schuld daran zu sein!«

Doppelt in die Pilze gegangen

Auf Waldboden kam mir
mit scheinbar festem, dann aber
erkennbar tapsigem Schritt
jemand entgegen, der, gekleidet
in erdfarbenen Cord,
ich war, dem ich – tapsig in Cord –
näher und näher entgegenkam.
War gleich mir
mit schlechtziehender Pfeife
auf Waldboden unterwegs.

Beide zielstrebig. Runde Rücken.
Er an mir, ich an ihm wie achtlos vorbei.
Kurzer Blick nur aus Augenwinkeln.
Kein Erschrecken. Ich und ich
wollten nur wissen, wer mehr Pilze
in seinem Beutel heimtrug.

Das doppelte S

Aus Beim Häuten der Zwiebel

Meine zweite Reise in Richtung Westen wäre nur aus zynischer Sicht als Kinderlandverschickung zu verstehen gewesen. Als der Zug nach nächtlicher Fahrt und wiederholtem Halt die Reichshauptstadt mit Verspätung erreichte, fuhr er so langsam, als wollte er die Reisenden, wenn nicht zum Mitschreiben, dann zum vorbeugenden Auffüllen späterer Gedächtnislücken auffordern.

Soviel blieb: beiderseits des Bahndamms brannten einzelne Häuser und Häuserblöcke. Aus den Fensterlöchern der oberen Stockwerke schlugen Flammen. Dann wieder Blicke in verdunkelte Straßenschluchten und Hinterhöfe, in denen Bäume standen. Allenfalls sah ich Menschen schattenrißhaft vereinzelt. Kein Auflauf.

Die Brände galten als Normalfall, denn Berlin befand sich im Zustand alltäglich fortschreitender Zerstörung. Nach letztem Bombenangriff war Entwarnung gegeben worden. Langsam rollte der Zug und lud, wie mit Vorsatz, auch mich zur Stadtbesichtigung ein.

Bisher hatte der Kinogänger nur in der Wochenschau kurze Einblendungen von Ruinen gesehen, die als Kulissen für Spruchbänder mit Durchhalteparolen herhalten mußten. »Wir sind nicht kleinzukriegen!« oder »Unsere Mauern brechen, unsere Herzen nicht!« und ähnliche Behauptungen standen zu lesen.

Noch kürzlich war der Reichspropagandaminister Goebbels auf der Leinwand des städtischen Tobis-Palastes als agiler Darsteller seiner selbst zu erleben gewesen, wie er vor Trümmern aufmunternd zu ausgebombten Frauen und

Männern sprach, die Hand eines rußgeschwärzten Luft-
schutzwartes schüttelte und verlegen grinsende Kinder tät-
schelte.

Kurz bevor mein Einberufungsbefehl auf dem Tisch lag,
besuchte ich einen Onkel mütterlicherseits, der im Tobis-
Palast Kinovorführer war und dem ich seit Jahren Film-
erlebnisse verdankte, die wie »Das Bad auf der Tenne«
nicht »jugendfrei« waren. Sah ich damals schon durch das
Guckloch neben dem Vorführgerät gleich nach der Wochenschau, in der Goebbels vor Trümmern mit Überlebenden plauderte, den Durchhaltefilm »Kolberg« mit
Heinrich George in der Hauptrolle?

Später wurde von weißnichtmehrwem gemunkelt, daß
einige Jungs, die während der Dreharbeiten tapfer und
zeitgerecht kostümiert gegen Napoleons Übermacht zu
kämpfen gehabt hätten, im folgenden Jahr, als Kolberg
ohne Statisten, doch diesmal echt von Russen und Polen
belagert wurde, beim Volkssturm eingesetzt worden seien.
Viele mögen dabei draufgegangen sein, ohne daß man
ihren Heldentod filmte.

Auf dem Bahnhof kümmerte sich niemand um die Brände in Sichtweite. Normaler Betrieb herrschte: gegenläufiges
Gedränge, Geschimpfe, plötzliche Lachsalven. Urlauber
mußten zurück an die Front, kamen von dort. BdM-Mädel
teilten Heißgetränke aus und nahmen es kichernd hin, von
Landsern befummelt zu werden.

Was roch vordringlich: der gestauchte Rauch der Dampf-
lokomotiven unterm nur mäßig beschädigten Dach der
Bahnhofshalle oder der Brandgeruch?

Ich stand vor verwirrend vielen Hinweisen auf Sammel-
punkte, Melde- und Leitstellen. Zwei Feldgendarmen,
kenntlich durch Metallschilder, die an Ketten vor der Brust
hingen, weshalb sie vorwarnend »Kettenhunde« genannt
wurden, wiesen den Weg. In der Schalterhalle des Bahn-

hofs – doch welcher der Berliner Bahnhöfe war es? –, wo frisch Einberufene meines Alters in Reihe standen, bekam ich nach kurzem Warten einen Marschbefehl zugeschoben, der als nächstes Reiseziel Dresden vorschrieb.

Jetzt sehe ich in der Wartereihe schwatzende Jungs. Neugierig sind wir, als habe man uns Abenteuer versprochen. Lustig geht es zu. Mich höre ich zu laut lachen, weißnichtworüber. Marschverpflegung wird ausgeteilt, Zigaretten gehörten dazu, sogar für mich, den Nichtraucher. Schnell sind meine verteilt. Einer der Jungs bietet mir als Gegenwert etwas an, das es sonst nur zu Weihnachten gibt: in Kakao gewälzte Marzipankartoffeln. So von Wirklichkeit bedrängt, glaube ich zu träumen.

Dann trieb uns Fliegeralarm in das weiträumige Kellergeschoß des Bahnhofs, das als Luftschutzraum genutzt wurde. Dort staute sich bald eine gemischte Gesellschaft: Soldaten und Zivilisten, darunter viele Kinder, auch Verwundete auf Tragbahren oder von Krücken gestützt. Und mittendrin eine Gruppe Artisten, zu denen Liliputaner gehörten: alle in Kostümen; der Fliegeralarm hatte sie direkt von der Vorstellung in den Keller gescheucht.

Während draußen die Flak ballerte und fern wie nah Bomben einschlugen, ging ihr Theater hier unten weiter: ein Gnom erstaunte uns als Jongleur, der Kegel, Bälle, farbige Ringe zugleich in der Luft hielt und wirbeln ließ. Mehrere Liliputaner führten akrobatische Kunststücke vor. Zu ihnen gehörte eine zierliche Dame, die sich anmutig zu verknoten verstand, dabei Kußhändchen verteilte und viel Beifall bekam. Geführt wurde die Gruppe, die als Fronttheater unterwegs war, von einem kleinwüchsigen Greis, der als Clown auftrat. Aus leeren bis gefüllten Gläsern, die gereiht standen, zauberten seine den Gläserrand streichelnden Finger Musik: jammervoll süß. Er lächelte geschminkt. Ein Bild, das blieb.

Bald nach der Entwarnung erreichte ich mit der Stadtbahn einen anderen Bahnhof. Wieder brannten aus Fen-
sterhöhlen hellauf in Flammen stehende Häuserblöcke.
Abermals Ruinenfassaden, ganze Straßenzeilen, die während zurückliegender Bombennächte ausgebrannt waren.
Entfernt eine Fabrikhalle wie von innerer Festbeleuchtung
erglüht. Im Morgengrauen stand der Zug nach Dresden
abfahrbereit.

Nichts über die Fahrt dorthin. Kein Wort über den Brot-
belag der Marschverpflegung und keine vorauseilenden,
keine rücklings anfallenden Gedanken, die zu entziffern
wären. Nur zu behaupten und deshalb zu bezweifeln bleibt,
daß mir erst hier, in der vom Krieg noch unberührten
Stadt, genauer, nahe der Neustadt, und zwar im Ober-
geschoß einer großbürgerlichen Villa, gelegen im Ortsteil
Weißer Hirsch, gewiß wurde, welcher Truppe ich anzugehören hatte. Mein nächster Marschbefehl machte deutlich,
wo der Rekrut meines Namens auf einem Truppenübungs-
platz der Waffen-SS zum Panzerschützen ausgebildet werden sollte: irgendwo weit weg in den böhmischen Wäldern...
Zu fragen ist: Erschreckte mich, was damals im Rekrutie-
rungsbüro unübersehbar war, wie mir noch jetzt, nach über
sechzig Jahren, das doppelte S im Augenblick der Niederschrift schrecklich ist?
Der Zwiebelhaut steht nichts eingeritzt, dem ein Anzeichen für Schreck oder gar Entsetzen abzulesen wäre. Eher
werde ich die Waffen-SS als Eliteeinheit gesehen haben, die
jeweils dann zum Einsatz kam, wenn ein Fronteinbruch
abgeriegelt, ein Kessel, wie der von Demjansk, aufge-
sprengt oder Charkow zurückerobert werden mußte. Die
doppelte Rune am Uniformkragen war mir nicht anstößig.
Dem Jungen, der sich als Mann sah, wird vor allem die

Waffengattung wichtig gewesen sein: wenn nicht zu den U-Booten, von denen Sondermeldungen kaum noch Bericht gaben, dann als Panzerschütze in einer Division, die, wie man in der Leitstelle Weißer Hirsch wußte, neu aufgestellt werden sollte, und zwar unter dem Namen »Jörg von Frundsberg«.

Der war mir als Anführer des Schwäbischen Bundes aus der Zeit der Bauernkriege und als »Vater der Landsknechte« bekannt. Jemand, der für Freiheit, Befreiung stand. Auch ging von der Waffen-SS etwas Europäisches aus: in Divisionen zusammengefaßt kämpften freiwillig Franzosen, Wallonen, Flamen und Holländer, viele Norweger, Dänen, sogar neutrale Schweden an der Ostfront in einer Abwehrschlacht, die, so hieß es, das Abendland vor der bolschewistischen Flut retten werde.

Also Ausreden genug. Und doch habe ich mich über Jahrzehnte hinweg geweigert, mir das Wort und den Doppelbuchstaben einzugestehen. Was ich mit dem dummen Stolz meiner jungen Jahre hingenommen hatte, wollte ich mir nach dem Krieg aus nachwachsender Scham verschweigen. Doch die Last blieb, und niemand konnte sie erleichtern.

Zwar war während der Ausbildung zum Panzerschützen, die mich den Herbst und Winter lang abstumpfte, nichts von jenen Kriegsverbrechen zu hören, die später ans Licht kamen, aber behauptete Unwissenheit konnte meine Einsicht, einem System eingefügt gewesen zu sein, das die Vernichtung von Millionen Menschen geplant, organisiert und vollzogen hatte, nicht verschleiern. Selbst wenn mir tätige Mitschuld auszureden war, blieb ein bis heute nicht abgetragener Rest, der allzu geläufig Mitverantwortung genannt wird. Damit zu leben ist für die restlichen Jahre gewiß.

»Das sind T-34«

Aus *Beim Häuten der Zwiebel*

Danach ist immer davor. Was wir Gegenwart nennen, dieses flüchtige Jetztjetztjetzt, wird stets von einem vergangenen Jetzt beschattet, so daß auch der Fluchtweg nach vorn, Zukunft genannt, nur auf Bleisohlen zu erlaufen ist.

So beschwert sehe ich aus sechzig Jahren zeitlicher Distanz, wie ein Siebzehnjähriger mit zweckentfremdeter Gasmaskentrommel und einer wie neugeschneiderten Uniformjacke bemüht bleibt, an der Seite eines zählebig gewitzten, weil jede Gefahr vorschmeckenden Obergefreiten, dem man nicht ansieht, daß er von Beruf Frisör ist, Anschluß an zurückflutende Truppenteile zu finden. Dabei gelingt es den beiden wiederholt, die Kontrolle der »Kettenhunde« zu umgehen. Immer sind Löcher zu wittern. Nur selten ist die Frontlinie zu erkennen. Unter Tausenden Versprengten sind sie zwei Vereinzelte, denen das rettende Papier fehlt. Welcher Haufen wird abgekämpft genug sein, um sie aufzunehmen?

Erst auf der Straße von Senftenberg nach Spremberg, die von Pferdewagen voller Flüchtlinge verstopft ist, kann das zwar gleich feldgrau uniformierte und doch so ungleiche Paar den Stau nutzen und sich bei einer seitlich der Straße improvisierten Sammelstelle den gestempelten Wisch, die überlebensversichernden Marschbefehle einhandeln. Im Freien steht der Tisch mit Schemel. Auf dem Tisch vorgedrucktes Papier. Ein kriegsmüder Hauptfeldwebel sitzt auf dem Schemel, stellt keine Fragen, unterschreibt zügig, stempelt ab. Ich plappere nach, was mir mein Obergefreiter vorgesagt hat.

Jetzt sind wir geschützt, weil einer neu aufgestellten Kampfgruppe zugeordnet, die vorerst nur auf dem gestempelten Zettel existiert: ein vages Versprechen. In festen Umrissen jedoch sehen wir eine mobile Feldküche, die auf der Wiese inmitten der Sammelstelle abgeprotzt hat. Der Kessel der Gulaschkanone dampft. Es riecht nach Eintopf.

Jetzt stehen wir in Reihe an. Alle Dienstgrade gemischt. Auch Offiziere dürfen sich nicht vordrängen. Gegen Schluß herrscht auf Dauer vom Zufall bemessener Momente rangfreie Anarchie.

Es gibt Kartoffelsuppe mit Fleischeinlage. Der Küchenbulle schöpft jeweils einen Schlag von unten her, dann einen halben von oben ab. Da uns außer dem Brotbeutel noch das draufgeschnallte Kochgeschirr samt Eßbesteck zur Hand ist, kann jeder eineinhalb Kellenschlag aus dem Kessel fassen. Die Stimmung ist weder gedrückt noch heiter. Typisches Aprilwetter. Im Augenblick scheint die Sonne.

Jetzt stehen wir uns gegenüber und löffeln im Gleichklang. »Mann«, sagt jemand, der wenige Schritte abseits steht und gleichfalls löffelt, »heut ist ja Adolfs Geburtstag! Wo bleibt die Extraration? Na, Scho-Ka-Kola, Zigaretten, Gläschen Weinbrand zum Anstoßen! Heil, mein Führer!«

Jetzt versucht jemand, einen Witz zu erzählen, verheddert sich dabei. Ansteckendes Gelächter. Weitere Witze nehmen Anlauf. Ein im Ausschnitt friedliches Bild. Fehlt nur noch jemand, der Ziehharmonika spielt.

»Wie heißt die Gegend?«

»Lausitz!«

Jetzt weiß jemand Bescheid: »Jede Menge Braunkohle gibt's hier...«

Im Frühjahr neunzig habe ich aus vielfachem Grund einige Dörfer und Städtchen zwischen Cottbus und Spremberg aufgesucht. Gierig nach Gegenwart und alles aufzeichnend, was jüngsten Datums war, blieben meine Gedanken dennoch rückläufig.

Um diese Zeit sah es so aus, als sei eine der Kriegsfolgen, die über vierzig Jahre anhaltende Spaltung Deutschlands in zwei Staaten, durch Vereinigung, wenn nicht zu überwinden, dann in einem Prozeß der Annäherung nach und nach auszugleichen. Jedenfalls bot sich – fast wie ein Wunder – diese Möglichkeit an. Da man aber glaubte, für langsame Vorgänge keine Zeit zu haben, sollte mit Geld der arme Osten dem reichen Westen gleichgemacht werden, und zwar schnell, schneller als gedacht.

Zweimal reiste ich an, blieb für einige Tage zuerst in Cottbus, wo bereits ein Schwarm Handelsvertreter als Vorboten des Kapitals das Hotel besetzt hatte, danach, im Frühsommer, war Altdöbern mein Reiseziel, wo ich mich bei einer Witwe mit ältlicher Tochter in Frühstückspension einquartierte. Ein Städtchen mit Schloß, Schloßpark, stillgelegter Fabrik, Konsumladen, Frauenklinik und sowjetischem Soldatenfriedhof, gereiht und gepflegt auf dem Kirchplatz. In einer Gaststätte konnte Soljanka gelöffelt, danach aus Bayern geliefertes Bier getrunken werden. Das geschah kurz vor der Währungsunion, doch hatte der Ausverkauf des so friedlich erbeuteten Landes bereits begonnen. Überall zeigten Westfirmen Flagge.

Mir jedoch war einzig die Gegend wichtig. Wo ich hinblickte, war der seit Jahrzehnten andauernde Braunkohleabbau der Landschaft abzulesen. Dort, wo sie, wie hinter Altdöberns Schloßpark, tief abgesenkt worden war, sah sie außerirdisch, lunar aus. Kegelberge, gehäufelt aus Abraum, zwischen unbewegten Grundwassertümpeln. Kein Vogel darüber.

Von der Abbruchkante, gleich hinter der Frauenklinik, hatte ich Draufsicht, zeichnete mit Blei und Kohle Blatt

375

nach Blatt. Anfangs von Altdöbern aus, dann von den Resten des Dorfes Pritzen gesehen, später, nach Standortwechsel, mit Blick auf die gereihten Schornsteine und Kühltürme des vergänglichen Kombinats »Schwarze Pumpe«.

Bald war der Block Ingrespapier – zwanzig Blatt stark – gefüllt. Auch zeichnete ich zu Gekröse verschlungene Förderbänder, die ausgedient hatten. Nahbei und entfernt gaben Kohleschrapper, die gleich Insekten auf Grubenrändern hockten, Motiv nach Motiv her.

Der Blick in von Menschenhand geschaffene Abgründe ließ mehr erkennen, als da war, und setzte Wörter frei, die später in dem Roman »Ein weites Feld« die Verostung des Westens in Aussicht stellten und weitere Schwarzseherei, über den Abgrund hinweg gesprochen.

Dann aber – zwischen Zeichnung und Zeichnung – begann der Film rückwärts zu laufen, war ich, bin ich nur mir auf der Spur.

Seitlich der Straße von Senftenberg nach Spremberg gilt es, zeitversetzt einen Panzerschützen zu finden, der neben einem nölig berlinernden Obergefreiten steht, die Gegend bestaunt und dabei Grimassen schneidet. Nicht sicher ist mir die Stelle, an der der Feldküchenbulle Kartoffelsuppe austeilt und wir uns mit halb gefülltem Kochgeschirr gegenüberstehen.

Jetzt wärmt mich Junisonne, wie mich im April die Sonne gewärmt hat. Jetzt sehe ich uns im Gleichtakt löffeln. Wir stehen neben der Straße, auf der sich eine zum Gegenstoß vorrückende Panzerkolonne und ein gegenläufiger Flüchtlingstreck behindern. Auf der einen Fahrbahnseite ist kein Ausweichen möglich. Schroff bricht die Erdkruste ab.

Unten weitet sich das Braunkohleabbaugebiet bis zur gegenüberliegenden Abbruchkante. Überall wartet das »schwarze Gold« darauf, an Kraftwerke verfüttert, zu Briketts gepreßt zu werden. Im Krieg wie in Friedenszeiten ist die Lausitz gut für den Tagebau gewesen; so auch bis zum Jahr der Wende, in dem ich anreiste und mehr sah als zu sehen war.

Stille über den Abraumkegeln, den Grundwasserseen. Während ich zur Zeit allerneuester Gegenwart durch Tagebau entstandene Landschaft zeichnete, war es jedenfalls still genug, um mit rückgewandtem Ohr das Gebrüll der Panzerkommandanten, den Lärm der Maybach-Motoren, das Geschrei der Flüchtlinge auf den Gespannen, Pferdegewieher, das Weinen der Kinder, aber auch des Feldwebels Stempelknall und das Geklapper der Blechlöffel zu hören – wir schabten Reste aus dem Kochgeschirr –, und dann die ersten Einschläge sowjetischer Panzergranaten.

Zwischen Löffel und Löffel sagte mein Obergefreiter: »Das sind T-34.«

Ich, sein Echo: »Sind T-34!«

Auf der gegenüberliegenden Seite war oberhalb der vertieften Abbaufläche eine zählbare Menge Panzer aus einem Waldstück heraus aufgefahren. Klein wie Spielzeug standen sie und schossen. Der zum Stillstand gekommene Gegenverkehr auf der Straße erlaubte dem Feind genaue Zielansprache. Die Einschläge kamen näher. Unsere Sturmgeschütze – Jagdpanther mit Rohr in Fahrtrichtung – mußten beidrehen, um in Gefechtsposition zu kommen. Kommandos, einander überbietende Schreie, denn nun schoben die Panzer vollbesetzte Pferdegespanne über die Abbruchkante in die abgesenkte Grube: gleich Gerümpel wurden sie weggekippt.

Jetzt sehe ich einen bildhübschen Leutnant, wie er aus offener Turmluke gestikuliert, als hätte er mit bloßen Händen die Schußrichtung freischaufeln wollen, sehe jetzt schlesische Bauern, die nicht vom Fluchtgepäck lassen wollen, sehe puppenklein Kinder auf seitlich wegrutschenden

377

Wagen, sehe eine Frau schreien, doch höre ich nicht ihr Geschrei, sehe mal ferne, mal nahe Granateinschläge – lautlos finden sie Ziele –, starre nun, um das nicht mehr sehen zu müssen, auf den Rest Suppe im blechernen Kochgeschirr, bin einerseits noch hungrig und andererseits staunender Zuschauer, der nur Zeuge und wie unbeteiligt an dem stummfilmhaften Geschehen ist, werde jetzt aber durch einen Federstrich zum in jüngste Zeitweil versetzten Grimmelshausen, dem sich im Verlauf mörderischer Kriegsjahre Geschichte nach Geschichte, Schlacht nach Schlacht reiht, habe weißnichtwelchen Einflüsterer im Ohr, sehe mich alles, was geschieht, zugleich sehen, glaube zu träumen, bin und bleibe aber hellwach, bis mir der Stahlhelm, dessen Riemen sich gelockert hat, jetzt, genau jetzt vom Kopf gerissen wird und mir die Sinne schwinden.

Vermutlich nur für kurze Zeit, sofern Zeit zu messen war. Was gleich danach mit mir und um mich herum geschah, fügt und löscht sich in spukhaft verwischten, dann wieder scharf konturierten Bildern: das fast leere Kochgeschirr weg, auch die Armbanduhr Marke Kienzle.

Wo ist mein Obergefreiter?

Wo sind die Maschinenpistole und beide Magazine?

Warum stehe ich noch oder wieder?

Die heftig blutende, meine Hose durchsuppende Wunde am rechten Oberschenkel. Der vom Helmriemen verursachte Schmerz am Kinn. Ein kraftlos von der linken Schulter baumelnder Arm, der versagt, sobald ich mit noch jemandem meinen Obergefreiten – da liegt er! – heben will.

Granatsplitter haben seine Beine zerfetzt. Oberhalb scheint er heil zu sein. Er guckt erstaunt, ungläubig...

Dann nimmt mir aufwirbelnder Sandstaub die Sicht auf die Feldküche, die unbeschädigt dampft, bis wir – er getragen, ich gestützt – mit einem anderen Verwundeten in einen Sanitätskraftwagen, kurz Sanka genannt, verfrachtet werden. Ein Sanitäter springt auf. Weitere Verwundete müssen zurückbleiben, fluchen, jemand will unbedingt mit, klammert sich... Endlich schlägt die Tür zu, wird verriegelt.

Jetzt rumpeln wir, was nur zu ahnen ist, in Richtung Hauptverbandsplatz.

Lysolgeruch. Geborgen mag ich mir vorgekommen sein in dem Kasten. Der Krieg machte Pause. Jedenfalls ereignete sich vorerst so gut wie nichts, zumal wir nur langsam den Weg fanden. Der Obergefreite lag flach. Sein vorhin noch glatt rosiges, weil zumeist wie frisch rasiert glänzendes Gesicht war grün angelaufen, ließ Bartstoppeln ahnen. Geschrumpft kam er mir vor. Die Beine abgebunden, in Mull verpackt.

So lag er auf einer der Pritschen, war bei Bewußtsein und sah mich, ohne den Kopf zu verrücken, nur aus den Augenwinkeln. Er versuchte Wörter zu bilden, wurde deutlicher, bat schließlich mit leiser, doch immer noch nöliger Stimme um eine Zigarette, die ich aus dem zerknüllten Päckchen in seiner Brusttasche zugleich mit dem Feuerzeug fingerte.

Ich, der Nichtraucher, zündete sie an, klebte den Glimmstengel zwischen seine Lippen, deren Zittern sofort nachließ. Er rauchte gierig einige Züge, schloß die Augen, öffnete sie wieder erschrocken, als begriffe er jetzt erst seinen Zustand. Was mich als neu an ihm erschreckte: Angst war seinem Gesicht abzulesen.

Und dann, nach einer Pause, in der ich nur den anderen Verwundeten stöhnen, den Sanitäter wegen zu wenig Verbandsmull fluchen hörte und mich der eigene, sonderbar schmerzfreie Zustand erstaunte, bat mich mein Obergefreiter, nein, er befahl mir, ihm die Hose und auch die Unterhose zu öffnen, ihm prüfend zwischen die Beine zu greifen.

Als ihm bestätigt werden konnte, daß noch alles vorhanden, greifbar sei, griente er, rauchte noch paar Züge, glitt dann aber weg, atmete ruhig, sah zierlich aus.

Diesen Griff in die Hose erlaubte ich zwölf Jahre später, als es schriftlich um die Verteidigung der Polnischen Post ging, Jan Bronski, der so, mit seinen fünf Fingern, dem zögerlich sterbenden Hausmeister Kobyella die unbeschädigte Manneskraft bestätigen konnte.

Auf dem Hauptverbandsplatz wurden wir getrennt. Er wurde ins Zelt getragen, ich blieb im Freien. Dann gab es, weil mein Oberschenkel verbunden werden mußte, und noch bevor mir die Hose bis zu den Kniekehlen rutschte, aus unübersehbarem Anlaß Gelächter: der Länge nach war die Gasmaskenbüchse, die mir immer noch anhing, von einem fingerlangen Granatsplitter aufgeschlitzt worden, so daß die klaffende Trommel ausgelaufen, meine Hose versaut, mit Erdbeer- oder Kirschmarmelade bekleckert war. Fortan klebte der Hosenboden beim Sitzen, zog später Ameisen an, was nicht zum Lachen sein wollte.

Die geschlitzte Gasmaskenbüchse blieb auf dem Verbandsplatz. Den Splitter der sowjetischen Granate jedoch, der mich verschont und so den späteren Vater von Söhnen und Töchtern gnädig zum Überlebenden gemacht hatte, hätte ich gerne in ganzer Länge meinen Kindern, später den Enkelkindern gezeigt: Seht, welch anschauliches Zeugnis für Lektionen, die mir, dem Kriegsfreiwilligen, erteilt werden mußten, auf daß er die Angst schmeckte und das Fürchten lernte. Seht, Kinder, wie lang und gezackt der Splitter ist...

Erst danach wurde meine linke Schulter verbunden, die kaum blutete, in der aber ein Fremdkörper aus Metall, wenn auch ein kleiner nur, vermutet werden konnte. Das Loch in meiner neuen Uniformjacke war kaum zu finden.

Den baumelnden Arm festigte eine Schlinge. Da der Hauptverbandsplatz einem Güterrangierbahnhof günstig nahe lag, gibt es keine Bilder weiterer Zwischenstationen. So schnell war für mich der Krieg aus, so offensichtlich er ringsum andauerte.

Gegen Abend wurden wir verladen. Es muß die Nacht vom zwanzigsten auf den einundzwanzigsten April gewesen sein, denn Sanitäter, ein Liste führender Feldarzt und Leichtverwundete, zu denen ich zählte, beklagten noch immer, was schon zuvor im Umkreis der Feldküche bejammert worden war: das Ausbleiben von Extrazuteilungen, die zu Führers Geburtstag während aller Kriegsjahre üblich gewesen waren. Keine Zigaretten gab's, keine Dose Ölsardinen, keine Flasche Doppelkorn für vier Mann. Kein sonstnochwas...

Dieser Mangel schien allen Landsern und selbst mir, dem Nichtraucher, ärgerlicher und von größerem Gewicht zu sein als der überall sichtbare Zerfall des Großdeutschen Reiches. Dem Gemaule waren Flüche beigemengt, zuvor nie gehörte.

Der Güterzug, in dessen einem Waggon ich zwischen Leicht- und Schwerverwundeten lag, rollte mit unbekanntem Ziel. Oft stand er endlos lange, manchmal nur kurze Zeit. Inzwischen dunkelte es draußen. Mehrmals wurden wir umrangiert. Nur eine Karbidlampe gab dem Waggon Licht.

Wir lagen auf Stroh, das faulig roch und zudem nach Pisse. Neben mir las ein Gebirgsjäger mit Kopfverband im Schimmer seiner Taschenlampe ein frommes Buch. Dabei bewegte er die Lippen. Rechts wälzte sich jemand mit Bauchschuß und schrie, bis er nicht mehr schrie.

Wasser war nicht vorrätig. Kein Sanitäter, der auf Rufe der Verwundeten gehört hätte, fuhr mit uns. Stimmen und

Stöhnen, gleich ob der Zug rollte oder hielt. Plötzliche Stille nach letztem Gestöhn.

Mein linker Nachbar betete halblaut. Ein Tobsüchtiger riß sich im fahlen Licht der Karbidfunzel die Verbände ab, sprang auf, fiel, um wieder aufzuspringen, zu fallen, blieb endlich liegen. Rechts neben mir rührte sich nichts mehr.

Die Nacht wollte kein Ende nehmen; mir dauerte sie bis in die Träume der ersten Nachkriegsjahre. Nein, Schmerzen hatte ich immer noch nicht. Nur kurz fiel ich in Schlaf, um immer wieder aufzuschrecken. Und schlief dann doch, weißnichtwielang.

Als der Güterzug mit seiner Fracht letztlich zum Stillstand kam, wurden Überlebende und Tote – der Mann mit Bauchschuß neben mir – ausgeladen. Ein Feldarzt, der hier die Strichliste führte, sortierte Leicht- und Schwerverletzte. Ein Blick genügte. Wie schnell das ging.

Literatur und Geschichte

Rede anläßlich der Verleihung des Prinz-von-Asturien-Preises,
Oktober 1999

Majestät, Königliche Hoheit,
 meine Damen und Herren,
 geehrte Preisträger!
Wenn ich in Ihrem und in meinem Namen nun für
Ehrungen Dank zu sagen versuche, die uns heute, in
Gegenwart Ihrer Majestäten durch den Prinzen von Asturien erwiesen werden, begebe ich mich, vorerst tastend, auf
die Suche nach etwas Gemeinsamem, das uns, die wir den
unterschiedlichsten Disziplinen nachgehen, für die Dauer
einer kurz zu haltenden Dankrede verbinden könnte.
Sogleich drängt sich das aller Welt bevorstehende Ereignis
auf: Ein Jahrhundert und mit ihm ein Jahrtausend geht zu
Ende. Als Preisträger sind wir sozusagen die Schlußlichter
eines entsetzlichen und bis in diese Tage auf Dogmen ein-
geschworenen Zeitverlaufs. Doch da uns, gleich welchem
Land zugehörig, die Vergangenheit nicht enden will, sie
vielmehr den einzelnen in jeweils seiner Gesellschaft wieder und wieder von hinterwärts einholen wird, ist zu erwarten, daß sich all das Verdrängte oder vorschnell Ab-
gebuchte nicht um das Datum des Jahrhundertwechsels
kümmern wird. Was als Nullproblem den ausgeklügeltsten
Computersystemen zum Desaster werden könnte, kann die
Geschichte und deren Nachhall nicht jucken. Sie spottet
der Zahlen. Bis weit ins nächste Jahrhundert wird sie ihren
Schatten werfen. Wir können ihr nicht entkommen. Sie
macht uns zu Wiederkäuern. Und was wir – schlecht ver-
daut – von uns geben, wird der gegenwärtigen wie zukünf-

tigen Generation noch im Wege sein: Kot, aus dessen vertrockneten Krusten zu lesen ist.

Und schon bin ich bei meinem Thema: Literatur und Geschichte. Solange mir das Schreiben als bewußter Prozeß von der Hand geht – mittlerweile während fünf Jahrzehnten –, lag mir die Geschichte, vordringlich die deutsche, quer. Sie war nicht zu umgehen. Selbst die kühnsten artistischen Seitensprünge führten mich immer wieder in ihren mäandernden Verlauf. Von meinem ersten Roman, der »Blechtrommel«, bis zum jüngsten Kind meiner Laune, das unter dem besitzergreifenden Titel »Mein Jahrhundert« steht, war ich ihr aufsässiger Knecht. Die Zerstörung und der Verlust meiner Heimatstadt Danzig setzten eine epische Stoffmasse frei, die zwar bis ins letzte erzählerische Detail von kleinbürgerlichen Befindlichkeiten und katholischem Mief eingetrübt war, aber ständig, ob während der alltäglichen Langeweile oder in endlose Familienfeste hinein, sprach sich anfangs mit Siegesmeldungen, dann durch halblaut eingestandenen Rückzug Geschichte aus. Keine noch so gemütvoll abgekapselte Idylle war vor den Einbrüchen des Zeitgeschehens sicher. Das Private fand nur auf Abruf statt. Immerfort setzte die Geschichte dröhnend ihre Daten. Und einzig dank literarischer List war es möglich, diesem Diktat mit einem Gegentext Paroli zu bieten: hier die Zeit raffend, dort den Zeitlauf dehnend, auch durch die Engführung gleichzeitiger Handlungsabläufe, durch Perspektivwechsel und demonstratives Enthäuten von Zwiebeln.

So versteht es die Literatur, das Unterfutter der Geschichte zu entblößen. Sie macht den Blick frei auf jene zersetzenden Kleinereignisse, die sich hinter der staatstragenden Tribüne ergeben. Ihr wird das Erhabene lächerlich, das Große winzig, und wie in Andersens Märchen »Des Kaisers neue Kleider« erlaubt sie dem Kind, jegliche Majestät nackt zu sehen. Gemeint ist jene Erzählperspektive, die von unten über die Tischkante nach oben führt; es ist der unbefangene, weil amoralische Blick, der sich nicht täuschen läßt. So mündet der angeblich sinnvolle Verlauf der Geschichte in jene Abwässer, aus denen sich uferlos das Meer der Absurdität speist.

Ein solch lästerliches Erzählen hat sein Herkommen. Hier, in Spanien, wo sich maurische und iberische Kultur in ihrer Jahrhunderte währenden Haßliebe erschöpften und belebten, erprobte sich eine Romanform am grotesken Widerstreit der Wirklichkeiten, die den Außenseiter zum Helden erhob und die später von den alles benennenden Literaturwissenschaftlern der »pikareske« Roman genannt wurde. Er, der Pikaro, fing die Welt und ihr geschäftiges Treiben in Konkav- und Konvexspiegeln ein. Er brachte mit Lügen die Wahrheit ans Licht. Ihm war nichts heilig. An seinem Spott rieb sich, bis es zerbröselte, jegliches scholastische Papier. Er setzte ein Höllengelächter frei, das selbst die Mächtigen dieser Welt ins Tanzen brachte. Den vielen Autoren dieser ganz unakademischen, weil unbehausten Schule, die zwischen Marokko und Andalusien pendelte, erwuchs ein Autor namens Cervantes, dessen Held, Don Quijote, bis in die Gegenwart literarische Kinder in unsere Welt setzt, Kinder, verstiegen wie er, die der Realität ihren absurden Hintersinn und dem Absurden seine reale Duftmarke nachweisen. Er ist der Vater jener europäischen Romangattung, in deren Freigehege Voltaires »Candide« die »beste aller Welten« zerpflückte, in der Laurence Sternes »Tristram Shandy« seine Erzeugung der Frage nach dem Wohlergehen der Uhr verdankt, in der Charles de Costers »Tyll Ulenspiegel« im Freiheitskampf der Flamen gegen die spanische Besatzungsmacht den listigen Narren spielt, in der Grimmelshausen seinen Helden, Simplicissimus genannt, in wechselnden Heerhaufen sein Überleben suchen läßt. Was wüßten die Deutschen von den Schrecken des Dreißigjährigen Krieges, wenn ihnen nicht Simplex mit seinem Blick von unten von jenen Geschehnissen erzählt hätte, die uns, so leblos wie genau, der Fleiß der Historiker zur datierten Geschichte gereiht hat?

Der Literatur Zeitzeugnisse gründen tiefer. Sie lassen die Verlierer zu Wort kommen: all jene, die nicht Geschichte machen, denen aber gleichwohl Geschichte unentrinnbar widerfährt, indem deren Diktat sie zu Tätern und Opfern, zu Mitläufern und Gejagten macht. Nichts oder zuwenig wüßte ich über die komplexen Freund-Feind-Verhältnisse während des Spanischen Bürgerkrieges, hätte nicht George Orwell in seinem Buch »Mein Katalonien« das kommunistische Terrorsystem bezeugt, dessen Kommissare ungezählte Anarchisten und Sozialisten hinter den Frontlinien liquidiert haben. Literaten aus aller Welt haben den Kampf und Untergang der Republik erzählend begleitet. Kaum ein Ereignis dieses Jahrhunderts ist dergestalt vielstimmig im Spiegel der Literatur nacherlebbar geblieben, wenngleich die Stimmen spanischer Autoren, lange Zeit durch Zensur unterdrückt, erst spät zu Gehör kamen. So erscheinen jetzt erst im deutschen Bücherherbst die beiden ersten Bände des sechsbändigen Romanepos »Das magische Labyrinth«, geschrieben in den Jahrzehnten der Emigration von dem spanischen Schriftsteller deutsch-französischer Herkunft Max Aub. Nein, diese Geschichte kann nicht enden. Sie muß immer wieder neu erzählt werden. Und vielleicht wird ein junger, ein nachgeborener Autor des Stammlandes pikaresker Erzähllobsession, der sich zugleich als später Schüler des großen Unamuno erweist, eines Tages sein Land mit einem Totentanz beschenken, vergleichbar der Eindringlichkeit jener Bildfolge, die Goya unter dem Titel »Die Schrecken des Krieges« hinterlassen und so bleibend in unser Gedächtnis gerückt hat; wie es Picasso tat, als er die Schrecken des spanisches Bürgerkrieges in seinem Bild »Guernica« bannte.

Ein Gutteil der Literatur, wie sie mir möglich ist, entsteht aus Verlusten. Wenn Systeme, wie jüngst das sowjetische, an ihrer eigenen Geschichte zerbrechen, wenn Machtgefüge zu nichts zerfallen, wenn die Dummheit der Sieger zum Himmel schreit, wenn mit der Freiheit das Elend kommt und sich Flüchtlingsströme der neuerlichen Völkerwanderung beimischen, wenn die Geschichte wiederum in katastrophale Schieflage abkippt und sich der Kapitalismus, als letztlich gebliebene Ideologie, in globalem Irrationalismus verflüchtigt, wenn nur noch die Börse Sinn stiftet und mit ihr alles ins Rutschen geraten kann, und wenn sich schließlich die Zunft der Historiker, müde des Streits um Fußnoten, im Ungefähr des Posthistoire verläuft, dann steht die Literatur hoch im Kurs. Sie lebt von Krisen. Zwischen Trümmern blüht sie auf. Sie hört den Wurm ticken. Leichenfleddern ist ihr Geschäft. Ohne und gegen Bezahlung hält sie Totenwache und erzählt den Hinterbliebenen die alten Geschichten immer aufs Neue.

Doch blättert man im Feuilleton oder hört aufs Raunen im Kulturbetrieb, ist überall dort, wo sich das Sekundäre frech vors Primäre geschoben hat, nach gängiger Devise die Literatur out. Allenfalls taugt sie, aufgemotzt, zum Event oder wird häppchenweise ins Internet verfüttert. Auf Randgruppen, sagt die Werbung, soll sie sogar konsumfördernd wirken.

Ich will das alles nicht glauben. Ich bin ein bekennender Ignorant. Fortschritt, der mich beschleunigen will, kümmert mich nicht. Altmodisch gehe ich einem altmodischen Beruf nach, verfüge über keinen Computer, turne nicht im Internet, schreibe meine Manuskripte tatsächlich noch mit der Hand, tippe die Zweit- und Drittfassungen mit Hilfe einer klapprigen Schreibmaschine, tue das alles tagtäglich am Stehpult, laufe dabei auf und ab, murmele vor mich hin, zerkaue Sätze, bis sie, gesprochen wie geschrieben, gründlich abgemagert oder randvoll gesättigt sind. Dabei bin ich mir sicher, daß die Geschichte fallsüchtig weitergeht und mit ihr, immer im Widerspruch, die Literatur Zukunft hat.

An den Rand gedrängt, wird das Buch wieder subversiv werden. Und Leser werden sich finden, denen Bücher Überlebensmittel sind. Schon sehe ich Kinder, die das Fernsehen satt haben, denen Computerspiele langweilig werden, die sich mit einem Buch vereinzeln, gefangengeben dem Sog erzählter Geschichte, die hundert und mehr Seiten imaginieren und ganz anderes lesen, als schwarz auf weiß gedruckt steht. Denn das zeichnet den Menschen aus. Kein schöneres Bild findet sich als im Blick auf ein lesendes Kind. Ganz und gar verloren an die Gegenwelt zwischen zwei Buchdeckeln, ist es dennoch anwesend und will nicht gestört werden.

Und sollte eines nahen oder fernen Tages das Menschengeschlecht sich selbst, weil ja auch das inzwischen machbar ist, auf diese oder jene fein ausgeklügelte Weise vernichten, wird – ich bin sicher, verehrte Damen und Herren, lieber Prinz von Asturien – das Buch das letzte Wort haben; und sei es als Flugschrift.

Vom Himmel hoch

Aus *Die Box. Dunkelkammergeschichten*

Als zum Schluß Paulchen einlud, kamen alle und pünktlich. Weil er mit seiner Brasilianerin, die gelernt hat, schrille Mode zu entwerfen und auch zu schneidern, in Madrid, also zu weit weg lebt, schlug er vor, in Hafennähe bei einem Portugiesen zu essen. Gemessen an sonstigen Hamburger Preisen sei es total billig dort. Den Tisch werde er vorbestellen.

Jetzt ist es soweit. Sardinen vom Grill gibts. Dazu Brot und Salat. Wer keinen Vinho Verde will, trinkt Bier aus Sagres. Alle bewundern Paulchen, der, so hört es sich an, auf Portugiesisch bestellt. Früh am Abend ist das Lokal nur mäßig besucht. An den Wänden hängen Netze, in denen sich getrocknete Seesterne dekorativ verfangen haben. Nana hat während des Essens die Einzelheiten einer komplizierten Geburt bis ins schweißtreibende Detail erklärt: »Kam dann doch ohne Kaiserschnitt!« Auf Fragen von Lara klagt Lena, woran überall beim Theater gespart werden müsse. »Aber man schlägt sich so durch...«

Nach dem Kaffee – »Oitos bicas, faz favor!« ruft Paulchen dem Kellner zu – imitiert Taddel, dem mit Nanas tätiger Hilfe vor Wochen eine Tochter geboren wurde, drollige Aussprüche seines Söhnchens, das ihm, behauptet Jasper, aufs Haar gleiche. Jetzt wird er allseits bedrängt, noch einmal, »wie früher auffem Dorf«, seine Rudi-Ratlos-Nummer zu bieten, bis er, der eigentlich »keinen Bock darauf hat«, den Ohrwurm bringt und Beifall bekommt.

Nun ist sogar Lara bereit, auf Wunsch und wie in Kinderjahren, »meerschweinmäßig« zu quieken. Nana lacht am längsten, ruft: »Bittebitte, nochmal!« Nur Paulchen bleibt ernst und gesammelt, als müsse er sich auf etwas vorbereiten, das unbedingt raus will, aber noch vor sich hinzögert.

Zum Glück wollen sowieso alle anderen, Pat voran, zu Wort kommen. Während Jorsch zum letzten Mal, wie jeder bestätigt, die Mikrofone stellt, wirft sein Zwillingsbruder die Frage auf, wem von den Geschwistern es besonders lästig gewesen sei, einen berühmten Vater zu haben. Doch niemand will sich als übermäßig geschädigt oder gar Opfer väterlichen Ruhms darstellen. Lara erzählt, wie sie als Kind ein Dutzend Autogramme von ihm verlangt habe: »Hat er mir kopfschüttelnd gegeben, auf zwölf Blatt, dann aber gefragt: ›Sag mal, Tochterleben, warum so viele?‹ Da hab ich gesagt: ›Für zwölf von dir krieg ich eins von Heintje.‹«

Sie kann sich nicht erinnern, ob ihr Väterchen enttäuscht gewesen sei oder gelacht habe über den Tauschhandel. Aber die Heintje-Schnulze, »Mamatschi, schenk mir ein Pferdchen«, habe er zu singen versucht. »Und dann ist er wieder nach oben ans Stehpult zu seiner geliebten Olivetti...«

Mit diesem Hinweis hat Lara ihrem Bruder Pat das Stichwort gegeben.

Ist nun mal so bei ihm. War immer so. »Muß man abarbeiten«, hat er gesagt. Konnte doch jeder von uns mitkriegen, wie er alles, was er erlebt hat, als er noch jung war und kurze Hosen getragen hat, später voll abarbeiten mußte. Die ganze Nazischeiße raufrunter. Was er vom Krieg gewußt, und wovor er Schiß gehabt und weshalb er überlebt hat. Dann, als nur noch überall Ruinen rumstanden, mußte er sogar die Trümmer und auch den Hunger, den er hatte... Ob oben im Friedenauer Klinkerhaus oder im Dorf in der Kirchspielvogtei und im Haus hinterm Deich, selbst jetzt noch in seinem Behlendorfer Stall, überall, sag ich, kritzelte er vor sich hin oder hackte auf seiner Olivetti rum, immer vorm Stehpult, lief dabei hin und her, rauchte sein Zeug – früher Selbstgedrehte, dann Pfeife –, brabbelte Wörter und bandwurmlange Sätze, schnitt Grimassen, wie ich Grimassen schneide, und bekam gar nicht mit, wenn einer von uns, ich oder mein Atze oder du, Lara, oder bei euch auffem Dorf ihr Jungs oder Taddel, reinguckte bei ihm, wenn er schon wieder was in der Mache hatte. Viel später haben sogar Lena und Nana mitgekriegt, was bei ihm abarbeiten hieß: ein Buch nach dem anderen. Zwischendurch noch anderes Zeug, falls er nicht weg war und Reden hielt, mal hier, mal da. Oder sich wehren mußte, weil von rechts oder ganz links... Doch wenn wir oben bei ihm irgendwas wollten, tat er so, als würd er zuhören, jedem von uns. Gab sogar richtig Antwort. Dabei konnte man ahnen, daß er nur hörte, was in ihm drin tickte, und zwar immerzu. Hat er zu mir gesagt, bestimmt zu jedem von euch, als ihr noch klein gewesen seid: »Später mal spielen wir, wenn ich mehr Zeit hab. Muß erst noch was abarbeiten, das nicht warten will...«

Weshalb es ihn kaum gejuckt hat, wenn die Zeitungsfritzen wieder mal über ihn herfielen...

... fast jedesmal, wenn er ein Buch fertig hatte.

Oder er tat, als würd ihn sowas nicht jucken. »Ist jetzt schon Schnee von gestern«, hat er gesagt.

Berühmt blieb er trotzdem, was manchmal lästig wurde, wenn auf der Straße die Leute...

Konnte peinlich werden, wenn Lehrer uns vollgesülzt haben: »In dieser Angelegenheit ist dein Vater, was du eigentlich wissen solltest, absolut anderer Meinung...«

Bei uns im Dorf wurd er paarmal direkt angepöbelt, nicht

nur von Besoffenen, auch beim Einkaufen in Krögers Laden, wenn er...

Dafür soll er im Ausland immer noch echt beliebt sein überall, sogar bei den Chinesen...

Und unser Mariechen hat, wenn die Meute wieder mal über ihn herfiel, »Scheißköter!« gesagt, »Laß die nur bellen. Wir machen weiter.«

Weshalb sie ihm zugearbeitet hat mit ihrer Box.

Bis zuletzt!

Sogar seine Zigarettenkippen, später die Pfeifen alle und seine Aschenbecher voll abgebrannter Streichhölzer, wie sie überkreuz lagen, hat sie geknipst, weil sowas, bekamen Jorsch und ich zu hören, viel mehr von unserem Vater verrät, als er zugibt oder überhaupt von sich wissen will oder kann.

Sein Gebiß mußte er rausnehmen und anschaulich auf einen Teller legen, damit sie...

Wobei sie sich auf den Bauch gelegt hat, um mit ihrer Agfa-Spezial oder der Preisbox von ganz nah...

Einmal in Brokdorf – das war, bevor sie den Atomklotz da hingestellt haben –, sah ich, wie er barfuß bei Ebbe über den Elbstrand lief und sie seine Fußspuren im Sand knipste. Schritt nach Schritt. Sah total irre aus.

Und als er – nehm mal an, aus lauter Verliebtheit – Kamilles Vornamen in den Sand pinkelte, gab auch das Schnappschüsse her.

Los! Knips mal, Mariechen!

Weil sie extrem abhängig von ihm war, nicht nur finanziell, sondern auch...

...und weil umgekehrt unser Vater auf die alte Marie angewiesen war. Immer schon.

Noch vor eurer Kamille!

Womöglich vor unserer Mutter sogar, als er noch sozusagen auf freier Wildbahn...

Sag ich ja, Atze. Mariechen könnte ganz früher mal seine Geliebte gewesen sein. Aber was solls!

Sah bis kurz vor Schluß immer noch zierlich aus...

Jedenfalls hat er oft genug getönt: »Was tät ich ohne unsere Marie!«, so daß wir gedacht haben – ich jedenfalls, Jorsch weniger –, er könnt was mit ihr haben, heimlich. Aber unsere Mutter hat nix gemerkt davon oder tat so, als würd sie nix merken, wie später auch eure Kamille...

Beschwören kanns sowieso keiner, was zwischen den beiden...

Sag ja nur, könnte. Denn als ich ihn gefragt hab, als ich schon auffem Ökohof mehr als zwanzig Kühe im Stall hatte und meinen Käse produzierte, der direkt vom Hof oder in Göttingen auf dem Wochenmarkt wegging, hat er nur gesagt: »Diese besondere Spielart der Liebe, die nebenbei läuft und nicht auf Sex angewiesen ist, beweist sich offenbar als dauerhafter...«

Und als er mich mal in Köln besucht hat, vielleicht um zu prüfen, was bei meiner Lehre beim WDR Sache war, bekam ich zu hören: »Von allen Frauen, die ich geliebt hab oder immer noch liebe, ist Mariechen die einzige, die kein Fitzelchen von mir will, aber alles gibt...«

Na dankschön! Da hat bestimmt wieder mal der Pascha aus ihm gesprochen. Sagte ich schon: eure Marie war extrem abhängig von ihm. Leider, muß man sagen. Ausgenutzt hat er sie, selbst wenn er mit ihr kaum etwas direkt, rein körperlich mein ich, gehabt haben mag. Denn mir hat sie, als ich ganz dringend Fotos für die Bewerbung bei Schauspielschulen benötigte, offen gestanden: »Für deinen Papa, Lena, tu ich alles. Würd sogar den Teufel persönlich mit meiner Box für ihn knipsen, damit er sieht, daß selbst der Teufel auch nur ein Mensch ist.« Waren übrigens ganz normale Bewerbungsfotos, die sie von mir gemacht hat.

Da hab ich aber ein absolut anderes Bild von der ollen Marie: als Kamille und mein Vatti mal wieder weißnichtwohin verreist sind und sie auf Jasper, Paulchen und mich aufpassen sollte, hat sie mir beim Frühstück, kurz bevor unser Schulbus kam, nen Spruch verpaßt: »Du bist genau so ein Rabenaas wie dein Herr Vater. Immer nur ichichich! Der andere, der darf in die Röhre gucken.«

Ich kenn da andere Töne. Als nämlich mein Joggi noch lebte, sich aber nicht mehr u-bahnmäßig benahm, nur noch altersschwach und halbblind war, hat die alte Marie mir ein richtiges Geständnis gemacht: »Kannste glauben, Larakind. Euer Vater hat meinem Hans auf dem Totenbett versprochen, daß er sich um mich kümmern würde, gleich was passiert, selbst wenn es Steine regnen sollte.«

Ach, soviel Durcheinander! Weiß nicht, was ich denken soll. Jeder erzählt anderes. Wir haben ja leider eure alte Marie nur selten erlebt, ich beim Karussellfahren, was wirklich schön gewesen ist, als wir zu dritt dicht bei dicht durch die Lüfte... Und später, als sie uns direkt vor der Mauer, die damals noch stand, geknipst hat. Doch im Prinzip hab ich mich nur immer danach gesehnt, daß mein Papa und ich... Nein, darüber lieber kein Wort mehr. Aber mein Mütterchen, die unseren Papa zu kennen glaubt, war schon immer der Ansicht: die alte Marie ist für ihn so etwas wie Mutterersatz, weil ja seine Mama...

Total daneben, was ihr da spekuliert. Zu mir hat sie, wenn ich bei ihr in der Dunkelkammer war und beim Entwickeln und so zugeguckt habe, klipp und klar nur soviel rausgelassen: »Der Alte kriegt von mir, was er von seinem Knipsmalmariechen haben will. Aber lieben tu ich nur meinen Hans, immer noch, selbst wenn der auch nur son Mistkerl gewesen ist wie all die anderen.«

Okay, okay! Von mir aus könnt ihr noch weiter solch kindisches Zeug... Dabei haben wir selber Kinder, einen ganzen Haufen sogar. Allein Lara fünf. Sollen die doch erzählen, wie sich die Story weiterentwickelt hat, als Mariechen tot war. Na, was bei uns unterm Strich in Ordnung ist oder schieflief inzwischen...

Bestimmt hätte sie manchmal »Achachach« und »Was fürn Kuddelmuddel!« gesagt.

Und ich sag: absoluter Schwachsinn, den ihr verzapft. Habt null Ahnung, was Kuddelmuddel wirklich heißt.

Bei Jorsch zum Beispiel läuft alles normal mit seiner Frau und den Mädels...

Sieht jedenfalls so aus.

Und bei dir, Taddel, genauso.

Überall haben starke Frauen das Sagen.

Wie bei Jasper. Bei dem sorgt seine Mexikanerin schon dafür, daß alles auf Kurs bleibt.

Genau wie Kamille bei dem Alten.

Sechzehn Enkelkinder haben die nun. Taddels Jüngste mitgezählt. Und wenn dann bei Lena, sobald sie mal Pause macht beim Theater, was Kleines dazukommt, und womöglich bei Paulchen und Nana auch, dann können unsere Gören später mal, was ja schon Jasper sinngemäß vorgeschlagen hat, sich uns vorknöpfen...

Nö! Lieber nicht...

Aber ja doch, alle durcheinander, wie wir...

Nur, daß unsere Kinder keine alte Marie haben, die mit einer Fotobox knipst, was ihre heimlichsten Wünsche sind, oder was war und was sein wird, oder, wie es sich unser Papa gewünscht hat, daß wir alle zu seinem achtzigsten Geburtstag, ohne uns oder gar ihn zu schonen, aufs Tonband wie jetzt...

Stimmt nicht! Schon vorher, als er so um die siebzig zählte und wir, die Jungs im Frack und mit steifer Hemdbrust, wir Mädels knöchellang in Samt und Seide, dabei waren in Stockholm, hat er sich gewünscht, was keiner von uns wollte, daß wir erinnerungsmäßig alle drauflos quasseln, freiweg, ohne groß Rücksicht zu nehmen.

Aber keiner wollte...

Doch mit mir hat er getanzt, weil die Band im Schloß extrem schrägen Dixie drauf hatte und ich...

...aber auch mit Kamille hat er...

...richtig, nen Blues.

Gestaunt haben wir, wie die beiden noch immer...

Schade, daß Mariechen nicht dabeisein konnte.

Genau! Mit ihrer Wünschdirwasbox.

Wetten? Hätt bestimmt irre Schnappschüsse gegeben, mit nem gruseligen Totentanz drauf. Wir alle, hopsa, als Knochengerüste, und das Gerippe von Pat, na klar, hopst vorneweg.

Möcht wissen, was aus all den Negativen und tausend Abzügen geworden ist, die sie mit ihrer Agfa geknipst hat. Wenn ich mir ausrechne, was sie allein bei uns, erst in der Karlsbader, dann im Klinkerhaus, an Isochrom-Rollfilmen...

Schätze, sind mehr als tausend gewesen...

Bei unserem Väterchen findet sich angeblich nichts. Als ich mal gefragt hab: »Würd doch ein tolles Familienalbum hergeben, oder? Zum Beispiel all die Fotos mit meinem Joggi, wie er U-Bahn fährt...«

...oder die, auf denen wir wie in der Steinzeit aussehen, ganz zottelig, und an Knochen rumnagen...

...oder wie Taddel als Schiffsjunge auf nem Walfangkutter bei hohem Wellengang...

...oder Jorsch mit seinem Flugmobil hoch über den Dächern von Friedenau...

Aber bitte dann auch die schönen Knipsfotos, auf denen ich zwischen meinem Papa und meinem Mütterchen auf dem Kettenkarussell...

Klar, Nana! Von jedem das, was er sich gewünscht oder wovor er sich gefürchtet hat.

Dann aber auch die Serie, auf der unsere Marie in der Wewelsflether Dorfkirche das alte Bild mit dem Apfelschuß abgeknipst hat. Und hinterher war Paulchen der Junge, dem der Bauer Henning Wulf, weil irgendson bekloppter Graf das unbedingt wollte, den Apfel vom Kopf schießen mußte...

...und dieser Henning Wulf sah, klar, wieder mal wie mein Vatti aus und hatte für seine Armbrust noch nen zweiten Pfeil zwischen den Lippen...

...der war für Graf Soundso bestimmt, falls nämlich der erste Pfeil...

Ist wohl ne nördliche Kopie von Wilhelm Tell gewesen, dieser, wiehießernoch?

Fehlanzeige, Atze! Historisch gerechnet, passierte das lange vorm Schweizer Apfelschuß.

Und was ist aus den Rattenfotos und aus der Serie geworden, auf der unsere Mütter gemeinsam auf einem Ewer auf der Suche nach Vineta in der Ostsee rumschippern und sich zum Schluß mit Schmuck behängt in ihren allerschönsten Kleidern...

Unser Väterchen hat nur abgewunken, als ich mir ein familienmäßiges Album wünschte: »Was davon zu gebrauchen war, hab ich abgearbeitet, möglichst schnell, denn schon nach kurzer Zeit sind alle Abzüge blasser und blasser geworden, weil die Negative immer weniger hergaben, bis nichts mehr blieb – schade drum.«

Richtig gejammert hat er: »Hätt gern noch den einen oder anderen Abzug. Zum Beispiel die frühen Schnappschüsse mit den mechanischen Vogelscheuchen drauf. Oder die Serie mit dem Hund, wie er bei Kriegsende von Ost nach West auf der Flucht ist und rennt und rennt. Wär was fürs Archiv.«

Und als ich ihn gelöchert hab, bekam ich zu hören: »Da mußt du Paulchen fragen. Der steckte doch bis zum Schluß bei ihr in der Dunkelkammer. Vielleicht hat Paulchen noch Material, das brauchbar ist.«

Na also!

Hab mir schon Ähnliches gedacht.

Auch wollen wir wissen, obs stimmt, was für unseren Vater bloß Vermutung gewesen ist, daß nämlich Mariechen je nach Bedarf ein Gläschenvoll von ihrer Pipi in die Entwicklerwanne, weil nur so...

Los, Paulchen! Rück raus damit...

Und komm uns bloß nicht mit Betriebsgeheimnis...

Nix weiß ich. Nix hab ich. Liegt alle daneben. Und das mit ihrer besonderen Pisse glaubt ihr doch selber nicht. Ist eurem Vater nur eingefallen, weil im Mittelalter die Hexen... Totaler Blödsinn ist das. Ganz normalen Entwickler haben wir in der Wanne benutzt. Kam ohne Tricks und Mogeln aus, unsere Marie. Doch was es an Negativen von früher gab, hat sie vernichtet. »Teufelszeug ist das!« hat sie gerufen und dann beschlossen, und zwar an einem Sonntag, als wir beide allein im Haus hinterm Deich waren, alles, was noch da war von früher, sag ja, alle Negative einfach in einen Eimer zu schmeißen, Streichholz dran – gab ne Stichflamme – und verschmurgeln zu lassen. Passierte genau einen Tag, nachdem beschlossen wurde, weil Kamille das wollte, nach Hamburg zu ziehen, um für uns...

Endlich raus aus dem Kaff!

Ging uns, am Schwanenwik mein ich, absolut besser. Kamen nun mit dem Schulkram klar, jedenfalls ich im Vergleich mit Wilster.

Aber Marie hat den Umzug vom Dorf weg nicht verkraften können, wurde krank, sah wie magersüchtig aus...

Und als dann mein Papa leider auch noch die alte Kirchspielvogtei an irgendeine Kulturbehörde verschenkt hat, damit sich irgendwelche Schriftsteller oben unterm Dach oder in dem schönen gelbgrün gefliesten Zimmer was ausdenken konnten, als all das leider nun auch noch weg war, da hat sich eure alte Marie in dieser für sie extrem neuen Situation nicht zurechtfinden können, ist regelrecht aus dem Dorf geflüchtet, zurück in die Stadt, wo sie ganz mutterseelenallein in ihrem viel zu großen Atelier am Kudamm gehaust hat, bis sie kränker, immer kränker wurde und schließlich...

War wirklich schlimm, weil ihre Nieren...

Mußte ins Krankenhaus gebracht werden.

Ausgerechnet Mariechen, die nie krank gewesen ist und sich selbst fürn »zähes Luder« gehalten hat...

Aber Kamille hat für ein Einzelzimmer gesorgt.

Weil aber in dem katholischen Krankenhaus, in dem es Nonnen als Stationsschwestern gab, an der Wand über ihrem Bett ein Kruzifix hing...

...soll die olle Marie mit dem Kreuz nach ner Nonne geworfen haben...

...weil die ihr, was eigentlich als Pflegeleistung okay gewesen wäre, unbedingt die Füße waschen wollte...

Aber geschmissen hat sie nur, weil die Nonne zu ihr gesagt haben soll: »Aber, aber! Wir wollen doch mit sauberen Füßen vor unseren Herrgott treten.«

Nur deshalb ist sie ausgerastet, hat absolut die Kontrolle verloren, das Kreuz von der Wand gerissen und beinah den Kopf von der Nonne...

Typisch Mariechen!

Ne Wahnsinnsstory, die sie am nächsten Tag brühwarm Kamille erzählt hat.

Und dann soll die olle Marie noch gesagt haben: »Schade. Wenn ich doch bloß meine Box bei mir gehabt hätte, dann wär mir das fromme Miststück nackt, wie ihr Herrgott sie geschaffen hat, auf paar Schnappschüsse in den Sucher geraten ...«

Ist dann gestorben, nur wenige Tage später.

... die Füße immer noch ungewaschen.

Liegt auffem Zehlendorfer Waldfriedhof bei ihrem Hans, logo.

Ach, ist das traurig alles ...

Wie alt war unser Mariechen eigentlich?

Hat keiner gewußt, nicht mal Vater genau.

Konnt ganz schön wütend werden, wenn ihr was querlag oder sich einer von euch, sag ich mal, taddelmäßig benommen hat.

Ist aber, wie Lena und ich gehört haben, ganz friedlich gestorben ...

... und zwar nicht auf Station, sondern im eigenen Bett ...

Soll als Tote noch mädchenhaft ausgesehen haben.

War leider niemand dabei von uns, als sie starb, die Arme ...

Selbst unser Papa nicht.

Ganz einsam ist sie ...

Neinneinnein! Lief total anders ab. Weder in der Stadt noch direkt im Dorf. Auf dem Deich ist es passiert, und zwar bei Sturm ...

Na gut, Paulchen, erzähl ...

War doch dabei. Rief immerzu: »Laß uns kehrtmachen, Mariechen!« Aber sie lief und lief immer weiter, Richtung Hollerwettern, zum Elbdeich hin. War total klarer Himmel über der Marsch. Mindestens Sturmstärke zehn, wenn nicht zwölf ... Kam diesmal von Ost, nicht wie sonst von Nordwest. »Nun reichts, Mariechen!« hab ich gerufen. Sah aber aus, als würd ihr das Spaß machen, Laufen bei Sturm. Ganz schräg lief sie gegenan. Ich bestimmt auch. Nur der Hund wollte nicht mehr. Bis dahin, wo der Stördeich auf den Elbdeich stößt, sind wir... Doch Paula war vorher schon weg. Ist Flut gewesen. Aber kaum Schiffe auffem Fluß, auch weil Sonntag war. Sagt ich ja schon, daß sie vorher im Eimer alle Negative von früher...

Ne Stichflamme gabs, haste gesagt.

Aber hier nun, auf dem Elbdeich, fegte der Sturm noch böiger. Dabei hatten wir klare Sicht nach drüben rüber und elbabwärts bis Brokdorf hin, wo schon die Baukräne standen, na, für die Atomscheiße, die beschlossen war. Mehr gabs nicht zu gucken, weil nun eine Bö nach der anderen. »Mariechen!« hab ich gerufen, »du fliegst mir noch weg!« – Und da flog sie schon. Hob einfach ab. Muß ne scharfe Bö gewesen sein. Und leicht, wie sie war, zog es sie, nein, flog sie, stieg auf direkt überm Deich, steil, fast senkrecht hoch, war nur noch ein Strich, dann Punkt, bis sie weg, verschluckt vom Himmel... Sag ich ja, blau war der, total blau. Keine Wolke. Leergefegt blau. Und da, auf einmal, fiel was. Fiel mir direkt vor die Füße. Jadoch, vom Himmel runter direkt vor die Füße. War ihre Box samt Riemen zum Umhängen. Lag da, na, wie vom Himmel gefallen. Ist aber nix kaputtgegangen beim Sturz. Hätt mich glatt treffen können, wie ich genau da auf dem Deich stand und noch immer geguckt hab, nach oben, wo unser Mariechen grad noch ein Strich, dann Punkt gewesen, nun aber weg war, total...

Typisch Paulchen.

Alles gesponnen!

Absolut ausgedacht haste dir das.

Oder mal wieder geträumt...

Ist aber ein schönes Bild, wie eure alte Marie einfach zum Himmel hoch...

Und dann fällt auch noch ihre Box...

Doch vorstellen kann man sich schon, wie sie bei Sturmwetter rein himmelfahrtsmäßig...

Federleicht wie sie war.

Los weiter, Paulchen!

Laß dich nicht ablenken.

Ja, bitte, Paulchen! Was kam dann?

Bin erstmal total daneben gewesen. Dachte: du spinnst. Das haste geträumt bloß. Aber dann lag da nicht nur ihre Agfa, nein, auch ihre Schuhe standen, mit den Socken drin, auf dem Deich. Hab ich vergessen vorhin, daß, als sie abhob und ich »Mariechen!« geschrien hab, sie – und da flog sie schon – »Aber mit sauberen Füßen!« gerufen hat. Jedenfalls sah ich, wie sie barfuß nach oben weg immer kleiner und kleiner wurde. War so. Was sollt ich machen. Hab mich gebückt, mir die Schuhe samt Socken, die Agfa-Box geschnappt, sie mir umgehängt und bin, nun mit Rückenwind, zurück zum Dorf, aber nicht übern Deich, sondern durch die Stöpe, dann die Straße längs, direkt auf den Kirchturm zu. Und weil ich nicht gewußt hab, was machen – Taddel war bestimmt irgendwo mit seiner Braut beschäftigt, Jasper schon weg in Amerika bei seinen Mormonen und Kamille mit dem Alten in Holstein auf Wahlkampf unterwegs –, bin ich ins Haus hinterm Deich, gleich in die Dunkelkammer. Wollt nur mal sehen, ob was auf dem Rollfilm war, den sie eingelegt hatte, bevor sie loszog und noch zu mir sagte: »Will mal kurz übern Deich, bißchen Luft schnappen. Ist so schön stürmisch draußen. Kommste mit, Paulchen?« Naja. Konnt ich nun sehen: abgeknipst war der Film. Hab ihn entwickelt, wie ichs gelernt hab bei ihr. Dachte zuerst, ich spinne oder hab was falsch gemacht beim Entwickeln. Muß Mariechen barfuß von oben runter, als sie wegflog. Acht Schnappschüsse und alle gestochen scharf. Von hoch oben runter und von immer höher rauf, aus ner total irren Perspektive...

Und? Konntste das Dorf sehen, die Werft?

Die alte Kirchspielvogtei, den Friedhof dahinter?

Was ich sah, war Zukunft. Alles nur Wasser! Die Deiche, weil überspült, sah man nicht mehr. Nix von der Werft. Vom Dorf guckte grad noch die Kirchturmspitze raus. Und nach Brokdorf hin ragte was, das wie das obere Stück von nem Kühlturm aussah. Sonst nur Wasser, kein Schiff drauf, kein nix. Nicht mal ein Floß, auf dem sich paar Menschen gerettet hätten. Wißt ihr, wie auf der Fotoserie, die Mariechen von uns gemacht hat, auf der wir alle acht – ja, Lena und Nana, ihr auch – auf einem Floß hocken, ganz zottelig aussehen, riesige Knochen benagen und Fischgräten ablutschen, weil sie uns in die Steinzeit versetzt hat. Muß damals ne ähnliche Sturmflut gewesen sein, die wir mit bißchen Glück überlebt haben. Diesmal aber war keiner davongekommen. Oder alle – konnt man nur hoffen – sind gerade noch rechtzeitig weg, bevor das Wasser stieg und stieg und – wie mans bisher nur aus dem Fernsehen kannte – die Deiche überspülte, so daß die ganze Marsch, nicht nur die Wilster-, auch die Krempermarsch, vollief. Sah total traurig aus, was Mariechen zuletzt noch geknipst hat. Da hab ich in ihrer Dunkelkammer geweint. Mußte weinen, na, weil sie nun weg war nach ihrer Himmelfahrt. Nur die Schuhe, die Socken noch, an denen meine Paula geschnuppert und dann leise gejault hat, weil sie kurz vor Hollerwettern kehrtgemacht hatte und jetzt überhaupt nix begriff. Aber vielleicht hab ich auch weinen müssen, weil auf den letzten Schnappschüssen unsere Zukunft so traurig aussah: nur Wasser, überall Wasser. Hab dann noch aufgeräumt in der Dunkelkammer, weil bei Mariechen Ordnung sein mußte. Und die Fotos hab ich zerschnipselt, sogar die Negative. Hätt sie bestimmt genauso gemacht und dabei »Alles nur Teufelszeug« gemurmelt. Hab aber davon, na, von der Himmelfahrt und von den letzten Fotos, keinem was erzählt, sogar Kamille bis heute kein Wort. Denn eigentlich glaub ich nicht, daß es so schlimm...

... oder noch schlimmer: kein Wasser und deshalb alles vertrocknet, versteppt. Wüste, nur noch Wüste!

Oder stimmt alles nicht. Paulchen hat bloß geträumt wieder mal.

Genau wie bei der Himmelfahrt.

Aber was man im Traum sieht, kann trotzdem wahr werden ...

Absolut katastrophensüchtig seid ihr.

... so daß wir, wenn überhaupt, nur noch steinzeitmäßig ...

Und wo ist die Box hin?

Los, sag schon, Paulchen, was ist aus Mariechens Box geworden?

Und wo sind die Schuhe?

Wer hat die Box?

Du etwa?

Taddel meint, was hinterher, als Mariechen gestorben war, aus ihrem Zeug wurde ...

... oder wer was geerbt hat, als sie – nur mal angenommen – mit Hilfe von ner kräftigen Sturmbö, wie unser Paulchen das erlebt haben will, einfach abgehoben hat und weg ist seitdem ...

... und nun bei ihrem Hans im Himmel ...

... oder in der Hölle!

Wär ihr schnurzpiepegal gewesen. Hauptsache, bei ihrem Hans.

Eure Kamille sagt: Was von Mariechen geblieben ist, rein nachlaßmäßig mein ich, soll sich der Fiskus unter den Nagel gerissen haben, weil sie sich geweigert hatte, sowas wie ein Testament ...

Ist also futsch alles: die Leica, die Hasselblad, was sie sonst noch hatte?

Aber doch nicht die Box!

Die sowieso nur Schrott war ...

Sag schon, Paulchen, ob du...

Geht in Ordnung, wenn sie bei dir, wo du doch von Beruf Fotograf bist und bestimmt...

Wär wirklich okay, wenn du...

Nix sag ich. Glaubt mir sowieso keiner.

Wetten, daß er den Kasten in Sicherheit gebracht hat, vielleicht versteckt irgendwo in Brasilien...

Stimmts, Paulchen?

Wolltest bestimmt im Regenwald letzte Indianer mit Mariechens Box knipsen, und was an Bäumen noch übrig geblieben ist.

Also, wo ist sie hin?

Jadoch, verdammt, wo?

Hört endlich auf.

Paulchen wird schon wissen, warum er mit keinem Wort...

Jeder hat Heimlichkeiten.

Ich sag euch ja auch nicht alles.

Keiner sagt alles.

Und unser Väterchen schon gar nicht.

Außerdem gabs keine Neuigkeiten mehr aus der Dunkelkammer zu erzählen, seitdem es kein Mariechen und keine Box mehr gab und danach alles langweilig wurde, nur noch normal lief.

Weshalb jetzt Schluß sein sollte.

Schluß ist!

Für mich sowieso, weil ich nämlich und zwar sofort in die Klinik... Hab Nachtdienst wie gestern schon. Da hatten wir fünf Geburten, jede unkompliziert. Nur eine Mutter war deutscher Herkunft. Die vier anderen kamen von überall... Will übrigens Schnappschüsse von den fünf Babys machen. Will ich jetzt immer nach jeder Geburt... Und zwar mit einer Box, die ich mir kürzlich auf dem Flohmarkt... War nicht mal billig, sieht aber aus wie die von

eurer alten Marie. Steht sogar Agfa drauf. Die Mütter freu-
en sich bestimmt, wenn ich Knipsfotos von ihren Babys...
Mach ich, weil sowas für die Erinnerung gut ist, aber auch
als Hebamme, rein berufsmäßig, wie Lara sagen würde,
und weil man so vielleicht sehen kann, was aus den Babys
später, viel später mal...

Los, Atze, stell ab, sonst gehts weiter und weiter, endlos
so weiter...

...weil unsrem Vater immer noch ne Geschichte...

...denn nur er, nie wir...

Aber nichts hat er mehr zu sagen. Erwachsen blicken die
Kinder streng. Sie weisen auf ihn mit Fingern. Das Wort
wird dem Vater entzogen. Laut und mit Nachhall rufen
die Töchter, die Söhne: »Das sind nur Märchen, Märchen...« – »Stimmt«, hält er leise dagegen, »doch sind es
eure, die ich euch erzählen ließ.«

Schnelle Blicke wechseln. Halbsätze zerkaut, verschluckt:
beteuerte Liebe, aber auch Vorwürfe, die schon seit längerer Zeit vorrätig lagern. Schon soll nicht gelten, was auf
Schnappschüssen gelebt wurde. Schon heißen die Kinder,
wie sie richtig heißen. Schon schrumpft der Vater, will sich
verflüchtigen. Schon regt sich flüsternd Verdacht, er, nur er
habe Mariechen beerbt und die Box – wie anderes auch –
bei sich versteckt: für später, weil immer noch was in ihm
tickt, das abgearbeitet werden muß, solang er noch da
ist...

Fortsetzung folgt...

*Rede anläßlich der Verleihung des Nobelpreises für Literatur,
Dezember 1999*

Verehrte Mitglieder der Schwedischen Akademie, meine
Damen und Herren!

Fortsetzung folgt... Mit dieser Ankündigung zogen sich
im neunzehnten Jahrhundert Prosawerke in die Länge.
Unterm Strich boten Journale und Wochenblätter Platz.
Der Fortsetzungsroman stand in Blüte. Während in rascher
Folge Kapitel nach Kapitel schwarz auf weiß gedruckt wurden, war der Mittelteil der Erzählung gerade erst hand-
schriftlich zu Papier gekommen, der Schlußteil noch nicht
ausgedacht. Doch hielten nicht nur triviale Schauerge-
schichten und herzergreifende Passionen den Leser in
Bann. Etliche Dickens-Romane sind so, in Häppchen, erschienen. Tolstois »Anna Karenina« war ein Fortsetzungsroman. Balzacs Zeit als fleißiger Zulieferer für fortgesetzte
Massenware mag ihn, noch namenlos, die Technik erhöh-
ter Spannung, knapp vor dem Abbruch der Spalte, gelehrt
haben. Und auch fast alle Fontane-Romane sind zuerst in
Zeitungen und Zeitschriften abgedruckt und fortgesetzt
worden, zum Beispiel »Irrungen, Wirrungen«, auf daß der
Besitzer der »Vossischen Zeitung« empört ausrief: »Will
denn diese Hurengeschichte nicht endlich aufhören!«

Doch bevor ich den Faden meiner Rede dergestalt weiter-
spinne oder zu Nebenfäden aufdrösele, soll erwähnt werden, daß mir, rein literarisch gesichtet, dieser Saal und die
einladende Schwedische Akademie nicht fremd sind. In
meinem Roman »Die Rättin«, der vor bald vierzehn Jahren
erschienen ist und an dessen katastrophalen Verlauf auf

abschüssigen Erzählebenen sich der eine oder andere Leser erinnern mag, wird in Stockholm eine Laudatio vor vergleichbar gemischter Gesellschaft gehalten, die der Ratte, genauer gesagt der Laborratte, gewidmet ist.

Sie hat den Nobelpreis erhalten. Endlich, muß man sagen. Denn auf den Vorschlagslisten stand sie lange schon. Sie galt als favorisiert. Stellvertretend für Millionen Versuchstiere von den Meerschweinchen bis zu den Rhesusaffen ist nun sie, die weißhaarige, rotäugige Laborratte, geehrt worden. Sie, vor allen anderen sie – das behauptet der Erzähler in meinem Roman –, hat all die nobelierten Forschungen, Erfindungen auf dem Gebiet der Medizin und, was die Erfolge der Nobelpreisträger Watson und Crick betrifft, auf dem schier unbegrenzten Versuchsacker der Genmanipulation möglich gemacht. Seitdem darf mehr oder minder legal geklont werden, Mais, Gemüse, aber auch allerlei Getier. Deshalb heißen die gegen Ende des besagten Romans, also während posthumaner Zeit, immer dominanter in Erscheinung tretenden Rattenmenschen »Watsoncricks«. In ihnen ist das beste aus beiden Gattungen vereint. Das Rattige west im Menschen und umgekehrt. Am Wesen dieser Züchtung scheint die Welt genesen zu wollen. Wurde auch Zeit, daß nach dem Großen Knall, als nur Ratten, Kakerlaken und Schmeißfliegen, ein Rest Fisch- und Froschlaich überlebten, dem Chaos wieder Ordnung beigebracht wurde, und zwar mit Hilfe der Watsoncricks, die wunderbarerweise davonkamen.

Da aber diesem Erzählstrang ein »Fortsetzung folgt...« offenstand und die Nobelpreisrede auf die Laborratte nicht etwa als heiteres Schlußstück den Roman beschließt, kann ich mich nun grundsätzlich dem Erzählen als Überlebens- und Kunstform zuwenden.

Von Anfang an wurde erzählt. Lange bevor sich das Menschengeschlecht im Schreiben übte und nach und nach alphabetisierte, erzählte jeder jedem, und jeder hörte dem anderen zu. Bald gab es unter den noch nicht Schreibkundigen solche, die mehr und besser erzählten oder glaubhafter lügen konnten. Und unter ihnen gab es hinwiederum solche, denen es kunstvoll gelang, den Fluß ihrer Erzählung nach ruhigem Dahinfließen zu stauen, dann die gestaute Stoffmasse über die Ufer treten zu lassen, ihr einen verzweigten Verlauf zu geben, der nie versickerte, sondern plötzlich und überraschend ein breites Flußbett fand, nun freilich viel Treibgut mitführend, das Nebenhandlungen zur Folge hatte. Und weil diese allerfrühesten Erzähler, die auf Tages- oder Lampenlicht nicht angewiesen waren und noch im Dunkeln gut munkeln konnten, ja, der Dunkelheit oder dem Dämmern zusätzliche Spannung abzugewinnen wußten, keine Durststrecken, keinen donnernden Wasserfall scheuten und allenfalls aus Gründen allseits aufkommender Müdigkeit mit dem Versprechen »Fortsetzung folgt...« den Ablauf der Handlung unterbrachen, fanden sich viele Zuhörer ein, die zwar auch, aber nicht so unerschöpflich zu erzählen wußten.

Was wurde, als noch niemand schreiben, aufschreiben konnte, erzählt? Von Anbeginn, seit Kain und Abel, wird viel von Mord und Totschlag die Rede gewesen sein. Rache, besonders die Blutrache, bot Stoff. Und früh schon war Völkermord gang und gäbe. Aber auch von Wasserfluten und Dürrezeiten, von mageren und fetten Jahren konnte berichtet werden. Man scheute keine langwierigen Aufzählungen von Besitz an Vieh und Menschen. Keine Erzählung durfte, wenn sie als glaubwürdig gehört werden wollte, auf lange Geschlechterlisten – wer nach wem und vor wem kam – verzichten. Ähnlich geschlechterkundig bauten sich Heldengeschichten auf. Sogar die bis heute beliebten Dreiecksgeschichten, aber auch Ungeheuerliches, in dem Wesen, gemischt aus Mensch und Tier, Labyrinthe beherrschten oder im Uferschilf lauerten, werden dazumal schon erzählte Massenware gewesen sein. Ganz zu schweigen von Götter- und Götzenlegenden sowie abenteuerlichen Schiffsreisen, die erzählend weitergereicht, abgeschliffen, ergänzt, variiert, ins Gegenteil verkehrt wurden und schließlich von einem Erzähler, der Homer geheißen haben soll, oder von einem Erzählerkollektiv – was die Bibel betrifft – aufgeschrieben worden sind. Seitdem gibt es die Literatur. In China, Persien, Indien, auf dem peruanischen Hochland und andernorts, wo überall Schrift entstand, sind es Erzähler gewesen, die sich als Literaten vereinzelt oder im Kollektiv einen Namen gemacht haben oder anonym geblieben sind.

Erhalten hat sich für uns, die wir so extrem schriftlich fixiert sind, die Erinnerung an das mündliche Erzählen, an den oralen Ursprung der Literatur. Doch sollten wir vergessen haben, daß alles Erzählen von Anbeginn über die Lippen gekommen ist, mal gaumig, stockend, dann wieder hastend, wie von Angst getrieben, auch flüsternd, als müsse das preisgegebene Geheimnis vor allzu vielen Mitwissern geschützt werden, nun wiederum laut, zwischen auftrumpfenden Ausrufen oder Fragen, die schon immer mit gebogenem Rüssel den ersten und letzten Dingen nachschnüffelten – sollten wir all das schriftgläubig vergessen haben, dann wäre unser Erzählen papieren nur und nicht von feuchtem Atem getragen.

Wie gut, daß uns Bücher genug zur Hand sind, die, leise wie laut gelesen, Bestand haben. Sie waren mir beispielhaft. Meister wie Melville oder Döblin, aber auch Luthers Bibeldeutsch haben mich, als ich jung und belehrbar war, angestoßen, vor mich hin sprechend zu schreiben, die Tinte mit der Spucke zu mischen. Und dabei ist es geblieben. Bis ins fünfte Jahrzehnt meiner lustvoll ertragenen Schreibfron kaue ich zähfaserige Satzgefüge zu fügsamem Brei, brabbel in schönster Schreibeinsamkeit vor mich hin und lasse nur zu Papier kommen, was auch gesprochen seine wechselnde Tonlage gefunden, Hall und Echo bewiesen hat.

Ja, ich liebe meinen Beruf. Er verschafft mir Gesellschaft, die vielstimmig zu Wort kommen und möglichst wortgetreu ins Manuskript finden will. Am liebsten begegne ich meinen mir vor Jahren entlaufenen oder vom Leser enteigneten Büchern, wenn ich vor Zuhörern lese, was geschrieben und ausgedruckt zur Ruhe kam. Dann, dem jungen, schon früh der Sprache entwöhnten, dem altersgrauen, doch immer noch nicht gesättigten Publikum gegenüber, wird das geschriebene und ausgedruckte Wort wieder zum gesprochenen. Und die Verzauberung gelingt Mal um Mal. So verdient sich der Schamane im Schriftsteller sein Zubrot. Er, der gegen die verstreichende Zeit schreibt, er, der sich haltbare Wahrheiten zusammenlügt, ihm glaubt man sein unausgesprochenes Versprechen: Fortsetzung folgt...

Doch wie wurde ich Schriftsteller, Dichter, Zeichner – und alles zugleich auf erschreckend weißem Papier? Welch hausgemachte Hybris vermochte ein Kind zu solcher Verstiegenheit anzustiften? Denn ich war etwa zwölf Jahre alt, als für mich feststand, Künstler werden zu wollen. Das war, als bei uns zu Hause, ganz nahe dem Vorort Danzig-Langfuhr, der Zweite Weltkrieg begann. Die fachliche Spezialisierung in Richtung Dichter bildete sich erst im folgenden Kriegsjahr aus, als mir in der Zeitschrift der Hitlerjugend »Hilf mit!« ein verlockendes Angebot gemacht wurde: Ein Erzählwettbewerb stand ausgeschrieben. Preise wurden versprochen. Und sogleich begann ich meinen ersten Roman in ein Diarium zu schreiben. Er trug, beeinflußt durch den familiären Hintergrund meiner Mutter, den Titel »Die Kaschuben«, spielte aber nicht in der dem verschwindend kleinen Kaschubenvolk wieder einmal schmerzlichen Gegenwart, sondern im dreizehnten Jahrhundert, zur Zeit des

Interregnums, der kaiserlosen, der schrecklichen Zeit, in der Wegelagerer und Raubritter Straßen und Brücken beherrschten und sich die Bauern nur durch eigenes Recht, durch Femegerichte zu helfen wußten.

So viel erinnere ich, daß nach kurzer Darstellung der wirtschaftlichen Lage im kaschubischen Hinterland sogleich die Räuberei und mit ihr das Hauen und Stechen begann. Dergestalt heftig wurde gewürgt, erdolcht, aufgespießt und durch Femespruch mit Galgen oder Schwert gerichtet, daß gegen Ende des ersten Kapitels alle Hauptdarsteller und ein Gutteil der Nebenpersonen tot, verscharrt oder den Krähen als Fraß vorgeworfen waren. Da mir mein Stilgefühl nicht erlaubte, die angehäuften Toten als Geister handeln und den Roman ins Schauerliche vorantreiben zu lassen, mußte mein Versuch als gescheitert gelten, war dem »Fortsetzung folgt...« ein jähes Ende gesetzt; nicht für immer und alle Zeit, aber der Anfänger wurde mit der deutlichen Ermahnung geimpft, beim zukünftigen Erzählen behutsamer und ökonomischer mit dem fiktiven Personal umzugehen.

Doch vorerst las ich in mich hinein. Ich las auf besondere Weise: mit den Zeigefingern in den Ohren. Erklärend muß dazu gesagt werden, daß meine jüngere Schwester und ich in beengten Verhältnissen, nämlich in einer Zweizimmerwohnung, also ohne eigene Kammer oder sonst einen noch so winzigen Verschlag aufgewachsen sind. Auf Dauer gesehen war das für mich von Vorteil, denn so lernte ich früh, mich inmitten von Personen und umgeben von Geräuschen dennoch zu konzentrieren. Wie unter einer Käseglocke aufgehoben, war ich so ans Buch und dessen erzählte Welt verloren, daß meine Mutter, die zu Scherzen neigte, nur um einer Nachbarin die gänzliche Absenz ihres Sohnes zu beweisen, eine Butterstulle, die neben meinem Buch lag und in die ich ab und zu biß, gegen ein Stück Seife – nehme an, Palmolive – eintauschte, woraufhin beide Frauen – meine Mutter mit gewissem Stolz – Zeugen wurden, wie ich, ohne den Blick vom Buch zu lösen, nach der Seife griff, zubiß und kauend eine gute Minute brauchte, um aus dem gedruckten Geschehen geworfen zu werden.

Solch frühe Einübung in konzentriertes Verhalten ist mir noch heute geläufig; doch nie wieder habe ich so besessen gelesen. Die Bücher fanden sich in einem Schränkchen hinter blauen Scheibengardinen. Meine Mutter war Mitglied in einem Buchclub. Dostojewskis und Tolstois Romane standen dort neben und zwischen einigen von Hamsun, Raabe und Vicki Baum. Auch Selma Lagerlöfs »Gösta Berling« war greifbar. Später fütterte mich die Stadtbibliothek. Doch den Anstoß hat wohl der Bücherschatz meiner Mutter gegeben. Sie, die genau rechnende Geschäftsfrau, die ihren Kolonialwarenladen zu Diensten unzuverlässiger Pumpkundschaft betrieb, liebte das Schöne, lauschte dem Volksempfängerradio Opern- und Operettenmelodien ab, hörte gerne meine vielversprechenden Geschichten, ging oft ins Stadttheater und nahm mich manchmal mit.

Aber diese nur flüchtig skizzierten Anekdoten, erlebt in der Enge kleinbürgerlicher Verhältnisse, die ich vor Jahrzehnten an anderer Stelle und mit fiktivem Personal episch breit ausgemalt habe, sind einzig dazu gut, mir bei der Beantwortung der Frage »Wie wurde ich Schriftsteller?« behilflich zu werden. Die Fähigkeit zur anhaltenden Tagträumerei, die Lust am Wortwitz und am Spiel mit Wörtern, die Sucht, nur deshalb und ohne Vorteil für sich zu lügen, weil das Schildern der Wahrheit zu langweilig gewesen wäre, kurz, was man vage genug Begabung nennt, war gewiß vorgegeben, doch ist es der jähe Einbruch der Politik ins familiäre Idyll gewesen, die dem allzuleicht dahinsegelnden Talent zu dauerhaftem Ballast und einigem Tiefgang verhalf.

Der Lieblingscousin meiner Mutter, wie sie kaschubischer Herkunft, war im Freistaat Danzig Beamter der polnischen Post. Er ging bei uns ein und aus, war gerngesehener Besuch. Als bei Kriegsbeginn das Postgebäude am Heveliusplatz gegen den Ansturm der SS-Heimwehr eine Zeitlang verteidigt wurde, gehörte mein Onkel zu den Kapitulierenden, die alle standrechtlich verurteilt und erschossen worden sind. Plötzlich fehlte dieser Onkel. Plötzlich und anhaltend sprach man nicht mehr von ihm. Er blieb ausgespart. Doch indem er wie weg war, muß er sich bei mir festgesetzt haben, unbemerkt über Jahre hinweg, in denen ich mit fünfzehn in Uniform steckte, mit sechzehn mich zu fürchten lernte, mit siebzehn in amerikanische Kriegsgefangenschaft geriet, mit achtzehn in Freiheit und als Schwarzhändler tätig war, schließlich den Beruf des Steinmetz und Steinbildhauers lernte, mich auf Kunstakademien übte, schrieb und zeichnete, zeichnete und schrieb, leichtfüßige Verse, windgeblasen, skurrile Einakter. Das ging so fort, bis mir, dem das ästhetische Vergnügen wie eingeboren war, eine Stoffmasse sperrig wurde. Und unter ihrem Geröll lag der Lieblingscousin meiner Mutter, der erschossene polnische Postbeamte, begraben, um von mir – von wem sonst? – gefunden, ausgebuddelt zu werden, auf daß er unter anderem Namen und in anderer Gestalt mittels Erzählbeatmung wieder zum Leben erweckt wurde; diesmal jedoch in einem Roman, dessen Haupt- und Nebenfiguren lebensgierig und putzmunter viele Kapitel überlebten, wobei einige sogar bis zum Ende aushielten, so daß des Schriftstellers ständiges Versprechen »Fortsetzung folgt...« eingelöst werden konnte.

Und so weiter und so weiter. Mit der Veröffentlichung meiner ersten beiden Romane »Die Blechtrommel« und »Hundejahre« und der dazwischengeschobenen Novelle »Katz und Maus« lernte ich früh, als immer noch relativ junger Schriftsteller, daß Bücher Anstoß erregen, Wut, Haß freisetzen können. Was aus Liebe dem eigenen Land zugemutet ward, wurde als Nestbeschmutzung gelesen. Seitdem gelte ich als umstritten.

Dabei befinde ich mich, was nach Sibirien oder sonstwohin verwünschte Schriftsteller betrifft, in guter Gesellschaft. Wir sollten uns deswegen nicht beklagen. Vielmehr dürfen wir den Zustand des permanenten Umstrittenseins als belebend empfinden und auch dem Risiko unserer Berufswahl angemessen. Es ist nun mal so, daß die Autoren den Mächtigen, die stets auf der Siegerbank ihr Platzrecht behaupten, gerne und wohlbedacht in die Suppe spucken, weshalb die Geschichte der Literatur sich analog zur Entwicklung und Verfeinerung der Zensurmethoden verhält.

Der Mächtigen Mißlaune zwang Sokrates, den Giftbecher bis zur Neige zu leeren, trieb Ovid in die Verbannung, nötigte Seneca, seine Pulsadern zu öffnen. Die schönsten literarischen Früchte, gewonnen aus abendländischer Kulturgärtnerei, zierten namentlich den Index der katholischen Kirche, während Jahrhunderten und bis heutzutage. Welches Ausmaß an Verzögerung hat die europäische Aufklärung durch die Zensurmaßnahmen absolut herrschender Fürsten erfahren? Wie viele deutsche, italienische, spanische und portugiesische Schriftsteller hat der Faschismus aus ihren Ländern, ihren Sprachräumen vertrieben? Wie viele Schriftsteller sind Opfer des leninistisch-stalinistischen Terrors geworden? Und welchen Zwängen sind Schriftsteller heute noch, ob in China, Kenia oder Kroatien, ausgesetzt?

Ich komme aus dem Land der Bücherverbrennung. Wir wissen, daß die Lust, das verhaßte Buch in dieser oder jener Form zu vernichten, immer noch oder schon wieder dem Zeitgeist gemäß ist und gelegentlich telegenen Ausdruck, das heißt Zuschauer findet. Weit schlimmer jedoch

ist, daß die Verfolgung von Schriftstellern bis hin zur ange-
drohten oder vollzogenen Ermordung in aller Welt zu-
nimmt und sich alle Welt an diesen fortgesetzten Terror
gewöhnt hat. Jener Teil der Welt, der sich frei nennt, schreit
zwar empört auf, wenn in Nigeria, wie 1995 geschehen, der
die Verseuchung seiner Heimat anklagende Schriftsteller
Ken Saro-Wiwa mit seinen Mitstreitern zum Tode verurteilt und dieses Urteil vollstreckt wird, geht aber dann zur
Tagesordnung über, weil ökologisch begründeter Protest
die Geschäfte des global herrschenden Ölgiganten Shell
stören könnte.

Was jedoch macht Bücher und mit ihnen Schriftsteller
dergestalt gefährlich, daß Staat und Kirche, Medienkonzer-
ne und Politbüros sich zu Gegenmaßnahmen gezwungen
sehen? Selten sind es direkte Verstöße gegen die jeweils
herrschende Ideologie, denen Schweigegebot und Schlimmeres folgen. Oft reicht der literarische Nachweis, daß die
Wahrheit nur im Plural existiert – wie es ja auch nicht nur
eine Wirklichkeit, sondern eine Vielzahl von Wirklichkeiten gibt –, um einen solch erzählerischen Befund als Gefahr
zu werten, als eine tödliche für die jeweiligen Hüter der
einen und einzigen Wahrheit. Auch daß Schriftsteller – was
ihres Berufes ist – die Vergangenheit nicht ruhen lassen
können, zu schnell vernarbte Wunden aufreißen, in versie-
gelten Kellern Leichen ausgraben, verbotene Zimmer
betreten, heilige Kühe verspeisen oder, wie Jonathan Swift
es getan hat, irische Kinder als Rostbraten der herrschaft-
lich englischen Küche empfehlen, ihnen also generell
nichts, selbst nicht der Kapitalismus heilig ist, all das macht
sie anrüchig, strafwürdig. Ihr schlimmstes Vergehen jedoch
bleibt, daß sie sich in ihren Büchern nicht mit den jeweiligen Siegern im historischen Verlauf gemein machen wollen, sich vielmehr dort mit Vergnügen herumtreiben, wo
die Verlierer geschichtlicher Prozesse am Rande stehen,

zwar viel zu erzählen hätten, doch nicht zu Wort kommen. Wer ihnen Stimme gibt, stellt den Sieg in Frage. Wer sich mit Verlierern umgibt, gehört zu ihnen.

Gewiß haben die Mächtigen, gekleidet in dieses oder jenes Zeitkostüm, generell nichts gegen die Literatur. Sie wünschen sich sogar eine als Zimmerschmuck und sind bereit, sie zu fördern. Gegenwärtig soll sie unterhaltsam sein, der Spaßkultur dienlich, also nicht nur das Negative sehen, vielmehr den Menschen in ihrer Not ein Hoffnungslichtlein stecken. Im Grunde war und ist, wenn auch nicht so explizit gefordert wie zu Zeiten des Kommunismus, der »positive Held« erwünscht. Der kann heutzutage im unbegrenzten Dschungel der freien Marktwirtschaft durchaus rambomäßig daherkommen und seinen Weg zum Erfolg lachend mit Leichen pflastern; ein Bruder Leichtfuß, der zwischen Schußwechsel und Schußwechsel zu einem schnellen Fick bereit ist, ein Winner, der lauter Loser hinter sich läßt, kurzum ein Held, der unserer globalisierten Welt seine positiven Duftmarken setzt. Und dem Wunsch nach derart hartgesottenen Stehaufmännchen wird auch mittels allzeit verfügbarer Medien entsprochen: James Bond hat viele ihm dollygleiche Kinder geheckt. Nach seiner Machart – als cooler Typ – darf weiterhin das Gute über das Böse siegen.

Also wäre sein Gegenbild oder Gegenspieler der negative Held? Nicht unbedingt. Ich komme, wie Sie lesend erfahren haben, aus der maurisch-spanischen Schule des pikaresken Romans. In ihr ist der Kampf gegen Windmühlenflügel ein durch die Jahrhunderte hindurch übertragbares Modell geblieben. Also lebt der Pikaro von der Komik des Scheiterns. Sein Witz pinkelt an die Säulen der Macht, sägt an deren Gestühl, weiß aber zugleich, daß er weder den Tempel zum Einsturz noch den Thron zum Kippen bringen wird. Nur sieht das Erhabene, sobald mein Pikaro vorbeigeschlendert ist, ziemlich schäbig aus, und der Thron wackelt ein wenig. Sein Humor ist der Verzweiflung abgewonnen. Während sich in Bayreuth die »Götterdämmerung« vor hochkarätigem Publikum in die Länge zieht, hört man ihn kichern, denn in seinem Theater laufen Komödie und Tragödie Hand in Hand. Er verspottet die schicksalhaft daherschreitenden Sieger und bringt sie ins Stolpern. Zwar macht sein Scheitern uns lachen, doch ist das von ihm ausgelöste Gelächter von sperriger Qualität: Es bleibt im Hals stecken; selbst seine witzigst zugespitzten Zynismen sind von tragischem Zuschnitt. Zudem ist er aus der Sicht rot oder schwarz eingefärbter Beckmesser ein Formalist, ja, Manierist erster Güte: Er hält das Fernglas verkehrt herum. Die Zeit rangiert bei ihm auf einem Verschiebebahnhof. Allerorts stellt er Spiegel auf. Nie weiß man, wessen Bauchredner er jetzt ist. Der reizvollen Perspektive wegen sind in des Pikaro Manege manchmal sogar Zwerge und Riesen zugange. So ist Rabelais zeit seines tätigen Lebens auf der Flucht vor profaner Polizei und der heiligen Inquisition gewesen, weil seine überlebensgroßen Kerle Gargantua und Pantagruel die nach scholastischer Lehre geordnete Welt auf den Kopf gestellt hatten. Welch ein Höllengelächter haben die beiden entfesselt! Und als Gargantua breitärschig auf den Türmen von Notre-Dame hockte und von dort herab pissend ganz Paris unter Wasser setzte, lachte das Volk, sofern es nicht ersoffen war. Oder noch einmal Swift als Zeuge herbeigerufen: Sein kulinarisch gewürzter Vorschlag, die Hungersnot in Irland zu mildern, könnte zeitgemäß aufgegriffen werden, indem beim nächsten Weltwirtschaftsgipfel, sobald den Staatsoberhäuptern der Tisch gedeckt ist, nun nicht mehr die Kinder irischer Hungerleider, sondern brasilianische Straßenkinder oder solche aus dem südlichen Sudan köstlich zubereitet serviert werden. Satire heißt diese Kunstform. Sie darf bekanntlich alles, sogar mit dem Entsetzlichen den Lachnerv kitzeln.

Als Heinrich Böll am 2. Mai 1973 hier seine Nobelvorlesung hielt, in der er die so gegensätzlich anmutenden Positionen Vernunft und Poesie in immer enger führender Umkreisung zur Konfrontation brachte, beklagte er mit letztem Satz seiner Rede ein Versäumnis aus Zeitgründen: »Übergehen mußte ich den Humor, der auch kein Klassenprivileg ist und doch ignoriert wird in seiner Poesie und als Versteck des Widerstands.« – Nun, Heinrich Böll wußte, wie seitab und kaum noch gelesen Jean Paul im Panoptikum deutscher Geistesgrößen seinen Platz hat, wie sehr Thomas Manns literarisches Werk, damals aus rechter wie linker Sicht, unter Ironieverdacht stand; und ich ergänze: heute noch steht. Böll meinte gewiß nicht den gängigen Schmunzelhumor, wohl aber das unhörbare Lachen zwischen den Zeilen, die chronische Traueranfälligkeit seines Clowns, die verzweifelte Komik jenes Sammlers, der das Schweigen archivierte. Eine Tätigkeit übrigens, die in den oft berufenen Medien im Sinne der Ankündigung »Fortsetzung folgt...« Schule gemacht hat und als »freiwillige Selbstkontrolle« des freien Westens gefällige Verkleidung der Zensur ist.

Zu Beginn der fünfziger Jahre, als ich bewußt zu schreiben begonnen hatte, war Heinrich Böll bereits ein bekannter, wenn auch nicht anerkannter Autor. Mit Wolfgang Koeppen, Günter Eich und Arno Schmidt stand er abseits des damals restaurativen Kulturbetriebs. Die noch junge Nachkriegsliteratur tat sich schwer mit der deutschen Sprache, die unter der Herrschaft des Nationalsozialismus korrumpiert worden war. Zudem stand Bölls Generation, aber auch den jüngeren Autoren, zu denen ich mich zählte, ein Satz von Theodor Adorno als Verbotstafel im Wege. Ich zitiere: »Nach Auschwitz ein Gedicht zu schreiben ist barbarisch, und das frißt auch die Erkenntnis an, warum es unmöglich ward, heute Gedichte zu schreiben...«

Also kein »Fortsetzung folgt...« mehr. Nun, wir haben dennoch geschrieben. Freilich, indem wir – wie Adorno in seinem Buch von 1951, »Minima Moralia. Reflexionen aus dem beschädigten Leben« – Auschwitz als Zäsur und unheilbaren Bruch der Zivilisationsgeschichte begreifen mußten. Nur so war diese Verbotstafel zu umgehen. Und doch ist das von Adorno gesetzte Menetekel bis heute wirksam geblieben. An ihm haben sich die Autoren meiner Generation in erklärter Abwehr gerieben. Schweigen wollte, konnte keiner. Ging es doch darum, die deutsche Sprache aus dem Gleichschritt zu bringen und sie aus Idyllen und blaustichiger Innerlichkeit herauszulocken. Uns, den gebrannten Kindern, kam es darauf an, den absoluten Größen, dem ideologischen Weiß oder Schwarz abzuschwören. Zweifel und Skepsis standen Pate; die Vielzahl der Grauwerte reichten sie uns als Geschenk. Ich jedenfalls habe mir diese Askese auferlegt, um dann erst den Reichtum meiner allzu pauschal schuldig gesprochenen Sprache, ihre verführbare Weichheit, ihren vergrübelten Hang zum Tiefsinn, ihre durchaus biegsame Härte, ja, ihren mundartlichen Schmelz, ihre Einfältigkeit und Vieldeutigkeit, ihre Verschrobenheiten und ihre in Konjunktiven aufblühende Schönheit zu entdecken. Mit diesem wiedergewonnenen Pfund galt es zu wuchern, trotz Adorno oder ermahnt durch Adornos Verdikt. Nur so konnte das Schreiben nach Auschwitz – ob Gedicht oder Prosa – fortgesetzt werden. Nur so, indem sie zum Gedächtnis wurde und die Vergangenheit nicht enden ließ, konnte die deutschsprachige Nachkriegsliteratur die allgemeingültige Schreibregel »Fortsetzung folgt...« für sich und gegenüber den Nachgeborenen rechtfertigen. Und nur so gelang es, die Wunde offen zu halten und das gewünschte wie verordnete Vergessen durch ein beharrliches »Es war einmal...« aufzuheben.

Wie oft auch aus diesem oder jenem Interesse der

Schlußstrich gefordert, die Rückkehr zur Normalität einge-
klagt wurde und die schändliche Vergangenheit als Histo-
rie abgelegt werden sollte, die Literatur widersetzte sich
diesem so verständlichen wie törichten Verlangen. Zu
Recht! Denn jedesmal, wenn in Deutschland die Stunde
Null verkündigt, das Ende der Nachkriegszeit ausgerufen
worden ist – zuletzt vor zehn Jahren, als die Mauer gefallen
war und Deutschlands Einheit auf dem Papier stand –, hat
uns die Vergangenheit wieder eingeholt.

Zu jener Zeit, im Februar 1990, habe ich in Frankfurt am
Main vor Studenten eine Vorlesung unter dem Titel
»Schreiben nach Auschwitz« gehalten. Ich zog Bilanz, legte,
Buch nach Buch, Rechenschaft ab. So kam ich zu dem 1972
erschienenen »Tagebuch einer Schnecke«, in dem Vergangenheit und Gegenwart sich mehrgleisig kreuzen, aber
auch parallel zueinander verlaufen und manchmal kollidie-
ren. In diesem Buch steht, weil die Definition meines Berufes von meinen Söhnen erfragt wird, die Antwort: »Ein
Schriftsteller, Kinder, ist jemand, der gegen die verstreichende Zeit schreibt.« Ich sagte zu den Studenten: »Eine so
akzeptierte Schreibhaltung setzt voraus, daß sich der Autor
nicht als abgehoben oder in Zeitlosigkeit verkapselt, sondern als Zeitgenosse sieht, mehr noch, daß er sich den
Wechselfällen verstreichender Zeit aussetzt, sich einmischt
und Partei ergreift. Die Gefahren solcher Einmischung und
Parteinahme sind bekannt: Die dem Schriftsteller gemäße
Distanz droht verlorenzugehen; seine Sprache sieht sich
versucht, von der Hand in den Mund zu leben; die Enge
jeweils gegenwärtiger Verhältnisse kann auch ihn und seine
auf Freilauf trainierte Vorstellungskraft einengen, er läuft
Gefahr, in Kurzatmigkeit zu geraten.«

Das hier angesprochene Risiko ist mir über die Jahrzehnte hinweg treu geblieben. Doch was wäre der Beruf des
Schriftstellers ohne Risiko? Gut, gleich einem Literaturbe-

amten könnte er sich als gesichert begreifen. Aber der Gegenwart gegenüber wäre er ein Gefangener seiner Berührungsängste. Aus Angst, die Distanz zu verlieren, verliefe er sich im Weitentlegenen, wo nur noch die Mythen wabern und das Erhabene sich selbst feiert. Nein, die ständig Vergangenheit werdende Gegenwart wird ihn einholen und ins Verhör nehmen. Denn jeder Schriftsteller ist in seine Zeit hineingeboren, er mag noch so heftig beteuern, zu früh oder zu spät gekommen zu sein. Nicht er stellt sich selbstherrlich das Thema seiner Wahl, vielmehr ist es ihm vorgegeben. Ich jedenfalls habe nicht frei entscheiden können. Denn wäre es einzig nach mir und meinem Spieltrieb gegangen, hätte ich mich nach rein ästhetischen Gesetzen erprobt und so unbeschwert wie harmlos im Skurrilen meine Rolle gefunden.

Aber das ging nicht. Widerstände waren da. Aus deutscher Geschichtsträchtigkeit geworfen, lagen Trümmer- und Kadaverberge zuhauf. Diese Stoffmasse, die sich, indem ich sie abzutragen begann, vergrößerte, war nicht wegzublinzeln. Zudem komme ich aus einer Flüchtlingsfamilie. Deshalb hat sich zu allem, was einen Schriftsteller von Buch zu Buch antreiben mag – üblicher Ehrgeiz, Furcht vor Langeweile, das Triebwerk der Egozentrik –, die Gewißheit vom unwiederbringlichen Verlust der Heimat als anstiftende Kraft bewiesen. Erzählend sollte die zerstörte, verlorene Stadt Danzig, nein, nicht zurückgewonnen, jedoch beschworen werden. Diese Schreibobsession hat mich angestachelt. Ich wollte, nicht frei von Trotz, mir und meinen Lesern ins Bild bringen, daß das Verlorene nicht spurlos im Vergessen versinken muß, vielmehr durch die Kunst der Literatur wieder Gestalt gewinnen kann: in all seiner Größe und jämmerlichen Kleinlichkeit, mit seinen Kirchen und Friedhöfen, den Geräuschen der Schiffswerften und dem Geruch der matt anschlagenden Ostsee, mit einer längst verebbten Sprache, diesem stallwarmen Gemaule, mit Sünden, die zur Beichte taugten, und seinen geduldeten und verschuldeten Verbrechen, denen keine Beichte die erwünschte Absolution erteilen konnte.

Verlust dieser Art ist auch anderen Schriftstellern zum Mistbeet fortgesetzt obsessionshaften Erzählens geworden. Jedenfalls kamen vor Jahren Salman Rushdie und ich gesprächsweise überein, daß ihm, wie mir mein verlorenes Danzig, sein verlorenes Bombay Quelle und Müllgrube, Fixpunkt und Weltmitte ist. Diese Anmaßung, diese Verstiegenheit gehört zur Literatur. Sie bleibt Voraussetzung für ein Erzählen, das befähigt ist, alle Register zu ziehen. Mit ziselierter Kleinkunst, feinsinniger Psychologisierung oder mit einem Realismus, der sich als naturgetreuer Abklatsch mißversteht, ist solch monströsen Stoffmassen nicht beizukommen. Sosehr wir aus aufklärender Tradition der Vernunft verpflichtet sind, der absurde Verlauf der Geschichte spottet jeder nur vernünftigen Erklärung.

Wie der Nobelpreis, sobald wir ihn aller Feierlichkeit entkleiden, auf der Entdeckung von Dynamit fußt, das wie andere menschliche Kopfgeburten – sei es die Spaltung der Atome, sei es die gleichfalls nobelierte Aufschlüsselung der Gene – das Wohl und Wehe in die Welt gesetzt hat, so beweist die Literatur ihrerseits Sprengkraft, wenngleich die von ihr ausgelösten Explosionen verzögert, sozusagen in Zeitlupe zum Ereignis werden und die Welt verändern: gleichfalls als Wohltat und Anlaß zum Wehgeschrei für das Menschengeschlecht. Wieviel Zeit hat der Prozeß der europäischen Aufklärung von Montaigne über Voltaire, Diderot, Kant, Lessing und Lichtenberg benötigt, um die Funzel der Vernunft in die finstersten Winkel scholastischer Verdunkelung zu tragen. Oft genug wurde das Lichtlein gelöscht. Zensur verzögerte die Illuminierung durch Vernunft. Doch als sie sich dann in aller Helle breitgemacht

hatte, war es eine erkaltete, aufs technisch Machbare redu-
zierte, einzig dem ökonomischen und sozialen Fortschritt
verschriebene Vernunft, die sich als Aufklärung ausgab
und ihren von Anbeginn zerstrittenen Kindern, dem Kapitalismus und dem Sozialismus, einen vernünftelnden Jargon und den jeweils richtigen Weg zum Fortschritt um
jeden Preis eingebleut hatte.

Heute sehen wir, wohin es der Aufklärung genial mißra-
tene Kinder gebracht haben. Wir können ermessen, in
welch gefährliche Schieflage uns die durch Worte ausgelöste und zeitverschleppt wirkungsvolle Explosion ge-
schleudert hat. Sicher, wir versuchen mit den Mitteln der
Aufklärung – denn andere haben wir nicht –, den Schaden
zu beheben. Entsetzt sehen wir, daß der Kapitalismus, seitdem sein Bruder, der Sozialismus, für tot erklärt wurde,
vom Größenwahn bewegt ist und sich ungehemmt auszuto-
ben begonnen hat. Er wiederholt die Fehler seines totgesag-
ten Bruders, indem er sich dogmatisiert, die freie Marktwirtschaft als einzige Wahrheit ausgibt, von seinen schier
unbegrenzten Möglichkeiten berauscht ist und verrückt
spielt, daß heißt, weltweit Fusionen betreibt, die einzig den
Profit maximieren. Kein Wunder, daß sich der Kapitalismus, wie der an sich selbst erstickte Kommunismus, als
reformunfähig erweist. Globalisierung heißt sein Diktat.
Und wieder einmal wird mit dem Dünkel der Unfehlbar-
keit behauptet, dazu gäbe es keine Alternative.

Demnach ist die Geschichte zu Ende. Kein »Fortsetzung
folgt...« darf mit Spannung erwartet werden. Oder ist zu
hoffen, daß, wenn schon nicht der Politik, die ohnehin jegliche Entscheidungskraft der Ökonomie überlassen hat,
wenigstens der Literatur etwas einfällt, das den neuerlichen
Dogmatismus ins Wanken bringt?

Wie aber könnte sich ein solch subversives Erzählen als
Dynamit von literarischer Qualität erweisen? Wäre Zeit

genug vorrätig, die Wirkung einer Spätzündung abzuwarten? Ließe sich ein Buch denken, dem die Mangelware Zukunft Auslauf böte? Ist es nicht gegenwärtig eher so, daß die Literatur aufs Altenteil verwiesen und den jungen Autoren allenfalls das Internet als Spielwiese eingeräumt wird? Betriebsamer Stillstand, dem das Schummelwort Kommunikation eine gewisse Aura verleiht, macht sich breit. Jeglicher Vorrat an Zeit ist bis zum menschenmöglichen Kollaps verplant. Ein kulturbetriebliches Jammertal nimmt die westliche Welt gefangen. Was tun?

In meiner Gottlosigkeit bleibt mir einzig übrig, das Knie vor jenem Heiligen zu beugen, der bislang noch immer hilfreich gewesen ist und die schwersten Brocken ins Rollen gebracht hat. Also flehe ich: Heiliger, von Camus' Gnaden nobelierter Sisyphos, bitte, sorge dafür, daß der Stein oben nicht liegen bleibt, daß wir ihn weiterhin wälzen dürfen, auf daß wir wie du glücklich mit unserem Stein sein können und die erzählte Geschichte von der Mühsal unserer Existenz kein Ende findet.

Ob wohl mein Stoßseufzer erhört wird? Oder sollte, nach neuestem Geraune, erst der gezüchtete Mensch als geklonte Schöpfung für die Fortsetzung der Humangeschichte zu sorgen befähigt sein?

Mithin bin ich wieder am Anfang meiner Rede und schlage noch einmal den Roman »Die Rättin« auf, in dessen fünftem Kapitel konjunktivisch die Verleihung des Nobelpreises an die Laborratte, stellvertretend für Millionen anderer Versuchstiere im Dienst der forschenden Wissenschaft, erwogen wird. Und sogleich wird mir deutlich, wie wenig bisher alle preisgekrönten Verdienste geeignet waren, die Geißel der Menschheit, den Hunger, aus der Welt zu schaffen. Zwar gelingt es, jeden, der zahlen kann, mit neuen Nieren zu versorgen. Herzen können verpflanzt werden. Drahtlos telefonieren wir rund um die Welt. Satelliten und Raumstationen umkreisen uns fürsorglich. Waffensysteme sind, infolge gepriesener Forschungsergebnisse, erdacht und verwirklicht worden, mit deren Hilfe sich ihre Besitzer vielfach zu Tode schützen können. Was alles des Menschen Kopf hergibt, hat seinen erstaunlichen Niederschlag gefunden. Nur dem Hunger ist nicht beizukommen. Er nimmt sogar zu. Wo Armut wie angestammt war, schlägt sie in Verelendung um. Weltweit sind Flüchtlingsströme unterwegs; Hunger begleitet sie. Und kein politischer Wille, gepaart mit wissenschaftlichem Können, ist entschlossen, dem wuchernden Elend ein Ende zu setzen.

1973, damals, als in Chile, gestützt auf das tätige Wohlwollen der USA, der Terror zuschlug, hielt als erster deutscher Bundeskanzler Willy Brandt seine Antrittsrede vor den Vereinten Nationen. Er kam auf die weltweite Verelendung zu sprechen. Sein Ausruf »Auch Hunger ist Krieg!« wirkte so überzeugend, daß ihn kurzerhand Beifall erschlug.

Ich war dabei, als diese Rede gehalten wurde. Zu jener Zeit schrieb ich an meinem Roman »Der Butt«, in dem es um die primäre Grundlage menschlicher Existenz, um die Ernährung, also um Mangel und Überfluß, um große Fresser und ungezählte Hungerleider, um des Gaumens Freude und um die Brotrinden vom Tisch der Reichen geht.

Dieses Thema ist uns geblieben. Dem sich anhäufenden Reichtum antwortet die Armut mit gesteigerten Zuwachsraten. Der reiche Norden und Westen mag sich noch so sicherheitssüchtig abschirmen und als Festung gegen den armen Süden behaupten wollen; die Flüchtlingsströme werden ihn dennoch erreichen, dem Andrang der Hungernden wird kein Riegel standhalten.

Davon wird in Zukunft zu erzählen sein. Schließlich muß unser aller Roman fortgesetzt werden. Und selbst wenn eines Tages nicht mehr geschrieben und gedruckt werden wird oder darf, wenn Bücher als Überlebensmittel nicht mehr zu haben sind, wird es Erzähler geben, die uns von Mund zu Ohr beatmen, indem sie die alten Geschichten aufs neue zu Fäden spinnen: laut und leise, hechelnd und verzögert, manchmal dem Lachen, manchmal dem Weinen nahe.

Tango Mortale

Befehl wie von oben: der Leib, der den Leib flieht,
gestreckt auf der Flucht ist,
so reißt es uns hin.

Kein Abgrund, doch Weite, in die wir,
als stünden rings Spiegel,
Blicke verwerfen.

Und nochmals befohlen: die Einkehr nach innen.
Wir treten die Stelle, zuinnerst die Stelle
und bleiben im Takt.

Gezählt sind die Stürze, die Beinahestürze,
der Fortgang der Schritte, die zögernd, verzögernd
das Ende verschleppen.

Unsterblich, unsterblich! Das doppelte Ich,
solange beim Tango, beim Tango Mortale
ein Schrittmuster führt.

Mit restlichem Atem beim Fest ohne Gäste.
Das Paar, das sich feiert, ist dennoch und endlich
auf Beifall bedacht.

Der Schmerz ist nur Maske. Wir gleiten verkleidet
auf grenzloser Fläche, dem Tod auf den Fersen,
uns selbst hinterdrein.

Mitten im Leben

denke ich an die Toten,
die ungezählten und die mit Namen.
Dann klopft der Alltag an,
und übern Zaun
ruft der Garten: Die Kirschen sind reif!

Nachwort

Das *Günter Grass Lesebuch* ist für Schüler und Studierende und für alle anderen Leser gedacht, die sich einen ersten Eindruck von dem umfangreichen, wie es scheint unüberschaubaren Werk des Autors verschaffen möchten und nicht wissen, wo sie anfangen sollen – Günter Grass für Anfänger. Es ist aber auch ein Buch für Leser, die Grass wiederentdecken oder ihnen noch unbekannte Werke kennenlernen möchten. Es lädt ein zu einem mühelosen »Spaziergang« durch das Gesamtwerk des deutschen Literatur-Nobelpreisträgers: Gedichte, Romane, Erzählungen, Reden und Essays aus den Jahren zwischen 1956 und 2008.

1956 erschien das erste Buch von Günter Grass, der mit Zeichnungen versehene Gedichtband *Die Vorzüge der Windhühner.* In Paris schrieb Grass bald darauf, in der zweiten Hälfte der fünfziger Jahre, seinen ersten Roman, *Die Blechtrommel* (1959). Dieses Buch machte den noch unbekannten jungen deutschen Schriftsteller auf einen Schlag über die Grenzen Deutschlands hinaus bekannt und berühmt und zählt heute – wie mehrere erzählerische Werke des Autors – zur Weltliteratur.

Beim Rückblick auf die vergangenen fünf Jahrzehnte, auf die Werke der frühen, mittleren und späten Jahre, werden rote Fäden sichtbar: Themen, die Grass wiederholt aufgegriffen hat, Zusammenhänge zwischen frühen und späten Novellen und Romanen, seine ständige intensive Auseinandersetzung mit deutscher Geschichte und Gegenwart, von der gerade auch die erzählerischen Werke durchdrungen sind. Die frühe Novelle *Katz und Maus* (1961) findet ein Gegenstück in der späten Novelle *Im Krebsgang* (2002). Gestalten, die in frühen Romanen eine Rolle spielen und in späteren Büchern wieder auftauchen, geben einen Hinweis darauf, wie verknüpft vieles ist. Die Stadt Danzig (heute Gdańsk), Schauplatz der »Danziger Trilogie« *(Die Blechtrommel, Katz und Maus, Hundejahre)*, erweist sich ebenfalls als eine »Hauptgestalt« in Grass' Werk: sie ist noch in vielen anderen Büchern des Autors gegenwärtig, so zum Beispiel in dem großen Roman *Der Butt* (1977). Nach Danzig/Gdańsk kehrt Grass noch einmal in der Erzählung *Unkenrufe* (1992) zurück, und dann ein weiteres Mal in der Novelle *Im Krebsgang* (2002), die deutsche Vergangenheit mit deutscher Gegenwart verbindet.

Danzig mit seinem Vorort Langfuhr, wo Grass 1927 geboren wurde, und die nahe Ostseeküste sind *Grass-Territorium,* sind für Grass das, was für Heinrich Böll die Stadt Köln war, das, was die norddeutschen Küstenregionen für Siegfried Lenz sind. In seiner Stockholmer Rede, *Fortsetzung folgt* (1999), anlässlich der Verleihung des Nobelpreises, erklärt Grass, wie sich »die Gewissheit vom unwiederbringlichen Verlust der Heimat als anstiftende Kraft bewiesen« habe. »Erzählend sollte die zerstörte, verlorene Stadt Danzig, nein, nicht zurückgewonnen, jedoch beschworen werden... Ich wollte, nicht frei von Trotz, mir und meinen Lesern ins Bild bringen, dass das Verlorene nicht spurlos im Vergessen versinken muss, vielmehr durch die Kunst der Literatur wieder Gestalt gewinnen kann...«

Das *Lesebuch* zeigt die unerschöpfliche, anhaltende Lust des Autors am Geschichtenerzählen und am Ausprobieren, diese unvergleichliche erzählerische Phantasie und Vitalität. Immer wieder wählt Günter Grass andere Erzählweisen und andere literarische Formen. In den einhundert Erzählungen des Buches *Mein Jahrhundert* (1999), zum Beispiel, schlüpft er mit offenkundigem Vergnügen in jeder Geschichte in eine andere Rolle. Aber auch die großen, dickleibigen Romane wie *Die Blechtrommel, Hundejahre* (1963), *Der Butt* oder der Berlin-Roman *Ein weites Feld* (1995) erweisen sich bei näherem Betrachten als überraschende Fundgruben von Geschichten – »Lügengeschichten«, wie Grass sie gern nennt, erfundene Geschichten, Märchen, in denen Wahrheit ans Licht gebracht wird. Auf das »Es war einmal«, mit dem Grass viele Geschichten einleitet, stoßen wir schon in der *Blechtrommel:* »Es war einmal ein Spielzeughändler, der hieß Markus und nahm mit sich alles Spielzeug aus dieser Welt«, heißt es in dem hier abgedruckten Kapitel »Glaube Hoffnung Liebe« über den jüdischen Spielzeughändler, bei dem Oskars Mutter die Blechtrommeln für ihren Sohn kaufte.

Bei Ehrungen, so in der Stockholmer Rede, sprach Grass in den letzten Jahren verschiedentlich von den Schriftstellern und Werken, die ihm vorbildlich gewesen sind. Er erwähnte die maurisch-spanische Schule des pikaresken Romans, sprach von Cervantes, von Grimmelshausen und Jean Paul, von Herman Melville, von Alfred Döblin. Und er sprach von jener »Erzählperspektive, die von unten über die Tischkante nach oben führt«, der Perspektive derer, »die nicht Geschichte machen, denen aber gleichwohl Geschichte unentrinnbar widerfährt«, wie er in der hier ebenfalls abgedruckten, in Spanien gehaltenen Rede *Literatur und Geschichte* (1999) sagte.

Gestalten, denen Geschichte widerfährt, begegnen wir in allen Romanen und Erzählungen des Autors, von Oskar Matzerath und den unzähligen anderen Gestalten der *Blechtrommel,* bis hin zu Fonty und Tallhofer in dem Roman *Ein weites Feld* oder zu den Haupt- und Nebengestalten in der Novelle *Im Krebsgang.* Aus dieser Sicht Ereignisse, Geschichten zu erzählen, ist nicht nur eine literarische Form, sondern zugleich eine politische Entscheidung, die Grass früh, am Anfang seiner Schriftstellerlaufbahn, getroffen hat und an der er beharrlich festhält.

So gesehen ist es auch nicht verwunderlich, dass Grass sich jahrzehntelang politisch betätigt und an vielen Wahlkämpfen aktiv teilgenommen hat. Vorausgegangen war diesem konkreten Engagement ein geschichtsträchtiges Ereignis: Am 17. Juni 1953 erlebte Grass als Augenzeuge den Ostberliner Arbeiteraufstand, der ihn lange beschäftigte und in dem 1966 in Berlin uraufgeführten Theaterstück *Die Plebejer proben der Aufstand* seinen Niederschlag fand. Er, der niemals mit dem Kommunismus liebäugelte und, als Sozialist, den »real existierenden Sozialismus« der DDR ablehnte, war der erste Intellektuelle, der 1961, am 14. August, in einem Offenen Brief an die Schriftstellerin Anna Seghers gegen den Bau der Mauer protestierte, genauer: die Schriftsteller aufrief, etwas zu tun. Sein politisches Engagement galt anfangs Willy Brandt persönlich. Er begleitete Brandt auf der berühmten Reise 1970 nach Polen, als Brandt in Warschau am Mahnmal des Ghettos niederkniete, er reiste mit ihm 1973 nach Israel, und er traf ihn im selben Jahr in New York, als Brandt dort als erster deutscher Kanzler vor den Vereinten Nationen eine Rede hielt, deren Kernsatz lautete: »Auch Hunger ist Krieg!«

In dem vom Wahlkampf der sechziger Jahre und von der Vertreibung der Juden aus Danzig in den vierziger Jahren erzählenden *Aus dem Tagebuch einer Schnecke* (1972) erklärt Grass seinen Kindern: »Ein Schriftsteller, Kinder, ist jemand, der gegen die verstreichende Zeit schreibt.« In der Frankfurter Poetikvorlesung *Schreiben nach Auschwitz* (1990) fügt er dem hinzu: »Eine so akzeptierte Schreibhaltung setzt voraus, dass der Autor sich nicht als abgehoben oder in Zeitlosigkeit verkapselt, sondern als Zeitgenosse sieht, mehr noch, dass er sich den Wechselfällen verstreichender

Zeit aussetzt, sich einmischt und Partei ergreift.« Grass hat sich beständig eingemischt, er hat im Laufe seines Lebens unzählige politische Reden, Aufsätze und Essays geschrieben. Einige sind in diesem Band enthalten.

Aber die Schreibhaltung, von der er 1990 sprach, bestimmt ebenso seine Romane, Erzählungen, sogar seine Gedichte und natürlich seine autobiographischen Bücher *Beim Häuten der Zwiebel* (2006) und *Die Box* (2008). Diese Schreibhaltung, die man in ähnlicher Form bei Heinrich Böll und Siegfried Lenz und anderen deutschen Schriftstellern antrifft, ist das Ergebnis der unmittelbaren Auseinandersetzung mit dem Nationalsozialismus und mit der Erfahrung des Krieges. Grass, der oft und laut bekannte, dass er, als Jugendlicher, bis in die Zeit seiner Kriegsgefangenschaft an Hitler geglaubt habe, hat verschiedentlich von der ihm aus deutscher Geschichte und seiner persönlichen Geschichte zugewachsenen Stoffmasse gesprochen, die ihm »quer lag«, die nicht zu umgehen war, »die sich, indem ich sie abzutragen begann, vergrößerte«. Er nannte dies das Pensum, das »abzuarbeiten« er als seinen Auftrag sieht.

Helmut Frielinghaus

Quellennachweis

Ich erinnere mich ... Anlässlich der litauisch-deutsch-polnischen Gespräche über die Zukunft der Erinnerung. Aus: Die Zukunft der Erinnerung, von Günther Grass, Czeslaw Milosz, Wislawa Szymborska, Tomas Venclova, hrsg. von Martin Wäldle (2001). In: Günter Grass: Werke. Göttinger Ausgabe [im folgenden GA]. Band 1. Essays und Reden 1980–2007, Steidl Verlag, Göttingen 2007, S. 578–582.

Kleckerburg. Aus: Ausgefragt. Gedichte und Zeichnungen (1967). GA, Bd. 1, S. 196–199.

1937. Aus: Mein Jahrhundert. (1999). GA, Bd. 9, S. 120–122.

Polnische Fahne. Aus: Die Vorzüge der Windhühner (1956). GA, Bd. 1, S. 31.

Glaube Liebe Hoffnung. Aus: Die Blechtrommel (1959). GA, Bd. 3, S. 253–264.

1959. Aus: Mein Jahrhundert (1999). GA, Bd. 9, S. 188–189.

Im zweiten Kriegssommer. Aus: Katz und Maus (1961). GA, Bd. 4, S. 32–39.

Einst in der Löwenburg. Aus: Letzte Tänze (2003). GA, Bd. 1, S. 352–353.

Es war einmal ein Führer und Reichskanzler. Aus: Hundejahre (1963). GA, Bd. 4, S. 596–611.

1953. Aus: Mein Jahrhundert (1999). GA, Bd. 9, S. 169–170.

Gleisdreieck. Aus: Gleisdreieck (1968). GA, Bd. 1, S. 60.

Langsamer Walzer. Aus: Geschichten (1968, zuerst unter dem Pseudonym Artur Knoff veröffentlicht). GA, Bd. 1, S. 673–677.

Und was können die Schriftsteller tun? Offener Brief an Anna Seghers, am 14. August 1991. GA, Bd. 11, S. 39–40.

Kinderlied. Aus: Gleisdreieck (1960). GA, Bd. 1, S. 59.

1961. Aus: Mein Jahrhundert (1999). GA, Bd. 9, S. 193–196.

Loblied auf Willy. Rede im Bundestagswahlkampf (1965). GA, Bd. 11, S. 99–110.

Willy Brandt im Warschauer Ghetto. Brief an Hartmut von Hentig (Juli 1965). GA, Bd. 12, S. 429–431.

Ich stehe gern auf einer Rolltreppe. Erstdruck 1960. Aus: Gedichte und Prosa (1987). GA, Bd. 1, S. 651–652.

Vom mangelnden Selbstvertrauen der schreibenden Hofnarren unter Berücksichtigung nicht vorhandener Höfe. Rede in Princeton (1966). GA, Bd. 11, S. 169–175.

Plötzliche Angst. Aus: Ausgefragt. Gedichte und Zeichnungen (1967). GA, Bd. 1, S. 147.

Blühende Skepsis. Aus: Aus dem Tagebuch einer Schnecke (1972). GA, Bd. 5, S. 351–362.

Schwierigkeiten eines Vaters, seinen Kindern Auschwitz zu erklären. Rede zur Eröffnung der Ausstellung ›Menschen in Auschwitz‹ in Berlin (1970). GA, Bd. 11, S. 591–594.

Israel und ich. In: ›Süddeutsche Zeitung‹, Dezember 1973. GA, Bd. 11, S. 880–885.

Reise in den Fernen Osten. Aus: Kopfgeburten oder Die Deutschen sterben aus (1980). GA, Bd.7, S. 86–92.

Kinderstunde. Aus: Ach Butt, dein Märchen geht böse aus. Gedichte und Radierungen (1983). GA, Bd. 1, S. 270.

Literatur und Revolution oder des Idyllikers schnaubendes Steckenpferd. Rede auf dem Schriftstellerkongress in Belgrad, Oktober 1969. GA, Bd. 11, S. 539–545.

Im Ei. Aus: Gleisdreieck (1960). GA, Bd. 1, S. 76–77.

Vietnam geht auch uns an (1968). GA, Bd. 11, S. 310-312.

In Ohnmacht gefallen. Aus: Ausgefragt. Gedichte und Zeichnungen (1967). GA, Bd. 1, S. 174.

1972. Aus: Mein Jahrhundert (1999). GA, Bd. 9, S. 235–238.

Literatur und Politik. In ›Die Zeit‹, März 1970. GA, Bd. 11, S. 547–550.

Dreht euch nicht um. Aus: Ausgefragt. Gedichte und Zeichnungen (1967). GA, Bd. 1, S. 159.

Rückblick auf die Blechtrommel – oder Der Autor als fragwürdiger Zeuge. Ein Versuch in eigener Sache. In der Sendereihe des WDR ›Wie ich anfing‹, Dezember 1973. GA, Bd. 11, S. 870–879.

Nacht im Telgter Brückenhof. Aus: Günter Grass: Das Treffen in Telgte (1979). GA, Bd. 6. S, 744–749.

Bin ich nun Schreiber oder Zeichner? Aus dem Katalog einer Grass-Ausstellung im Stockholmer Nationalmuseum (1970). GA, Bd. 11, S. 1047–1049.

1988. Aus: Mein Jahrhundert (1999). GA, Bd. 9, S. 291–293.

Vom Rest unterm Nagel. Aus: Ausgefragt. Gedichte und Zeichnungen (1967). GA, Bd. 1, S. 152.

Schreiben nach Auschwitz. Frankfurter Poetik-Vorlesung, Februar 1990. GA, Bd. 12, S. 239–261.

Selbstgedrehte. Erstdruck 1974. Aus: Gedichte und Kurzprosa (1987). GA, Bd. 1, S. 653–654.

Worüber ich schreibe. Aus: Ach Butt, dein Märchen geht böse aus. Gedichte und Radierungen (1983). GA, Bd. 1, S. 215–216.

Nach grober Schätzung. Rede in Neu-Delhi vor dem Council of Cultural Relations, Februar 1975. GA, Bd. 11, S. 939–949.

Lena teilt Suppe aus. Aus: Ach Butt, dein Märchen geht böse aus. Gedichte und Radierungen (1983). GA, Bd. 1, S. 261.

Die Reise nach Zürich. Aus: Der Butt (1977). GA, Bd. 6, S. 555–564.

Drei Fragen. Aus: Ach Butt, dein Märchen geht böse aus. Gedichte und Radierungen (1983). GA, Bd. 1, S. 236.

1989. Aus: Mein Jahrhundert (1999). GA, Bd. 9, S. 294–296.

Bei den Mauerspechten. Aus: Ein weites Feld (1995). GA, Bd. 12, S. 12-23.

Die Wiedervereinigung als andauernde Aufgabe. Rede anläßlich eines Symposiums über die Wiedervereinigung in Seoul, Mai 2002. GA, Bd. 12, S. 643–647.

Friedhofsgespräche. Aus: Unkenrufe (1992). GA, Bd. 7, S. 637–652.

Links und frei. Brief zum 70. Geburtstag von Willy Brandt am 18. November 1983. GA, Bd. 12, S. 116–118.

Allerseelen. Aus: Novemberland. 13 Sonette (1993). GA, Bd. 1, S. 288.

Was aber ist mein Stein? Aus Kopfgeburten oder Die Deutschen sterben aus (1988). GA, Bd. 7, S. 83–85.

Der Stein. Aus: Fundsachen für Nichtleser (1977). GA, Bd. 1, S. 312.

Das Haus der sieben Türme. Rede anläßlich des zehnten Todestages von Willy Brandt, am 7. Oktober 2002. GA, Bd. 12, S. 652–660.

»Gustloff sinkt nach drei Torpedotreffern!« Aus: Im Krebsgang (2002). GA, Bd. 10, S. 121–131.

Schreiben in friedloser Welt. Rede zur Eröffnung des Kongresses der Internationalen P.E.N. in Berlin, Mai 2006. GA, Bd. 12, S. 719–729.

Doppelt in die Pilze gegangen. Aus: Letzte Tänze (2003). GA, Bd. 1, S. 382.

Das doppelte S. Aus: Beim Häuten der Zwiebel. GA, Bd. 10, S. 314–319.

»Das sind T-34« Aus: Beim Häuten der Zwiebel. GA, Bd. 10, S. 353–362.

Literatur und Geschichte. Rede anläßlich der Verleihung des Prinz-von-Asturien-Preises in Oviedo (1999). GA, Bd. 12, S. 551-555.

Vom Himmel hoch. Aus: Die Box. Dunkelkammergeschichten. Steidl Verlag, Göttingen 2008, S. 193–211.

Fortsetzung folgt… Rede anläßlich der Verleihung des Nobelpreises für Literatur in Stockholm, Dezember 1999. GA, Bd. 12, S. 556–572.

Tango Mortale. Aus: Letzte Tänze (2003). GA, Bd. 1, S. 355.

Mitten im Leben. Aus: Fundsachen für Nichtleser (1997). GA, Bd. 1, S. 208.

Günter Grass im dtv

»Seit Thomas Mann hat kein deutscher Schriftsteller eine
so große Wirkung auf die Weltliteratur gehabt.«
Nadine Gordimer

Die Blechtrommel
Roman
ISBN 978-3-423-11821-7

Katz und Maus
Eine Novelle
ISBN 978-3-423-11822-4
und dtv AutorenBibliothek
ISBN 978-3-423-19115-9

Hundejahre
Roman
ISBN 978-3-423-11823-1

Der Butt
Roman
ISBN 978-3-423-11824-8

**Ein Schnäppchen
namens DDR**
ISBN 978-3-423-11825-5

Unkenrufe
ISBN 978-3-423-11846-0

Angestiftet, Partei zu ergreifen
ISBN 978-3-423-11938-2

Das Treffen in Telgte
ISBN 978-3-423-11988-7

**Die Deutschen und
ihre Dichter**
ISBN 978-3-423-12027-2

örtlich betäubt
Roman
ISBN 978-3-423-12069-2

**Der Schriftsteller als
Zeitgenosse**
ISBN 978-3-423-12296-2

**Der Autor als
fragwürdiger Zeuge**
ISBN 978-3-423-12446-1

Ein weites Feld
Roman
ISBN 978-3-423-12447-8

Die Rättin
ISBN 978-3-423-12528-4

**Aus dem Tagebuch
einer Schnecke**
ISBN 978-3-423-12593-2

Kopfgeburten
ISBN 978-3-423-12594-9

Bitte besuchen Sie uns im Internet: www.dtv.de

Günter Grass im dtv

»Ich bin der Meinung, dass jeder Schriftsteller, der
Günter Grass wirklich gelesen hat, in seiner Schuld steht.
Von mir jedenfalls weiß ich das mit Sicherheit.«
John Irving über ›Beim Häuten der Zwiebel‹

Zunge zeigen
ISBN 978-3-423-12686-1

Gedichte und Kurzprosa
ISBN 978-3-423-12687-8

**Mit Sophie in die Pilze
gegangen**
ISBN 978-3-423-12688-5

Mein Jahrhundert
ISBN 978-3-423-12880-3

Letzte Tänze
ISBN 978-3-423-13606-8

Sämtliche Gedichte
ISBN 978-3-423-13607-5

Beim Häuten der Zwiebel
ISBN 978-3-423-13655-6

Das Günter Grass Lesebuch
Hg. v. Helmut Frielinghaus
ISBN 978-3-423-13760-7

Im Krebsgang
Eine Novelle
ISBN 978-3-423-13176-6
und dtv großdruck
ISBN 978-3-423-25289-8

Mein Jahrhundert
dtv großdruck
ISBN 978-3-423-25294-2

Deutscher Lastenausgleich
Rede und Gespräche
ISBN 978-3-423-61921-9

Schreiben nach Auschwitz
ISBN 978-3-423-61925-7

Bitte besuchen Sie uns im Internet: www.dtv.de